샤크델롱이츠

샤델 크로이츠—화사무쌍 2

지은이_이경영 | 초판 1쇄 인쇄_2008년 2월 5일 | 초판 1쇄 발행_2008년 2월 11일 |
발행처_도서출판 청어람 | 발행인_서경석 | 편집장_문혜영 | 편집_최하나, 이환진 | 주소_
경기도 부천시 원미구 심곡1동 350-1 남성B/D 3F | 등록_1999년 5월 31일(제1081-
1-89호) | 문의전화_032)656-4452 | 팩스_032)656-4453 |
http://www.chungeoram.com | 전자우편_eoram99@chollian.net | 어람번호_8-
0004 | 파본은 구입하신 서점에서 교환하여 드립니다. 저자와 협의하여 인지를 붙이지
않습니다. 책값은 뒤에 있습니다.

ISBN 978-89-251-1168-1 04810
ISBN 978-89-251-1166-7 (SET)

샤델크로이즈

이경영 소설

2

火燚無雙

도서출판 청어람

CONTENTS

story 11 고아들의 노랫소리 / 7

story 12 검의 성자(聖者) / 51

story 13 너에게 바라는 것 / 102

story 14 인과관계 / 140

story 15 늑대들의 노래 / 205

story 16 구름짐승의 무덤 / 266

story 17 밤하늘 아래의 피리 소리 / 324

story 18 쇼 스토퍼(ShowStopper) / 389

epilogue / 435

story 11 고아들의 노랫소리

파렌은 눈을 부릅뜨고 네벨을 봤다.

'마법사라고?'

네벨은 모자 속에서 푸른색의 깃털을 꺼내 손바닥 위에 올렸다. 손이 부르르 떨렸지만 그녀는 힘을 내어 주문을 외웠다.

"안개 마을의 수호자여, 멈춰 버린 그대의 심장에 피어나는 새벽의 생기를 불어넣나니, 지금 내가 있는 곳으로 와서 나를 수호하라."

그녀는 깃털을 입으로 불었다. 그러자 깃털은 빛으로 변하여 흩어진 뒤 하늘 저편으로 사라졌다.

파렌이 마음속으로 지금의 상황을 분석하려는 찰나, 호엔 3세가 지팡이로 땅을 불쾌하게 찍으며 앞으로 나왔다.

"브리스톤의 어떤 녀석인지 몰라도 간이 배 밖으로 나왔군.

자기네 나라 이름이 지도에서 지워지는 꼴을 그렇게 보고 싶은 건가?"

다른 이들은 자신들의 왕이 도대체 무슨 말을 하는 것인지 이해하지 못했지만 프란츠에게 브리스톤의 마법사에 대한 정보를 미리 들었던 파렌은 내심 고개를 끄덕였다. 왕이 프란츠에게 더욱 자세한 정보를 더 빨리 들었을 것은 굳이 묻지 않아도 알 수 있는 사실이었다.

마법사라는 변수가 있긴 하지만 현재의 바란투로스가 브리스톤을 침공한다면 브리스톤은 두 달을 버티지 못하고 멸망할 것이다. 오랜 내전으로 인해 분열되고 위축된 브리스톤의 군대가 최신 무기와 풍족한 인적, 물적 자원을 모두 갖춘 바란투로스의 대군을 상대하는 것은 손으로 홍수에 무너지는 둑을 막는 것이나 다를 바가 없었다.

두 나라 간에 전쟁이 개시되었을 때 바란투로스의 입장에서 가장 문제가 되는 것은 해군이 없는 바란투로스의 군대가 섬나라인 브리스톤에 어떻게 상륙을 하느냐인데, 그 부분은 웨스트리치 최대의 해상 대국이자 브리스톤과 질긴 악연을 자랑하는 에스파로스 왕국을 통해서 해결이 가능하다.

두 나라의 전쟁을 막아온 존재가 바로 호엔 3세인데, 그가 만약 브리스톤의 영토를 나눠 주는 조건으로 동맹을 제의한다면 에스파로스는 거절 없이 제안을 받아들이고 무적함대로 이름을 떨치는 자신들의 함대를 제공할 것이다.

바란투로스의 그 힘을 누구보다 잘 아는 크로이츠들은 왕의 발언에 긴장했다. 농담으로 받아들이기에는 목소리와 분위기가 너무 진지해서였다.

산 밑을 평소보다 무서운 눈으로 쏘아보던 호엔 3세는 파렌에게 눈을 돌렸다.

"프란츠에게 관련 사항은 들었겠지?"

그 순간 파렌의 뇌리에 '왕의 뜻'이라는 프란츠의 말이 스쳐 지나갔다.

"예, 폐하."

"현장에서 이런 상황과 마주칠 가능성이 높기 때문에 폴스켄을 건너뛰고 자네에게 먼저 정보를 준 것이네. 마법사에 대항할 대책은 세워놨겠지?"

"그들이 안개술사와 비슷한 특성을 가지고 있다는 정보까지는 확인했습니다만, 실제 전투에서도 정보대로 될지는 미지수이기에……."

"세워놓지 못했다는 말이로군."

파렌은 고개를 숙였다.

"죄송합니다."

"뭐, 됐네. 사실 지금껏 정보를 들어온 나도 그들의 실제 모습을 본 일은 없으니까. 카샤인가 하는 요괴는 데리고 왔겠지?"

"그렇습니다, 폐하."

"현장에 말일세."

"물론입니다."

"그럼 대충 해결될 것 같군. 요괴의 힘이 어떤 것인지 확인할 좋은 기회겠어. 히스, 등을 좀 빌리자꾸나."

"알겠습니다, 폐하."

히스는 즉시 왕의 앞에 앉았다. 왕이 그의 등에 업히자 파렌을 비롯한 크로이츠들은 거의 달리듯이 산을 내려갔다.

⚜

하늘에 검은 구름이 나타났을 때였다.
"모두 도망쳐!"
삼삼오오 모여 앉아 시간을 보내던 모든 섀델 크로이츠 대원들은 카샤의 우렁찬 목소리에 깜짝 놀랐다. 그녀는 오른손을 들어 하늘을 마구 찌르며 왼팔을 휘저어댔다.
"지금 있는 자리에서 20발자국 바깥으로 도망쳐! 안 그러면 모두 죽는다!"
크로이츠들은 그녀가 지적한 하늘을 쳐다봤다. 이질적인 형태의 검은색 구름이 점점 커지면서 느릿느릿 소용돌이를 치고 있었다.
야전 의자에 앉아 있던 폴스켄이 부리나케 일어났다.
"지시대로 해! 전원 산개! 뛰란 말이야!"
폴스켄을 포함한 모두가 사방으로 흩어졌다. 두 발로 달리던 카샤는 속도가 마음에 들지 않았는지 입고 있는 갈색 코트에 어울리지 않게 두 손까지 동원하여 야성적으로 질주했다.
이윽고 거대한 낙뢰가 그들이 있던 자리에 떨어졌다. 자연의 번개는 한 번 번쩍하고 말지만 지금 떨어진 번개는 폭포처럼 계속해서 떨어져 내렸다. 뿐만 아니라 대규모의 화약 폭발과 맞먹는 충격파가 일어나 지면을 쪼개고 흔들었다. 카샤는 바위 뒤에 숨었고, 크로이츠들은 반사적으로 엎드려 파편과 폭풍에 대처했다.

그 부자연적인 낙뢰가 끝난 뒤, 묘한 냄새가 모두의 코를 찔렀다. 원래 낙뢰 뒤에 화학적인 냄새가 나긴 하지만 지금은 그 농도가 매우 짙었다.

카샤가 바위 뒤에서 나왔다. 그녀를 본 폴스켄은 조심스레 일어난 뒤 자세를 낮추고 그녀에게 다가갔다.

"카샤님, 이게 대체 무슨 일입니까?"

먼저 피하라고 한 만큼 그녀가 뭔가 알고 있을 것이 분명하다는 판단이었다.

"마법이오, 대령."

폴스켄의 움직임이 잠깐 멎었다.

"마법?"

마법에 대해서 전혀 모르는 바가 아니었던 폴스켄은 그녀를 빤히 쳐다보기만 했다. 지금 땅에 떨어진 번개는 그가 알고 있는 마법에 대한 정보를 훨씬 뛰어넘는, 공성 병기에 가까운 위력을 지니고 있었기 때문이다.

"마법이라니, 무슨……?"

"꽤 공을 들여 만든 대형 마법이외다. 한 명이 만든 것은 아닌 것 같고…… 아, 저기 있구려."

폴스켄은 그녀가 가리킨 방향을 재빨리 봤다. 메마른 땅 위에 수십 명의 그림자가 있었다. 깔끔하면서 고급스런 옷을 입은 남자 한 명과 중무장을 한 용병들, 그리고 두꺼운 후드로 얼굴을 가린 정체불명의 3인조였다.

고급 옷을 입은 자의 얼굴을 본 폴스켄은 놀라면서도 한편으로는 불쾌해했다.

"브리스톤의 대사(大使)? 저 양반이 왜 이런 일을……!"

브리스톤의 대사는 사방으로 흩어진 크로이츠들을 보며 만족스럽게 웃었다. 면도를 깔끔히 한 그는 7:3 가르마의 단정한 금발에 훌륭한 얼굴 선을 가진 신사였는데, 짓고 있는 표정은 어딘지 모르게 싸늘하면서도 광적이었다.

"대마법사 아젤란도님이 10년 가까이 공들여 세운 탑을 이렇게 간단히 빼앗으려고? 어림없다, 바란투로스여."

대사는 후드를 쓴 3인조에게 말했다.

"지금 적들이 뭉치면 곤란하오. 게다가 첫 번째 마법을 피한 만큼 물리적으로 해결해야 할 것 같소. 저들을 일단 흩어놓으시오."

후드를 쓴 3인조 중 보통 사람의 키를 가진 자가 뒤로 물러났다. 이어서 아동에 가까운 키의 두 명이 앞으로 나서서 두 손을 뻗었다.

뽀얀 손들의 앞에 묘한 형태의 도형들이 차례차례 떠올랐다. 종이에 필기구로 그린 것이 아니라 빛으로 이루어진 문자였고, 묘한 소리까지 동반했다. 이어서 원형의 테가 도형들을 둘러쌌다. 그것이 마법진의 완성이었다.

마법진의 문자를 해석한 카샤는 다시금 크로이츠들에게 외쳤다.

"공기 장벽의 마법이다! 모두 흩어져!"

소리치는 그녀의 모습에 보통 키의 후드가 움찔했다.

"저 소녀는……."

고운 남자의 목소리였다.

앞에 있는 작은 후드들이 중얼거리듯 말했다.

"보는 것만으로 우리들의 마법을 해석했습니다, 마스터."

"인간이 아닌 것 같습니다. 꼬리도 그렇고."

"목표 및 마법을 바꿀까요, 마스터?"

감정이 전혀 느껴지지 않는, 인형이 주절거리는 것 같은 말투였다.

보통 키의 후드가 말했다.

"아니, 일단 하던 것부터. 저 소녀의 정체는 내가 알고 있으니 주문을 마무리하여라."

"예, 마스터."

합창하듯 말한 작은 후드들은 손앞에 만든 마법진을 발동시켰다.

파란색의 빛이 크로이츠들에게 뿌려졌다. 카샤의 말대로 흩어지던 크로이츠들 중 몇 명이 갑자기 뭔가에 부딪치며 넘어졌다. 코와 얼굴 등을 감싼 크로이츠 대원들은 쓰러진 채 자신들의 앞을 봤다.

"이건 뭐야?"

공기가 뿌옇게 탁해졌다. 앞에만 그런 것이 아니라 그들 주위의 공기 전부가 그렇게 변했다. 마치 반투명한 그릇 속에 갇힌 듯한 모습이었다.

모두가 갇힌 것을 확인한 대사는 뒤에 늘어선 용병들에게 손짓했다.

"장벽을 하나씩 걷을 테니 그대들이 처리하게. 돈 값은 확실히 하겠지?"

커다란 들소의 뿔 한 쌍을 투구에 붙인 중년의 용병이 흉터로 얼룩진 얼굴에 미소를 그렸다.

"상대가 섀델 크로이츠라고 해서 잔뜩 긴장했더니만 이렇게 좋은 판을 만들어주다니, 너무 싱겁겠구려. 아무리 크로이츠라고 해도 비무장에 소수로 나뉘어 있다면 별거 아니지. 당신, 돈을 너무 무리하게 쓴 거 아니오?"

"걱정하지 말고 잔금을 받고 싶다면 어서 처리나 하게."

"후후, 알겠소. 애들아, 가자!"

대사의 주변에 깔려 있던 용병들이 석궁과 총을 들고 전진했다. 육체는 하나같이 강건했고, 입은 장비는 물론 표정까지도 빈틈이 없는 자들이었다.

장벽 안에서 용병들의 모습을 살핀 폴스켄은 씁쓸한 표정을 지었다.

"이거 곤란하게 됐군요."

카샤가 물었다.

"아는 자들이오?"

"개인적으로 알지는 못하지만 장비로 따지자면 용병들 중에서도 최고 몸값에 속하는 자들입니다. 개인의 몸값만 해도 시골의 작은 집 한 채를 사고도 남을 수준이라 이렇게 집단으로 동원되는 일은 거의 없는데……. 저 대사가 도대체 무슨 돈으로 저자들을 동원했는지 모르겠군요."

"크로이츠보다 강하오?"

"전투력은 우리가 월등히 앞섭니다. 하지만 그것은 우리가 칼이라도 한 자루 들었을 때의 얘기지요. 카샤님, 이 장벽은 밖에서 오는 탄환이나 화살을 막을 수 있습니까?"

"밖에서의 공격은 아마 그대로 통과시킬 것이오."

"……뭔가 방법이 없겠습니까, 카샤님?"

"해보겠소."

카샤가 양손을 장벽에 댔다.

"이렇게 밀폐된 곳에서 본좌가 천요의 모습을 갖추면 그 순간 장벽 내의 모두가 피해를 입을 것이오. 누군가가 장벽을 해제할 시간만 벌어주면 좋겠는데……!"

그녀가 손을 댄 부분이 빨갛게 달아올랐다.

장벽을 유지하던 작은 후드들이 큰 후드를 봤나.

"마스터, 저 생물이 마법 해제를 시도하고 있습니다."

"우리가 아는 것과는 다른 방식의 마법 해제입니다. 시간이 얼마나 걸릴지 예상할 수 없습니다."

그 말을 옆에서 들은 대사가 양손을 입에 대고 크게 소리쳤다.

"용병들, 뭐 하나! 시간이 없으니 어서 쏴라! 저 꼬마! 그래, 꼬마가 있는 장소부터 처리하란 말이다! 한 명이라도 빠져나가면 계약대로 돈은 없으니 알아서 해!"

뿔 투구의 남자가 들리지 않게 욕을 한 뒤 외쳤다.

"어이, 다들 들었지? 높으신 어르신이 저기 꼬마가 있는 곳부터 치라신다! 전원 사격 준비! 벌집을 만들어라!"

"예이, 예이."

용병 전원이 능숙하게 자리를 잡고 사격 자세를 취했다. 석궁을 든 자들은 앞쪽에 열을 맞췄고, 총을 든 자들은 뒤쪽에 열을 맞췄다. 자리를 잡는 속도가 빠르면서도 다른 사람들이 조준하는 것에 방해되지 않도록 거리를 두는 것도 잊지 않았다.

뿔 투구의 남자는 카샤를 보며 중얼거렸다.

"내 막내가 살아 있었으면 아가씨 정도 됐을까? 후후, 일은 일이라 어쩔 수 없군. 미안해, 꼬마 아가씨."

준비를 마친 그들의 머리 위로 그림자 하나가 스쳐 지나갔다. 뒤이어 용병들의 목에서 뿜어진 피가 그림자를 뒤쫓듯 길게 뿜어졌다.

동물적인 감각으로 몸을 젖혀 기습을 피한 뿔 투구의 남자는 땅으로 덜컥 떨어진 투구의 왼쪽 뿔을 질끈 밟으며 오른쪽을 봤다.

"누구냐!"

대답 대신 양손대검의 날카로운 칼날이 그에게 들어왔다. 등에 찬 검을 반쯤 뽑아 칼날을 가까스로 막아낸 뿔 투구의 남자는 자신과 충돌한 자를 노려봤다.

맑고 선명한 파란색의 눈동자 위로 깃털 같은 금발이 흩날렸다. 살기만 띠지 않았다면 어떻게든 소유하여 자신만의 것으로 만들고 싶은 아름다운 모습이었다.

하지만 뿔 투구의 남자에겐 같은 남자에 대한 악취미가 없었다. 하마터면 목이 날아갈 뻔한 지금의 상황을 해결하고자 하는 의지만이 있을 뿐이었다.

기습을 가한 청년을 향해 다른 용병들의 칼날이 밀려왔다. 재

빠른 몸짓으로 물러난 청년은 총신에 칼날이 하나만 붙은 양손 대검을 들고 용병들을 노려봤다.

카샤가 깜짝 놀란 얼굴로 말했다.

"리벨? 어떻게 저기에 있는 거지? 무기까지 들고?"

안도의 한숨을 쉰 폴스켄은 수십 명의 용병과 마주한 리벨을 보며 웃었다.

"괜히 파렌의 부관이 아니지요."

바란투로스의 군부가 평가하는 리벨 클리츠는 파렌만큼 전략 전술에 능하고, 파렌만큼 선견지명이 있고, 파렌만큼 부대 지휘를 잘하고, 파렌만큼 개인 전투 능력이 높은, 미래가 기대되는 훌륭한 하사관이었다.

파렌과 폴스켄도 최근까지는 그렇게 생각했다. 하지만 단 한 명, 키르히만은 어렸을 때부터 그의 능력을 인정하지 않았다. 그저 우등생에 겉모습이 좋아서 파렌이라는 본보기에 비교되는 것뿐이지, 실전에서는 아무것도 못할 바보라는 것이 그의 주장이었다.

리벨은 키르히의 그 주장을 억누르기 위해 오랫동안 꾸준히 노력했지만, 얼마 전 보레트문트 지방에서 저지른 실수로 인해 그에 대한 평가는 크게 흔들렸다.

그렇다고 해도 그가 가진 객관적 능력까지 저하된 것은 아니었다.

마법에 의한 낙뢰를 피한 직후 리벨이 가장 먼저 본 것은 마차와 말이었다. 동물들은 본능적인 감각으로 자연적 위험을 미리 알아차리기 마련인데, 마차에 묶인 말들은 낙뢰에 조금 놀랐을 뿐, 결사적으로 몸부림치지는 않았다.

　낙뢰를 자신이 모르는 초자연적인 힘에 의한 공격이라고 판단한 그는 계속 엎드려 있는 동료들을 일으켜 대응할지, 아니면 개인적으로 움직여 혹시라도 있을 피해를 최소화할지 고민했다. 몸을 숨길 장소가 부족한 상황에서 동료들을 이끌고 장비가 있는 마차로 우르르 달리는 것은 무기를 챙길 시간을 제외하고라도 위험천만한 일이었다.

　결국 그는 혼자서 재빨리 마차로 들어갔다. 적들의 눈을 가까스로 피한 그가 자신의 장비를 완전히 손에 넣었을 무렵, 크로이츠들은 흩어진 채로 이상한 힘에 갇히게 되었고, 용병들이 총과 석궁을 앞세워 전진을 시작했다.

　다시 고민에 빠지려는 그의 눈에 마법의 장벽에 손을 대고 힘을 쓰는 카샤의 모습이 보였다. 카샤가 하는 일이 무엇인지 리벨이 알 길은 없었지만 적어도 자신들에게 불리한 일 같지는 않아 보였다.

　리벨은 카샤가 일을 마무리할 시간을 벌어주기 위해 용병들에게 뛰어들었다. 파렌에게 인정을 받고 키르히의 입을 막아버리겠다는 목표는 일단 의식의 저편으로 날려 버렸다. 그는 폴스켄이 판단했던 것과 마찬가지로 자신이 상대할 용병들이 지금까지 돈 값을 충실히 해온 최고 수준의 전문가들임을 확실히 알고 있었다. 그런 상황에서 잡념을 고집스럽게 갖고 있을 필요는 없었다.

　결국 그들과 대치하게 된 리벨은 눈을 크게 뜨고 용병들의 움직임을 자세히 살폈다.

용병들은 목젖 아래의 동맥이 끊겨 사망한 동업자들을 버려 둔 뒤 각자의 무기들을 꺼냈다. 대부분이 검이었고, 도끼와 낫을 든 자들도 적지 않았다. 모습이 좀 추한 것이 몇 개 있었지만, 그것들 모두 시장에서 아무렇게나 산 것들이 아니라 적지 않은 돈을 지불하고 만든 뒤 확실히 다듬은 고급 제품들이었다.

움직임도 범상치 않았다. 용병들은 동업자들의 죽음에 동요되기는커녕 상대가 크로이츠라는 것을 유념한 채 조심스럽게 위치를 잡았다.

뿔 투구의 용병이 잘린 뿔이 있던 장소를 만지며 앞으로 나섰다.

"내 투구를 배상받으려면 섀델 크로이츠의 누구 이름으로 따져야 하나?"

리벨의 연한 입술이 벌어짐과 동시에 세 명의 용병이 대답의 틈을 노리고 날랜 몸짓으로 달려들었다. 그들 셋의 목을 순식간에 베어 쓰러뜨린 리벨은 하려던 대답을 계속했다.

"리벨 클리츠. 계급은 상사다. 이제 됐나?"

"충분하다!"

그의 손에서 날이 두툼한 손도끼가 날아갔다. 단순히 사람의 몸에 꽂기 위한 무기가 아니라 뼈를 부숴 움직이는 것을 봉쇄할 목적을 지닌 묵직한 무기였다.

목을 옆으로 젖혀 손도끼를 피한 리벨은 왼쪽으로 방향을 바꿔 뛰었다. 용병들 몇 명이 자신을 우르르 따라오자 그는 작고 납작한 바위를 밟으며 뛰어올라 몸을 틀었다. 방향을 용병들 쪽으로 바꾼 그는 칼자루 밑에 미리 장치한 받침대를 어깨 밑에 댄 채 사격 자세를 잡고 있었다.

 달려가던 용병들은 피하기 위해 움직였지만 거구와 중장비가 과학적으로 그들의 발목을 잡았다.

 그 순간 리벨이 방아쇠를 당겼다. 불꽃과 함께 수를 헤아리기 힘든 납 덩어리들의 비가 용병들에게 쏟아졌다. 부드러운 피부를 뚫고 들어간 산탄 알갱이들은 근육 속에서 제각각 뭉그러지고 퍼지면서 육체를 망가뜨렸다.

 수십 명이 한꺼번에 쓰러지는 사이 리벨은 재빨리 새로운 탄환을 장전했다. 방금 쓴 것과 같은 대인살상용 산탄이었다.

 뿔 투구의 남자가 머뭇거리는 용병들에게 소리쳤다.

 "크로이츠에 대해서 알아보지도 못하고 왔나? 녀석들은 전부 신형 카노네 블라트를 쏜다! 뭉치지 말고 흩어져서 공격해! 아니, 차라리 총이나 석궁을……."

 소리치던 남자는 옆에 있는 동료들의 뒤로 엎드렸다. 어리둥절하는 용병들의 앞으로 검고 작은 물건이 떨어졌다. 폭탄이었다.

 폭탄이 터지면서 쇳조각들이 사방으로 퍼졌다. 용병들은 엉망이 된 안면을 부여잡으며 앞뒤로 고꾸라졌다.

 동료들을 방패로 겨우 살아남은 뿔 투구의 남자는 빠른 발놀림으로 중장비의 용병들을 유린하며 싸우는 리벨의 모습을 사납게 노려봤다.

 용병들 가운데에도 몸집이 작고 빠른 자들은 있었지만 리벨은 그보다 훨씬 빠르고 공격도 정확했다.

 인간이 고어를 상대할 때 최고로 손꼽히는 무기는 강철을 뛰어넘는 환상의 금속, 리제늄으로 된 무기도 아니고, 화약 무기도 아니다. 초인적인 순발력과 몸놀림이야말로 최강의 무기이자 기본 사항이었다.

비록 키르하나 파렌에 미치지는 못하지만 리벨은 크로이츠 중에서 상위권에 속하는 전투 능력의 보유자였다. 아무리 전장에서 실전으로 다져진 용병들이라 해도 수만 믿고 그를 쉽게 쓰러뜨리는 것은 힘들었다.

"저 계집애 같은 녀석이……!"

용병으로서의 이성을 버릴 뻔한 뿔 투구의 용병에게 브리스톤 대사의 외침이 들렸다.

"지금 뭘 하는 건가! 꼬마가 있는 곳부터 치라고 하지 않았나!"

정신을 차린 뿔 투구의 용병은 카샤가 있는 곳을 봤다. 그녀와 크로이츠 일부를 격리하고 있던 장벽이 눈에 띄게 얇아진 상태였다.

"알았으니 걱정하지 마시오!"

그가 허리에 찬 석궁을 뽑으며 리벨에게 달려갔다.

"모두 비켜라!"

용병들이 그의 외침에 팔과 다리를 멈췄다. 그 틈을 노려 양손대검의 방아쇠를 당기려던 리벨이었지만 생각대로 되진 않았다. 뿔 투구의 용병이 석궁을 쏜 것이다.

그가 쏜 화살은 리벨의 가슴에 정확히 꽂혔다. 흠칫 놀란 리벨은 자신에게 달려오는 남자를 급히 돌아봤다.

챙! 하는 금속음이 울렸다. 남자가 석궁의 앞에 달아둔 초승

달 모양의 칼날이 리벨의 검을 시끄럽게 긁었다.

남자는 힘으로 리벨을 밀어붙였다. 마치 야생 곰을 연상시키는 그의 육체에서 뿜어지는 힘은 리벨이 물리적으로 대항할 수 있는 수준이 아니었다.

그는 촉이 깨진 채 땅에 떨어진 화살을 보고 씩 웃었다. 그것은 방금 전 그가 리벨의 가슴에 쐈던 화살이었다.

"보통 코트가 아니라는 소문이 사실이었군. 고어와 싸우는 섀델 크로이츠의 장비라 이건가?"

"즉사만 겨우 면하게 해줄 뿐이지. 그래 봤자 기절한 채로 죽을 뿐이야."

"흐흐, 무슨 말인지 잘 알고 있지. 내 가족도 고어에게 죽었거든. 너희들이 구하지 못한 수많은 사람들 가운데 불과 네 명일뿐이지만."

"……"

"미안해할 필요는 없어. 그땐 너희들이 손에 칼 대신 사탕을 들고 있을 때였으니까. 자아, 이제 현실에 충실해 볼까?"

그가 리벨을 더욱 밀어붙이며 외쳤다.

"이봐! 이 녀석은 내가 맡을 테니 너희들은 저 꼬마가 있는 곳부터 쳐라! 우선 꼬리 달린 꼬마부터 쏴서 없애! 이러다간 돈도 못 받고 끝날 것 같으니까!"

용병들이 그의 말에 따라 다시 총과 석궁을 들고 움직였다. 리벨은 무릎으로 남자를 가격하려 했지만 남자는 팔꿈치로 재빨리 그의 무릎을 막았다.

"무시하지 말라고. 난 이래 봬도 웨스트리치에서 가장 몸값이 비싼 용병 중 열 손가락 안에 드는 사람이야. 체술이든 검술이든, 인간이 사용하는 살인 기술은 전부 내 몸에 새겨져 있단 말이다!"

 그가 다시 힘으로 리벨을 밀었다.
 남자가 든 석궁의 칼날이 리벨의 칼날을 이기지 못하고 쪼개졌다. 하지만 남자는 그럴 것을 예상한 듯 부서진 석궁을 리벨의 머리를 향해 휘둘렀다.
 왼팔을 세워 석궁을 막은 리벨은 남자로부터 떨어지기 위해 뒤로 뛰었다. 그러나 남자는 그의 예상을 넘어선 속도로 다시 거리를 좁혔다. 완전히 밀착한 상태에선 대응할 방법이 마땅치 않은 양손대검의 약점을 확실히 알고 있는 것이다.
 그가 머리로 리벨의 놈을 늘이받았다. 투구에 달린 뿔이 리벨의 옆구리를 아슬아슬하게 스쳤다. 그가 처음에 뿔 중 하나를 잘라놨기에 망정이지, 그렇지 못했다면 지금쯤 복부가 뚫리거나 큰 상처를 입었을 것이다.
 남자는 리벨이 피한 것에 굴하지 않고 계속해서 밀어붙였다. 그의 어깨에 들이받힌 리벨은 체중과 힘의 차이를 극복하지 못하고 튕겨 날아갔다.
 그가 쓰러진 것을 본 남자는 등에 찬 검을 뽑아 들었다. 날이 넓고 묵직한 그 검은 양손대검과 마찬가지로 상대방을 때려 끊을 목적으로 고안된 무기지만, 양손대검보다 훨씬 짧고 어느 정도 힘이 있다면 한 손으로도 다룰 수 있기에 한 발의 위력을 제외하고는 양손대검보다 여러 면에서 유리한 무기였다.
 두 다리를 머리 위로 들면서 그 반동으로 다시 일어난 리벨은 검을 앞으로 쭉 뻗었다. 리벨의 목숨을 끊기 위해 달려가던 남자는 깜짝 놀라 옆으로 몸을 젖혔다. 왼쪽 어깨를 덮은 갑주가 날아가면서 흉터로 얼룩진 어깨가 드러났다.

리벨은 그 상태로 찌르기를 연발했다. 단순히 무기를 들고 찌르는 게 아니라 석궁에서 발사되는 화살처럼 탄력이 넘치고 정확한 찌르기였다.

남자는 리벨과 아슬아슬한 거리를 유지하면서 그를 자극했다.

"날 곤란하게 하는 것은 좋지만…… 괜찮을까?"

그 사실을 잠깐 망각했던 리벨은 곁눈질로 남자의 어깨 너머를 봤다. 용병들은 사격 자세를 완벽히 잡고 방아쇠를 당기려 하고 있었다.

"비켜라!"

그가 찌르기 자세를 풀고 남자에게 달려들었다. 그 순간 남자가 왼손으로 손도끼를 던졌다.

"잡았다!"

공기를 가르며 날아가던 손도끼가 리벨의 대퇴부를 스쳤다. 그가 도끼를 던지자마자 새처럼 몸을 비틀어 피한 것이다.

리벨은 부상에도 아랑곳 않고 남자를 향해 검을 휘둘렀다. 리제뉴의 칼날은 남자의 어깨 갑옷을 종이처럼 가르며 목을 향해 전진했다.

그리고 둘의 움직임이 멎었다.

리벨의 칼날은 남자의 목 언저리에 멈춰 있었다. 털가죽 때문에 보이지 않았던 남자의 목과 가슴 윗부분은 검은색 광택의 철갑으로 단단히 보호되어 있었다.

리벨은 경악했다.

'리제늄 철갑?'

"눈을 어디다 두나!"

남자는 징이 박힌 무릎 갑옷으로 리벨의 늑골을 가격했다. 코트 속에 있는 보형물 때문에 늑골을 직접 다치진 않았지만 리벨의 몸에 전해진 충격은 대단했다.

남자는 검을 놓치며 날아간 리벨을 향해 천천히 다가갔다. 그는 털가죽을 손으로 내려 자신의 목숨을 구해준 검은색 철갑을 자랑스레 보여주었다.

"너희들이 쓰는 정제된 리제늄은 무슨 짓을 해도 구할 수 없지만 정제되지 않은 리제늄은 돈만 있으면 구할 수 있지. 금보다 10배 더 비싸긴 하지만 돈 좀 있는 어르신들과 용병들 사이에서는 인기라고. 정제된 리제늄보다 무거워도 칼이든 도끼든 총알이든 가볍게 막아주니까."

리벨이 다시 일어나 검을 향해 달리려고 하자 남자가 태클로 그를 밀어붙였다. 힘에서는 도저히 어쩔 수 없는 리벨은 튕겨 나가 땅바닥을 굴렀다.

남자는 기분 좋게 웃었다.

"좋은 구경거리가 있으니 당장 죽이진 않겠어. 그렇게 엎드려서 잘 보라고. 저 꼬마와 네 동료들은 이제 벌집이 될 테니까!"

용병들이 일제히 방아쇠를 당겼다. 그보다 조금 앞서 폴스켄이 카샤를 품에 안고 등을 돌렸다. 이어서 다른 크로이츠들이 미리 벗고 있던 코트를 일제히 던져 그들 위를 덮었다.
 카샤를 노린 탄환과 화살은 코트를 통과하지 못했지만, 일부는 코트를 벗은 크로이츠들의 팔다리에 박혔다.
 코트에 뒤덮인 폴스켄이 크로이츠들에게 외쳤다.
 "전원, 카샤님을 보호하라!"
 "예, 대령님!"
 부상을 당한 자와 그렇지 않은 자 모두 뛰어와 카샤와 폴스켄을 등지고 서로의 팔을 엮어 인간의 벽을 만들었다.
 "무슨 짓이오! 모두 죽는단 말이오!"
 카샤는 몸부림을 쳤지만 폴스켄은 고개만 저을 뿐, 그녀를 껴안은 팔을 풀어주지 않았다. 크로이츠들은 서로의 손을 꽉 잡으며 의지를 확인했다.
 뿔 투구의 남자는 고개를 갸웃했다.
 "저 꼬마가 저렇게 중요한 인물이었나?"
 리벨이 일어나며 말했다.
 "너희들에게도 중요한 존재다."
 "우리에게도?"
 "카샤가 없으면, 너희들의 장사판도 사라진단 말이다!"
 리벨은 코트 안에서 단검을 꺼내 남자에게 던졌다. 그러나 단검은 남자가 팔뚝에 찬 철갑에 부딪쳐 땅에 떨어졌다.
 "이런 칼로 뭘…… 음?"
 그가 다시 리벨을 찾았을 때 리벨은 허리에 찬 탄약 가방에서 중형의 폭탄을 꺼내 들고 용병들을 향해 달리고 있었다. 그것은 유사시에 안전핀만 뽑으면 바로 폭발하도록 설계된, 희생을 전제로 한 무기였다.

"웨스트리치의 영광을 위해!"

그가 폭탄의 안전핀을 뽑으려는 찰나였다.

형체가 없는 이상한 힘이 그의 전신을 때렸다. 알 수 없는 힘에 당한 리벨은 폭탄을 놓치고 날아가 바닥에 떨어졌다.

작은 키의 후드들 중 한 명이 한숨을 내쉬며 손을 거두었다. 그가 만들어놓은 마법진도 이내 사라졌다.

뿔 투구의 남자도 안도의 한숨을 내쉬었다.

"이야, 멋있다. 꼴좋네."

이어서 성의 없는 박수 소리가 천천히 터졌다.

아무 말도, 아무 행동도 하지 않은 남자는 침을 꿀꺽 삼키며 옆을 바라봤다. 키만은 그와 비슷한 붉은 코트의 청년이 긴 육포의 끝을 입에 문 채 박수를 치고 있었다.

어느새 피투성이가 된 리벨은 고개를 들어 박수로 자신을 깨운 청년을 봤다.

"키르히……!"

청년, 키르히가 옆에 접근하는 것을 전혀 느끼지 못했던 뿔 투구의 남자는 깜짝 놀라 옆으로 멀리 물러났다.

"크, 크로이츠?"

키르히는 박수를 멈추고 뒷머리를 긁적였다. 사나운 바람에 휩쓸린 듯한 갈색 머리가 그의 손에 이끌려 위아래로 넘실거렸다.

"그 투구 말인데, 뿔 두 개 있던 거 맞지?"

"무슨 상관이냐!"

그가 투구의 뿔을 앞세우고 무섭게 달려들었다. 들소처럼 달리던 그가 우지끈 멈췄다. 그의 두꺼운 목에 무리가 갈 정도로 강력한 저지력이었다.

남자는 자신이 벽에라도 부딪쳤나 싶었지만 몸을 숙인 그의 눈에 보이는 것은 키르히의 검은색 군화뿐이었다.

"들소 놀이야? 나도 좀 해볼까?"

남자는 뭔가가 투구를 찌그러뜨리며 자신의 머리를 조여오자 허겁지겁 투구의 끈을 풀고 뒤로 물러났다. 투구는 키르히의 왼손에 그대로 들려 있었다.

'한 손으로 날 막았다고?'

남자가 놀라는 가운데 키르히는 종이를 구기듯 남자의 강철 투구를 왼손만으로 사정없이 구겼다.

그 불가사의한 광경에 남자의 얼굴이 하얗게 떴다.

"이런 미친!"

키르히의 입끝이 묘하게 올라갔다.

"자주 들어, 그 말."

남자는 다급히 키르히의 모습을 살폈다. 갈색 머리, 풀뿌리라도 씹은 듯 밑도 끝도 없이 떫은 표정, 그리고 붉은 코트. 그 세 가지의 요소는 착오의 여지를 주지 않고 단 한 사람의 이름을 정확히 가리켰다.

'키르히 펙터!'

브리스톤의 대사가 거액을 들고 자신을 찾아왔을 때, 남자는 상대가 크로이츠라는 사실을 알고 일단 사양했다. 용병이 돈을 따라 움직이는 직업이긴 하지만 돈으로 보충할 수 있는 위험에도 정도가 있는 법이었다.

하지만 대사는 크로이츠의 조직력을 와해시킬 수 있는 비책이 있다면서 그를 설득했고, 남자는 반신반의하면서 제안을 받아들였다. 그리고 자신이 가입한 동업자 조합에서 최고로 꼽히는 자들을 불러 모아 여기까지 데려왔다.

그는 동업자들에게 세 가지 주의 사항을 알려주었는데, 그중에서 첫 번째는 대사의 비책이라는 것이 실패하면 대사 쪽에서 계약 조건을 만족시키지 못한 것이니 그냥 돌아가라는 것이었다.

그리고 두 번째는 키르히 펙터가 나타나면 당황하지 말고 무조건 총이나 석궁을 이용해 멀리서 공격하라는 것이었다. 인간뿐만 아니라 고어까지 갈로 씰어 부수는 괴물을 괜히 백병전으로 상대했다가는 끔찍한 죽음만이 있을 것이다.

마지막으로 바란투로스의 흑기사, 파렌 콘스탄이 나타나면 저승사자를 본 것이라 생각하고 대사를 죽이든가 부상을 입힌 뒤 무조건 도망가라는 것이었다. 그렇게 하면 대사에게 받은 착수금을 돌려줄 필요도 없고 목숨도 건지게 되니 용병들로서는 이득이었다.

그 세 가지 주의 사항 중에서 두 번째 조건이 지금 충족되었다. 하지만 남자의 상황은 말 그대로 진퇴양난이었다. 이제 와서 그만두고 도망쳐 봤자 군인 상해 행위 및 살인 미수 죄로 인해 추격당하기 때문이다.

'어찌하면, 어찌하면 좋단 말인가!'

고민하는 그에게 키르히가 물었다.

"어이, 아저씨. 나 계속 보고 있으면 뭐 생겨?"

남자가 퍼뜩 정신을 차렸다.

"그, 그건 아니지만……."

"싸울 거면 덤비고, 그럴 생각 없으면 무기를 버려. 산에서 혼자 뛰어 내려오느라 힘들어 죽겠으니까 웬만하면 버리시지?"

혈색을 잃은 남자의 얼굴에 핏기가 확 돌았다.

"무기를 버리라고? 우릴 살려주겠다는 건가?"

"우리 중 한 명이라도 죽었다면 한두 명만 남기고 다 죽였을 텐데, 다친 사람은 있어도 죽은 사람이 없잖아. 그러니 할배 말대로 해야지."

"할배?"

키르히는 저쪽을 보라는 듯 산의 입구 쪽으로 고개를 돌렸다. 그곳으로 눈을 돌린 남자는 턱뼈에 가벼운 무리가 갈 정도로 입을 벌렸다. 그곳에는 작은 행렬이 있었는데, 그를 놀라게 한 것은 앞장선 파렌 콘스탄이 아니라 그의 보호를 받으며 오는 노인이었다.

"호엔 3세 폐하? 이 무슨!"

그는 호엔 3세의 얼굴을 확실히 알고 있었다. 바란투로스는 웨스트리치에서 가장 큰 나라이자 국가에서 용병에게 일거리를 주는 몇 안 되는 나라 중에 하나다. 덕분에 몇몇 고급 용병들은 먼발치에서나마 호엔 3세의 얼굴을 볼 기회가 주어지기도 한다.

당황한 그는 이쪽을 보고 이를 가는 대사를 향해 고래고래 소리쳤다.

"약속이 다르오, 대사! 호엔 3세 폐하가 관여되어 있다는 말은 왜 하지 않았소? 나와 내 동업자들의 집안까지 전부 들어 엎을 생각이오?"

"죽이면 되지 않나! 그깟 늙은이, 확 없애 버려!"

이성을 잃은 대사의 외침에 용병이 오히려 화를 냈다.

"닥치시오! 우리의 계약은 끝이오!"

남자뿐만 아니라 다른 용병들 모두 무기를 땅으로 향했다. 대사는 발을 굴렀고, 후드를 쓴 자들은 아무 행동도 하지 않고 상황을 지켜봤다.

히스에게 업혀온 호엔 3세는 땅에 내려온 뒤 호위를 받으며 남자에게 다가갔다.

"처세에 능한 놈이로군."

남자는 두 무릎을 꿇고 양손을 땅에 댔다.

"소인, 로메로라고 합니다. 폐하께서 계시다는 사실을 알았다면 이러한 무례는 저지르지 않았을 것입니다. 부디 너그러이 용서하여 주십시오."

호엔 3세는 주위에 떨어진 용병의 검을 들었다.

"짐의 물음에 어떻게 답하느냐에 따라 네 목숨이 좌우될 것이다."

"명심하겠습니다, 폐하."

"브리스톤의 대사에게 계약서나 영수증을 받았느냐?"

"영수증은 받았습니다."

"대사의 이름이 적혀 있거나 인장이 찍힌 영수증이냐?"

"그것이, 워낙 거액이고 비밀스러운 일인지라……."

"됐다. 고개를 들어라."

"예, 폐하."

그가 고개를 드는 순간 왕이 든 검이 그의 안면을 단숨에 관통했다. 치명상을 입은 남자는 기괴한 숨을 내뱉으며 몸을 부르르 떨었으나 왕은 무덤덤한 얼굴로 그 모습을 지켜보며 칼자루를 든 손을 비틀었다.

"증인으로서의 가치조차 없다면 죽어야지. 친구들도 곧 보내줄 테니 저승에서 자리나 깔고 있어라."

숨이 끊긴 남자는 무릎을 꿇은 채 앞으로 엎어졌다. 허리를 두드린 왕은 굳어지는 남자의 시체를 의자로 삼았다.

왕은 용병들에게 소리쳤다.

"너희들 중에 대사가 관련되었다는 증거를 가진 자가 있나? 있다면 살려주마!"

남자의 죽음에 당황하고 있던 용병들은 서둘러 무릎을 꿇고 두 손을 모아 빌기 시작했다.

"저, 저희는 아무것도 모릅니다, 폐하!"

"저희는 그저 돈을 받고 일을 하는 용병일 뿐입니다! 부디 자비를 베풀어주십시오!"

용병들의 말은 거기서 크게 벗어나지 못했다. 호엔 3세는 한숨을 쉬었다.

"자비는 베풀 것이다. 네놈들의 가족들은 살려줄 테니까."

왕은 손을 슬쩍 들었다.

"키르히, 히스, 슈이."

"예, 폐하."

셋이 동시에 몸을 숙였다.

"녀석들을 처리해라. 장난하지 말고 되도록 빨리."

"폐하의 명을 받들겠습니다."

셋은 각자의 스타일로 용병들을 향해 달려갔다. 무기를 놓고 있던 용병들은 어떻게든 대항하기 위해 무기를 다시 들었지만 시간과 정신적인 상태 모두 그들의 편이 아니었다.

가장 앞서 달려나간 슈이는 양손을 허리 뒤편의 가방 속에 넣었다. 그녀만을 위해 특별히 제작된 그 가방은 좌우로 손이 들어갈 만한 구멍이 뚫려 있어 그곳을 통해 물건을 뺄 수 있도록 되어 있었다.

가방에서 나온 그녀의 손에는 자루에 심지가 달린 작은 단검 두 자루가 양손에 각각 들려 있었다. 심지늘은 가방에서 나옴과 동시에 불이 붙은 상태였고, 불꽃을 튀기며 단검을 향해 타 들어갔다.

그녀가 양팔을 교차하며 단검을 날렸다. 우왕좌왕하던 용병들 중 두 명의 목과 이마에 단검이 세차게 박혔다. 하지만 일은 거기서 끝나지 않았다. 심지가 사라짐과 동시에 단검이 대폭발을 일으킨 것이다.

애초에 고어의 머리를 한번에 날릴 수 있도록 고안된 무기인 만큼 폭발은 주변의 용병들에게도 악영향을 미쳤다. 폭발의 열 폭풍으로 인해 얼굴 등에 중경상을 입은 자들이 즐비했고, 귀를 보호하지 못하는 투구를 착용한 자들은 고막의 파열에서 오는 격통과 신경이 내지르는 소음에 몸부림쳤다.

혼란에 빠진 용병들 틈을 백병전용의 중형 단검 두 자루를 쥔 슈이가 파고들었다. 그 단검은 오스틴이 사용하는 창과 마찬가지로 폭탄이나 총기류가 장치되지 않은 일반적인 무기였지만 사람의 급소를 치기에는 전혀 무리가 없었다.

암살과 정찰, 잠입이 전문인 슈이가 고어와의 전투에서 하는 일은 폭탄 단검으로 일반 고어들을 처리하여 공격진을 지원하거나 고어들의 틈으로 파고들어 시더 고어의 위치를 파악한 뒤 신호탄을 박아 모두에게 위치를 알리는 일이다. 고어와의 전투에서 시더 고어를 얼마나 빨리 처리하느냐가 관건인만큼 그녀의 비중은 매우 크다고 할 수 있었다.

사나운 고어들 사이를 지나가거나 징검다리처럼 밟고 뛰어다녀 온 슈이에게 혼란에 빠진 용병들의 마구잡이 공격은 아무것도 아니었다. 그녀가 중앙을 헤집는 사이 키르히와 히스가 양쪽에서 용병들을 사냥했다.

가볍고 예리한 슈이와 달리 둘은 집단으로 사냥하는 맹수들과도 같았다. 키르히는 굳이 말할 것도 없었고, 그에 뒤지지 않는 히스의 모습도 볼 만했다.

키르히와 달리 사람을 조각 낼 힘까지는 없는 히스는 왼손에 든 일반형 검으로 상대를 베거나 공격을 막고, 오른손에 든 검으로는 주로 찌르기를 사용한다.

그 찌르기의 위력은 키르히조차도 인정을 하는데, 무기의 특성상 파렌이 슈트롬 팔켄을 들고 찌르는 것보다는 부족하지만 그래도 시더 고어의 덜 자란 각질 정도는 뚫을 수 있다. 그런데 말이 덜 자란 각질이지, 실제 강도와 질김은 대충 만든 판금 갑옷을 능가하는 수준이다. 그것을 뚫어버리는 공격을 사람이 맞는다면 끔찍한 상황이 벌어질 것이다.

히스의 찌르기에 적중한 용병들은 갑옷과 자신의 가슴뼈를 뚫고 들어온 칼날을 멍하니 보다가 쓰러졌다. 본래는 찌른 뒤에 방아쇠를 당겨 내부를 파괴해야 하지만 인간에게 그런 수고를 할 필요는 없었다.

호엔 3세의 시선은 후드를 쓴 자들과 함께 있는 브리스톤 대사에게 꽂혀 있었다. 왕은 불쾌한 표정으로 중얼거렸다.

"녀석, 도망치지 않는군."

파렌의 시선도 같은 곳에 있었다. 용병들의 숫자가 급격히 줄어들고 있음에도 불구하고 브리스톤의 대사는 전혀 움직이지 않았다. 오히려 미친 사람처럼 실실 웃고 있기만 했다.

"후드를 쓴 자들의 능력을 믿고 있는 것 같습니다."

"그렇겠지. 이렇게 신기한 광경들을 만들어낸 존재들이니 나라도 믿겠네. 그런데 가만히 있는 것도 이상하군. 뭔가 우리를 해하려는 움직임을 보여야 정상이 아닌가?"

파렌은 말없이 알렌 쪽을 바라봤다. 알렌의 등에 업혀 있는 그녀는 동공이 없는 주황색 눈으로 후드를 쓴 자들을 지켜보고 있었다.

용병들이 모두 죽은 뒤, 임무 완료 신호를 본 호엔 3세는 자신이 만든 시체 의자에서 일어나 대사가 있는 쪽으로 걸어갔다. 방패를 든 오스틴이 살아 있는 벽처럼 그를 호위했고, 파렌도 그를 따랐다. 알렌은 파렌의 지시에 따라 네벨과 함께 키르히들이 있는 곳으로 갔다.

"데이빗 버넷 대사, 그대가 짐의 나라에서 짐과 짐의 젊은이들을 상대로 무슨 짓을 하는 것인지 궁금하오. 이해하기 쉽게 설명해 주겠소?"

호엔 3세에 대해 아무런 예의도 갖추지 않은 브리스톤의 대사는 쓴웃음을 지었다.

"일단 살려드리겠습니다, 폐하."

왕은 싱긋 웃었고, 파렌은 특별한 반응을 보이지 않았다. 오스틴은 뜨거운 입김을 투구 밖으로 흘려보냈다.

"친절은 고맙소만 이유라도 좀 알고 살았으면 좋겠소. 그대가 원하는 것이 무엇이오?"

"폐하께서 확보하신 소녀를 아무런 조건 없이 넘겨주십시오."

"음? 그 소녀가 무슨 죄라도 지었소?"

"지금 폐하께서 하실 수 있는 일은 소녀를 넘겨주시는 것뿐입니다. 뒤늦게 목숨을 구걸하셔도 저는 들어드리지 않을 것입니다."

"저 소녀가 브리스톤에게 있어서 그렇게 중요한 인물이란 말이오?"

"그렇습니다, 폐하."

"하하하하!"

왕이 갑자기 소리 높여 웃었다.

"브리스톤에게 있어서? 아니겠지. 아젤란도에게나 중요한 인물이겠지."

대사의 표정이 굳어졌다. 왕은 지팡이 끝으로 대사를 지적하며 무서운 표정을 지었다.

"파렌, 이자를 없애게. 이 녀석이 내뱉을 정보 따위는 뭐가 됐든 듣고 싶지 않군."

"알겠습니다."

파렌은 슈트롬 팔켄을 등의 거치대에서 분리해 오른손에 들었다. 대사는 어이가 없다는 듯 웃었다.

"그런 구식 무기로 마법사들의 호위를 받는 나를 없앨 수 있을 거라고 생각하나? 바란투로스의 흑기사여, 자신의 힘을 과신하지 마라!"

파렌은 왼손을 어깨 높이까지 들고는 검지와 중지, 엄지를 모았다.

"여기서 테스트."

"테스트?"

그가 손가락을 튕겼다. 딱! 하는 소리와 동시에 대사의 머리통이 아래턱만 남기고 깔끔하게 터졌다.

파렌은 만족스럽게 고개를 끄덕였다.

"역시 주문이 탄환보다 빠르진 않군."

그들로부터 멀리 떨어진 알렌은 땅에 바짝 엎드려 있었다. 그녀는 싱글싱글 웃으며 대형 조준경과 개머리판, 그리고 지지대를 붙인 자신의 카노네 블라트를 두드렸다. 그녀의 무기는 파괴력보다는 정확도를 우선시하여 설계되었고, 유사시에는 장거리 저격용 총으로도 사용이 가능하게끔 만들어져 있었다.

후드를 쓴 자들이 서둘러 보호막을 펼쳤다. 쓰러지는 대사의 시체를 끝까지 본 호엔 3세는 고개를 끄덕였다.

"그럼 짐은 뒤에 가서 이야기를 좀 더 해보겠네. 자네는 모처럼 찾아온 기회를 놓치지 말게."

"감사합니다, 폐하."

그사이 카샤가 전력을 다해 해제하던 장벽이 결국 사라졌다. 부상자들이 흘린 피 냄새가 장벽 해제와 동시에 밖으로 확 풍겼다. 장벽 밖에서 그 모습을 가만히 지켜보던 키르히는 반쯤 이성을 잃고 씩씩거리는 카샤에게 육포를 흔들었다.

"여어, 원숭이. 결국 빠져나왔네? 이거 줄까?"

"닥쳐라! 본좌, 농담할 기분이 아니다!"

바닥에 앉아 있던 네벨은 화를 내는 카샤를 자못 놀란 얼굴로 살펴봤다.

'꼬리가 달린 아이? 괴수는 아닌 것 같고…… 정령일까? 아니면 요정? 하지만 저런 형태의 정령이나 요정은 본 적이 없는데?'

카샤의 몸에서 뜨거운 열기가 뿜어졌다.

"본좌, 저 녀석들을 용서할 수 없다! 천요의 힘으로 본좌와 친구들을 괴롭힌 대가를 치르게 해주겠다!"

"안 돼."

카샤의 안색이 변했다.

"무슨 소린가?"

"무슨 일이 있어도 변신하지 말라는 파렌의 지시야."

"웃기지 마라! 저 녀석들은 마법사다! 프로토콜(Protocol)을 제대로 꿰고 있는 자들이라 마법에 대한 지식 없이는 혼자서 감당해 낼 수 없다!"

네벨이 깜짝 놀랐다.

'프로토콜을 알고 있다고?'

그에 대한 지식이 없는 키르히는 머리를 긁적거렸다.

"프로…… 뭐?"

"프로토콜! 인간이 정령이나 신들과 교신하는 규약들이다!"

"그거 알면 좋은 거야?"

"마법이 발동되는 속도가 다르다! 저 수준이라면 안개술사들 중에서도 최고급에 속한다!"

키르히의 표정이 서서히 진지해졌다. 카샤는 그가 말을 알아들었을 거라 판단하고 변신을 위해 사람들이 없는 곳으로 가려 했지만 키르히가 그녀의 어깨를 잡았다.

"안 된다니까?"

"못 알아들었나? 파렌이 죽을 수도 있단 말이다!"

"그래도 안 돼. 내가 말한 그 '무슨 일'에는 파렌의 죽음까지도 포함되어 있어."

"뭐라고? 왜!"

"뭔가 생각이 있어서 저러는 거겠지. 일단 구경이나 하자."

키르히는 카샤의 어깨를 두드리며 그녀를 물러나게 했다. 카샤는 그의 곁으로 돌아오면서 크로이츠들을 둘러봤다. 장벽에 갇힌 자들과 갇히지 않은 자들 모두 똑같은 눈으로 파렌을 지켜보고 있었다.

그들 모두 미지의 적과 대치한 리더를 걱정하고 있었지만 기도를 하거나 큰 소리로 응원을 하는 등의 호들갑을 떠는 자는 없었다. 오스틴과 함께 걸어오는 호엔 3세는 아예 뒤를 돌아보지도 않았다.

카샤는 그들이 파렌에게 보내는 깊은 신뢰에 오싹함마저 느꼈다.
파렌은 슈트롬 팔켄을 든 오른쪽 어깨를 돌리며 몸을 풀었다.
"다음 테스트로 넘어가겠다."
그의 싸늘한 살기가 후드를 쓴 자들을 압박했다.
큰 후드가 팔을 들어 손바닥을 보였다. 아직 공격하지 말아달라는 행동이었다.
"바란투로스의 흑기사여, 마법사에 대해서는 얼마나 알고 계십니까?"
그의 고운 목소리를 들은 파렌은 잠시 고민했다. 반말을 쓸지, 존댓말을 쓸지 하는 사소한 문제였다.
"실전에 이용할 만한 정보는 아직 확보하지 못했다. 그래서 테스트를 해보려는 것이다."
"테스트라는 말씀은 상당히 거슬리는군요. 저와 아이들은 실험용 쥐가 아닙니다."
"싫다면 저 소녀를 포기하고 돌아가라."
큰 후드는 고개를 저었다.
"그것은 더욱 들어드릴 수 없습니다. 우리는 저 소녀를 10년 가까이 추적했습니다. 가까스로 얻은 기회를 이렇게 놓칠 수는 없습니다."
"추적이라 함은, 저 소녀가 그대들과 같은 마법사가 아니란 말인가?"
"약간 다른 존재입니다."
파렌은 왼손으로 자신의 턱을 감쌌다.

'마법사가 아니라면…… 정말 마녀란 말인가? 하지만 마녀에 대한 정보는 소설이나 구전동화처럼 비공식적인 것 이외에는 없는 것으로 아는데?'

그렇게 생각했던 파렌은 즉시 생각을 바꿨다.

'하긴, 요괴나 마법사도 그랬지.'

그는 숨을 깊게 들이마셨다.

"더 이상의 대화는 필요없을 것 같군. 이제 그대들을 테스트하여 정보를 수집하도록 하겠다."

"그렇습니까?"

큰 후드는 아쉬운 듯 한숨을 쉬었다.

"만약에 경우입니다만, 우리들의 시체도 이용하실 생각이십니까?"

"의학적, 과학적 테스트 여부는 해당 기관에서 판단할 것이다."

"우리들을 인간으로 인정하실 생각이 애초부터 없으셨군요?"

목소리에서 아련한 분노가 느껴졌지만 파렌을 자극하지는 못했다.

"인권 문제는 그대들의 상관에게 따지도록. 그럼 테스트를 시작하겠다."

"알겠습니다. 저희도 진지하게 상대해 드리겠……."

순간 파렌이 들고 있던 슈트롬 팔켄의 총구에서 폭음이 터졌다. 새파란 액체가 튀고 살점이 멀찌감치 흩어졌다. 두 명의 작은 후드들 중 한 명이 상반신을 잃은 채 비틀거리다가 쓰러졌다.
　파렌은 약실을 열고 새로운 탄을 장전했다.
　"반사 능력은 일반인과 동일한 수준이군. 하지만 혈액을 보니 인간은 아닌 것 같은데?"
　그는 왼손을 코트 주머니 안에 넣고 뒤로 서서히 물러났다.
　큰 후드는 그가 거리를 벌리는 것을 보고 움찔했지만, 한 명 남은 작은 후드는 양손을 앞으로 하고 소리쳤다.
　"토마스! 네가 토마스를 죽였어!"
　아이의 목소리였지만 파렌의 표정은 변하지 않았다. 연구 물질을 주입당한 실험용 쥐가 어떤 반응을 보이는지 관찰하는 과학자처럼 냉철했다.
　작은 후드의 손앞에 마법진이 생성되었다. 마법진은 붉은색으로 찬란하게 빛났다. 가만히 서 있던 파렌은 마법진에서 빛이 번쩍 터지자마자 옆으로 비켰다.
　그가 있던 자리를 사람의 몸뚱이만 한 불덩어리가 아슬아슬하게 지나갔다. 파렌을 맞추지 못한 불덩어리는 멀리 날아가더니 땅에 떨어지면서 폭발을 일으켰다.
　"피하다니!"
　자신의 마법이 빗나가자 작은 후드는 다시 양손을 모으고 마법진을 만들었다.
　그사이 파렌은 코트 주머니에 넣었던 왼손을 뺐다. 그의 손에는 구출 작전을 개시하기 전에 챙겨둔 군용 회중시계가 들려 있었다.
　'최초 발동부터 사격까지 걸리는 시간이 10초 8……. 신식 총

이 아니면 사격으로 상대하기는 어렵겠군.'

그는 시계를 다시 주머니에 넣고 작은 후드를 봤다. 지금 작은 후드가 만든 마법진은 흰색의 빛을 발산하고 있었다.

'시간이 10초를 넘어갔고, 마법진의 색과 형태가 다르다. 다른 마법인가?'

작은 후드가 소리쳤다.

"이건 피하지 못한다!"

마법진에서 특별한 형체를 갖추지 않은, 굳이 말하자면 증기덩어리 같은 것이 발사되었다. 리벨을 공격했던 바로 그 마법이었다. 상당히 강력한 마법이었는지 후드가 벗겨지면서 보라색 머리카락이 드러났다. 소년인지 소녀인지 구분하기 힘든 예쁘장한 얼굴이었다.

파렌은 이번에도 몸을 젖혀 마법을 피했지만 상황은 불덩어리를 쐈을 때와 달랐다. 마법의 창조물이 갑자기 방향을 틀더니 파렌이 있는 곳을 향해 다시 날아왔다. 파렌은 다시 피했으나 그 창조물은 살아 있는 생물처럼 계속해서 파렌을 뒤쫓았다.

'목표를 추적한다고?'

보통 사람이면 충분히 당황하고도 남을 상황이었지만 그는 침착하게 피하면서 후드를 쓰고 있던 소년을 봤다. 지금 상황에서 소년이 같은 마법을 썼다가는 피할 수 있다는 보장이 없기 때문이었다.

다행히도 소년은 다른 마법을 외우지 않았다. 방금 만든 마법진도 아직 사라지지 않고 빛을 유지하고 있었다.

그는 마법의 창조물이 자신을 어째서 추적할 수 있는지 생각해 봤다. 그를 위해 자신이 보고 들은 모든 상황을 조립하여 하나하나 따져 나갔다.

'마법진은 유지되고 있다. 불덩어리를 쐈을 때와 가장 큰 차이점이다. 1회성 마법이 아니라는 것인가, 아니면 마법이 아직 끝나지 않았다는 말인가?'

그는 후자에 가능성을 두었다.

'창조물의 형태가 유지되는 만큼 끝나지 않았다는 쪽이 옳겠지. 그렇다면 추적은 어떤 방식으로 이뤄지는 건가? 마법이라는 것이 자신의 창조물에게 생물 레벨의 판단력을 부여할 정도로 전지전능한 개념은 아닐 텐데?'

그는 결론을 내렸다.

'그럴 리가 없다. 행여 가능하다 해도 20초도 안 되는 시간만에 판단력이라는 것을 부여할 리는 없다. 안개술사들도 그랬지.'

파렌은 마법사 소년에게 다시 시선을 두었다. 소년과 자신의 시선이 정확하게 맞아떨어졌다.

'설마……?'

그는 슈트롬 팔켄으로 지면을 때리고 칼날의 한쪽 전체로 땅을 세차게 긁었다. 겨울 날씨 탓에 메마른 땅으로부터 대량의 흙먼지가 일어났다.

뭉게뭉게 피어오른 흙먼지의 중심부를 향해 마법의 창조물이 떨어졌다. 땅이 들썩거릴 정도로 큰 충격이 일어나며 흙먼지가 하늘로 솟구쳤지만 파렌은 이미 범위 밖으로 피신한 상태였다.

'마법사의 눈을 따라 움직이는 것이었군. 그렇다면 마법사와 안개술사의 차이점은 다양성 외엔 없다고 봐도 무방할지 몰라.'

하지만 그는 마음을 늦추지 않았다.

'하지만 뭔가 더 있으니 카샤의 표정이 저렇겠지.'

그가 오랫동안 고생하여 데려온 꼬마 요괴는 답답함과 조마조마함에 안절부절못하고 있었다. 그녀를 잠시 봤던 파렌은 다시 마법사에게 눈을 돌렸다.

소년은 어느 틈에 흰색 마법진을 만들고 주문을 외우고 있었다. 그 마법진의 크기가 지금까지 봤던 것들과는 비교도 되지 않을 만큼 넓었을 뿐만 아니라 3개의 층을 가지고 있었다.

파렌의 눈가에 힘이 들어갔다.

'다층 구조의 마법진?'

카샤가 고래고래 소리쳤다.

"파렌, 도망쳐라! 풍신(風神)의 숨결이다! 그냥 피해서 될 마법이 아니다!"

파렌이 그 목소리를 들었을 때 소년이 준비한 마법은 성공적으로 종료되었다. 약간의 틈을 두고 겹쳐 있던 세 개의 마법진이 삼각 구도로 흩어졌다.

관자놀이와 이마에 정맥이 어지러이 솟은 소년은 뇌를 짓누르는 통증을 참으며 외쳤다.

"죽어라, 살인자! 토마스의 원수 녀석!"

세 개의 마법진에서 흰색의 질풍들이 무수히 뻗어 나왔다. 살의가 실린 그 바람은 신의 갈퀴처럼 파렌이 밟고 서 있던 땅과 그 주변을 사납게 할퀴고 지나갔다. 그 범위는 실로 엄청나서 아무리 파렌이라 하더라도 목숨을 부지하기 힘들다고 생각될 수준이었다.

"파렌!"

카샤가 그의 이름을 불렀으니 마법은 끝나지 않았고, 파렌의 모습은 확인할 길이 없었다.

이윽고 마법이 끝난 뒤 소년은 숨을 몰아쉬며 무릎을 꿇었다. 큰 마법을 급히 준비하면서 정신력과 체력에 한계가 온 것이다. 뒤에서 지켜보던 큰 후드는 소년을 부축해 주었다.

"훌륭했다, 헨리. 브레스 오브 아이올로스(Breath of Aiolos) 주문을 압축하여 성공하다니, 네가 정말 자랑스럽구나."

"감사합니다, 마스터. 감사합니다……!"

소년은 극심한 피로 속에서 감격의 미소를 지었다.

소년의 머리를 만져 주던 큰 후드의 손길이 갑자기 멈췄다.

마법이 일으킨 먼지구름 속에서 누군가가 걸어나왔다. 그는 코트에 흠뻑 묻은 흙먼지를 털어내며 한숨을 쉬었다.

"이번엔 진짜 위험했군."

파렌이 멀쩡히 걸어오는 모습에 소년은 입을 벌리고 넋을 놓았다. 큰 후드는 아무 말도 하지 않았다.

지금의 상황은 카샤도 믿을 수 없었다. 생쥐 하나 빠져나갈 틈조차 없는 마법의 폭풍 속에서 파렌이 상처 하나 없이 살아남은 것은 그녀에게도 불가사의였다.

하지만 상황을 모르는 키르히는 희희낙락이었다.

"뭐가 후루룩 지나가서 깜짝 놀랐는데, 별거 아니네."

그는 반연합전선의 청년들에게 빼앗아온 육포를 씹으며 즐거워했다. 그 때문에 약이 바짝 오른 카샤는 무서운 눈으로 그를 쏘아봤다.

큰 후드가 파렌에게 물었다.

"마법을…… 브레스 오브 아이올로스를 어떻게 피한 겁니까? 인간의 몸으로는 불가능한 일일 텐데?"

"운이지."

파렌은 뒤쪽으로 고개를 움직였다. 마법이 할퀴고 지나간 지면의 한가운데에 사람 한 명이 겨우 들어갈 만큼 작은 구멍이 뚫려 있었다. 그것은 조금 전 소년의 추적 마법이 떨어지면서 만들어진 인공의 구덩이였다.

소년은 허탈감으로 인해 말을 하지 못했고, 큰 후드는 낮게 웃었다.

"운이라…… 당황하지 않고 구덩이에 뛰어든 것 자체가 대단한 겁니다. 마법을 처음 본다는 분이 이렇게 대담한 행동을 할 줄은 몰랐습니다."

"비슷한 것은 많이 봤거든."

파렌이 어느 지점에서 걸음을 멈췄다. 큰 후드와 소년이 있는 곳으로부터 다섯 발자국 정도 떨어진 거리였다.

그는 슈트롬 팔켄을 들고 자세를 잡았다.

"아무튼 좋은 경험이었다. 더 이상 공격 능력을 테스트하려 했다가는 내가 죽을지도 모르겠군. 이제 너희들의 방어 능력을 테스트해 보지."

"그러시겠습니까? 하지만 헨리는 이미 지쳤습니다."

"알고 있다. 소년은 옆으로 보내도록."

"저를 테스트하시겠다는 말씀이시군요?"

"저항할 힘이 없는 상대를 치고 싶지 않을 뿐이다."

"잘도 말씀하시는군요."

순간 그의 후드 위로 새파란 액체가 진득하게 튀었다. 토마스라는 소년이 파렌의 사격에 산산조각나면서 뿜어낸 액체와 똑같은 것이었다.

큰 후드는 마법 보호막을 미리 걸어둔 상태였다. 브리스톤 대사가 저격을 받아 사망할 때 걸어둔 것이었는데, 슈트롬 팔켄의 칼날은 보호막을 깔끔하게 뚫고 후드 속의 볼 살을 가볍게 찔렀다.

그런데 파렌이 뚫은 것은 보호막만이 아니었다. 파렌과 큰 후드 사이에 헨리라는 이름의 소년이 있었다. 소년은 후드 사내의 손에 들린 채 슈트롬 팔켄에 관통당한 상태였다.

"마스터······?"

나직이 중얼거린 소년의 육체가 굳어졌다. 파렌이 검을 뒤로 물리자 소년의 시체가 같이 따라왔다. 큰 후드가 소년을 놓아버린 것이다.

기술적으로 검을 뽑아 소년을 바로 눕힌 파렌은 얼음장처럼 싸늘한 눈으로 큰 후드를 노려봤다.

"아이를 방패로 삼다니, 무슨 짓인가?"

"그러는 당신은 아이를 둘이나 죽였지 않습니까?"

대답한 그가 파랗게 젖은 후드를 벗었다. 그는 진한 색의 금발을 어깨까지 기른 깔끔한 인상의 청년이었다.

그는 벗어낸 후드로 얼굴에 묻은 자신의 붉은 피와 헨리의 파란 피를 닦았다.

청년은 밝게 웃었다.

"죄책감을 느끼실 필요는 없습니다. 어차피 이 아이들은 12년 이상을 살지 못합니다. 헨리는 12살, 토마스는 11살이었으니 인간의 입장에서는 아흔이 넘은 할아버지들이나 마찬가지지요. 당신이 조금 전에 말했던 그대로 이 아이들은 인간이 아닙니다."

청년은 피를 닦은 후드를 들어보였다.

"피의 색을 보십시오. 다르지 않습니까? 이 아이들은 그저 소모품일 뿐입니다."

"흠."

청년은 들고 있던 후드를 옆에 버린 뒤 파렌을 중심으로 원을 그리며 걸었다.

"당신은 저에 대해 아무것도 알지 못하지만 저는 당신을 어느 정도 알고 있습니다. 듣자하니 당신의 돌진 기술은 시더 고어의 각질조차 뚫어버릴 정도로 강력하다고 하더군요. 전 사실 믿지 않았지만 방금 당하고 나서 솔직히 놀랐습니다. 제가 쳐둔 보호막이 일격에 관통될 줄은 몰랐거든요. 아마 당신 앞에 헨리를 들이대지 않았다면 전 방금 그 공격에 죽었을지도 모릅니다."

파렌은 칼날 끝에 묻은 파란색 피를 잠시 보다가 희미하게 웃었다.

"나도 너라는 자에 대해서 한 가지 사실을 알게 됐다."

"그렇습니까? 무엇을 알게 되셨습니까?"

걸음을 멈춘 청년의 눈앞에 은색 섬광이 번뜩였다. 이어서 그는 콧등이 시큰해짐을 느꼈다.

"흡!"

청년은 양손으로 콧등과 입을 급히 가렸다. 그의 손가락 사이로 선혈이 쏟아졌다.

어느새 청년 쪽으로 돌아선 파렌은 그 어느 때보다도 무서운 눈을 하고 있었다.

"네가 날 화나게 했다는 것이지."

story 12 검의 성자(聖者)

청년의 손 안에서 흰색의 빛이 흘러나왔다. 쏟아지던 피가 멈추자 청년은 얼굴을 가렸던 손을 떼었다. 그는 코뼈 바로 아래를 잘린 상태였다. 슈트롬 팔켄의 큼직한 칼날로 베였다고는 생각하기 힘들 정도로 정교한 상처였다.

상처는 시간을 되돌리듯 순식간에 아물어 사라졌고, 혈흔도 깨끗이 증발했다. 청년은 상처가 있던 자리를 만지며 씩 웃었다.

"겉보기와 달리 상당히 거친 분이군요. 아무튼 놀랐습니다. 그렇게 거대한 검이 저의 시력을 초월할 정도로 빠르게 움직이리라고는 생각하지 못했습니다."

파렌은 말 대신 발로 땅에 깔린 돌멩이를 찍어 찼다. 날아간 돌은 청년에게 닿기도 전에 보호막에 닿아 떨어졌다.

청년은 빙긋 웃었다.
"당신이 거칠게 나올 것이라는 사실을 알게 된 이상 미리 대비를 해놔야겠지요."
"……."
아무 말이 없는 파렌에게 청년은 친절한 가정교사처럼 이야기를 계속했다.
"당신이라면 죽은 아이들과 저의 차이점을 이미 아셨을 겁니다. 저는 어느 수준 이하의 마법은 마법진을 사용하지 않고도 이용할 수 있지요. 가벼운 치유 마법이나 보호막 마법 같은 가벼운 것들이 그에 속합니다."
파렌의 검은 장발이 너울거렸다. 보호막에 강한 충격이 가해지면서 청년의 몸까지 들썩거렸다. 코를 다쳤을 때와 마찬가지로 칼끝의 속도를 보지 못한 청년은 황급히 손을 벌려 보호막을 재구성했다.
단두대의 칼날처럼 슈트롬 팔켄의 칼날이 위에서 아래로 떨어졌다. 보호막이 망치에 맞은 계란처럼 터지고 청년은 밖으로 튕겨 나갔다. 당황한 청년은 다시 보호막을 만들었고, 파렌은 이번에도 묵직한 일격을 선사했다.
그러기를 십여 차례, 청년은 벌써 몇 분 동안 자신이 보호막을 만드는 것 이외의 마법을 사용하지 못하고 있음을 깨달았다. 그래도 청년은 보호막 대신 다른 마법을 사용할 수가 없었다. 보호막을 만들기가 무섭게 제거당하는 상황이라 섣불리 공격 마법을 썼다가는 언제 어디서 들어오는지 파악조차 하지 못한 상대의 공격에 죽음을 면치 못할 것이다.

청년이 파렌을 공격할 수 있는 최선의 방법은 파렌의 공격을 피하든가 재빨리 뛰어 그의 공격 간격으로부터 어떻게든 벗어나는 것인데, 그것은 근본적으로 불가능했다. 파렌은 앞서 시행한 '테스트'를 통해 마법사들의 순발력과 운동 능력이 일반인과 크게 다르지 않다는 사실을 알아냈다. 지금 상대하고 있는 청년은 순발력이 좋긴 하지만 키르히 같은 귀재들의 수준은 아니었다.

인간의 모든 행동을 봉쇄하고 숨만 겨우 쉴 수 있게 만들어놓은 후 강한 자극을 지속적으로 반복하면 정신적으로, 육체적으로 치명적인 수준의 스트레스를 받게 된다. 그렇게 되면 인간의 자기 보호 본능은 급기야 자살의 신호를 내보내기도 하는데, 이유는 죽음이야말로 모든 고통에서 벗어날 수 있는 최고의 안식이기 때문이라는 설이 있다.

상대로 하여금 스스로 의지의 끈을 놓아버리고 자멸을 초래하게끔 하는 것이 파렌의 목표였다. 그것은 그만큼 그가 분노하고 있다는 증거였다.

카샤는 끝도 없이 냉혹한 파렌의 눈빛과 몸짓에 몸서리를 쳤다. 그녀의 그런 모습에 키르히는 표정만 구길 뿐, 말 한마디 건네지 않고 조용히 있었다.

그녀가 물었다.

"파렌이 어째서 저렇게 화를 내는 건가? 단순히 아이가 죽었기 때문인가?"

"나쁜 버릇이 나온 게지."

호엔 3세가 한 말이었다. 어느새 준비된 간이 의자에 편히 앉은 왕은 옆에 선 폴스켄을 봤다.
"늑대 소굴 사건 때도 이랬지, 아마?"
"그렇습니다, 폐하."
대답한 폴스켄은 착잡한 표정이었다. 사건을 모르는 카샤는 눈을 동그랗게 떴다.
"늑대 소굴 사건이라니, 무슨 말씀이오, 대령?"
"10년 전에 스페치아라는 이름의 다른 특수부대와 크로이츠 사이에 있었던 모의 전투 훈련 도중에 있었던 사건입니다. 당시 그 훈련은 어린 크로이츠 대원들에게 패배를 가르치기 위해 일방적으로 계획된 것이었지요. 하지만 파렌의 작전으로 인해 스페치아 대원 세 명이 불구가 되고, 20여 명이 중경상을 입는 참사가 일어났습니다. 자신들을 쫓는 스페치아 대원들을 늑대들의 보금자리로 유인해 버린 것입니다."
카샤는 파렌다운 작전이라 생각하면서도 오싹함을 느꼈다.
"그 스페치아들을 죽일 뻔했단 말이오?"
"죽일 뻔한 것이 아니란다, 꼬마야."
왕이 씁쓸히 웃으며 말을 이었다.
"진짜로 죽이려고 했지."
카샤의 심장이 덜컥 뛰었다.
"그게 무슨……?"
왕이 설명했다.
"스페치아들을 늑대의 먹이로 삼아서 본보기로 삼으려 한 거지. 이후 열린 청문회에서 그렇게 밝히더니 품속에서 시계를 꺼내고는 내가 앉은 자리에 내려놓더구나. 다른 자들은 무슨 미친 짓이냐며 파렌을 꾸짖었지만 난 그럴 수 없었단다."
"왜 그러셨소?"
"난 훌륭한 왕이거든."
"……."
카샤가 어이없어 하자 왕은 쭈글쭈글한 손으로 그녀의 모자 위를 두드려 주었다.
"강아지, 시계를 갖고 있느냐?"
"물론입죠."
키르히는 가지고 있던 군용 시계를 꺼내 왕에게 공손히 건네 주었다.
왕은 받은 시계를 흔들며 말했다.
"이 시계는 군용으로 제작된 것이란다. 군용 물품은 정확성과 내구성, 그리고 신뢰성이 중요한데, 그 모든 조건을 만족시키기 위해 수많은 시계들이 말도 안 되는 가혹한 환경 속에서 억지로 부서진단다. 테스트라는 이름하에 나가야 할 전쟁터에는 나가보지도 못하고 말이지. 하지만 불쌍하다고 생각하는 사람은 아무도 없어. 시계는 단순한 소모품일 뿐이고, 그렇게 테스트를 해야 시계의 주인인 군인이 조금이라도 더 안전해지거든. 꼬마는 어떻게 생각할지 모르겠지만, 그 이론은 인간에게도 확실히 적용된단다."
"……."
"가혹한 훈련과 테스트는 우수한 자들을 남기지. 보편적인 개념이야. 그러나 파렌의 생각은 달랐어. 크로이츠의 리더로서 자신을 따르는 아이들이 테스트를 받는 시계처럼 소모품 취급을 당하는 것은 용납할 수 없다는 것이 당시 열일곱 살이었던 소년의 뜻이었단다. 그리고 역으로 자신의 기준에서 어른들을 테스트한 거지."

왕은 시계를 키르히에게 던졌다. 그는 시계의 사슬을 손가락에 걸고 빙글 돌렸다. 손가락에 단단히 감긴 시계는 다시 그의 주머니 속으로 들어갔다.

왕의 흰 수염 밑으로 긴 입김이 쏟아졌다.

"어쨌거나 파렌의 행동은 분명 과도한 것이었어. 죄책감의 일시적 상실이라고나 할까? 그래서 좀 안타까워. 젊었을 때의 나와 너무 똑같거든."

왕은 쩔쩔매는 마법사를 보며 표정을 바꿨다.

"저 애송이 마법사 녀석, 건드릴 사람을 잘못 잡은 게야. 이제 자살하기 직전까지 몰린 뒤에 죽겠지. 그런데 저 녀석이 데려온 꼬마들 말인데…… 도대체 정체가 뭐지? 내가 들은 정보에 의하면 브리스톤이 비밀리에 조직한 마법 군대의 구성원들이 전부 저 꼬마들 또래의 아이들이라고 하는데 말일세."

정보를 접하지 못한 폴스켄은 대답하지 못했다.

그때, 조용히 앉아 있던 네벨이 입을 열었다.

"올판(Orphan:고아)……."

"올판?"

주위의 모두가 그녀를 봤다. 그녀는 고통에 끙끙거리던 방금 전과 달리 지금은 기운을 차리고 자리에서 일어났다.

"해석하자면, 마법으로 만든 인조인간입니다."

"그럴 리가 없다. 올판의 피는 일반인과 같아. 파란색이 아니다."

카샤가 뭔가를 아는지 따지고 나섰다. 네벨은 자신보다 작은 요괴소녀를 무표정하게 바라봤다.

"그래서 제가 쫓기는 것입니다."

"네가? 음…… 음음음음!"

소녀를 가만히 보던 카샤는 두 손으로 머리를 감싸더니 이를 악물고 고민했다. 꼭 심한 두통에 시달리는 사람 같았기에 키르히를 포함한 모두는 숨을 죽이고 그녀를 관찰했다.

이윽고 그녀가 눈을 활짝 떴다. 그녀의 황금색 눈동자에 빛이 아른거렸지만 모두가 알아보기 전에 빛은 사라졌다.

"아, 떠올랐다! 너, 선천적 마법 능력자로구나!"

네벨이 깜짝 놀랐다.

"그 용어를 아십니까?"

"알고 있다! 방금 떠올랐다!"

네벨의 눈초리가 가늘어졌다.

'떠올랐다고……?'

키르히가 군화 끝으로 카샤의 엉덩이를 건드렸다.

"어이, 그게 뭔데?"

"무식한 녀석이로다! 그럼 간단히 말해주지. 아마 이 땅의 사람들은 그 능력자들을 마녀라고 부를 거다."

"……마녀?"

"능력자 중에 여성의 수가 압도적으로 많아 그렇게 불리지. 오, 이제 이해가 되는군. 올판을 완벽하게 만들기 위해서는 마녀의 유전자가 반드시 필요하지. 음음."

키르히는 옆에 선 폴스켄을 돌아봤다.

"유전자가 뭐예요?"

"낸들 아나."

그들뿐만 아니라 그 자리에 있는 모두에게 있어서 생소한 단어였다. 그것은 놀랍게도 네벨 역시 마찬가지였다.

"유전자? 피가 필요한 것이 아니었습니까?"

카샤는 입을 조그맣게 벌린 채 아무 말도 하지 않았다. 그러더니 고개를 마구 흔들었다.

"아, 모르겠다. 그건 떠오르지 않는다."

"그렇군요."

네벨은 격하게 몰리는 청년 마법사와 냉엄하게 그를 공격하는 파렌에게 눈을 돌렸다.

"저분, 혼자 놔둬서는 안 됩니다. 저 남자는 아젤란도의 제자 중 한 명이고, 수호자의 가호를 받는 마법사입니다. 아무리 저분이 강하다고 해도 저 마법사가 수호자를 불러내면 목숨을 잃게 될 것입니다."

"파렌이?"

키르히는 의심스러운 표정으로 파렌이 있는 곳을 돌아봤다.

파렌은 또다시 청년의 보호막을 걷어냈다. 벌써 몇 차례 반복된 일인지 알 길이 없었다. 보호막이 깨지면서 온 충격과 정신적 피로로 인해 결국 무릎을 꿇은 청년은 숨을 몰아쉬며 파렌을 바라봤다.

"이렇게까지 저를 몰아세우면서…… 죽이지 않는 이유가 무엇입니까?"

파렌은 미간을 일그러뜨린 채 청년을 내려다봤다.
"죽이긴 죽이되, 내 검에 너의 피를 묻히고 싶지 않을 뿐이다."
"농담이 심하시군요. 검에 피를 묻히지 않고 상대를 죽이는 방법이 있습니까? 아, 검에 붙은 포를 쏘는 방법도 있겠군요."
"자멸이라는 길도 있지."
"자멸? 저에게 자살을 권유하는 것입니까?"
"길게 말하고 싶지 않다."
청년이 머리를 흔들었다.
"후후, 슬슬 지쳐서 미칠 것 같군요."
중얼거리는 그에게 슈트롬 팔켄의 칼날이 떨어졌다.
이제까지와는 다른 탄력있는 소리가 터졌다. 슈트롬 팔켄의 칼날이 청년의 보호막을 깨지 못하고 가녀리게 떨렸다.
보호막 안쪽의 청년이 회심의 미소를 지었다.
"마법사에게 있어서 가장 강력한 무기는 시간입니다. 이번에는 너무 말이 많으셨군요. 강한 보호막을 만드는 데 충분한 시간을 가질 수 있었습니다. 이제 기회가 왔으니 적절히 복수해 드리겠습니다!"
그의 오른손에서 날카롭게 다듬어진 얼음 덩어리가 튀어나왔다. 총알처럼 날아간 얼음 덩어리가 파렌의 머리카락을 꿰뚫었다.
흩날리는 것은 머리카락뿐이었다. 팽이처럼 몸을 돌려 공격을 피한 파렌은 몸의 회전과 탄력을 그대로 살려 앞으로 뛰었다. 그의 특기인 돌진 공격이 청년의 보호막을 뚫고 들어갔다.

칼날은 청년에게 닿지 않았다. 거리가 적절하지 못했던 탓에 보호막의 저지력을 완전히 넘어서지 못한 것이다. 청년은 가슴 바로 앞까지 밀고 들어온 검끝을 보며 공포에 젖은 미소를 지었다.

"하, 하하······. 이거 큰일 날 뻔했군요. 하지만 이것으로 당신의 검은 무용지물입니다!"

"검은 그렇지."

파렌은 자세를 유지한 채 오른손을 슈트롬 팔켄의 코등이에 가져갔다. 그곳에는 방아쇠와 사격용 손잡이가 있었다.

청년의 안색이 새파랗게 변했다. 파렌은 안전장치를 풀자마자 방아쇠를 당겼다.

보호막 안쪽에서 포격이 터지며 보호막이 파괴되었다. 동시에 청년의 몸뚱이가 뒤로 멀리 날아갔다.

등을 땅에 댄 채 밀려 나가던 청년이 이윽고 멈췄다. 청년의 몸은 멀쩡했지만 그의 두 팔은 흉측하게 부러지고 꺾인 상태였다. 그나마 그렇게 끝난 것이 다행이었다. 그가 발사 직전에 보호막을 펼치지 않았다면 그의 몸은 밀착 사격을 견디지 못하고 박살났을 것이다.

파렌은 새로운 탄을 장전하며 청년에게 다가갔다.

"혀를 물어 자결할 기회를 주겠다."

청년은 팔을 움직여 보려고 했으나 감각은 없었다.

의식이 절망의 나락으로 떨어지기 직전, 청년은 하늘을 보며 소리쳤다.

"펠리노어!"

청년의 목소리가 하늘 높이 솟구쳤다. 그에 응하듯 새파란 빛줄기가 땅으로 떨어졌다.

빛이 사라진 뒤 나타난 것은 갑옷을 걸치고 창을 든 인간이었다. 하지만 모습만 인간일 뿐, 갑옷과 피부 모두 정교하게 조각된 석상처럼 파란빛을 띠었다. 호흡도, 생기도 느껴지지 않았다.

네벨이 중얼거렸다.

"브리스톤의 수호자……! 펠리노어!"

펠리노어라는 이름에 호엔 3세와 폴스켄이 경악했다.

"펠리노어? 브리스톤 개국 전설에 나오는 그 펠리노어 말인가?"

"설마 그렇겠습니까만……."

일단 부정한 폴스켄이었지만 그는 불안감을 감추지 못했다.

브리스톤의 개국 전설이란 브리스톤이라는 국가를 처음 세운 영웅왕과 그를 포함한 12기사들의 이야기를 가리키는데, 현재는 말 그대로 전설일 뿐, 역사적 사실로써 받아들여지진 않는다.

폴스켄이 불안해하는 이유는 그 이야기에서 묘사된 펠리노어와 갑옷과 창이 지금 나타난 정체불명의 존재가 사용하는 것과 무서울 정도로 일치했기 때문이다.

투구의 얼굴 덮개를 내린 그 존재는 들고 있는 창의 끝을 파렌에게 맞췄다.

그러자 청년은 고개를 들고 파렌을 보며 통쾌하게 웃었다.

"이제 당신이 두려움에 떨 차례입니다, 바란투로스의 흑기사여!"

"그런가? 기대하지."

파렌은 자세를 바꾸고 새로운 적을 노려봤다. 눈빛은 여전했지만 여태까지 쌓인 극심한 피로가 그의 근육을 급격히 무겁게 만들고 있었다.

파렌의 최초 목표는 마법사의 능력이 어떤 것인지 알아내는 것이었다.

마법의 위력은 그의 예상을 훨씬 넘어섰지만 그 위력이 크면 클수록 마법사는 더욱 복잡한 마법진을 그려야 하고, 긴 주문을 외우는 수고를 해야만 했다. 또한 마법사는 그만한 틈을 보충할 만한 육체적 능력을 갖지 못했다.

그가 상대한 금발의 청년 마법사는 어느 수준 이하의 마법을 마법진이나 주문 없이 바로 사용할 수 있었지만 파렌은 그런 방식으로 만들어진 공격 마법이 무장한 인간을 몰살시킬 정도의 위력을 갖추지는 못할 것이라고 판단했다. 실제로 청년 마법사가 급조한 마법 보호막은 파렌의 입장에서 보면 형편없는 물건이었다. 시간을 가지고 제대로 만든 보호막이 강철이라면 급조된 보호막은 두꺼운 가죽에 불과했다.

파렌은 그렇게 얻은 정보를 토대로 마법사에 대항하는 방법을 만들면 될 것이라 생각했다. 분석 능력만큼은 지금 이 자리에 있는 그 누구보다 자신이 있었기에 자청한 행동이었다.

그런데 지금, 전혀 예상치 못한 문제가 발생하고 말았다. 바로 마법사가 불러낸 수호자였다. 만약 그가 수호자의 등장을 알고 있었다면 그는 소모품이라는 말이 만들어낸 분노를 억누르고 청년을 제거했을 것이다.

그는 점차 무거워지는 슈트롬 팔켄을 굳게 쥐며 수호자를 살폈다.

수호자의 갑옷은 박물관에 전시되는 것이 어울릴 정도로 구형이었다. 움직임에 전혀 도움이 되지 않는 형태의 관절 보호대, 지나치게 화려한 외각선, 쓸데없이 두꺼운 갑옷의 두께 등은 효율성을 우선시하는 파렌의 눈에 쓰레기처럼 보였다.

'키와 체형은 인간과 동일하다. 오히려 실제 키는 나보다 작은 것 같군. 하지만 눈짐작으로 파악할 상대가 아니다.'

그는 창끝의 형태를 봤다.

'긴 마름모꼴이라면…… 무게로 찍어 누르거나 베는 형태가 아니라 상대를 찌르기 위한 형태이지.'

그의 자세가 바뀌었다. 슈트롬 팔켄의 넓은 칼날로 목과 심장 부분을 가리는 방어 중심의 자세였다. 상대의 공격을 일단 보고 판단하겠다는 뜻이었다.

'창끝에서 내 가슴까지의 거리는 여덟 발자국. 걸음이 아무리 빨라도 대처할 수 있는 간격이다. 어떻게 나올 것인가, 수호자여?'

수호자, 펠리노어의 발끝이 움직였다.

쇳덩이가 비명을 질렀다. 마치 거대한 종을 쇠망치로 때릴 때 나는 소리 같았다.

파렌은 슈트롬 팔켄을 든 채 공중에 떴다. 사람 머리 높이까지 떠오른 그는 정신을 놓지 않고 몸을 돌려 착지했다. 하지만 몸에 가해진 힘을 이겨내지 못하여 뒷걸음질을 치다가 결국 뒤로 쓰러지고 말았다.
　다시 일어난 파렌은 심하게 저려오는 오른팔을 왼손으로 눌렀다. 그러자 왼쪽 어깨까지 쑤셔왔다. 슈트롬 팔켄의 칼날을 어깨에 대고 있었기 때문에 충격을 받은 것이다.
　그가 심한 기침을 토했다.
　'이런 힘이……!'
　놀란 것은 파렌 자신뿐만이 아니었다.
　키르히가 물고 있던 육포를 떨어뜨리며 일어났다.
　"원숭이, 저거 좀 위험한 거 아냐?"
　카샤가 버럭 소리쳤다.
　"좀이 아니다! 지금은 운이 좋아서 목숨을 건진 거다!"
　키르히의 안색이 차츰 변했다. 폴스켄도, 다른 크로이츠들도 마찬가지였다.
　"역시 본좌가 나서야겠다!"
　달려나가려던 카샤가 앞으로 엎어졌다. 키르히가 앞으로 몸을 날려 그녀의 꼬리를 붙든 탓이었다.
　"이게 무슨 짓인가! 파렌이 죽는 꼴을 정말 보려고 하는 건가!"
　키르히는 엎드린 채 고개를 저었다.
　"파렌이 말했잖아. 그만둬."
　키르히의 그 한마디에 카샤의 불만이 결국 폭발했다.
　"본좌는 파렌 부하 아니다! 친구다! 본좌는 본좌 의지대로 한다!"
　"친구로서 말을 한 거라니까!"

큰 쇳소리가 다시 터졌다. 카샤가 눈을 돌렸을 때 파렌은 착지조차 못하고 땅을 구르고 있었다.

다시 일어난 그는 구토에 가까운 기침을 하며 무릎을 꿇었다. 충격에 온몸의 뼈가 울리고 내장이 울렁거릴 지경이었지만 그는 적에게서 눈을 떼지 않았다. 카샤는 섬뜩할 정도로 영롱한 그의 눈빛에 할 말을 잃었다.

처음에 만났을 때도, 여해에게 잡혔을 때도, 폭우 속에서 안개술사들과 싸울 때도 파렌은 그녀를 보지 않았다. 지금처럼 자신의 눈으로 오로지 적을 주시할 뿐이었다.

카샤가 조그만 목소리로 물었다.

"파렌은…… 본좌를 믿지 못하는 건가?"

잠시 말이 없던 키르히는 그녀의 꼬리를 잡아당겨 얼굴을 마주했다.

"세상에 믿을 놈이 어디 있어? 인간이 아닌 원숭이는 더더욱 못 믿겠지."

화를 낼 것이라는 키르히의 예상과 달리 카샤의 황금색 눈동자 밑에 물기가 고였다.

"친구끼리는 믿고 도와주는 게 당연한 것이 아닌가? 파렌은 본좌를 친구로 여기지 않는 건가? 왜 돕지 못하게 하는 건가?"

키르히는 꼬리를 잡았던 왼손으로 그녀의 모자를 눌렀다.

"파렌은 널 생각해서 저러는 거야."

"본좌를?"

"네가 여기서 변해 버리면 넌 어딘가에 있을지 모를 나쁜 아저씨들의 표적이 되어버리겠지. 안개술사와의 일이 끝난 뒤에 웨스트리치의 각국에서 널 회유하려고 안간힘을 쓸 거야. 아니면 네 능력을 밝혀내기 위해 입에 담지도 못할 일을 저지를지도 모른다고! 강력한 무기로 쓰기 위해서 말이야! 녀석들은 아시엔 전체를 뒤져서라도 널 찾아내려고 하겠지. 넌 그럼 옛날처럼 고향에서 자유롭게 뛰놀지 못하고 죄인처럼 숨어 지내야 할지도 몰라. 그래도 좋아?"

그녀는 눈을 꼭 감고 고개를 저었다.

"안다, 아는데…… 그래도 화가 난단 말이다!"

키르히는 모자를 좌우로 만져 줄 뿐이었다.

방어 자세를 잡은 채 카샤와 키르히를 보던 파렌은 안도의 숨을 쉬었다.

'잘했어, 키르히.'

그는 다시 수호자를 봤다.

'창이 어떤 물질로 만들어졌는지 알 수는 없지만…… 의외로 형편없는 소재다. 슈트롬 팔켄의 리제뉴 칼날에 흠집조차 내지 못하고 있어. 하지만 돌진 속도가 대단해. 화살만큼 빠르다. 정확도도, 무게감도 대단하다. 베테랑 기마병의 정면 돌격 수준이야.'

그의 눈동자에 의구심이 떠올랐다.

'그래도 공격이 너무 단순하다. 매번 심장이 있는 자리를 정확히 노리는 기량에도 불구하고 오로지 돌진이다. 다른 공격을 사용했다면 날 일찌감치 쓰러뜨릴 수 있었을 텐데, 이유가 뭐지?'

그는 마법사 청년을 봤다. 팔이 으깨진 고통에 이를 악물고 있던 청년은 가까스로 눈을 뜨고 주변을 살피다가 파렌을 봤다. 그와 동시에 수호자가 공격 자세를 잡았다.
 '조종하는 것인가?'
 눈으로 상대의 위치를 파악해 마법 창조물을 추적시키는 것은 꼬마 마법사들을 통해 경험했던 일이다. 청년의 마법적 기량이 꼬마들보다 훨씬 높다는 것을 감안하면 수호자는 단순히 추적하는 것 이상의 일도 할 수 있을 것이다.
 하지만 청년은 현재 통증 때문에 정신을 집중하지 못하고 있다. 그로 인해 가장 간단하고 효율적인 공격 방법을 명령할 수밖에 없을지도 모른다.
 '좋아, 이제…… 부순다!'
 수호자가 움직였다. 동시에 파렌도 움직였다.
 파열음과 함께 수호자의 두 발이 땅에서 떨어졌다. 정신없이 달리다가 머리에 뭔가 걸려 떠버리는 자세였다.
 창을 피하고 검으로 수호자의 머리를 후려친 파렌은 두 가지 이유로 표정을 일그러뜨렸다. 하나는 수호자가 자신의 공격을 받고도 겉으로는 멀쩡했다는 점, 또 하나는 수호자의 창에 옆구리를 다쳤다는 점이다. 다칠 것은 각오했고 상처도 스친 것에 불과했지만, 코트의 외장이 뜯어지고 늑골을 보호하는 보형물들이 대번에 드러날 정도로 피해가 컸다.
 파렌은 상처를 무릅쓰고 달려갔다. 20여 년 동안 수많은 사람들과 싸우며 단련된 그의 감각이 지금이야말로 승부처라고 외치고 있었다. 그는 먹이를 발견한 검은색의 매처럼 은색의 부리를 앞세우고 날듯이 뛰었다.

비틀거리던 수호자가 자세를 바꾸며 창의 자루를 내밀었다. 돌진하던 파렌은 왼팔 소매 밑에 감춰진 강철 보호대로 자루의 옆을 쳐 창을 밀어냈다. 보호대는 바람 앞의 잎사귀처럼 날아갔고 왼손도 칼자루에서 벗어났지만, 파렌은 그것으로 만족했다.

한손에 쥐어진 슈트롬 팔켄의 칼끝이 수호자의 가슴을 꿰뚫었다. 심장 같은 내부 기관이 없는 존재라 그런지 수호자는 그 상태에서도 창을 들어 휘둘렀다.

팔켄을 꽂은 상태로 자세를 낮춰 창을 피한 파렌은 지렛대를 당기듯 양손으로 체중을 실어 칼자루를 끌어당겼다. 검이 박힌 곳에서 으지직! 소리와 함께 파란색 파편이 폭죽의 불꽃처럼 튀었다.

파렌은 안전장치를 풀고 방아쇠를 당겼다. 화약의 불꽃, 그리고 연기가 대각선으로 치솟았다. 하체와 분리된 수호자의 상체는 바닥에 떨어지면서 석고상처럼 깨졌다. 하체만 남은 수호자는 비틀거리다가 무릎을 접으며 무너져 내렸다.

"해냈어!"

키르히가 벌떡 일어났다. 카샤도 활짝 웃으며 키르히의 등에 올라탔다. 아직 장벽에서 벗어나지 못한 크로이츠들은 잔뜩 졸였던 가슴을 풀고 역시나 하는 얼굴로 기뻐했다.

네벨은 고개를 저었다.

'인간이 수호자를 정면 승부로 제압하다니…… 믿을 수 없어. 하지만 완전히 끝난 건 아닐 거야. 알려야 하는데…….'

그러나 그녀는 말없이 끙끙거리기만 했다. 만족스레 파렌을 지켜보던 왕이 그녀를 흘끔 봤다.

"말하고픈 것이라도 있느냐?"

"아닙니다."

딱 잘라 말한 그녀는 다시 입을 다물었다.

파렌은 머리에 쏟아진 파편을 털어내며 일어났다. 얼굴에는 피로감이 역력했다.

"못할 짓이군."

마법사가 고래고래 소리쳤다.

"수호자가, 수호자가, 수호자가! 수호자가 인간에게!"

등판의 거치대에 슈트롬 팔켄을 걸은 파렌은 계속 들리는 그 소리가 지겨웠는지 고개를 끄덕끄덕 했다.

"그래, 내가 그랬지."

그는 누워 있는 마법사를 향해 걸어갔다. 마법사는 두 발로 땅을 밀며 파렌을 피해보려고 했지만 멀쩡히 걸어오는 속도보다 빠를 수는 없었다.

청년은 파렌을 보고 눈을 마구 깜박이면서 물었다.

"어떻게 수호자의 공격을 피한 겁니까!"

"눈짐작으로."

파렌은 근육통으로 뻐근해지는 왼쪽 어깨를 오른손으로 감쌌다.

"내 검에 네 피를 묻히지 않겠다고 했다. 그건 아직도 유효하고 이후로도 그럴 것이다. 넌 이제부터 바란투로스의 포로다. 아니, 습득물이라고 해주지. 브리스톤에서 네 존재를 인정한다면 모를까, 그렇지 않을 경우에는 해당 부서에서 네가 알고 있는 모든 것을 알아내기 위해 여러 가지 비인간적인 배려를 해줄 테니 기대하도록."

파렌은 청년을 묶을 줄을 얻기 위해 동료들을 바라봤다.

그의 안색이 변했다. 수호자가 오른팔과 어깨까지 회복된 상태로 창을 든 채 자신에게 다가오고 있었다.

그는 슈트롬 팔켄을 뽑았지만 갑자기 크게 휘청거렸다. 때마침 부상과 피로로 인해 몸이 한계에 다다른 것이다.

슈트롬 팔켄이 무쇠의 비명을 질렀다. 수호자의 돌진에 검은 멀리 날아갔고 파렌은 옆으로 나가떨어졌다. 땅을 짚고 반쯤 일어난 파렌은 피가 섞인 기침을 하며 다시 쓰러졌다.

몸의 일부만이 수복되었던 수호자는 조금 뒤 머리끝까지 전부 제 모습을 되찾았다.

수호자가 청년 마법사를 봤다.

"후퇴한다, 피오르."

청년이 핏대를 세우며 소리쳤다.

"후퇴라니, 무슨 소립니까! 저 남자를 포함해서 저 안개 계곡의 마녀를 둘러싼 존재들을 모두 죽이고 마녀를 데려오십시오!"

"무리다. 넌 저 남자와의 싸움에 집중하느라 마녀에게 오랫동안 사념(邪念)을 보내지 못했다. 저 마녀는 이제 마법을 사용할 수 있을 만큼 정신 능력을 회복했을 것이고, 최악의 경우 자신의 수호자를 불러냈을지도 모른다."

"으음……! 그럼 저 남자만이라도 잔인하게 죽이십시오!"

"확실히 저 남자는 위험할 것 같군. 너의 제어가 형편없긴 했지만 전력을 다한 나의 공격을 훌륭하게 무력화시켰으니까. 저 남자의 능력과 경험은 이후에도 너희들에게 큰 재앙이 될 것이다. 제어를 나에게 넘겨라, 피오르. 직접 처리하겠다."

"그러지요."

수호자의 몸이 흰색으로 바뀌었다. 딱딱하던 몸짓이 자연스러워지고 창을 이리저리 돌리는 여유를 부리기도 했다.

카샤와 함께 있던 키르히는 갑작스러운 열기에 움찔했다.

모자와 코트 차림이었던 카샤가 어느새 파렌과 처음 만날 때처럼 원시적인 복장을 입고 있었다. 그녀의 적갈색 피부가 새빨갛게 달아오르고 검은색의 문양이 그녀의 피부 전체에 떠올랐다.

키르히는 그 모습이 무엇을 뜻하는지 알고 있었다.

"원숭이! 변신하면 안 돼!"

그러나 카샤의 귀엔 그의 말이 들리지 않았다.

수호자가 파렌을 향해 달려갔다. 동시에 화염이 카샤의 몸을 타고 올라갔다.

일어나던 파렌의 눈앞에 순간 흐릿한 그림자가 나타났다. 그를 향해 달려오던 수호자는 상체에 금이 가고 창이 부러지며 저 멀리 내동댕이쳐졌다.

황금색 십자가가 찍힌 검은색 망토가 파렌의 눈앞에서 나부꼈다. 중장갑옷에 투구를 굳게 쓴 자가 방금 휘두른 것으로 보이는 양손대검으로 바닥을 찍으며 숨을 내쉬었다. 투구의 뒷부분과 면갑의 밑으로 머리카락인지, 수염인지 모를 흰색의 긴 털이 휘날렸다.

그의 등장에 카샤는 변신을 멈췄다. 네벨이 두 손을 모으며 웃었다.

"어서 오십시오. 안개 마을의 수호자여."

그 수수께끼의 존재는 왼손으로 두꺼운 턱 형태의 면갑을 잡고 위로 열었다. 그는 호엔 3세보다 조금 더 젊어 보이는 노인이었다.

그 노인을 한참 쳐다보던 호엔 3세는 망원경을 들고 얼굴을 자세히 확인한 뒤 망원경을 떨어뜨리듯 내려놓았다.

"랑펠? 랑펠 세르바토프라고?"

망원경이 아직 필요없을 정도로 시력이 좋은 폴스켄은 손으로 턱을 쥐듯이 하여 쓸어내렸다.

"20년 전에 행방불명된 자가 왜 이제 와서……?"

갑옷의 노인, 랑펠은 호엔 3세와 폴스켄을 응시했다.

"왕들은 좋은 음식을 너무 많이 먹어서 수명이 오히려 짧다던데, 저분은 정말 오래도 살아계시는군. 옆에 있는 자는 설마 폴스켄인가?"

노인은 쓴웃음을 지었다.

"그렇게 팽팽하던 애송이도 세월을 이기지는 못하는군. 참 오묘해."

그는 쓰러진 파렌을 향해 저벅저벅 걸어갔다. 키와 몸은 오스틴보다 작았지만 내뿜는 기세 때문인지 마치 커다란 강철 요새가 걸어가는 듯한 인상을 주었다.

"젊은이, 일어날 수 있겠나?"

"예, 어떻게든……."

그러나 파렌은 완전히 일어나지 못하고 무릎을 꿇었다. 랑펠은 걱정하는 얼굴로 파렌의 어깨를 두드렸다.
"무리하지 말게. 그나저나 대단한 친구로군. '이 세계'에 익숙하지 않은 자가 맨몸으로 수호자를 쓰러뜨린 것은 거의 기적이나 다름없네. 아마 자네가 처음일지도 몰라."
파렌은 입가에 묻은 피를 닦으며 노인을 봤다.
"수호자를…… 아십니까?"
"좀 알지. 아무튼 여기 있게. 저 수호자와 팔 부러진 친구는 내가 처리하지."
"……."
파렌은 아무 말 없이 분한 얼굴로 노인을 바라봤다. 지금껏 단 한 번도 자신이 노린 적을 양보한 일이 없던 그에게 지금의 상황은 굴욕이나 마찬가지였다.
그 모습을 본 랑펠은 씩 웃었다.
"왜, 갑자기 나타난 늙은 사자(獅子)에게 자기 먹이를 놓쳐서 분한가? 그래도 참게나. 자네에게는 아직 이른 일이야. 들어와서도 안 될 영역이지."
랑펠은 그대로 파렌의 곁을 떠났다.
그사이 몸을 회복한 수호자, 펠리노어는 창을 들고 싸울 태세를 갖췄다. 랑펠은 면갑을 내리지 않고 검을 들었다. 그의 양손 대검의 칼날에서 수증기와 같은 하얀 기운이 흘러나왔다.
펠리노어가 물었다.
"그대가 마녀의 수호자인가?"
랑펠은 고개를 오른쪽으로 기울였다.
"수호자라는 멋진 말은 듣기 좀 부끄럽군. 난 그저 빚을 진 사람일 뿐이라네."

"사람이라······."

말끝을 흐린 펠리노어는 서서히 걸음을 옮겨 랑펠과의 거리를 좁혔다. 랑펠은 싸늘한 겨울바람에 희고 결이 고운 수염을 맡긴 채 상대를 지켜봤다.

모두가 앗, 하는 사이에 둘의 무기가 충돌했다. 펠리노어의 공격에 그저 날아갈 뿐이었던 파렌과 달리 랑펠은 검으로 확실히 공격을 막은 후 곧장 자세를 바꿔 반격을 노렸다.

둘의 공방이 가공할 만한 속도로 오갔다. 어떤 공격은 인간의 시력으로 확인이 힘들 만큼 빨랐다. 현장에서 둘의 전투를 제대로 확인하는 자는 오로지 인간이 아닌 존재, 카샤뿐이었다.

호엔 3세는 기가 막혔다.

"저 친구, 나이가 몇이었지?"

"정확히, 폐하보다 10살이 어렸던 것으로 기억합니다."

폴스켄의 대답을 들은 호엔 3세는 크게 놀랐다.

"63세라고? 내가 안경을 안 써서 그런지 모르겠지만, 대충 봐도 파렌과 키르히를 합친 것만큼 빠르고 강해 보이는데?"

"믿기 힘들지만 그렇습니다."

폴스켄은 믿을 수 없었다. 랑펠 세르바토프의 실력이 전설에 가깝기는 하지만 적어도 지금 같지는 않았기 때문이다.

'그땐 그나마 인간이었어. 지금처럼 괴물이 아니었다고!'

흰색의 반월이 모두의 눈앞에서 떠올랐다. 펠리노어가 폐기 처분되는 도자기처럼 랑펠의 발 앞에서 산산이 흩어졌다.

잠깐 사라졌던 검의 하얀 기운이 다시 피어올랐다. 랑펠은 허리 아래까지 내려오는 수염을 쓰다듬으며 펠리노어의 파편을 내려다봤다.
"일어나시게. 엄살은 나 같은 젊은이나 부리는 것일세."
펠리노어의 파편이 자갈 소리를 내며 한데 뭉쳤다. 회복이 불가능할 것으로 보였던 수호자의 육체는 순식간에 재구성되어 본래의 모습을 되찾았다.
"우쭐대지 마라, 어린 수호자여."
랑펠은 여유를 부렸다.
"어린 녀석에게 지면 충격이 더욱 클 텐데?"
공방전이 다시 이어졌다.
펠리노어의 공격에 대한 랑펠의 대처 능력은 경이로울 정도였다. 절대적인 속도는 펠리노어의 창이 훨씬 빨랐지만 랑펠은 왼손을 동원해 검의 뒤떨어지는 기동력을 보충했다. 속도 차이로 인해 검으로 도저히 막을 수 없는 상황이 닥치면 왼손에 낀 강철 장갑으로 날이 없는 창끝 바로 아래를 쳐내어 공격을 막아내는 것이었다.
그런 상황이 계속되자 감정이 없을 것만 같던 펠리노어도 흥분하여 창을 크게 휘두르기 시작했다. 이후에도 공격을 계속 피하고 막아내어 상대를 자극하던 랑펠이 어느 순간 사자처럼 사납게 움직였다.
그는 왼손으로 펠리노어의 창을 잡아 자신의 몸 쪽으로 끌어당겼다. 펠리노어가 중심을 잃자 랑펠은 굵은 스파이크가 박힌 무릎으로 상대의 복부를 쳤다. 일격을 당한 펠리노어는 몸을 크게 숙였다.

"얌전히 있게나. 안개의 끝자락을 보여주지."

랑펠은 면갑을 내린 뒤 검을 양손으로 잡고 몸을 옆으로 한껏 젖혔다. 검에 흐르는 흰색 기운이 폭발적으로 증가함과 동시에 면갑의 일자형 눈구멍으로부터 빛이 뿜어졌다.

짧은 기합과 함께 흰색의 거대한 기운이 펠리노어를 덮쳤다. 펠리노어는 그 안에서 몸부림을 쳤으나 그의 몸은 돌풍에 휩쓸린 모래성처럼 우수수 분해되었다.

"와, 왕이시여……!"

펠리노어의 목소리가 희미해졌다.

랑펠의 양손대검이 완전히 돌아가자 펄럭이는 그의 검은색 망토 뒤로 펠리노어의 창이 떨어졌다.

노인은 면갑을 다시 걷었다. 여유있고 매력적인 미소가 주름진 그의 얼굴에 가득했다.

"후후, 이로써 다음 만월까지는 안녕이로구먼. 그럼 마무리를 지어보실까?"

수호자를 잃은 마법사 청년은 넋이 빠진 얼굴로 랑펠을 쳐다봤다. 랑펠은 들고 있던 양손대검을 등의 망토 속에 숨겨진 칼집에 넣으며 청년에게 다가갔다.

"자네가 우리 꼬마 아가씨를 귀찮게 한 자인가? 어쨌거나 안타깝게 됐군. 수호자를 잃은 탓에 당분간 마법을 쓸 수 없게 됐으니까."

청년은 고개를 저었다. 부정의 뜻이 아니었다.

"어떻게, 어린 마녀 따위의 수호자가 나의 수호자를 능가할 수 있단 말인가! 믿을 수 없다! 이건 꿈이다! 현실이 아니다!"

랑펠은 쓴웃음을 지었다.
"모두 그래야 했지. 자네들과 나, 모두."
"……."
긴 침묵이 그들 사이에 내려앉았다.
"랑펠!"
네벨이 랑펠의 이름을 부르며 달려왔다. 랑펠은 그녀를 향해 팔을 벌리고 몸을 숙였다.
"오오, 네벨 아가씨! 하하하하!"
호쾌하게 웃는 랑펠의 품에 네벨이 뛰어들었다. 손녀를 안듯 그녀를 안아 올린 랑펠은 오른손으로 그녀의 작은 등판을 어루만졌다.
"하하, 너무 급하게 뛰어드시면 안 된다고 말씀드렸지 않습니까? 이 노물의 갑옷은 아가씨껜 너무 딱딱하답니다. 잘못하면 예쁜 얼굴을 다치실 수도 있지요."
네벨은 말 대신 그의 수염 위에서 고개를 마구 저었다. 랑펠은 푸근한 미소를 지었다.
"이제 괜찮습니다, 아가씨. 이 랑펠이 있는 한 아무도 아가씨를 건드리지 못할 겁니다."
상봉의 기쁨을 나누는 그들의 옆으로 뭔가가 쏜살같이 지나갔다. 움찔한 랑펠은 자신을 지나쳐 간 무리들을 봤다. 꼬리 달린 소녀와 붉은 코트를 입은 청년, 그리고 자신 이상으로 크고 몸집이 대단한 청년이 작은 구급 상자를 들고 파렌에게 달려가고 있었다.
그중에서 랑펠의 눈에 띈 사람은 꼬리 달린 소녀였다.

"저 아이는 누굽니까? 아니, 정체가 뭡니까?"

"저도 아직 정체를 모르겠습니다. 하지만 사악한 존재는 아닌 것 같습니다."

"흠……."

카샤는 웅크리고 있는 파렌을 이리저리 살피며 울고불고 난리도 아니었다. 파렌은 괜찮다며 그녀를 안심시키려고 했지만 카샤는 말을 듣지 않고 꼬리로 그의 머리를 마구 때렸다.

랑펠은 그 모습에 절로 미소를 지었다.

"아가씨와 좋은 친구가 될지도 모르겠군요."

"전 꼬리가 없습니다."

"여자는 누구나 꼬리를 가지고 있는 법이지요."

네벨은 말없이 랑펠을 봤다.

"아무튼 이 청년은 어찌하시겠습니까? 아가씨의 지혜가 필요할 것 같습니다."

"소녀 혼자서 처리할 수 있는 문제가 아닐 것 같습니다."

"예?"

때마침 왕을 등에 업은 폴스켄이 다가왔다. 다시 땅을 밟은 호엔 3세는 뒷짐을 지고 랑펠 앞에 섰다.

"오랜만이로군, 랑펠 세르바토프."

호엔 3세의 부름에 랑펠은 수염으로 뒤덮인 볼을 왼손 검지로 긁었다.

"정말 그렇군요. 20년 만이시겠지요? 안녕하셨습니까, 폐하?"

노인검사는 몸을 숙이거나 고개를 숙이지 않았다. 누가 보자면 정말 뒤집어질 일이었지만 당사자들 가운데 신경을 쓰는 자는 아무도 없었다.

"그동안 어디서 뭐 했나? 난 자네가 실종된 후 5년 동안 자네를 찾아다녔다네."

"어이쿠, 1년만 더 찾으시지 그러셨습니까? 전 6년 동안 무지개 밑에 있다는 보물을 찾으러 다녔지요."

"좀 더 재밌고 자극적인 말을 해보게."

"수많은 여자들과 신나게 놀았습니다."

"음, 괜찮았어."

농담을 하는 노인검사와 농담이라는 것을 알면서도 받아주는 호엔 3세의 모습은 어딘지 모르게 비슷했다.

"그런데 폐하께서 지를 왜 찾으셨습니까? 저는 폐하를 뵐 이유가 전혀 없는 일개 검사일 뿐입니다."

"자네가 가르쳤으면 하는 아이들이 있었거든."

랑펠은 아직도 일어나지 못하는 파렌과 멀리서 자신을 보는 크로이츠들을 차례로 돌아봤다.

"저 젊은이들 말입니까?"

"그렇지. 2대째의 섀델 크로이츠들이네."

랑펠은 오래된 상처를 찔린 사람처럼 표정을 구겼다.

"또 그 이름입니까?"

"정통성이 있어서 나쁠 것은 없지 않나?"

"저에게는 들추고 싶지 않은 과거입니다. 이 친구 얼굴을 보는 것도 그렇지요."

랑펠이 거부감을 실어 자신을 보자 폴스켄은 비웃음을 터뜨렸다.

"같이 늙어가는 사이에 이러지 맙시다."

"쳇."

쓴소리를 낸 랑펠은 다시 왕을 봤다.

"젊은이들은 이제 다 큰 것 같으니 진짜 용건을 말씀해 주십시오."

왕은 지팡이로 청년 마법사를 가리켰다.

"저놈을 우리에게 넘기게. 알아보고 싶은 게 많아."

랑펠은 달갑지 않은 표정을 지었다.

"꽤 두꺼운 취급 설명서가 필요하실 겁니다."

"알아서 불게 만들 테니 걱정 말고 넘기게. 뭘 좀 알아야 브리스톤을 지도에서 지우든가 말든가 할 게 아닌가?"

노인검사의 표정이 변했다.

"당장 전쟁을 일으키실 겁니까?"

"아닐세. 야만족과 안개술사라는 놈들을 먼저 정리해야 하거든."

안개술사라는 말에 네벨의 얼굴이 어두워졌다. 늙은 왕의 날카로운 눈은 그녀의 표정 변화를 놓치지 않았다.

"왜 그러느냐? 혹시 안개술사를 알고 있느냐?"

랑펠은 오른손으로 그녀를 달래며 대신 대답했다.

"그것이 아가씨가 고향을…… 안개 계곡을 떠나게 된 이유지요."

"안개술사가? 안개 계곡은 저기 윗동네인데?"

"발 없는 말이 천 리를 간다고 하지 않습니까? 폐하라는 분을 믿고 말씀드리는 것입니다만, 원래 안개 마을은 안개 계곡 마녀들의 보금자리이자 은신처였습니다. 마을 사람들은 마녀들의 마법을 통해 좋은 기후와 토양을 누리는 대신 대대로 마녀들의 존재를 알리지 않았지요. 하지만 누군가가 그 마을에 안개를 부리는 자들이 야만족과 함께 웨스트리치를 위협한다는 소문을 퍼뜨렸습니다. 틀린 소문은 아니었지만 사람들은 하나둘씩 아가씨를 의심했고, 결국 아가씨는 그 때문에 고향을 떠나 방황하는 처지가 되었습니다."

호엔 3세는 이상한 얼굴로 랑펠을 지켜보다가 이윽고 물었다.

"자네, 어찌 그리 잘 아나?"

랑펠은 선뜻 대답하지 못했다.

"소인이 대신 대답해 드리면 안 되겠습니까?"

낯선 목소리가 들렸다. 랑펠과 네벨, 폴스켄, 그리고 호엔 3세는 목소리가 들린 방향으로 일제히 고개를 돌렸다.

쓰러진 청년 마법사의 옆에 묘한 기운에 휩싸인 노인이 서 있었다. 검은색의 원통형 모자를 쓰고 같은 색의 웅장한 법의(法衣)를 걸친 회색 수염의 노인이었다.

펑퍼짐한 소매를 마주하여 손을 숨긴 노인은 호엔 3세 이상으로 날카롭고 길게 째진 눈으로 모두를 보며 싱긋 웃었다.

"여기서 다시 뵙게 될 줄은 몰랐습니다, 연합왕이시여."

랑펠이 일순간 검을 뽑아 들고 뒤로 물러났다.

"아젤란도!"

그의 검에서 흰 기운이 맹렬히 뿜어졌다. 검은 모자의 노인은 어깨를 들썩이며 기분 나쁜 웃음을 흘렸다.

"같잖게 무슨 짓인가? 적어도 예를 마무리할 때까지 기다려 주긴 해야지?"

"네 이놈……!"

랑펠의 칼끝이 부르르 떨리는 가운데, 호엔 3세가 둘 사이로 손을 뻗었다.

"둘 다 그만 하게! 짐 앞에서 감히 무슨 짓인가!"

"……."

랑펠은 어렵게 검을 내렸다. 호엔 3세는 그를 등 뒤에 둔 채 회색 수염의 노인과 마주 섰다.

"오늘따라 희한하게 나타나는군. 소년왕이 자네를 보냈나, 아젤란도?"

"그렇지 않습니다, 위대하신 연합왕이시여. 소인은 개인적으로 폐하께 사죄를 드리기 위해 겸손한 마음으로 여행을 했습니다."

노인, 브리스톤의 대마법사 아젤란도는 왼쪽 무릎을 꿇고 양 팔을 좌우로 벌린 뒤 허리를 굽혔다.

"오늘 일어난 모든 일을 깊이 사죄드리겠습니다. 그러니 부디 소인의 제자만은 놓아주십시오. 아직 세상을 떠나기에는 배울 것이 너무도 많은 아이입니다. 그리해 주신다면 원하시는 재물은 뭐든 드리겠습니다."

호엔 3세는 탐탁지 않은 표정이었다.

"괜찮네. 어차피 브리스톤의 모든 것은 앞으로 짐의 것이 될 테니까. 나라 이름은 지도에서 지워 버리고 국민들은 노예로 만들거나 남자만 몰살시킬 테니 걱정하지 말게."

"하하하, 정말 그리하실 생각이십니까?"

늙은 왕의 얼굴이 싸늘해졌다.

"먼저 이빨을 드러낸 건 자네야. 감히 짐의 영토에서 짐과 짐의 부하들을 건드리고 그냥 넘어갈 줄 알았나?"

"후후, 그렇습니까? 아무래도 폐하의 기분을 풀어드려야 할 것 같군요. 제가 선물로 재미있는 구경거리를 제공해 드리겠습니다."

아젤란도는 폐광이 있는 산을 향해 돌아섰다.

"저들의 이름이 반연합전선이었습니까? 폐하의 납치 사건은 일단 비밀스러운 일이지만 저 집단의 저질스러움을 생각하면 납치 소문은 분명 삼시간에 퍼질 겁니다. 폐하께서는 워낙 큰 분이셔서 소문 따위에는 아랑곳하시지 않으시겠지만 백성들은 다르지요. 소문은 아마 대국(大國)의 국민들에게 커다란 수치심을 불러일으킬 겁니다."

아젤란도가 오른손을 하늘 높이 들었다.

산 정상 부근에 붉은빛이 번쩍이더니 산을 뒤덮을 정도로 거대한 마법진이 눈 깜짝할 사이에 만들어졌다.

대마법사가 빙긋 웃었다.

"제가 그 가능성을 지워 드리겠습니다."

마법진으로부터 화염이 폭포수처럼 떨어져 산을 뒤덮었다. 크로이츠들이 있는 산 밑에까지 화염이 쏟아지진 않았지만 열기만은 엄청났다. 진짜 불 이상의 열기였다. 아직 산에 남은 반연합전선의 청년들이 어찌 되었을지는 말 그대로 불 보듯 뻔했다. 마치 신이 일으키는 기적 같은 광경에 왕을 포함한 모두가 할 말을 잃었다.

아젤란도가 손을 거두고 돌아섰다.

"아시겠습니까, 폐하? 현재 가장 위험에 처한 쪽은 저와 브리스톤이 아닙니다. 지금은 특히 말입니다."

그의 무력 시위는 현재 이 자리에 설정된 힘과 권력의 균형을 한 번에 무너뜨릴 만한 파괴력을 갖추고 있었다. 실제로 몇몇 젊은 크로이츠들은 말도 안 되는 싸움이 벌어질지도 모른다는 불안감에 평정심을 잃기 직전까지 몰렸다.

"그만 못하겠나!"

순간 땅 전체를 충격파가 휩쓸고 지나갔다. 깜짝 놀란 아젤란도는 충격파의 진원지를 돌아봤다. 꼬리가 달린 작은 요괴 카샤가 눈에서 황금색 안광을 뿜으며 자신을 노려보고 있었다.

"본좌, 변신하지 않기로 약속을 했다! 하지만 너희 마법사가 더 이상 모두를 위협하면 그 약속을 깨겠노라!"

그녀의 힘과 기세를 살피던 아젤란도는 잠시 후 고개를 끄덕였다.

"그리하지."

카샤의 분노가 서서히 가라앉았다. 아젤란도는 그녀를 계속 관찰하며 생각했다.

'요괴……? 그것도 천요? 안개술사를 물리친다면서 터무니없는 괴물을 데려왔군.'

호엔 3세를 제외한 모두가 긴장하는 가운데, 누워서 상황을 지켜본 파렌이 오스틴의 다리를 손으로 두드렸다.

"치료를 계속해."

파렌의 지시에 오스틴은 멈췄던 손을 다시 움직였다.

가만히 하늘을 보고 있던 파렌은 날카로운 미소를 지었다.

"후후, 이것이 상식과 상식의 충돌이라는 것인가……? 후후후……."

그가 한 말과 웃음이라고는 생각하기 힘들 만큼 냉소적이었다.

오스틴이 붕대 뭉치를 들었다.

"리더, 늑골을 다시 맞추겠습니다. 이것을 물고 계십시오."

"괜찮아. 지금 바로 해주게. 무슨 일이 일어날지 모르게 됐으니까."

"예? 설마 일어나실 생각이십니까?"

"어서 해주게. 그리고 카샤, 이쪽으로 오겠니?"

"응."

카샤가 그의 옆으로 왔다. 파렌은 손짓으로 오스틴을 재촉했다. 오스틴은 내키지 않는 얼굴로 파렌의 금이 간 늑골에 손을 올렸다.

우두둑, 하는 소리가 그의 늑골에서 튀어나왔다. 보는 사람마저 얼굴이 절로 돌아가는 상황이었지만 파렌은 눈만 찔끔찔끔할 뿐, 미리 옆으로 펼쳐 둔 팔로 카샤를 만지며 말했다.

"이 상황에선 어쩔 수 없을 것 같아, 카샤. 만약의 경우가 생기면 천요의 힘으로 폐하를 보호해 줘."

파렌에 대한 걱정과 아젤란도의 압도적인 마법 능력 때문에 정신이 없던 카샤는 그 말을 듣는 순간 송곳니를 드러내며 이를 악물었다.

"머리가 어떻게 된 게 아닌가, 파렌은? 자신의 목숨이 오락가락할 때는 본좌의 얼굴을 보지도 않더니 저 노인이 위험해지면 변해서 도와주라고?"

"난 일개 군인이야. 하지만 저분은 왕이시지. 우선순위가 높은 것은 당연한 거야."

"집어치워라! 이럴 줄 알았으면 너와 친구하지 않는 거였다! 여기 오지도 않는 거였다! 이게 뭐냐, 도대체! 너같이 이기적인 바보는 처음이다!"

카샤는 파렌에게 등을 보이고 돌아섰다.

부러진 늑골을 모두 맞춘 오스틴은 파렌을 조심스레 일으킨 뒤 보호대를 대고 붕대를 감았다. 파렌은 팔뚝으로 눈가를 훔치는 카샤에게 손을 뻗어봤지만 억지로 일으켜진 관계로 그의 손가락은 그녀에게 닿지 않았다.

오스틴이 붕대에 매듭을 지었다.

"다 됐습니다, 리더."

파렌은 다친 부분을 누르고 팔을 움직여 봤다. 심하게 움직이면 통증이 일어났지만 그래도 치료를 받기 전보다는 훨씬 나았다.

"슈트롬 팔켄을 주게."

모두가 경악했다. 돌아서서 훌쩍대던 카샤도 그를 돌아봤다.

"리, 리더! 진정하십시오! 지금 나타난 아젤란도는 괴물입니다! 손짓 한 번만으로 산을 불태우는 괴물이란 말입니다!"

"그래, 알아. 어떻게 했는지 좀 물어볼 생각이야."

"그럼 수첩을 가져가셔야지 왜 슈트롬 팔켄입니까!"

"수첩이 없거든."

오스틴은 기가 막혔다.

그는 오스틴이 가져온 슈트롬 팔켄을 등의 거치대에 걸었다. 그가 걸어가려 하자 키르히가 파렌을 가로막았다.

"어이, 그만두는 게 낫지 않겠어? 난 어렸을 때부터 네가 하는 말이라면 다 들었고 네 행동에 대해 의심을 한 적도 없지만, 이번만큼은 아니라고 봐."

파렌은 그를 노려보며 물었다.

"왜지? 내가, 우리가 인간이기 때문에 그런가?"

"당연하잖아! 이건 바늘 침대 위에 맨몸으로 눕거나 이빨로 마차 수십 대를 끄는 것과는 달라! 분명히 죽을 상황이란 말이야! 그러니 고집 부리지 말라고!"

"난 죽으러 가는 것이 아니야. 아젤란도와 사생결단을 낼 생각도 없어. 만약 그럴 생각이었다면 카샤의 경고를 듣지도 않았겠지."

"……."

"난 알아야겠어."

"뭘?"

"왜 보통 인간들이 사는 세계에 저들의 세계가 침범해 왔는지 알아내야 해. 수습이든 예방이든 원인을 알아야 하는 것이 먼저지. 아젤란도는 분명 뭔가 알고 있어. 난 물어보지 않으면 안 돼. 인간으로서."

그는 그대로 키르히를 지나쳐 아젤란도를 향해 걸어갔다.

가만히 서서 호엔 3세의 결정을 기다리던 아젤란도는 자신에게 다가오는 파렌의 느낌을 읽고 그곳을 봤다.

"호오, 파렌 콘스탄, 크로이츠 리더. 자네가 내 제자 피오르와 수호자 펠리노어를 쓰러뜨리는 모습은 감명 깊게 봤네. 보통 인간의 한계를 이미 초월하고 있더군."

"당신께 여쭙고 싶은 것이 있습니다, 대마법사여."

"나에게? 무엇인가?"

파렌은 단도직입적으로 물었다.

"당신의 마법, 수호자, 그리고 만들어졌다는 아이들. 그 모든 것은 저를 비롯한 대부분의 사람들이 가진 상식에서 크게 어긋나는 것들입니다. 어째서 이토록 갑작스럽게 드러나게 된 것입니까?"

아젤란도는 씩 웃었다. 뒤이어 호엔 3세를 다시 봤다.

"폐하, 이 젊은이와 잠시 이야기를 나눠도 되겠습니까?"

"그리하게."

파렌이 생각 없이 검을 휘두를 남자가 아님을 알고 있는 호엔 3세는 그들의 대화를 경청하기로 했다.

아젤란도가 말했다.

"모든 것들이 상식에서 어긋났다고 생각하는 것 같은데, 사실 그렇지 않네. 자네들은 나의 마법을 능가하는 비상식을 이미 당연하게 받아들이고 있지 않나? 예를 들어 미디엄님 말일세."

파렌의 눈빛이 꿈틀했다.

"그분은 앞으로 일어날 역사적 사실은 물론 세상을 뒤엎어버릴 만한 사건이 일어날 때가 되면 항상 훌륭한 조언을 해주시지. 그분의 말씀이 틀린 적은 한 번도 없네. 그것이 상식적인 일인가? 저 작은 산을 불태우는 것이 더 어렵겠나, 아니면 앞으로 일어날 일을 예언하는 것이 더 어렵겠나?"

"……."

"난 마법에 도가 튼 존재일 뿐이네. 그것이 내가 폐하께 정중히 부탁을 드리는 이유지. 내가 아무리 제자들을 키우고 마법 인형들을 만든다고 해도 브리스톤은 바란투로스를 꺾을 수가 없어. 미디엄님이라는, 일반 군사력의 차이를 능가하는 엄청난 힘의 차이 때문이지."

아젤란도는 아무 말 없이 서 있는 파렌을 묵묵히 지켜봤다. 그러던 그의 시선이 멀리 있는 카샤에게 옮겨갔다.

"금년 초만 해도 자네는 요괴가 무엇인지 알지 못했을 것이네. 당시의 자네에게 요괴는 이 세상에 없는 존재였지. 그런데 지금은 친구이자 살아 숨 쉬는 상식일세. 상식과 상식의 충돌이 아니야. 자네는 그저 모르는 것을 알게 된 것일 뿐이지. 이해가 됐나?"

"……충분한 것 같습니다."

파렌은 뒤로 물러섰다. 완전히 긴장한 상태로 파렌을 바라보던 모두는 땅이 꺼져라 한숨을 쉬며 주저앉았다.

"우리까지 죽이려고 하네, 파렌 녀석."

키르히의 말에 카샤가 맞장구를 쳤다.

"돌아오면 본좌가 또 혼내줄 테다!"

이어서 호엔 3세와 아젤란도의 대화가 이어졌다.

아젤란도는 공손히 말했다.

"다시 한 번 목숨을 걸고 말씀드리겠습니다. 저는 일을 수습하기 위해 달려왔습니다. 우리 브리스톤은 바란투로스에 해를 입히기 위해 지금과 같은 일을 벌인 것이 아닙니다. 하지만 저의 숙원을 풀어줄 존재가 나타났다는 사실에 잠시 이성을 잃고 일을 무리하게 진행한 것 같습니다. 이 점에 대해서는 폐하께 거듭 사죄드립니다."

"브리스톤의 대사, 아니, 자네 부하가 날 죽이려고 했던 것은 어찌 받아들여야 하나?"

"제가 그에게 너무 많은 권한과 부담을 주었던 것 같습니다."

전형적인 책임 회피식 발언이었다. 그러나 호엔 3세는 따지지 않았다. 일단 죽은 자는 말이 없는 법이고, 관계자를 처벌해 봤자 나오는 것도 없기 때문에 고집스럽게 추궁하는 것은 오히려 인격적인 손해만 불러올 뿐이었다.

왕이 말했다.

"각 국가가 자신들의 이익을 위해 비도덕적인 일을 벌이는 것은 공공연한 비밀이지. 한 예로, 북쪽의 베이츠랜드 왕국은 사형수들을 이용해 무차별적인 임상 실험을 하네. 덕분에 그곳에서 발명되는 약들은 부작용이 거의 없고 약효도 최고지. 통치자의 입장에서 보자면 훌륭한 일이라고 할 수 있네. 물론 백성들이 알면 큰일 나겠지만."

정확히 말하자면 죄의식을 억누른 통치자의 입장일 것이다. 그러나 입장을 이해한다는 식으로 깔아놓는 그 말이 더욱 무서운 법이다.

"난 자네와 브리스톤의 일이 그와 크게 다르지 않다고 생각하네. 하지만 내 나라에서 내 목숨까지 위협하며 난리를 저지른 것은 쉽게 용서할 수 없는 일이네. 대가는 크게 치러야 할 것이야."

"그렇다면 폐하께서 원하시는 것을 말씀해 주십시오. 재물이 필요하시다면 원하시는 대로 드리겠습니다."

지금이야말로 호엔 3세가 노리는 순간이었다.

"좋아. 그럼 꼬마들을 만드는 행위를 중단하고 관련 시설물들을 폐기하게."

"예? 하지만 폐하, 그 아이들은 인간이 아닙니다. 인격을 갖춘 인형에 불과합니다."

"브리스톤에서 그런 무기를 갖추지 못하게 하려는 것일세. 무기가 있으면 딴생각을 품게 되고, 딴생각을 품으면 전쟁밖에 더 하겠나?"

아젤란도는 한숨을 쉬었다. 옆에서 꿈틀거리던 청년 마법사가 고개를 쳐들고 외쳤다.

"안 됩니다, 스승님! 스승님과 저희들이 그 일에 얼마나 공을 들였습니까! 시간으로 따져도 엄청납니다!"

제자의 말대로 아젤란도에겐 큰 미련이 남아 있었다. 하지만 관련 사항이 너무 많이 밝혀졌고, 그 일의 최종 실마리를 가진 네벨이 다른 사람도 아닌 호엔 3세의 손에 들어갔기 때문에 그로서도 어쩔 수가 없었다.

"닥쳐라. 누구 때문에 일이 여기까지 커진 것이냐, 피오르?"

"……."

아젤란도는 고개를 숙였다.

"폐하의 말씀을 받아들이겠습니다."

"잘 생각했네. 그리고 자네, 저 청년과 같은 제자를 총 몇 명이나 데리고 있나?"

"직속제자는 열두 명입니다."

"그럼 그중에서 일곱 명을 우리에게 제공하게."

"제공이라 하심은……?"

"인력을 빌려 달라는 말이네. 내 명예를 걸고 해부를 하거나 약을 먹이거나 하진 않을 것이네. 마법의 힘이라는 것을 이용하여 해보고 싶은 일들이 많을 것 같거든. 허울 좋게 꾸미자면 공동 연구라고나 할까? 더 나아가 웨스트리치 전체를 위협하는 적과 싸우는 데에도 도움이 되겠지."

"……알겠습니다."

"그리고 네벨은 짐이 직접 관리하겠네. 저 아가씨가 다른 나라로 도망치면 그 나라에서도 지금 같은 일이 벌어지겠지. 웨스트리치의 평화를 위해서라도 내가 데리고 있는 것이 낫지 않겠나?"

난감한 듯 아젤란도는 얼른 대답하지 못했다.

"왜 그러나?"

"지금까지 들인 시간이 갑자기 아쉬워져서 그렇습니다."

"아쉽고 아까웠으면 짐을 건드리지 말았어야지. 아, 그리고 한 가지 더 있네."

그가 뭔가를 또 요구하려 하자 가까스로 유지되던 아젤란도의 안색이 흔들렸다.

"말씀하십시오."

"브리스톤에서 안개술사들에 대해 따로 조사한 것이 있나? 자네들만 아는 것들 말이네."

"물론 있습니다."

"그걸 넘기게. 글씨 하나 고치지 말고. 해석은 자네가 제공해 준 마법사들이 해주겠지. 바란투로스를 위한 일이 아니라 웨스트리치를 위한 일이니 성실하게 협조해 주게."

"알겠습니다."

아젤란도는 지그시 눈을 감고 분을 삭였다.

'정말 다 뜯고 털어가는군. 망할 늙은이.'

상대 국가의 약점을 잡으면 전쟁을 차선으로 하여 그 나라에서 뜯을 수 있는 모든 것을 뜯어간다. 그것이 바로 호엔 3세의 악마석 외교 스타일이었다.

그러한 전적을 알면서도 당해 버린 아젤란도는 허무감이 섞인 눈으로 카샤를 바라봤다. 사실 그녀만 아니었다면 아젤란도는 마법으로 호엔 3세를 위협하거나 정신을 조작해서라도 자신에게 유리한 상황을 만들어낼 심산이었다.

아젤란도는 그녀를 데려온 자라고 소문이 난 파렌에게 물었다.

"저 요괴 아가씨는 언제 데리고 왔나?"

그리 어려운 이야기도 아니었지만 파렌은 곧장 대답하지 못하고 약간의 시간을 둔 뒤 입을 열었다.

"며칠 되지 않았습니다. 아이젠발트에 도착한 것은 3일 전이었습니다."

"3일 전이라…… 알겠네."

아젤란도는 기가 막혔다.

'미디엄이여, 정말 안개술사를 쓰러뜨리기 위해 천요를 부르신 것입니까, 아니면 이 아젤란도를 봉쇄하기 위해 천요를 부르신 것입니까? 후자라면 인간의 역사에 너무 깊게 개입하시는 겁니다.'

그는 씁쓸한 속을 달래며 호엔 3세에게 작별의 예를 올렸다.

"저는 이만 가보겠습니다. 폐하께서 말씀하신 사항들은 제가 3일 후 정식으로 찾아뵙고 공식 문서로써 확실히 받아들이겠습니다."

"그리하게. 그럼 그때 보지."

아젤란도와 그의 제자의 모습이 빛과 함께 사라졌다. 더불어 크로이츠들을 가두고 있던 장벽들이 일제히 사라졌다.

호엔 3세는 긴 숨을 내쉬었다.

"모두 수고 많았네. 폴스켄, 크로이츠 전원에게 이번 일은 왕이 정한 기밀 사항이라고 전달하게. 그 누구의 귀에도 들어가선 안 될 일이야."

"알겠습니다."

"전달을 마치면 산으로 가서 생존자가 있는지 확인하게. 겉으로 봐서는 없을 것 같네만 확실히 처리해야겠지. 아, 처리라는 말에 오해가 없도록 하게."

"알겠습니다."

목격자를 깨끗이 처리하라는 말이었다. 생존자 구출로 순진한 오해를 한 네벨은 호엔 3세를 다시 보게 되었지만 랑펠은 그녀가 알아보기 힘든 각도로 고개를 돌리고 쓴웃음을 지었다.

"그리고 파렌, 자넨 치료를 받는 것이 좋겠네. 안색이 좋지 않아."

왕의 걱정이 귀에 들리는 순간 파렌이 피를 울컥 쏟으며 바닥에 쓰러졌다. 키르히들과 함께 그가 있는 곳으로 걸어오던 카샤가 화들짝 놀라 그를 향해 달려갔다.

"파렌! 파렌!"

달려가던 그녀의 걸음이 서서히 느려졌다. 장벽에 갇혀 있느라 아무것도 하지 못하고 있던 테르나가 어느새 그에게 달려가 두 팔로 그를 끌어안고 있었다.

'뭐냐, 저건? 여태까지 한 것도 없으면서……!'

이상한 분노가 그녀의 가슴을 달구었다.

"뭐 해, 원숭이! 빨리 와! 파렌을 옮겨야겠어!"

키르히가 불렀지만 카샤는 말을 듣지 않았다.

"본좌는 작고 귀여워서 옮기는 일은 못한다."

"야! 옮기기 귀찮으면 상태라도 좀 봐줘! 파렌이 이상하다고! 피가 멈추지 않고 정신이 오락가락해!"

"뭐라고?"

그녀가 다시 뛰어갔다. 그녀가 도착했을 때 파렌은 입에서 피를 계속 쏟으며 머리를 정신없이 흔들고 있었다. 그의 검은색 코트는 이미 피로 번들번들했다.

테르나가 카샤를 붙잡았다.

"카샤, 파렌의 상태를 알겠어? 뇌진탕의 일종 같은데, 내가 알고 있는 증상과는 달라서 모르겠어."

말은 비록 차근차근 했지만 그녀의 얼굴은 파렌만큼이나 참

혹했다. 카샤는 아까처럼 화가 났지만 친구로서 걱정하는 것이 뭐가 나쁘냐며 자신을 다스리고 타일렀다.
"본좌가 지금 알아볼 테니 기다려라! 모두 파렌이 움직이지 못하도록 잡고 있어라!"
그녀의 황금색 눈동자가 밝게 빛났다.
랑펠과 함께 쓰러진 파렌을 지켜보던 네벨은 모자의 챙을 내리며 중얼거렸다.
"피의 흐름이 뒤틀렸군요. 심장과 가까운 부분에 수호자의 충격파를, 그것도 두 번이나 직접 맞은 것이 원인이겠지요. 겉으로 드러난 상처는 늑골이 부러진 정도겠지만 말입니다."
랑펠은 흠칫 놀랐다.
"알고 계셨으면서 왜 말씀을 하지 않으셨습니까?"
"방법이 없는데 말을 할 필요가 있겠습니까?"
"하지만 지금 죽기엔 너무 아까운 젊은이입니다."
네벨은 눈을 감았다.
"안타까움으로 해결될 일이 아닙니다. 그리고 어설프게 도와주다가는 제가 살인자로 몰릴 수도 있습니다."
"아가씨……."
랑펠은 근심 어린 목소리로 그녀를 불렀지만 네벨은 눈조차 돌리지 않았다.
파렌의 상태를 살펴본 카샤가 벌떡 일어났다.
"좋아, 본좌가 파렌을 치료하겠다! 오스틴만 남고 모두 뒤로 물러나라!"
네벨과 랑펠이 깜짝 놀라 그녀를 봤다.

호엔 3세가 놀란 얼굴로 물었다.
"치료라니, 어떻게 하겠다는 것이냐?"
카샤가 작은 주먹을 들었다.
"파렌의 몸은 지금 수호자가 발휘한 힘 때문에 피의 흐름 등이 뒤엉킨 상태라오. 그것을 본좌의 힘으로 다시 되돌리겠소!"
키르히가 물었다.
"그런데 왜 오스틴이야? 오스틴 말고도 사람은 많잖아?"
"내 힘에 밀려나지 않고 파렌을 잡아줄 사람이 오스틴밖에 없다."
"나무나 바위에 묶어놓고 하면 안 돼?"
"무생물은 본좌의 힘에 무조건 저항하기 때문에 잘못하면 파렌이 크게 다칠 수도 있다. 알아들었으면 빨리 움직여라! 시간이 없다!"
카샤의 지시대로 오스틴을 제외한 모두가 사방으로 멀리 물러났다.
카샤의 피부가 새빨갛게 달아오르고 검은색 문양이 떠올랐다. 뒤이어 그녀의 주변에 근원을 알 수 없는 화염이 피어올랐다.
"본좌는 약속을 목숨처럼 지키지만 지금은 어쩔 수가 없다! 모두 파렌에겐 비밀로 해다오!"
화염이 꽃봉오리처럼 그녀를 휘감더니 공중으로 흩어졌다. 작은 카샤가 있던 자리에는 붉은색의 도복을 걸친 여성이 오른팔을 앞으로 뻗은 채 서 있었다.
그녀는 주변에 남은 화염을 손에 쥐었다. 화염은 금색의 끈으로 변했고 그녀, 카샤는 그 끈으로 뒷머리를 묶었다. 단단히 묶인 뒷머리는 불꽃으로 변해 맹렬히 타올랐다.

"하늘의 요괴, 화사무쌍!"

그녀가 하던 말을 잠시 멈추고 손바닥을 펴며 팔을 좌우로 펼쳤다.

"지금! 이곳에! 열화처럼 나타났노라!"

자리에 있는 모두가 눈앞의 상황에 기가 막혔다. 앞서 카샤 본인과 파렌, 키르히로부터 변신이라는 말을 지겹게 들어왔지만 막상 닥친 현실은 누구에게나 큰 충격을 안겨주었다.

네벨과 랑펠도 마찬가지였다. 네벨은 그녀의 모습을 더 자세히 살피기 위해 모자를 위로 걷었다.

"저건 대체……?"

카샤가 주먹을 쥐고 호흡을 조절했다.

"파렌을 잘 받치고 있어라, 오스틴."

"아, 응."

오스틴은 카샤가 미리 지시한 대로 파렌의 어깨 밑에 자신의 팔을 넣은 뒤 단단히 받쳐 들었다. 허수아비 모양으로 서게 된 파렌은 아직도 입에서 피를 토하고 있었다.

카샤의 오른쪽 주먹에 불꽃이 맺혔다.

"아무리 사납고 제멋대로인 흐름이라 해도 거대한 강과 바다 앞에선 작은 소용돌이에 지나지 않는 법! 이 천요, 카샤의 힘으로 뒤틀린 피의 흐름을 바로잡아 주겠다!"

그녀는 파렌을 받치고 있는 오스틴을 걱정스레 봤다.

"나의 힘은 파렌의 심장을 관통하여 자네에게 미칠 것이다.

그래도 피의 흐름이 완전히 바로잡히기 전까지는 반드시 견뎌야 한다. 알겠나?"

오스틴은 두꺼운 턱에 힘을 잔뜩 넣고 고개를 끄덕였다. 특별한 말은 하지 않았지만 그편이 더 믿음직스러워 보였다.

"그럼 간다!"

"오오!"

오스틴은 소리를 크게 질러 몸과 마음의 준비를 단단히 했다.

카샤가 파렌에게 돌진했다. 화염의 잔광이 일직선으로 그어졌다. 그녀의 주먹이 파렌의 가슴팍, 정확히 심장이 있는 지점에 꽂혔다.

"컥!"

파렌의 입에서 뿜어진 피가 카샤의 얼굴과 옷에 잔뜩 묻었다. 카샤는 아랑곳 않고 주먹에 모아둔 힘을 개방했다.

파렌의 몸을 관통한 힘이 오스틴에게 미쳤다. 오스틴의 거구가 화염의 소용돌이에 휘말리면서 끈을 풀고 있던 그의 투구가 벗겨졌다.

진짜 불이 아니라 거대한 힘의 소용돌이가 화염의 모습을 띤 것이라 피부가 타진 않았지만 오스틴은 화상을 입는 것 이상으로 가혹한 압력에 시달리고 있었다. 일반인보다 두꺼운 뼈와 근육, 그리고 갑옷이 아니었다면 그의 몸은 휴지처럼 구겨졌을 것이다.

"우우우욱!"

압력이 높아지자 오스틴의 머리에 정맥이 굵게 솟았다. 급기야 팔의 관절에서 격한 소리가 났지만 오스틴은 이를 악물고 파렌을 받쳤다.

이윽고 카샤가 주먹을 떼었다. 파렌의 몸을 휘저은 그녀의 힘과 오스틴을 짓누르던 압력이 한순간에 사라졌다.

그러면서 카샤의 몸에서 황색의 연기가 펑! 터졌다. 다시 꼬마 요괴의 모습으로 돌아온 그녀는 풀썩 주저앉으며 혀를 내밀었다.

"후아, 끝났도다."

키르히를 비롯한 크로이츠들이 우르르 몰려들어 파렌과 오스틴을 부축했다. 오스틴은 가볍게 지친 정도였으나 파렌은 아직 눈을 뜨지 못했다. 다만 피를 토하거나 경련을 일으키지는 않았다.

키르히가 급히 파렌의 맥박을 쟀다. 고작 1분 정도의 시간을 요구했지만 호엔 3세를 비롯한 모두에게는 1년과도 같았다.

조금 뒤, 키르히가 땀에 젖은 이마를 훔치며 한숨을 쉬었다.

"좋아, 일단 맥박은 정상인 것 같아."

여기저기서 탄성이 터졌다. 키르히는 앉아서 쉬는 카샤의 머리를 만져 주었다.

"잘했어, 원숭이."

"고맙다고 해야 하는 게 아닌가?"

"왜? 내가 다쳤나?"

둘은 서로를 보며 씩 웃었다.

호엔 3세는 아랫배를 만지며 긴 숨을 내쉬었다.

"오래간만에 긴장을 했더니 배가 다 아프군."

폴스켄은 쓴웃음을 지었다.

"저는 한 20년 정도 늙어버린 기분입니다."

"일단 선발대를 조직하게. 난 파렌과 리벨을 포함한 선발대를 데리고 먼저 돌아가겠네. 자네는 후발대와 함께 산과 폐광의 생존자 수색 및 처리를 하게."

"저 소녀와 랑펠은 어찌해야 할지요?"

"그들도 내가 데리고 가겠네. 아니, 모셔가야 한다고 하는 편이 나으려나?"

"하하."

"아무튼 오늘처럼 긴 하루는 정말 오래간만이로군. 어서 선발대를 편성해 주게, 폴스켄."

"알겠습니다, 폐하."

폴스켄은 호투라기를 불어 크로이츠들을 모았다.

story 13 너에게 바라는 것

파렌이 의식을 회복했을 때 가장 먼저 느낀 것은 오른쪽 다리의 심한 저림이었다. 진통제가 주는 몽롱함 속에서 그가 떠올린 것은 부상에 의한 다리 절단이었다.

'아니야. 다리를 다친 기억은 없는데?'

눈을 뜬 그는 자신의 오른쪽 다리를 누르고 있는 묵직한 존재를 보고 아연실색했다. 하이디가 그의 허벅지 위에 이마를 댄 채 곤히 잠들어 있었다. 안경은 아예 벗었고 하녀 복장 위에는 연황색의 숄을 따뜻하게 걸치고 있었다.

파렌은 그녀를 보며 곰곰이 생각했다.

'마땅한 베개가 없었나?'

그녀를 어떻게 깨울까 고민하던 파렌은 조심스레 다리를 빼는 것으로 자기 자신과 타협을 봤다.

'설마 섭섭해하진 않겠지.'

다리를 움직이려 하자 늑골에 심한 통증이 왔다. 그 통증은 마법사, 그리고 수호자와의 전투과 아젤란도의 등장에 대한 기억을 생생히 되살려 주었다.

그는 달력과 시계를 찾았다. 시계가 없어 시간은 확인할 수 없었고, 달력은 있었지만 무용지물이었다. 의식을 잃은 날부터 며칠이 지났는지 모르기 때문이었다.

그는 침대 옆의 핸들을 돌려 어렵사리 상체를 일으킨 뒤 커튼을 젖혔다. 그 와중에도 하이디는 일어나지 않았다.

마침 구름이 거의 없는 날이었다. 형형색색의 두꺼운 외투를 입고 바삐 움직이는 사람들의 모습이 보였다.

파렌이 가장 먼저 확인한 것은 가로등의 그림자였다.

'시간은 정오 무렵이군. 이 시간에 어른과 아이들이 함께 있는 것을 보니 토요일 아니면 일요일인데…… 일요일이 맞겠지. 상점들 외에는 전부 커튼을 내렸으니까. 그럼 그날 이후로 이틀이 지난 것인가?'

날카로워진 그의 표정이 퍼뜩 바뀌었다. 그는 오른손으로 얼굴을 덮고 자책하며 다시 누웠다.

'됐으니 그냥 쉬자. 난 부상자야.'

그는 다시 하이디를 봤다. 그녀가 안경을 벗고 있다는 사실을 뒤늦게 깨달은 파렌은 그녀의 안경을 찾아 시선을 이리저리 돌렸다.

안경은 바로 옆쪽의 테이블에 있었다. 파렌은 두툼한 뿔테안경의 다리를 바깥쪽으로 하여 렌즈를 눈에 가까이 했다. 그냥 썼다가는 안경다리가 부러지거나 간격이 벌어질 수도 있기 때문에 나름대로 배려를 한 것이다.

그는 즉시 눈살을 찌푸렸다.

'정말 인간이 사용하는 안경인가?'

그는 어질어질해진 눈을 만지며 안경을 제자리에 놓았다.

그는 눈을 감고 시간을 보냈다. 진통제 탓에 아직도 정신이 몽롱했지만 잠은 오지 않았다. 책도 없이 그냥 있자니 미칠 지경이었다. 결국 그는 하이디를 어찌 깨울지 고민에 빠졌다.

그런 와중에 키르히가 병실 문을 벌컥 열고 들어왔다. 막대사탕을 입에 문 그는 오른손으로 턱을 받친 채 고민에 빠진 파렌을 보고 코웃음을 쳤다.

"여어, 드디어 일어났네?"

파렌은 키르히의 양손을 살폈다. 문병용 간식은 물론 장갑조차 없는 맨손이었다.

"……그 '드디어' 의 범위가 어느 정도지?"

"48시간 조금 안 됐지."

저벅저벅 걸어온 키르히는 손바닥으로 하이디의 등판을 철썩 내려쳤다.

"헉!"

놀라 일어난 하이디는 주위를 마구 둘러봤으나 안경을 쓰지 않은 그녀의 눈에는 붉고 검은 물체들만이 보일 뿐이었다.

키르히는 안경을 던져 준 뒤 의자를 끌어다 앉았다.

"아침에 왔을 때랑 똑같은 자세로 자고 있네. 허리 안 아파? 얼마나 대고 있었는지 이마도 시뻘겋네."

침대를 더듬어 안경을 쓴 하이디는 움찔했다. 키르히가 자신의 이마에 손을 뻗는 중이었기 때문이다.

그녀는 벌떡 일어나 화를 냈다.

"키르히님께서 신경을 쓰실 일이 아닙니다!"

그 직후 그녀는 허리를 부여잡고 주저앉았다. 키르히는 비명도 못 지르고 끙끙 앓는 그녀를 내버려 두고 파렌에게 눈을 돌렸다.

"몸은 좀 괜찮은 것 같아?"

파렌은 고개를 저었다.

"의사가 누구인지 몰라도 진통제를 너무 많이 처방한 것 같군. 손가락 끝까지 마비된 느낌이야."

"심장이 터질 것 같다거나 하신 않고?"

"심장?"

"카샤가 널 치료한다면서 가슴을 한 대 쳤거든. 그것도 변신해서. 나중에 의사들이 보고 기겁을 했지."

파렌은 환자복의 단추를 풀고 가슴을 봤다. 근육의 굴곡이 뚜렷한 가슴 위에 원형으로 그을린 자국이 선명하게 남아 있었다.

"이것은……."

"키스 마크!"

하이디가 분노에 이성을 잃고 외쳤다. 두 남자는 가만히 그녀를 바라봤다.

"최근에 무슨 책을 본 것이오, 미스 요하네스?"

"죄송합니다, 주인님!"

하이디는 새빨개진 얼굴을 부여잡고 병실을 뛰쳐나갔다. 파렌은 엄지로 관자놀이를 누르며 무거운 목소리로 말했다.

"치료의 흔적치고는 너무 강렬한데, 설명을 해보겠나?"

키르히는 귀찮은 듯 인상을 찡그린 채 입술 밖으로 나온 사탕의 막대를 돌렸다.

"조금 있으면 본인이 돌아올 텐데, 직접 듣는 게 어때?"

"카샤는 아직 군인의 입장에서 말을 하는 방법을 몰라. 그리고 내 부하가 아니라서 다그칠 수도 없지. 네가 하는 게 더 편해."

"아, 똥 밟았네."

"……."

"알았어. 얘기하면 될 거 아냐."

파렌은 집중해서 듣기 위해 눈을 감았다. 키르히는 기억을 되짚어 당시의 이야기를 꺼냈다.

"원숭이 말로는 네가 수호자가 발휘한 힘 때문에 피의 흐름이 뒤엉켰다더라고. 늑골이 부러진 이유가 수호자의 창끝에 직접 맞아서 부러진 게 아니라 형체가 없는 그 힘이 원인이라더군."

"폭발 시의 충격파와 비슷한 것인가?"

"그건 나도 몰라. 그런데 원숭이가 하는 말이, 원래는 보통 무기로는 그 힘의 파동을 막을 수가 없는데, 슈트롬 팔켄으로 막았을 때 네가 영향을 받지 않았다는 거야."

"그렇군. 종이와 필기구를 가지고 있나?"

키르히가 양팔을 벌렸다.

"지금 누구한테 묻는 거야?"

"흠."

파렌은 아쉬움을 드러내지 않고 다음 사항을 물었다.

"피의 흐름이 뒤엉켰을 때 내가 보였던 증상이 어땠지?"

"피 토하고, 의식이 뒤엉키고…… 끔찍했지."

"그에 대한 치료 방법은?"

"카샤가 자신이 발휘하는 힘의 흐름으로 네 흐름을 되돌려 놨어."

"일반적인 치료 방법은 아니로군."

잠시 생각한 뒤, 파렌이 물었다.

"네가 보기엔 어떻지? 마법사와 수호자는 리제뉴 소재의 방어구와 사격 무기가 있으면 어느 정도 상대가 가능할 것 같나?"

키르히는 잠시 멍하니 파렌을 보다가 실소를 지었다.

"무슨 소리야? 설마 마법사랑 수호자를 쓰러뜨릴 방법을 궁리해 보잔 말이야?"

"이미 한 번 적이었고, 언제 다시 적이 될지 모르는 이상 대비책을 세워놓지 않으면 안 돼. 수호자가 부서진 육체를 재구성하는 데 걸리는 시간을 알아냈어야 하는데…… 아쉽군."

"이상한 소리 하지 마! 녀석들은 인간도 아니고, 인간이 대처할 수 있는 힘의 범위를 완전히 넘어섰다고! 그리고 아젤란도인가 하는 늙은이가 산 하나를 홀러덩 태우는 걸 너도 봤잖아? 그건 거의 신에 가까운 힘이었어!"

키르히를 보는 파렌의 눈빛이 날카로워졌다.

"우리가 왜 신을 신이라고 부르는지 아나?"

"글쎄?"

"신에 대해서 아무것도 모르기 때문이야. 어떤 존재인지, 특징이 무엇인지, 신진대사를 무엇으로 유지하는지, 또 약점이 무엇인지만 알게 되면 신은 더 이상 신이 아니야. 과거에 신으로 불렸던 존재일 뿐이지."

"……그래서, 어떻게든 네 손으로 마법사와 수호자를 쓰러뜨리겠다는 거야?"

"언젠가는. 하지만 지금은 아니야. 폐하와 아젤란도와의 담판으로 그쪽에 신경을 쓸 이유는 없어졌어. 일단은 정리만 해놓고 이후에는 당면 과제를 해결하는 데 전력을 쏟아야겠지."

"안개술사 말이지?"

"그래. 혹시 새로운 정보가 있나?"

키르히는 손으로 이마를 덮었다.

'못 말리겠군.'

그는 실소를 지으며 파렌이 누운 침대를 두드렸다.

"다친 거 다 나으면 알려줄게. 딱히 정보가 있는 것도 아니지만."

"아……."

자신이 너무 진지해졌다는 사실을 늦게 깨달은 파렌은 눈을 감고 한숨을 쉬었다.

"병문안을 온 손님에게 미안하게 됐군."

"뭐, 건강하다는 증거니까 됐어."

"아무튼…… 와줘서 고맙다."

파렌은 빙긋 웃자 키르히는 괜찮다는 듯 어깨를 으쓱했다.

"별말씀을. 나중에 대령님이 나 혼내려고 하면 좀 막아줘."

"대령님이? 왜?"

"나, 지금 간부 급 회의 땡땡이 치고 왔거든. 뭐, 제대로 되겠어? 리벨 녀석도 입원한 판에다가 나올 얘기도 별거 없고."

"……."

파렌이 굳어진 사이, 키르히는 일반용 회중시계를 들어 시간을 확인했다.

"원숭이는 도대체 왜 안 오는 거야? 새로 사귄 친구랑 같이 온다고 귀청이 찢어지도록 자랑을 해놓고는……."

"오겠지."

파렌은 길게 한숨을 쉬며 편히 누웠다.

병실 밖으로 뛰쳐나간 하이디는 복도의 벤치에 앉아 아직도 열이 가라앉지 않은 얼굴을 꼭꼭 가리고 있었다.

그녀는 자신이 왜 그런 말을 했는지 이해할 수가 없었다. 키스 마크라는 것을 실제로 본 적도 없고, 어떠한 원리로 만들어지는지도 모르는 주제에 병실이 떠나가라 외친 것이다.

'아아, 주인님의 얼굴을 다시 볼 수가 없을 것 같아!'

그녀는 안경을 벗고 눈가에 고인 눈물을 닦았다.

"오, 하이디 아닌가?"

자신을 부르는 소리에 하이디는 주위를 둘러봤다. 복도 저편에서 카샤가 손을 흔들며 걸어오고 있었다.

그녀는 혼자가 아니었다. 검은색의 베레모를 쓴 큰 키의 여성이 무엇이 들었는지 모를 가방을 든 채 그녀를 따라오고 있었다.

베레모 밑으로 나온 머리카락은 매우 특이했다. 바탕은 검은 머리인데 곳곳이 하얗게 탈색되어 범상치 않은 기운을 흘렸다.

그 머리 덕분에 하이디는 그녀가 누구인지 대번에 기억해 냈다. 그녀는 자리에서 일어나 상대방의 이름을 불렀다.

"파브레힐트 특무상사님!"

그녀, 프란츠 파브레힐트가 왼손을 들어 반가움을 표했다.

"오랜만이야, 하이디. 울기라도 한 얼굴이군?"

"아, 아닙니다. 잠을 잘못 자는 바람에……."

하이디는 손을 바삐 움직여 얼굴을 수습했다.

프란츠가 바로 앞까지 다가오니 향긋하고 구수한 냄새가 났다. 하이디는 그것이 수프 냄새이며 파렌이 즐겨 먹는 야채 수프의 냄새라는 것을 알아냈다.

하이디의 눈썹이 찌릿 구겨졌다.

'야채 수프……! 내가 왜 그 생각을 못했지?'

그녀는 선수를 빼앗겼다는 느낌에 다시 화가 치밀었다.

"주인은 안에 계시나?"

"예, 잠시 기다리십시오."

예절에 따라 하이디가 먼저 문을 두드렸다.

"주인님, 프란츠 파브레힐트 특무상사님께서 오셨습니다."

"헉!"

병실 안에서 터진 괴성은 키르히의 것이었다. 프란츠는 재미있는 생각이 떠올랐는지 파렌의 정식 응답을 듣지 않고 문을 열어젖혔다.

"허어, 미친 강아지가 여기 있다고?"

키르히의 몸이 굳었다. 뒤따라 들어온 카샤는 키르히의 폼을 보고 당황했다.

"키르히, 창문에 왜 몸을 걸쳤나?"

그녀의 말대로 키르히는 마치 도둑처럼 창문을 통해 빠져나가기 위해 창틀에서 낑낑거리고 있었다.

식은땀에 젖은 키르히는 프란츠의 눈치를 보며 조그맣게 말했다.

"우, 운동이야. 창문이 있는 집이라면 누구나 할 수 있는 운동."

"흥, 안다고 쳐 주지. 빨리 들어와서 앉아. 파렌과 키르히 모두 점심 안 했지? 내가 빵과 수프를 가져왔어. 같이 먹자. 하이디는 식탁을 준비해 줘. 환자용 식탁도."

"예, 특무상사님."

인사를 하고 돌아선 하이디의 표정에 그늘이 졌다.

'수비 범위 밖에서 돌다가 기습을 하는군. 역시 정보 기관 소속다워.'

그녀는 어이없는 망상에 젖은 채 손님용 식탁과 환자용 특별 식탁을 꺼낸 뒤 깨끗한 행주로 그 위를 닦았다.

손님용 탁자 위에 보온 처리된 가방에 담겨온 따뜻한 수프가 자리를 잡았다. 함께 가져온 빵도 굽자마자 곧장 가져왔는지 온기가 확실히 느껴졌다.

먹는다는 기대감에 들뜬 카샤는 숟가락을 오른손에 든 채 다리와 꼬리를 계속 흔들었다. 반면 하이디는 빵을 자르고 수프를 그릇에 담으면서 심한 위기감을 느끼고 있었다.

'이 수프의 부드러움은……! 끓인 지 반 시간 정도 된 수프인데도 야채의 조직까지 살아 있어! 게다가 빵도 수준급이야!'

그녀는 아주 오래전, 자신이 요리에 아직 익숙지 않은 시절 파렌이 자신에게 했던 조언을 떠올렸다.

'수프를 맛있게 끓이는 것이야말로 훌륭한 여성이 되기 위한 첫걸음이오.'

빵과 고기가 주식인 웨스트리치의 문화에서 수프라는 음식이 차지하는 비중은 매우 높다. 그로 인해 좋은 수프를 끓이는 기술은 시대의 여성들이 갖춰야 할 기본 교양으로써 인식되는 형편이었다. 파렌의 조언은 단순히 까다로운 주인의 요구 사항이 아니었다.

그날 이후 하이디는 각종 요리책과 조부의 경험이 담긴 수첩을 토대로 맛있는 수프를 끓이기 위해 최선을 다했고, 그 결과 지금은 어디에 내놔도 부끄럽지 않은 수프의 대가로 성장했다.

그런데 그녀가 이상으로 삼아왔던 바로 그 수프가 코앞에 있었다.

'말도 안 돼! 군인이 왜!'

음식을 넘기는 것이 힘든 파렌에겐 빵 대신 수프가 많이 주어졌다.

"그럼 고맙게 먹도록 하지."

그가 먼저 숟가락을 들었다. 수프의 맛을 음미한 파렌은 자신의 앞에 놓인 야채 수프의 색깔만큼이나 부드러운 미소를 지었다.

"역시 프란츠의 수프는 최고군."

뒤이어 숟가락을 든 키르히가 고개를 끄덕끄덕했다.

"저 누님이 다른 음식은 형편없지만 수프만큼은 거의 신이지."

그들의 평에 설레어 수프를 급히 입에 문 카샤는 수프를 넘기자마자 엄지를 치켜 올렸다.

"허어, 정말 대단하다! 새로 사귄 친구에게 이런 재주가 있을 줄은 꿈에도 몰랐다!"

연이은 호평에 프란츠는 턱을 들며 우쭐댔다.

"당연한 거야. 집보다는 밖에서 먹고 지내는 일이 많은 우리들에게 야외에서 수프를 만드는 능력은 필수지. 이거라도 맛있게 못 끓이면 1년 내내 맛없는 식사를 하게 될 수도 있거든."

"오오, 그렇구나!"

프란츠는 진심으로 감탄하는 카샤의 머리를 만져 주었다.

"그런데 프란츠는 파렌과 키르히를 어떻게 알게 됐나? 처음에 서로 아는 사이라고 소개해서 깜짝 놀랐다."

프란츠는 포크에 찌른 빵을 수프에 적시며 말했다.

"나도 원래 크로이츠였거든."

"오, 그런가? 그런데 어쩌다가 다른 부대로 가게 됐나?"

"한 10년 전 즈음이었나? 샤튼의 부대장 급 대원들이 임무 실패로 줄줄이 순직을 해버리는 일이 발생했지. 부대의 전통을 이을 사람이 없다는 이유로 그쪽 책임자가 날 지목하더라고. 좀 지내다가 다시 돌아오려고 했는데, 어쩌다 보니 현장 지휘관이 되서 빼도 박도 못하는 신세가 됐지."

"흠, 안타까운 이야기로다."

"후후, 별로. 난 지금 생활에 만족해."

파렌은 식사를 하면서 그녀가 왜 문병을 왔는지 생각해 봤다. 그리고 카샤와 친구가 됐다는 이야기도 왠지 모르게 마음에 걸렸다. 그녀가 일반적인 목적으로 사람과 사귀는 일이 결코 없다는 것을 그는 잘 알고 있었다.

카샤에 대해 생각하던 파렌은 문득 자신의 가슴팍에 시선을 두었다.

"아, 카샤."

"응?"

"네가 날 치료해 줬다면서?"

카샤가 헤벌쭉 웃었다.

"뭐, 친구가 친구를 돕는 것은 당연한 일이 아닌가?"

"변신은 너에게 위험한 일인데…… 뒤에 닥쳐 올 일을 무릅쓰고 날 구해줬다니, 정말 고맙구나. 어떻게 보답을 해야 할지 모르겠어."

"호호, 말했지 않나. 친구로서…… 뭐?"

카샤의 안색이 갑자기 바뀌었다.

"본좌가 변신했다는 말을 누구에게 들었나?"

"키르히."

모두의 눈이 키르히에게 모아졌다. 빵을 입에 한가득 넣고 있던 키르히는 뭐가 문제냐는 듯 어깨를 으쓱했다.

"가장 깊은 비밀을 나눌 수 있어야 진정한 친구지. 안 그래?"

키르히의 말이 끝났을 때 카샤는 자리에 없었다. 키르히는 냉소를 터뜨리며 자신의 왼손을 봤다.

"그래, 물어. 이게 나도 편하다."

그의 손을 문 카샤의 눈은 무섭게 불타고 있었다.

식사가 끝난 뒤 하이디는 카샤, 키르히와 함께 빈 그릇을 들고 병원에 따로 마련된 취사장으로 내려가 설거지를 했다. 그녀는 왜 자신이 프란츠가 들고 온 그릇을 씻어야 하느냐며 속으로 투덜댔지만 씻는 것을 소홀히 하지는 않았다.

"그런데, 저 혼자 해도 되는 일인데 왜 전부 내려오셨는지요? 그것도 키르히님까지?"

나름대로 열심히 씻는 카샤와 달리 키르히는 그릇을 씻는 것인지, 물을 받는 것인지 구별이 가지 않을 정도로 대충이었다.

키르히는 그답게 피식 웃었다.

"왜긴, 둘만의 시간을 만들어주려는 거지."

하이디의 손이 멈췄다.

"예?"

목소리에는 살기에 가까운 기운이 서려 있었다. 하지만 키르히에게는 아무런 자극도 주지 못했다.

"너무 그러지 마. 파렌이랑 프란츠가 손잡고 오붓하게 대화를 나눌 사람들이라고 생각하는 거야?"

그건 확실히 아니라고 생각한 듯 하이디의 감정이 가라앉았다.

"그, 그렇지요."

"내가 소유한 보안 등급으로는 듣지 못할 이야기라서 모두 쫓겨난 것뿐이야. 누님이 10분 달라고 했으니까 설거지나 천천히 해."

"……알겠습니다."

하이디의 손이 다시 바삐 움직였다.

한편, 파렌과 단둘이 된 프란츠는 먼저 녹색 빛깔의 액체가 든 병을 파렌에게 내밀었다. 신기하게도 햇빛을 받아 빛을 내는 것이 아니라 촛불처럼 스스로 빛을 내고 있었다.

"……이건 뭐지?"

"약이야. 원래 늑골 골절은 최소 8주가 지나야 제대로 활동할 수 있지만 이걸 마시면 하루 만에 나을 거야. 지금 먹고 나으면 폐하께서 당장 일을 시키실 테니 일주일 정도 푹 쉬다가 마셔 봐."

파렌은 고개를 갸웃했다.

"난 네가 사춘기를 한참 벗어났다고 생각했는데, 오해였나?"

프란츠의 입가에 쓴웃음이 떠올랐다.

"그건 아젤란도가 폐하께 바친 약이야. 우선 너에게 쓰라고 했다더군. 총 세 병이 왔는데, 리벨을 상대로 임상 실험을 마쳤으니 안심해."

파렌의 표정이 대번에 변했다.

"리벨? 이 약이라는 물질을 리벨에게 복용시켰단 말인가? 그러다가 리벨이 잘못되기라도 하면 어쩌려고?"

"국가적으로 봤을 때 네가 죽는 것보다는 낫잖아?"

할 말을 잃은 파렌은 복잡한 얼굴로 약을 받아 침대 옆의 탁자 서랍에 넣었다.

"용건은 이것뿐인가?"

"앞으로 8분 이상은 더 이야기해야 하니 아쉬워할 것 없어."

그녀는 가방에서 서류 몇 장을 꺼냈다.

"이번 일로 우리가 얻은 것이 많아. 아무래도 아젤란도가 자기네 왕 몰래 진행한 일이 대단히 많았던 것 같아. 폐하와 이래저래 약속한 지 이틀도 안 됐는데 자기들이 조사한 안개술사 관련 정보들을 대량으로 보내줬어."

서류를 뒤적이던 파렌의 손이 거대한 탑의 그림이 그려진 서류에서 멈췄다. 그림만으로 봐서는 그 규모를 짐작하기 힘들었지만 층수만으로 따지자면 수십 층은 되어 보였다. 거대한 소라 껍질처럼 나선형으로 된 그 형상은 상당한 위압감과 거부감을 파렌에게 전달했다.

"이것은?"

"안개술사들이 1차 방어진 근방에 세운 건축물이야. 우리 쪽에서 이 건물을 실제로 본 사람이 없는 탓에 나도 자세히 말해 줄 수는 없지만, 아젤란도 측의 설명으로는 높이가 작은 규모의 산과 맞먹을 정도라고 해."

"1년도 안 돼서 그런 건축물을 짓는 것이 가능한가?"

"일반적 상식으로 생각하면 불가능하지. 하지만 있다는데 어쩌겠어?"

"흠······."

"일단 아젤란도는 그 탑을 안개의 탑이라고 부르더군. 자신만큼이나 강력한 힘을 가진 존재가 그 탑의 주인이고, 화약을 무용지물로 만드는 힘의 원천이 탑의 최고층에 있다고 해."

"그 원천이······ 안개의 씨앗이겠지?"

"이야, 잘 아네."

파렌은 자신을 보며 가정교사처럼 웃는 프란츠의 모습에 다시 할 말을 잃었다.

그는 잠시 동안 서류를 보는 것에 신경을 집중했다. 서류에는 아젤란도와 그의 제자들이 파악한 안개술사들의 능력과 안개의 탑의 위치, 그리고 그곳을 보호하는 야만족 군대의 종류와 규모 등이 상세히 적혀 있었다.

파렌이 파악한 안개술사의 능력과 아젤란도 측이 파악한 능력은 거의 동일했다. 그는 서류를 통해 자신이 아시엔의 고송도에서 겪었던 것보다 수십 배는 더 많고 정예화가 된 안개술사들이 안개의 탑과 그 주변에 배치되어 있다는 사실을 간접적으로 알 수 있었다.

그는 쓴웃음을 지었다.

"그 아젤란도 방법이 없었던 것 같군."

프란츠가 고개를 끄덕였다.

"누가 봐도 그렇지. 탑만 덩그러니 있으면 모를까, 위치가 야만족 군대의 본진 한가운데거든. 멀리서 구경이라도 하면 다행인 상황이야. 하지만 이걸 없애지 않으면 지금 겨우 버텨주는 2차 방어진도 위험해. 연합군이 불어나는 속도보다 야만족 군대가 불어나는 속도가 훨씬 빠르거든. 야만족 소수 부족의 집결이 완료될 것으로 예상되는 4개월 뒤면 정말 어찌 될지 장담할 수가 없어."

"장담이 아니라 끝장이겠지. 못해도 10배 이상의 병력 차이가 날 테니까."

"그렇겠지. 그럼 파렌은 어떻게 할 거야?"

프란츠는 두 팔의 팔꿈치를 침대에 대며 파렌에게 접근했다. 파렌은 재미없게 웃었다.

"난 전쟁의 신이 아니야."

"그래도 좋은 기회잖아? 이번에 공을 세우면 상상도 못할 큰 재물과 진급이 주어질 거야. 더 크게는 이 나라까지도."

파렌의 얼굴에서 일순간 미소가 지워졌다. 그는 고양이처럼 살짝 몸을 비튼 채 맑은 눈으로 자신을 바라보는 프란츠를 말없이 응시했다.

"농담이 과하군, 파브레힐트 특무상사."

"그럴까? 하지만 폐하는 쓰레기 같은 왕자들과 너를 저울질하실 만큼 냉정하고 개혁을 두려워하시지 않는 분이야. 네가 이번 일을 성공시킨다면 넌 바란투로스뿐만 아니라 웨스트리치에서 가장 주목받는 남자가 될 거야. 가족이 없는 너를 왕께서 입양하실 명분이 확실히 생기는 거지."

"난 왕위에는 관심없어. 그리고 그 이야기는 신하가 된 자로서 할 이야기가 아니야. 여기서 그만 하도록 해, 프란츠."

"왜? 남자로서 왕이 되어보는 것도 나쁘지 않잖아? 넌 바란투로스의, 심지어는 웨스트리치의 모든 것을 네 것으로 할 수 있어. 테르나의 집안을 박살 내고 네 말은 뭐든 들어야 하는 궁녀로 만들어 버려. 더불어 나도 네 것으로 만드는 거야. 난 네 명령에 따라 움직이는 보람을 느끼고 싶어."

"프란츠……?"

"난 불만이야. 내가 감히 파렌 콘스탄이라는 자와 대등한 입장에 서 있다는 현실이 마음에 들지 않아. 너라는 능력자가 아니라 너보다 못한 돼지들의 명령에 따라 움직이는 내가 이젠 신물이 나. 난 오로지 유능한 한 사람의 말만 듣고 싶어."

"……."

파렌은 그녀로부터 고개를 돌린 채 깊게 고뇌했다. 프란츠는 자신이 그런 말을 했다는 사실이 전혀 부끄럽지 않은 듯 파렌을 바라보기만 했다.

조금 뒤, 파렌이 팔짱을 풀고 오른팔을 뻗었다. 그의 손이 프란츠의 어깨를 감쌌다.

"샤튼의 일이 힘들다는 것은 알고 있어. 힘들지만 반드시 필요한 일이야. 만약 내가 왕이 되어서 너에게 지시를 내릴 입장이 됐다고 생각해 봐. 난 너에게 네가 지금까지 했던 일들을 또다시 반복시킬지도 몰라."

"그래도 괜찮아."

프란츠는 그의 팔에 볼을 쓰다듬었다.

"네 지시라면 난 웃으면서 일할 수 있어."

"제발 그만 해줘. 우린 친구야."

"친구? 난 너의 하인이 되고 싶은 사람이야. 네가 테르나와 사귈 때도 그 생각에는 변함이 없었지. 내가 원하는 것들은 사랑과는 관계가 없거든."

그녀가 파렌의 침대 위로 올라왔다. 침대 끝에 아슬아슬하게 누운 그녀는 베게 밑으로 흘러나온 파렌의 검은 머리를 만지작거리며 웃었다.

"지금까지 했던 이야기들은 모두 너를 위한 것이야. 네가 이번 일을 확실히 마무리하면 넌 웨스트리치 전체의 영웅이 될 거야. 그런 영웅에게 고어들을 처리하라는 명령이 과연 다시 떨어질까? 아니야. 너에 대한 폐하의 믿음은 더욱 확고해질 것이고, 넌 생각지도 못한 자리를 얻을 수도 있어. 두 왕자들의 뒤에 선 자들은 바란투로스의 새로운 영웅을 제거 대상으로 삼겠지."

"……."

"역사의 전쟁 영웅들이 왜 칭송을 받는지 알아? 그들이 정권 세력을 귀찮게 하지 않고 금방 죽어줬기 때문이야. 너도 그런 영웅이 되고 싶어?"

파렌은 자신의 옆에서 속삭이는 프란츠를 팔로 잡아끌었다. 그녀가 쓰고 있던 검은 베레모가 침대 밑으로 떨어졌다.

격한 대화 탓에 거칠어졌던 둘의 숨소리가 차츰 가라앉았다.

파렌은 인형을 끌어안 듯 프란츠의 머리를 가슴에 바짝 붙인 채 코와 입을 그녀의 머리카락에 묻었다. 프란츠는 아무런 저항 없이 인형처럼 차가운 눈을 깜박거리기만 했다.

흑기사는 동물적인 행동 대신 손으로 그녀의 등을 토닥거렸다.

"이제 착한 아이로 돌아와야지?"

"……."

프란츠의 손이 조용히 그의 등 쪽으로 갔다. 파렌은 옅은 미소를 지으며 턱으로 그녀의 머리를 쓰다듬어 주었다.

"어렸을 때…… 넌 무슨 일이 있을 때마다 내 앞에서 화를 내고 짜증을 부렸지. 넌 누구를 죽인다, 살린다 하는 살벌한 이야기를 진짜처럼 했어. 난 네가 정신적으로 이상한 줄 알았지. 그 겁 없는 키르히조차도 널 피했고."

"녀석은 지금도 그래."

파렌은 대답 대신 웃기만 했다.

"어느 날 테르나가 말하더군. 프란츠는 껴안아주면 말을 잘 들을 거라고 말이야. 그래서 네가 다시 험한 소리를 할 때 다짜고짜 껴안았지. 그랬더니 넌 거짓말처럼 고민을 털어놨어. 물론 나중에 내가 안아주었다는 사실만 대령님께 일러바쳐서 내 뒤통수를 후려쳤지."

"……됐어, 거기까지."

"……."

프란츠는 병원 냄새가 섞인 파렌의 체취를 맡으며 눈을 지그시 감았다.

"최근 널 두고 오고 가는 정보들이 너무 험해. 이번 납치 사건에 아젤란도와 마법사, 수호자들이 개입되었다는 사실을 아는 사람은 극소수야. 알고 있는 대신들도, 군 간부들도 거의 없어. 덕분에 그들은 네가 폐하를 구출했다는 사실에만 주목하고 있지."

"왕자님들 때문인가?"

그녀는 문지르듯 고개를 끄덕였다.

"그들은 네가 활약을 하면 할수록 자신들이 밀고 있는 왕자들의 입지가 좁아진다고 생각하지. 아직 암살이라는 극단적인 생각을 품은 자는 없지만, 네가 안개의 탑과 관련된 일까지 해결하면 전례 없는 암살 쇼가 펼쳐질지도 몰라."

파렌은 조용했다. 과거에 잊은 줄 알았던 실망과 회의가 다시 살아나서였다.

아직 심장이 뜨거웠던 시절, 그는 간부 급 회의를 할 때나 대신들에게 정례 보고를 할 때 종종 정치적인 질문을 받고 아쉬운 적이 많았다. 심지어는 그 달에 왕과 식사를 몇 번이나 했는지 같은 이상한 질문들을 받은 적도 있었다.

그런 질문을 하는 사람은 소수였지만 파렌의 불만은 뜨거웠다. 호엔 3세라는 대단한 왕이 어째서 그런 무능한 자들을 내치지 않고 가만히 두는지 이해할 수가 없었다.

그의 그런 젊음이 냉소로 바뀐 것은 4년 전이었다.

역사상 최대의 쿠데타를 저지른 '빌헬름 팔텐트' 백작은 왕과 전쟁터를 함께 다닌 용사이자 왕에게도 거침없이 말을 퍼붓는 독설가로서 유명한 남자였다. 그와 그의 부하들은 왕궁을 접수하는 것까지는 성공했지만 당시 스물셋의 파렌과 그보다 더 어린 크로이츠들에게 거짓말 같은 진압을 당하게 된다.

체포되어 법정에 선 팔텐트 백작은 어째서 이런 일로 세금을 낭비하느냐며 왕에게 독설을 퍼부었다. 왕은 개인지 늑대인지 모를 짐승이 들어왔다며 농담하듯 맞섰다. 사실 무의미한 재판이었다. 그날, 그곳은 평소처럼 법전을 토대로 죄인의 죄를 따지는 곳이 아니라 백작의 공개 처벌을 기념하기 위해 준비된 무대였다.

당시 재판장에 들어온 수많은 정치인들은 백작에게 사형을 언도하라고 외쳤으나 놀랍게도 호엔 3세는 그를 변방의 탑에 감금하라는 명을 내렸다.

백작이 자신을 살려주는 이유를 묻자 호엔 3세는 파렌이 이해하지 못할 미소를 지으며 답했다.

"늑대가 아예 죽어버리면 말일세, 겁을 상실한 돼지들이 주인 말을 듣지 않거든. 그렇다고 돼지들을 모조리 죽일 수는 없지. 녀석들이 주는 고기와 돈은 이상이 아니라 현실이니까."

답을 들은 백작은 안타까움의 눈물을 흘리며 법정을 떠났다. 반대로 그에게 사형을 언도해 달라며 소리쳤던 정치인들은 침묵을 지켰다.

반역자를 살려주는 왕, 울면서 퇴장하는 백작, 그리고 침묵하는 자들. 그 모습은 국가의 모든 일에 대해 열성적이었던 파렌의 심장을 얼어붙게 만드는 계기가 되었다.

파렌은 완전히 식으려는 자신의 심장을 녹이기 위해 프란츠의 체온을 빌렸다. 프란츠는 자신의 이마에 일방적으로 전해지는 파렌의 냉기가 싫었다. 여자로서는 싫었고, 지배를 받고 싶어 하는 자로서는 반가웠다.

파렌이 그녀에게 속삭이듯 물었다.

"왜 날 떠보려는 거지?"

"개인적인 궁금증이야. 난 네 지시를 받기 위해서는 무슨 짓이든 할 수 있어."

"그럼 난 네 손에 몇 명의 피를 묻혀야 하나?"

"몇 명의 피? 누구의 피로 말을 바꿔주지 않을래?"

"혼자 쿠데타라도 일으키겠다는 말처럼 들리는군."

"지시만 내려줘."

파렌의 한숨이 그녀의 희고 검은 머리카락을 흔들었다.

"아무튼 걱정해 줘서 고마워. 하지만 네가 걱정하는 일은 결코 일어나지 않을 거야."

"뭘 믿고 그렇게 장담할 수 있지?"

"미안하지만 네가 잘못 알고 있는 사실이 하나 있어. 정권을 바꿀 만한 영웅이라는 것은 누군가가 만들고 싶어서 만들 수 있는 것이 아니야. 일단 백성들이 알아주지 않으면 의미가 없어."

"뭐라고?"

파렌은 그녀를 놓고 똑바로 누웠다. 일어나 침대 옆에 선 프란츠는 의구심이 섞인 눈으로 그를 보며 그의 말을 기다렸다.

"안개의 탑과 관련된 모든 것들은 자칫 잘못하면 카샤와 마법사라는 중대 기밀이 한꺼번에 밝혀질 수 있는 복잡한 문제야. 작전의 내용과 성사 여부 모두 최대한 은폐되겠지. 백성들이 초현실적인 일에 빠지는 것만큼 귀찮은 것은 없거든. 일반 백성들은 섀넬 그로이즈의 파렌 콘스탄이 뭘 했는지 전혀 모르게 되는 거야. 폐하의 양자가 될 만한 국민적 영웅은 태어날 여지가 없는 것이지."

프란츠의 안색이 어두워졌다.

"누군가가 일부러 발설한다면?"

"그렇게 된다 하더라도 그 비상식적인 이야기를 믿는 사람은 거의 없을 거야. 만약 여론이 일어날 기미가 보인다면 나라에서는 은폐 작업에 들어가겠지. 그렇게 되면 네 손에 묻힐 피가 내 것이 될 수도 있어."

"……."

파렌은 고개를 돌린 채 입술을 깨문 프란츠를 보며 눈웃음을 지었다.

"몇 분 지났지? 한 9분?"

"분위기 바꾸는 실력은 여전하네."

비아냥거린 프란츠는 떨어진 모자를 주워 쓰며 의자에 앉았다. 팔짱을 끼고 다리를 포개는 폼에서 그녀가 품은 불만이 제대로 표출되었다.

파렌이 물었다.

"네벨이라는 아이는 어떻게 됐지?"

"일단 궁에서 지내고 있지만, 협조할 기색이 전혀 보이질 않아. 꽤 까다로운 아가씨야. 카샤는 나름대로 털털해서 좋은데 말이지."

"카샤와 빨리 친해졌군."

"착한 아이니까. 200년 이상 살아온 할머니라는 현실이 믿겨지지 않지만."

"랑펠 세르바토프님은? 그분께 여쭙고 싶은 사항이 많아."

"그 할아버지가 문제야."

프란츠의 표정이 더욱더 구겨졌다.

"갑자기 없어졌어. 아이젠발트에서 나간 흔적도, 어딘가에 숨은 흔적조차 없어. 밖에서 사라졌으면 이해를 하겠지만 왕궁 내에서 사라진 탓에 비상이 걸렸지."

"그거 아쉽군."

조금 후, 시끌시끌한 소리가 병실 밖에서 들렸다. 이어서 카샤와 키르히, 하이디가 안으로 우르르 들어왔다. 하이디는 들어오자마자 파렌과 프란츠의 분위기를 살폈다. 별다른 이상이 느껴지지 않았지만 그래도 그녀는 긴장을 늦추지 않았다.

그로부터 한 시간 뒤, 파렌은 하이디를 포함한 모두를 집에 돌려보내고 혼자 서류를 보며 시간을 보냈다. 안개의 탑을 공략할 작전을 어떻게든 세워보려고 안간힘을 썼으나 그는 다음날 동이 틀 때까지 결론을 얻지 못했다.

"크로이츠만으로 해결될 일이 아니군. 탑까지 갈 샛길은 있지만 탑 주위에 깔린 군대를 처리할 힘이 역부족이야. 본진 규모라면 못해도 수천, 수만 이상인데 어찌하면 좋지?"

그는 소수의 정예 부대를 이끄는 것에는 자신이 있었지만 대군을 이끌 계급이나 자신은 없었다. 그에 대한 경험이 절대적으로 부족하기 때문이었다.

"연합 작전이 필수적이겠군. 바란투로스 군은 어떻게 된다고 해도 연합군은…… 하아."

그는 다시 고민에 빠졌다. 끙끙대던 그가 침대 옆의 탁자를 돌아봤다.

"시간과 조언자…… 그래, 우선 시간부터 확보해 보자."

그는 탁자 안에 넣어놨던 약의 뚜껑을 열고 액체를 마셨다. 기름처럼 미끄러운 액체가 식도를 타고 내려가는 느낌이 불쾌하지 않고 짜릿했다.

약을 마신 지 1분도 안 되어 잠이 해일처럼 밀려왔다. 그는 기밀 사항 보호를 위해 사력을 다하여 서류를 정리한 뒤 탁자 서랍에 넣었다.

그는 서랍을 닫은 뒤 똑바로 누웠다. 그리고는 잠에 온몸을 맡기고 눈을 감았다.

정오를 넘겨 일어난 파렌은 치마가 허벅지 위까지 올라간 것도 모른 채 소파에서 자고 있는 하이디의 모습을 가장 먼저 목격했다. 발목까지 오는 레이스 양말과 검은색 밴드 스타킹에 감춰진 각선미, 그리고 스타킹 밴드에 눌리면서 올라온 허벅지의 하얀 살이 병실의 한쪽 구석을 찬란하게 빛냈다.
 파렌은 한숨을 쉬었다.
 "새 옷을 사줘야 할 것 같군."
 동물적 감각을 상실한 듯한 발언을 한 그는 침대에서 내려왔다. 늑골에서 통증이 느껴지지 않았다. 손목과 팔꿈치의 오래된 관절통도 느껴지지 않았다.
 "괜찮은데?"
 그는 시험 삼아 하이디를 들어 침대로 옮겨봤다. 근력과 체력 모두 최고의 상태였다. 오랜 여행을 하느라 쌓였던 피로도, 며칠 전의 전투로 쌓였을 피로도 아주 먼 과거의 이야기 같았다.
 밖으로 나온 그는 지나가던 간호사에게 종이와 연필을 부탁한 뒤 무언가를 쓴 후 그것을 콘스탄 저택에 있을 키르히에게 전달해 달라는 부탁을 했다. 그의 정중한 부탁과 사례 약속에 마음이 끌린 간호사는 즉시 그의 쪽지를 들고 병원을 나섰다.
 침대에 배인 파렌의 냄새를 맡으며 행복하게 잠을 자던 하이디는 갑자기 시끄럽게 들리는 소리에 눈을 떴다.
 옆에 굴러다니는 안경을 제대로 쓴 그녀는 키르히가 가져온 옷을 입는 파렌을 보고 깜짝 놀랐다.
 "주, 주인님! 벌써 일어나시면 안 됩니다!"
 이제 코트만 입으면 되는 파렌은 하이디를 보며 빙긋 웃었다.
 "잘 잤소, 미스 요하네스?"
 "아, 예."

그녀는 파렌이 자신을 옮겨주었다는 사실을 알아차렸다.

"시간이 되면 미스 요하네스가 입을 옷을 구입하러 가려는데, 함께 괜찮겠소?"

"예? 제 옷을 왜……."

키르히가 불쑥 말했다.

"스타킹이 많이 낡았더래."

그녀는 순간 창밖에 몸을 던지고 싶었다.

그것으로도 모자랐는지 키르히가 팔뚝으로 입가를 닦는 시늉을 해 보였다. 손을 입가에 댄 그녀는 무시할 수 없는 양의 액체가 입에서 볼을 타고 흘러나와 귓가에까지 묻어 있다는 사실을 알게 되었다.

'헉!'

그녀가 손수건으로 얼굴을 정돈하는 사이, 파렌은 코트를 들며 키르히에게 물었다.

"무게가 약간 달라진 것 같군."

"보형물과 보호 갑판을 전부 정제된 리제늄으로 교체한 녀석이야. 리제늄의 마법 방어 능력과 수호자의 그 이상한 능력에 대한 저항력이 꽤 높다고 결론이 나왔거든. 루카스 아저씨를 졸라서 가져왔지."

"그렇군."

오직 크로이츠 리더만이 입을 수 있는 검은색 코트가 그의 몸에 걸쳐졌다. 이중 단추로 앞을 여민 뒤 두꺼운 벨트를 허리에 묶고, 옷깃과 소매 등에 설치된 보호 갑판을 몸에 편하도록 조절하면 끝이다.

키르히가 물었다.

"근데, 어떻게 하룻밤 만에 멀쩡해졌어? 리벨도 그러더니 너까지 그러네?"

"세인트 니콜라스의 선물인가 보지."

키르히의 표정이 이상해졌다.

"그 할아버지는 12월에 오지 않아?"

"글쎄? 마일리지 상품일지도 모르지."

씩 웃은 그는 하이디에게 말했다.

"미스 요하네스, 오늘은 왕궁에서 일을 보고 들어올 것이오. 저택에서 봅시다."

이번엔 키르히가 놀랐다.

"만날 사람이라도 있어?"

"내 기억이 옳다면 아젤란도가 약속한 날이 오늘일 거야."

키르히는 자신의 리더가 적극적으로 나설 때 무슨 일이 반드시 생긴다는 것을 알고 있었다.

"왜, 그 할아범이랑 한판 붙으려고?"

"물어볼 것도 있고, 확인할 것도 있고."

복장을 마무리한 그는 탁자에 넣어둔 기밀 서류를 잘 접어 코트 안주머니 속에 넣었다.

"그런데 카샤는 어디 있지? 미스 요하네스와 너까지 여기 있으면 저택에 혼자 있다는 이야기인가?"

"왕궁에 있을 거야."

"왕궁?"

"대령님이 폐하의 명이라고 하시면서 직접 데려가셨지. 이유는 나도 몰라."

"……흠, 아무튼 서둘러야겠군. 그럼 먼저 실례하지."

복도로 나온 파렌은 빠른 걸음으로 병원을 나섰다. 그가 무슨 부상을 입어 병원에 왔는지 알고 있는 의사들은 하나같이 놀랐지만 특유의 엄중한 표정으로 당당히 걸어가는 그를 감히 막지는 못했다.

밖으로 나온 파렌의 얼굴에 함박눈이 붙었다. 눈을 몰고 온 바람이 그의 검은 장발을 쓸며 지나갔다. 파렌은 조금씩 하얗게 물드는 아이젠발트의 전경을 잠시 둘러본 뒤 왕궁으로 가는 발걸음을 재촉했다.

같은 시각, 호엔 3세와 카샤는 네벨과 함께 미디엄이 있는 예언의 전당 앞에 있었다. 셋은 왕이 궁 안에서 사용하는 마차 안에서 눈과 추위를 피했다.

호엔 3세는 카샤가 가져온 육포를 함께 먹으며 카드놀이를 즐겼다. 네벨은 조용히 책을 읽었지만 실제로는 노인과 꼬마 요괴의 큰 대화 소리가 신경이 쓰여 미칠 지경이었다.

"아, 이런."

카샤가 눈을 질끈 감았다. 카드 승부에서 또다시 패배한 것이다.

그녀는 자신의 카드를 간이 테이블 중앙에 밀었다.

"이 나라는 노름 실력으로 왕을 뽑는 것이오? 어떻게 한 번도 안 질 수가 있소?"

왕은 카드를 모으고 섞으며 미소를 지었다.

"카드는 운도 운이지만 상대를 읽어야 이길 수 있는 놀이지. 넌 좋은 카드를 들면 그 표정이 얼굴에 바로 드러난단다."

"호오, 그렇소? 그럼 이번엔 얼굴을 가리고 해봐야겠구려."

순간 카샤가 쓰고 있던 털모자가 불쑥 늘어나더니 가면의 형태로 바뀌었다. 가면은 그녀의 눈과 입 주위만을 남겨둔 채 그녀의 얼굴을 철저히 가렸다.

"자, 승부요!"

"흠, 제법 성깔이 있는 꼬마로구나. 어떻게든 짐을 이겨보겠다, 이것이냐?"

"한 번은 이겨야 속이 풀리겠소."

"후후, 시간도 많고 먹을 것도 많으니 어디 계속 해보자꾸나."

왕은 섞어 모은 카드를 카샤에게 나눠 주었다. 곁눈질로 왕의 손짓을 유심히 살핀 네벨은 어처구니가 없었다.

'손기술로 카드를 골라서 주고 있잖아?'

자신에게 온 카드를 들어 펼친 카샤는 무거운 숨소리를 냈다. 반면 왕은 아무런 표정 변화 없이 자신의 카드를 살폈다.

왕은 다시 카드를 덮었다.

"카드를 바꾸겠느냐?"

역시 카드를 덮은 카샤는 고개를 저었다.

"됐소. 그대로 가겠소."

"좋아, 그럼 짐도 그대로 가마. 몇 개의 육포를 걸겠느냐?"

"3개!"

"후후, 그대로 받아주지."

왕이 자신의 육포를 테이블 위에 놓는 한편, 네벨은 눈을 감고 입술을 쪼물거렸다.

왕은 손을 폈다.

"그럼 꼬마의 카드를 보자꾸나."

"좋소!"

카샤가 카드를 뒤집었다. 동시에 왕이 움찔했다.

"아니……?"

"왜 그러시오?"

"음, 아니다. 이번에는 짐이 진 것 같구나."

그는 자신의 카드를 뒤집었다. 카샤의 카드 패보다 낮은 패가 드러났다.

카샤는 가면을 다시 모자로 바꾸고 깔깔 웃었다.

"하하하! 역시 표정을 숨겨야 이기는 법이구려!"

"후후, 좋은 방법인 것 같구나. 다른 이들에게도 꼭 써보아라."

"알겠소! 하하하!"

카샤는 겨우 따낸 육포를 입에 잔뜩 물고 즐거워했다. 카드를 손수 정리한 왕은 시치미를 떼고 책을 보는 네벨을 지그시 바라봤다.

"네벨은 할 생각이 없느냐?"

"소녀는 카드와 같은 속세의 놀이는 할 줄 모릅니다."

"흠, 그래도 패는 잘 아는 것 같던데?"

네벨의 볼이 발그스름하게 변했다. 그녀의 반응에 카샤의 눈이 동그랗게 벌어졌다.

"무슨 말씀이오?"

"음, 아무래도 네벨이 널 싫어하는 것 같지는 않구나."

"오, 참말이오? 그런가, 네벨? 본좌와 친구가 될 생각이 드디어 생긴 건가?"

카샤가 네벨의 무릎 위에 걸터앉았다. 흠칫 놀란 네벨은 자신의 모자를 누르며 고개를 돌렸다.

"폐하의 독단적인 생각일 뿐입니다. 소녀는 당신에게 아무런 감정도 없습니다."

"오, 그런가? 그럼 우리 스킨십이라는 것을 나눠서 감정을 이끌어내 보자."

"스, 스킨십?"

"응, 프란츠라는 친구에게 배웠다. 남과 거리를 두려고 하는 친구는 적극적인 스킨십으로 공략하라고 나에게 조언해 줬다."

육포를 씹던 왕의 턱이 멈췄다.

'프란츠라고? 설마?'

카샤는 우선 네벨의 모자를 벗겼다. 머리 중심을 경계선으로 오른쪽은 금발, 왼쪽은 흑발의 특이한 단발머리가 드러났다.

카샤는 아무 생각 없이 그녀의 목선을 따라 입술을 붙이고 움직였다. 왼손으로는 그녀의 뒷머리를 살금살금 만져 주었다. 결벽증이 심한 네벨에겐 실로 무시무시한 일이었다.

"싫어!"

네벨의 비명과 동시에 마차의 뚜껑이 강풍에 당한 지붕처럼 훌러덩 날아갔다. 서서 추위와 싸우던 근위병들이 깜짝 놀라 무기를 들고 마차를 둘러쌌다.

"폐하, 무사하십니까!"

좌석에 몸을 바짝 기댄 호엔 3세는 근위대장에게 괜찮다는 손짓을 보냈다. 왕과 근위대장, 그리고 근위병들은 한데 뒤엉킨 카샤와 네벨을 보고 아연실색했다.

카샤는 자세를 유지한 채 하던 행동을 계속했다.

"흐흐흐, 마법 따위는 본좌에게 소용없노라!"

"거, 거짓말!"

다시 한 번 강풍이 솟구쳤으나 애꿎은 왕과 근위대장, 근위대에게만 피해를 줄 뿐, 그녀의 마법은 카샤의 털끝 하나 흔들지 못했다.

네벨은 결국 극단적인 선택을 하고 말았다.

"으악!"

이번에 비명을 지른 쪽은 카샤였다. 네벨이 그녀의 꼬리를 깨물어 버린 것이다.

마차에서 뛰어내린 네벨은 성문을 향해 전력으로 달렸다. 그녀가 도망치는 모습을 멍하니 보던 카샤는 당황하여 왕에게 물었다.

"왕이여, 네벨이 도망쳤소! 본좌가 잘못한 것이오?"

"몸과 마음 모두 열 받을 짓을 했지. 프란츠 녀석, 애한테 이상한 걸 가르쳐서는……!"

왕은 손을 휘저어 근위대로 하여금 그녀를 뒤쫓도록 했다.

성문으로 정신없이 달리던 네벨의 다리가 점차 느려졌다. 병이 있어서 그런 것이 아니라 단순히 체력이 좋지 않아 그런 것이었다.

그녀는 결국 벽에 기대며 멈췄다. 쏜살같이 달려온 근위대 병사들은 숨을 몰아쉬는 그녀를 둘러싸 포위했다.

그들 중 계급이 높은 자가 말했다.

"이러시면 곤란합니다, 네벨님. 폐하께서 기다리고 계시니 이만 돌아가시지요."

숨을 심하게 헐떡거리던 네벨은 급기야 쓰러졌다. 근위병들은 깜짝 놀랐지만 섣불리 접근하진 못했다. 그녀가 또 이상한 능력을 발휘하여 마차의 뚜껑을 날리듯 자신들을 날려 버릴지도 모른다는 두려움 때문이었다.

네벨은 도망치겠다는 생각보다는 정상적인 숨을 쉬지 못하는 자신이 두려웠다. 큰 호흡이 계속되고 의식이 점점 아뜩해졌다.

"근위대, 잠시 비켜주겠나?"

"아, 특무상사님!"

검은 코트의 남자가 경례를 받으며 그들을 지나 네벨의 앞에 앉았다. 그가 자신에게 손을 대려 하자 네벨은 오른손을 휘두르며 강하게 저항했다.

"괜찮아. 날 알아보겠나, 네벨?"

그녀는 호흡의 고통 속에 남자의 얼굴을 살폈다. 며칠 전, 인간의 몸으로 수호자를 상대하여 그녀의 뇌리에 강한 인상을 남긴 남자, 파렌이었다.

"과호흡 현상이야. 신병 훈련소에서 자주 벌어지는 상황이지."

그는 코트를 벗어 바닥에 깐 뒤 그녀를 눕혀주었다. 그리고는 벨트 뒤편의 큰 주머니를 이탈시켜 입구를 열고 그녀의 입에 댔다. 원래는 탄약이나 폭탄 등이 들어 있는 가방이지만 작전 중이 아닌 지금은 그냥 빈 가방이었다.

"두려워할 것 없어. 흥분하거나 놀라서 호흡이 꼬인 것일 뿐이니까. 진정하고 가방에 내쉰 네 숨을 차분히 들이마셔 봐. 옳지, 그렇게."

남자의 검은 장발 위에 눈송이가 내려왔다. 하늘에서 어려운 여행을 하고 내려와 남자의 머리카락 틈에서 사라지는 모습이 네벨의 눈에는 그토록 인상적일 수가 없었다.

시간이 지나자 거칠었던 그녀의 호흡이 잦아들고 안색도 좋아졌다. 주머니를 손에 든 채 기다리던 파렌은 웃으며 상태를 물었다.

"이제 괜찮나?"

네벨은 고개를 끄덕였다.

"이제 괜찮을 거야. 그렇다고 당장 깊은 호흡을 하면 다시 힘들 수 있으니 무리하지는 마."

그는 주머니를 다시 부착하고 네벨을 일으켜 주었다. 네벨이 우물쭈물하며 고맙다는 인사를 하려는 찰나, 근위병이 그에게 물었다.

"특무상사님, 부상을 입으셨다고 들었는데 괜찮으십니까?"

파렌은 코트를 입으며 답했다.

"괜찮네. 폐하께서는 어디에 계신가?"

"예언의 전당에 계십니다."

"뵐 수 있겠나? 기밀 사항 문제로 뵙고 싶네만."

"일단 말씀드려 보겠습니다. 아, 물러서십시오. 마차가 들어옵니다."

파렌은 네벨을 손으로 당겨 자신에게 가까이 했다. 네벨은 말 없이 그의 행동을 따랐다.

흰색의 마차가 그들 사이를 통과했다. 파렌이 버릇처럼 마차의 소속을 확인하려는 찰나, 마차가 갑자기 진행을 멈췄다.

금장으로 고급스럽게 꾸며진 마차의 문이 활짝 열리고 안에서 누군가가 나왔다. 검은색 법복을 입은 회색 수염의 노인이었다.

파렌은 내심 안도했다.

'아젤란도…… 내가 늦게 온 것은 아니군.'

아젤란도는 파렌과 네벨을 보며 반갑게 양팔을 벌렸다.

"젊은 특무상사, 그리고 네벨 아가씨. 이런 곳에서 마차를 멈추는 것은 예의에 어긋나는 행동이지만 그만 반가운 마음에 마차를 멈추었소. 양해를 부탁드리오."

네벨은 파렌의 뒤로 움직여 그를 경계했다.

파렌은 간단히 목례를 했다.

"슈발츠베르크 성에 오신 것을 환영합니다. 호칭을 어떻게 사용해야 실례가 되지 않을는지요?"

"대법관이라 해주시오."

"알겠습니다, 대법관님."

"자, 여기서 말을 나누기엔 그러니 두 사람 다 내 마차를 타시오."

파렌은 의아했다.

"대법관님, 저는……."

"아, 특무상사는 듣지 못했소? 오늘의 첫 일정은 폐하와 나, 카샤님, 네벨, 그리고 그대가 함께해야 하오."

"어떤 일정입니까?"

"미디엄님의 알현이오."

미디엄의 알현 여부는 오로지 칙서로만 확인할 수 있다. 초대를 받은 적이 없는 파렌은 이상하다고 생각했지만 아젤란도는 묘한 미소만을 짓고 있었다.

그를 묵묵히 바라보던 파렌은 이윽고 네벨의 손을 잡으며 마차 쪽으로 걸어갔다.

"그럼 짧은 거리이지만 신세를 지겠습니다."

그들을 실은 마차가 움직였다. 흩어져 있던 근위병들은 뜀걸음으로 마차의 뒤를 쫓으며 대열을 맞췄다.

story 14 인과관계

 마차 내부의 공기는 매우 무거웠다. 파렌의 기억 속에는 작은 산을 통째로 불태우는 아젤란도의 마법이 아직 선명했고, 네벨은 아젤란도가 자신을 추적하면서 사용했던 각종 불쾌한 방법을 고스란히 기억하고 있었다. 반면 주범이라 할 수 있는 아젤란도는 여유가 넘쳤다.
 "젊은 특무상사여, 내가 준 약의 효능은 어땠소?"
 "놀라울 정도였습니다."
 "그럴 것이오. 한 병을 만들기 위해 무려 10년의 노력을 기울여야 하는 약이라오."
 "10년이라고 하셨습니까?"
 "그렇소. 장벽 지대에서만 발견되는 특별한 흙이 필요하다오. 그 흙을 마법으로 정화시키는 데에만 8년이 걸린다오."

"장벽 지대라……."

나직이 말끝을 흐린 파렌은 장벽 지대에 대해 생각해 봤다.

웨스트리치 대륙과 아시엔 대륙의 정확한 경계 지점이자 세상에서 가장 높고, 깊숙하고, 거대한 계곡 산지인 그곳은 '장벽 지대'라는 이름으로 불리며 오랜 옛날부터 금지 구역으로 정해져 있다.

전설상으로 그곳은 인간이 세상에 나기 전, 원래 멀리 떨어져 있던 두 개의 대륙이 충돌하면서 만들어졌다고 한다. 충돌과 함께 만들어진 엄청난 에너지는 주변의 땅을 변화시켰을 뿐만 아니라 공간까지 뒤틀어 그 중심에 저승으로 가는 길을 뚫었다고 한다.

저승으로 가는 길이 진짜 있는지는 알려지지 않았지만 상벽 지대는 물론 그 인근까지 그 어떤 생물도 살지 못하는 것은 사실이었다. 수수께끼투성이의 그 미지의 땅은 웨스트리치와 아시엔의 수많은 모험가들을 실종자로 만들었고, 장거리를 이동할 수 있는 배가 만들어질 때까지 두 대륙의 교류를 오랫동안 가로막는 요인이 되었다.

아젤란도가 즐거운 얼굴로 말했다.

"특무상사에 대한 이야기는 정말 놀라웠소. 훈련으로만 신체를 단련한 인간이 내 직속 제자는 물론 수호자까지 상대할 수 있을 줄은 몰랐소. 수호자가 충격파를…… 전문 용어로 뒤틀린 파동을 이용할 수 있다는 사실만 알았다면 그렇게 큰 부상도 당하지 않았겠지."

"뒤틀린 파동이 무엇입니까?"

"일종의 불협화음이오. 곱게 흐르는 강에 갑자기 거대한 바위가 떨어지면 물살이 뒤틀리는 것과 같은 이치라오. 인간처럼 피의 흐름으로 살아가는 존재에겐 치명적이라오."

거기서 파렌이 물었다.

"리제늄으로 된 저의 검으로 방어했을 때는 문제가 없었습니다. 이유가 있습니까?"

예상 못한 질문에 내심 당황한 아젤란도는 잠시 후 묘한 미소를 지었다.

"올바르게 정제된 리제늄은 특무상사가 생각하는 것 이상의 힘을 가지고 있소. 지금은 그렇게만 알아두시오."

"……알겠습니다."

마차가 예언의 전당 앞에서 멈췄다. 파렌이 먼저 내려 아젤란도가 앉은 쪽의 문을 열어주었다. 아젤란도가 내리기 전에 먼저 내린 네벨은 기다리고 있던 카샤에게 또다시 기습을 당하고 말았다.

"네벨!"

카샤가 울먹이며 확 달려들자 네벨은 반사적으로 마법 보호막을 사용했지만 소용없었다. 카샤는 그 보호막을 완전히 무시하고 네벨을 끌어안았다.

"미안하다! 정말 미안하다, 네벨! 본좌가 큰 실례를 저질렀다!"

네벨은 꿍한 얼굴을 옆으로 돌렸다. 카샤는 네벨의 평평한 가슴에 얼굴을 마구 문지르며 사과를 거듭했다.

"본좌를 싫어하지 마라, 네벨! 네벨이 자꾸 이러면 본좌, 가슴이 아프다!"

　실제로는 네벨이 아파 못 견딜 지경이었다. 그녀의 피부와 골격은 카샤의 원시적인 힘을 견딜 수 있을 만큼 강인하지 못했다.

　"아, 알았습니다. 소녀, 카샤의 사과를 받아들일 테니 이러지 마십시오."

　"오, 정말인가? 카샤를 친구로 받아주는 건가?"

　"친구는 좀……."

　얼굴을 문지르는 속도가 급격히 올라갔다.

　"받아주라, 받아주라, 받아주라!"

　대답을 해야 할지 말아야 할지 갈피를 못 잡는 네벨과 억지를 부리는 카샤 사이에 결국 파렌이 끼어들었다.

　"그만, 카샤."

　좌우로 빠르게 흔들리던 카샤의 머리가 우뚝 멈췄다.

　"왜 그러나?"

　"너무 그러면 못 써. 네벨이 부담스러워하잖아."

　"진짜인가? 네벨은 본좌가 부담스러운가?"

　네벨이 쑥스러워 말을 못하자 파렌이 다시 말했다.

　"사람마다 얼굴이 다른 것처럼 적극적인 것에 부담을 가지는 사람도 있는 법이야. 아무래도 네벨과는 시간을 가지는 편이 좋을 것 같아."

　"……시간이 지나야 친구가 될 수 있다는 건가?"

　파렌은 카샤와 네벨 옆에 무릎을 구부리고 앉은 뒤 울상이 된 카샤의 머리를 살살 만졌다.

"걷는 듯이 친구가 된다고 생각해 봐. 정말 친구가 될 사이라면 서로 뛸 필요는 없어. 너무 급하면 부딪쳐서 서로 상처가 날 수도 있거든."

카샤는 고개를 갸우뚱했다가 네벨을 놓고 내려왔다. 파렌의 말을 이해한 듯 그녀는 차분히 네벨에게 말했다.

"본좌가 연이어 실례를 하는 것 같다. 본좌는 언제까지고 기다릴 테니 마음이 생기면 말해라, 네벨."

"알겠습니다."

파렌은 두 소녀의 어깨를 두드려 준 뒤 일어나 호엔 3세가 있는 곳으로 갔다.

네벨의 주황색 눈이 파렌을 따라 움직였다. 파렌이 부상으로 괴로워하는 모습을 바라볼 때와는 분명 다른 분위기의 시선이었다.

호엔 3세에 대한 아젤란도의 인사가 끝나자 뒤이어 파렌이 자리를 잡고 깔끔하게 경례를 했다.

"특무상사 파렌 콘스탄, 사전 대비 없이 폐하께 예를 올리는 점을 사죄드립니다."

예를 그렇게 따지는 편이 아닌 왕은 괜찮다는 듯 머리를 좌우로 움직였다.

"자네가 올 줄도 몰랐네만, 자네에게 애들을 잘 다스리는 재주가 있는 줄도 몰랐군."

"운이 좋았습니다."

"운? 뭐, 아무튼 왔으니 같이 들어가세. 미디엄께 꼬마를 데려온 것에 대한 축하를 받는 것도 좋겠지."

"알겠습니다, 폐하."

원래 프란츠에게 전해 받은 것들을 가지고 토의를 하려 했던 파렌이었지만 상황이 이렇다 보니 이야기를 미루는 것은 불가피했다.

파렌의 눈에 문득 지붕이 날아간 마차가 보였다.

"폐하, 이것은……?"

마차에 관한 이야기가 나오려 하자 카샤와 네벨이 동시에 움찔했다. 두 꼬마가 벌벌 떠는 모습을 본 호엔 3세는 음흉한 미소를 지었다.

"저 마차를 이용한 지 벌써 60년이 다 됐군. 오래된 물건이 부서지는 것은 자연스러운 일이지."

하지만 파렌의 눈에는 결코 자연스럽지 않았다. 파손 부분을 봐서는 분명 내부에서 발생한 어떤 힘에 의해 지붕이 날아간 것이 분명했다.

그가 설마하는 얼굴로 카샤와 네벨을 돌아보려 하자 왕이 얼른 그를 재촉했다.

"됐으니 어서 들어가세. 미디엄께서 기다리시겠군."

"예, 폐하."

파렌은 이번에도 어쩔 수 없이 왕의 뜻을 따랐다. 사고의 주범들은 두근거리는 가슴을 내리눌렀다.

호엔 3세와 아젤란도, 파렌, 네벨, 그리고 카샤는 연분홍색 대리석을 밟으며 전당 안으로 들어갔다.

거대한 복도의 중간 정도를 지났을 때 아젤란도와 네벨이 동시에 멈췄다. 네벨은 조금 두려운 얼굴이었고, 아젤란도는 역시

나 하는 표정이었다.

"왜 그러나?"

왕이 돌아보며 묻자 아젤란도는 몸을 살짝 숙이며 답했다.

"황송하게도 미디엄님의 거대한 힘을 이제야 느꼈습니다."

"그런가? 짐은 이 나이가 되도록 그런 느낌을 받은 적이 없었는데……. 역시 마법사들은 뭔가 다른 모양이군. 문제가 없다면 계속 들어가세."

"예, 폐하."

네벨은 일행을 뒤따르면서 자신이 느낀 힘을 구체적으로 정리했다.

'시간과 공간의 뒤틀림…… 오로지 어떤 힘이 구체화되기 위해서만 존재하는 공간……. 이것이 조모(祖母)님께서 말씀하신 미디엄님의 능력이구나.'

호엔 3세는 복도 끝에 있는 작은 쪽문을 열었다.

미디엄의 방에 들어선 모두는 방 가운데에 있는 작은 연못을 조용히 바라봤다. 연못에서 흘러나오는 푸른색의 빛은 촛불도, 횃불도 없는 그 방을 환하게 비춰주었다.

연못 앞에서 왕이 무릎을 꿇었다. 뒤이어 다른 이들도 경건한 자세로 무릎을 꿇었다. 호기심에 호들갑을 떨 것 같던 카샤마저도 침묵을 유지했다.

왕이 낮게 말했다.

"위대한 시간과 공간의 중개자이시여, 이 보잘것없는 존재와 그 무리들이 당신을 뵙기 위해 이곳에 왔습니다. 부디 그 성스러운 모습을 보이시어 저희들에게 큰 깨달음을 주시옵소서."

그의 말에 응답하듯 연못의 빛이 밝아졌다. 그리고 그 빛 속에서 신비로운 형태의 옷을 걸친 젊은 여성이 모습을 드러냈다.

진주를 곱게 갈아 뿌려놓은 듯 오색으로 은은히 빛나는 그녀의 풍성한 옷은 살아 있는 생물처럼 허공에서 너울거렸다. 날개처럼 한 쌍으로 길게 틀어 올린 검은색 머리와 뽀얗고 아름다운 피부는 그린 듯한 그녀의 이목구비를 한층 더 아름답게 꾸며주었다.

파렌은 문득 그녀의 외모가 아시엔의 사람들과 비슷하다고 느꼈다. 아시엔에 가기 전에는 그것을 느끼지 못했지만 그곳에서 수많은 여성들의 얼굴을 보고 난 지금은 달랐다.

'웨스트리치에서 볼 수 있는 얼굴 선이 아니라고는 생각했지만…… 그쪽 사람들과 많이 닮았군. 뭔가 관련이 있는 것인가?'

미디엄이 눈을 떴다.

"잘 오셨소, 호엔 3세."

"예, 미디엄이시여."

그녀는 우선 아젤란도에게 시선을 돌렸다. 항상 부드럽고 신비롭던 평소와 달리 아젤란도를 보는 그녀의 눈빛은 엄중했다.

"마법의 힘을 이어 나가는 자, 아젤란도여. 그대의 방문을 환영하오. 그대가 올판을 포기한 것은 잘한 일이오."

아젤란도는 고개를 숙인 채 내키지 않는 미소를 지었다.

"올판이 그리도 마음에 안 드셨습니까, 위대한 중개자시여?"

"올판은 그대와 세상에 재앙을 안겨줄 존재였소. 수습할 수 없는 힘이 사람 모습의 껍질을 가지게 되면 언젠가 인간 세상의 균형은 무너지고 흔들리게 될 것이오."

"소인에게 그런 것을 조절할 힘이 없다고 말씀하시는 겁니까?"

그가 정중히 따지자 미디엄은 고개를 저었다.

"그대의 힘을 의심하지는 않소. 다만 그대에게는 올판의 모든 것을 제어할 운명이 존재하지 않을 따름이오."

"또 운명을 논하시는 것입니까?"

"그대는 스승의 모든 것을 물려받았지만 그대의 스승과는 모든 면에서 다르오. 그리고 그에 맞춰 다른 삶을 살고 있소. 그대의 스승이 장담한 것과는 다른 결과가 아니오?"

"······."

아젤란도의 안색이 바뀌었다. 지그시 눈을 감은 그는 고개를 더욱 깊이 숙였다.

"알겠습니다, 미디엄이시여."

인정하는 투였지만 목소리는 개운치 않았다.

미디엄은 이어서 네벨을 봤다. 표정은 부드러웠다.

"마법의 힘을 몸에 간직한 자, 네벨. 그대의 방문을 환영하오."

"······아, 감사합니다, 미디엄이시여."

미디엄이 뭔가 더 이야기를 할 줄 알았던 네벨은 당황한 기색을 감추지 못했다.

이어서 미디엄이 카샤를 봤다. 고개를 숙인 다른 사람들과 달리 카샤는 뭔가에 이끌리듯 일어나서 그녀와 대면했다.

미디엄은 자애로운 미소를 지으며 그녀를 부르듯 두 팔을 벌렸다.

"어서 오너라, 카샤. 너를 보는 것이 이렇게 큰 기쁨일 줄은 몰랐구나."

호엔 3세와 파렌은 이제까지와는 전혀 다른 미디엄의 반응에 의아했다. 편안하면서도 범접하기 어려운 분위기, 그것이야말로 미디엄을 대표하는 느낌이었는데 지금만큼은 달랐다.

카샤도 이상했다. 인사도 없이 가만히 미디엄을 바라보기만 했다. 그녀의 성격처럼 항상 힘차게 움직이던 꼬리도 지금은 바닥에 축 늘어져서 꼼짝도 하지 않았다.

미디엄은 그녀에게 손가락을 움직였다.

"이리 가까이 오너라. 얼굴을 가까이 보고 싶구나."

미디엄의 밑에 깔린 연못물이 분수처럼 솟더니 계단의 모양을 만들었다. 카샤는 정신없이 그것을 밟고 올라가 미디엄의 코 앞에 섰다.

미디엄이 왼 손바닥을 내밀었다. 그에 맞춰 카샤는 오른 손바닥을 내밀었다. 둘의 손이 밀착하는 순간 카샤의 몸에서 빛이 번쩍 일어났다. 빛이 사라진 뒤, 화후의 카샤 대신 천요의 카샤가 모두의 눈에 들어왔다.

아젤란도는 천요의 카샤를 보는 것이 실제로는 처음이었으나 그다지 놀라진 않았다. 적어도 그의 지식 수준 안에서는 놀랄 일이 아니었다.

미디엄은 뿌듯한 얼굴로 카샤를 보며 웃었다.

"238년의 기다림이 드디어 이루어졌구나. 그 시간 동안 너를 이토록 아름답게 길러준 파우샤의 우정에 진심 어린 감사를 보내노라."

호엔 3세가 옆에 있는 파렌에게 속삭였다.

"파우샤가 누군가?"

"카샤를 길러준 존재입니다. 인간은 아닙니다."

"흠, 보고서가 기대되는군."

아시엔 대륙에서 있었던 일에 대한 보고서 작성을 까맣게 잊고 있던 파렌은 마음 한구석이 쓰라렸다.

그는 다시 카샤의 일에 집중했다. 미디엄이 모든 것을 알고 있고 또 알 수 있는 존재라는 것은 상식에 가까운 일이었지만, 그녀가 카샤를 대하는 자세는 너무나도 낯설었다.

'마치 가족을 대하는 것 같군.'

그는 지금까지 카샤가 보여준 능력들을 생각하면 무리가 아니라고 생각했다. 하지만 단정을 지어 생각할 수도 없는 것이, 서로가 가진 분위기가 달라도 너무 달랐다. 어른스럽고 말고를 떠나서 물과 불을 보는 것 같았다.

미디엄이 카샤에게 물었다.

"카샤여, 이 땅에 와서 천요의 모습을 한 일이 있느냐?"

"그렇습니다."

카샤답지 않게 나긋나긋한 목소리였다.

"그렇다면 너는 조만간 너에게 있어서 단 하나뿐인 사람과 만나게 될 것이다. 그 만남은 오랫동안 엇갈리겠지만 너는 그 만남과 관련된 운명을 거스를 수는 없을 것이다."

"하나뿐인 사람……? 그가 누구입니까?"

미디엄은 오른손으로 카샤의 뺨을 쓰다듬었다.

"걱정하지 마라. 비록 넘어야 할 산은 있겠지만 모든 것은 너의 소망대로 이루어질 것이다. 그때까지 지금처럼 네 곁에 있는 수많은 인연들을 소중히 여기도록 하여라."

미디엄이 손을 떼었다. 동시에 카샤는 작은 모습으로 돌아갔다. 카샤는 특별한 말 한마디 없이 자리로 돌아갔지만 미디엄은 그 모습을 웃으며 지켜봤다.

이어서 미디엄이 파렌을 바라봤다.

"수고가 많았소, 파렌 콘스탄. 그대가 그대의 부친과 마찬가지로 운명을 따라준 덕분에 시간과 공간을 넘어선 만남이 이루어졌소. 아마 그대의 부친께서도 기뻐하실 것이오."

"과찬이십니다, 미디엄이시여."

미디엄이 이어서 말했다.

"모두 일어나시오."

호엔 3세를 필두로 모든 이들이 자리에서 일어났다.

"이제 모든 이들이 모였으니 웨스트리치의 운명에 대한 이야기를 해봅시다."

그러자 아젤란도가 기다렸다는 듯 입을 열었다.

"미디엄이시여, 천요를 이 땅에 부르신 것은 소인을 이 자리에 부르시기 위한 일이었습니까?"

"그러한 이유도 있소, 아젤란도."

뜻밖의 대답에 모두가 놀랐다. 아젤란도의 얼굴에 진심 어린 분노가 떠올랐다.

"월권입니다, 미디엄이시여. 당신에게 부여된 권한을 훨씬 넘어서신 일입니다!"

"내가 가진 권한은 그대의 인지 능력을 초월한 것임을 알고 있을 것이오."

미디엄의 싸늘한 말에 아젤란도의 회색 눈썹이 일그러졌다.

"그대는 오히려 감사해야 하오. 당신은 올판으로 인해 틀림없이 파멸을 당했을 것이오."

"이 대륙에 소인을 파멸로 몰아갈 수 있는 존재는 없습니다. 저 천요조차도 시간이 약간 필요할 뿐, 소인의 적수라고 할 수는 없습니다."

자존심이 상한 카샤가 으르렁거렸지만 아젤란도는 본 척도 하지 않았다.

미디엄이 고개를 저었다.

"마법사여, 그대는 자신을 파멸시킬 수 있는 요소를 이미 다른 이의 손에 쥐어주었소."

아젤란도가 움찔했다.

"그것을 어떻게……!"

"그자는 그대가 생각하는 것 이상으로 영악한 자이오. 그는 올판의 존재와 그대의 행동을 모른 척했을 뿐, 그대가 도를 넘어섰다고 판단했을 경우 자신에게 주어진 그 요소를 그대에게 사용했을 것이오. 그가 일찌감치 간접적인 경고를 했을 터인데, 기억하지 못하겠소?"

"……."

아젤란도는 분함에 눈을 질끈 감았다. 주름진 그의 주먹이 젊은이의 것처럼 부르르 떨렸다.

미디엄은 그런 아젤란도를 보며 조용히 말했다.

"난 그대의 입장이 온건히 정리될 수 있도록 최대한 배려를 하였소. 그리고 지금도 하고 있소. 이해해 주길 바라오."
 다시 눈을 뜬 아젤란도는 미디엄을 오랫동안 노려봤다.
 "……당신의 뜻대로 움직여 드리겠습니다."
 "고맙소, 아젤란도."
 미디엄에게 대항하는 아젤란도의 모습은 파렌에게 매우 신선한 충격을 주었다. 미디엄의 결정과 조언에 아무런 의문도 품지 않았던 자신들과는 전혀 다른 모습이기 때문이었다.
 "파렌 콘스탄."
 "말씀하십시오, 미디엄이시여."
 대답한 파렌에게 미디엄이 손을 뻗었다.
 "그대가 들고 온 서류를 꺼내시오."
 파렌은 서류라는 말에 잠시 고민했다. 자신이 들고 온 것이 무엇인가 생각하던 그는 문득 코트의 안주머니에 있는 프란츠의 서류를 느꼈다.
 그는 코트 속에서 서류를 꺼낸 뒤 그것을 미디엄에게 내밀었다. 서류를 받은 미디엄은 눈을 감은 뒤 손을 휘둘러 공중에 서류를 뿌렸다. 아무렇게나 날아갈 것 같던 서류는 잘 훈련된 병사들처럼 대열을 맞춰 모두의 앞에 나열되었다.
 서류를 살핀 호엔 3세가 깜짝 놀랐다.
 "아니, 이 서류는 짐이 아젤란도에게 받은 기밀 서류 중 하나가 아닌가? 내가 정보부에 나눠 준 것 중에 하나 같은데 이것이 어떻게 자네의 품에 있는 것인가? 이건 아직 자네의 보안 등급으로는 접근할 수 없는 정보라네!"
 파렌은 왕의 말에 크게 놀랐다.

'설마 프란츠가……?'

무단 유출이다. 그 생각이 파렌의 머릿속을 사납게 배회했다.

파렌은 자신이 생각한 가능성을 믿을 수가 없었다. 너무 당황하여 머리가 다 울릴 정도였다. 프란츠가 이해하기 어려운 구석을 가진 여성이지만 공과 사를 구별할 줄 모르는 군인은 아니었기 때문이다.

하지만 그는 프란츠를 탓하지 않았다. 프란츠의 분위기에 말려 서류의 기밀 등급을 확인하지 않고 덥석 받아버린 자신의 느슨함이 더 큰 죄라고 판단한 것이다.

그는 비장한 얼굴로 왕의 앞에 무릎을 꿇었다.

"제가 기밀 여부의 확인 없이 서류를 받아 탐독한 뒤 보관했습니다. 벌을 내려주십시오, 폐하."

"허허……"

왕은 기가 막힌 듯 탄식에 가까운 웃음소리를 흘렸다.

아젤란도는 웬 시답지 않은 일이냐는 반응이었지만 카샤는 꼬리를 바짝 세우며 긴장했다. 그녀는 걱정이 잔뜩 담긴 얼굴로 네벨을 봤지만 그녀라고 딱히 방법이 있는 것은 아니었다.

왕이 물었다.

"저 서류, 프란츠에게 받았나?"

"그렇습니다, 폐하."

"후우, 결국 녀석이 사고를 치는군. 난 자네에게 약만 전해주라고 분명히 말했는데……"

왕은 지팡이로 바닥을 쿵쿵, 찍었다.

"좋아, 녀석이 바라는 대로 해주지. 자네에겐 책임을 묻지 않을 테니 일단 일어나게. 지금 중요한 것은 미디엄께서 하실 말씀을 듣는 것이니까."

"송구스럽습니다, 폐하."

파렌은 일어나서 제자리로 돌아갔다.

카샤가 꼬리 끝으로 그의 허리를 찔렀다. 그가 자신을 보자 카샤는 소리 대신 입 모양으로 괜찮은지를 물었다. 파렌은 어렵사리 웃어 그녀를 안심시켰다.

왕이 미디엄에게 허리를 굽혔다.

"실례를 저질렀습니다, 미디엄이시여."

"괜찮소. 그럼 모든 이들은 이 서류를 잘 보시오."

방에 있는 사람들 중 서류의 내용을 모르는 사람은 카샤와 네벨뿐이었다. 아젤란도는 자신과 제자들이 조사하고 정리한 서류를 자신이 왜 또 봐야 하느냐는 반응이었지만 조금 뒤 그의 눈빛이 달라졌다.

손으로 얼른 그린 그림에 불과했던 안개의 탑이 마치 거울에 비친 것처럼 세밀해졌다. 더불어 건축용 청사진처럼 내부의 구조를 묘사한 그림도 따로 떠올랐다. 접근이 불가능했던 탓에 대략적인 파악을 할 수밖에 없었던 안개의 탑 내외의 인원 배치 현황도 더욱 자세하게 수정되었다.

호엔 3세의 표정이 어두워졌다.

"탑 주변의 야만족 군대만 4만 8천…… 그것도 본진 수비 급의 정예들이군. 2차 방어진에 배치된 연합군 숫자가 2만 6천인데, 허허……."

파렌이 이어서 말했다.

"안개의 탑은 총 19층으로 이루어져 있지만 높이는…… 817f(약 248m)입니다. 탑으로 진입하는 문은 지상에 단 하나뿐이고, 탑 내부의 야만족은 장갑 보병과 궁병, 창병을 포함하여 2천여 명입니다. 하지만 그보다 문제가 되는 것은 700여 명의 안개술사입니다. 안개술사의 숫자만 따져도 어마어마한 방어 능력을 보유했다고 볼 수 있습니다."

"안개술사가 그렇게 강력한가? 이곳에서도 봤고 서류로도 정보를 봤지만, 실감이 나지 않던데?"

그에 대한 대답은 아젤란도가 했다.

"평균적으로는 폐하께서 보셨던 올판들보다 못합니다만, 그들에게는 등급이 존재합니다. 최상급의 안개술사인 황술사(黃術士)들은 소인의 제자들 이상이지요. 물론 제자들이 수호자들을 동원한다면 이야기가 다릅니다만……."

"제자라면, 그때 그 금발 얼간이?"

왕이 묻자 아젤란도의 입에서 실소가 터졌다.

"피오르는 가장 부족한 제자입니다."

"흐음…… 그러길 바라네."

아젤란도는 난감했으나 변명할 수 없었다. 제자가 부린 추태를 직간접적으로 봤기 때문이다.

왕은 파렌에게 눈을 돌렸다.

"방법이 있겠나?"

서류들을 보는 파렌의 눈이 가늘어졌다.

"특별한 엄폐물이 없는 거대한 평원 한가운데에 탑이 서 있습니다. 묘책을 꾸미기에는 환경이 좋지 않습니다. 2차 방어진에 있는 군대를 모두 빼서 공격한다면 모르겠지만 그것은 2차 방어진을 포기하는 것과 같습니다. 그리고 군대와 군대가 부딪칠 경우 탑으로부터 요술에 의한 지원 공격이 들어올 수가 있습니다. 자세히는 모르겠지만 탑의 주인인 안개술사의 교주가 대단한 능력의 소유자라고 합니다."

왕은 다시 아젤란도를 봤다. 아젤란도는 쓴웃음을 지었다.

"소인과 비슷한 수준입니다. 힘의 근원이 다르니 저보다 더 강력할 수도 있을 겁니다."

"녀석들, 작정을 하고 왔군."

한숨 소리가 미디엄의 방을 가득 채웠다.

서류가 다시 모여 미디엄의 손에 놓아왔다. 그것을 파렌에게 돌려준 미디엄은 감고 있던 눈을 떴다.

"아젤란도, 볼케 티에르(Wolke Tier:Cloud Beast)에 대한 설명을 부탁하오."

가만히 있던 아젤란도와 네벨의 표정이 변했다.

"볼케 티에르라면…… 구름짐승을 말씀하시는 것입니까?"

"그렇소."

"굳이 설명을 하시라고 하면 하겠습니다만…… 구름짐승은 말 그대로 구름 속에서 살며 하늘을 떠다니는 생물입니다. 생긴 것은 바다에서 사는 고래와 비슷하지만 지능이 훨씬 높고 인간에게 우호적입니다."

파렌의 눈이 번쩍 뜨였다.

"대법관님, 구름짐승이 날 수 있는 높이가 어느 정도입니까?"

"탑의 최상층에는 무리 없이 도달할 수 있소. 하지만 너무 기뻐하진 마시오. 오래전에 멸절된 존재니까."

그러자 미디엄이 말했다.

"정말 그렇소, 네벨?"

모두의 시선이 네벨에게 꽂혔다. 네벨의 주황색 눈동자가 심한 두려움으로 떨렸다.

"소, 소녀는 모릅니다!"

그녀의 작은 몸에서 나온 외침은 서글플 정도로 나약했다.

아젤란도는 미디엄을 흘끔 봤다.

'그렇군. 저 마녀가 안개 마을을 나오게 된 것도 정교하게 맞춰진 흐름이라는 말이겠지. 결국 원하는 배우를 모두 모았다는 것인가? 후후······.'

긴 침묵이 이어졌다. 선 채로 바들바들 떨던 네벨은 결국 두 손으로 얼굴을 가리며 자리에 주저앉았다.

"안 됩니다! 세오딕은 절대 안 됩니다! 그는 세상에 단 하나 남았을지도 모르는 구름짐승입니다! 조모께서 목숨을 바쳐 지키신 세오딕인데······!"

네벨은 흐느껴 울었다.

파렌은 다시 생각해 봤다.

구름짐승이 정확히 어떤 존재인지 알지 못해 섣불리 판단할 수는 없지만 병력을 싣고 이동한다면 분명 커다란 표적이 될 것이다. 활이나 창이 그 높이까지 뜰 가능성은 희박해도 요술은 달랐다. 구름짐승이 과연 버텨낼지, 아니면 도중에 죽을지는 모를 일이었다.

'곤란하군.'

고민하는 그와 달리 아젤란도가 냉소를 지으며 중얼거렸다.

"세오딕이라…… 황금 수염이라는 이름이군. 수컷에게 어울리는 이름인데, 수컷 하나만 남았다면 구름짐승이 절멸되는 것은 시간문제라오. 어차피 아가씨가 다칠 일은 없을 테니 좋은 말로 설득하여 데려오는 것이 어떻소?"

"그런……!"

네벨이 손을 내리고 아젤란도를 노려봤다. 하지만 아젤란도는 눈썹 하나 까닥하지 않고 오히려 자신의 방식으로 네벨의 설득을 시도했다.

"그 구름짐승이 희생을 해주어야만 비로소 이 웨스트리치 대륙 전체의 백성들을 살릴 수 있는 계기가 마련되는 것이오. 나조차도 딱히 방법을 찾지 못해서 완전한 올판들을 생산하려 했지만, 그것이 무산된 이상 이제 어쩔 수가 없소. 웨스트리치가 야만족의 터전이 된 이후에는 그 구름짐승의 기념상조차도 만들지 못하게 될 테니 냉정하게 판단해 보시오. 안개 계곡의 마녀여."

네벨이 참지 못하고 벌떡 일어났다.

"웨스트리치의 백성들이 죽는 것과 소녀가 무슨 상관입니까! 안개를 쏟다는 이유로 오랜 시간 동안 같은 밭에서 난 곡식을 먹고 지내온 자를 하루아침에 침략자 취급하는 것이 웨스트리치의 인간입니다! 차라리 소녀가 세오딕과 함께 이 대륙을 떠나는 것이 낫습니다!"

"그렇소? 하하하하, 네벨 아가씨가 안개 마을을 떠난 진짜 이유를 이제야 알 것 같구려."

어깨를 들썩이며 웃은 아젤란도는 이윽고 그녀를 꿰뚫듯 노려봤다.

"그냥 도망쳤겠지. 자신이 안개술사와 관계가 없다는 변명조차 하지 못하고 말이야. 그러니까 이번에도 도망치려 드는 것이겠지? 문제를 해결하는 데 써본 방법이 그것뿐이니까."

네벨은 입술을 꼭 다물고 터지려는 울음을 참았다. 이대로 울어버리면 아젤란도에게 지는 것이라 여겼기 때문이다. 하지만 인간의 나이로 11세에 불과한 그녀에게 몇 년을 살아왔는지 모를 대마법사의 냉혹한 말은 너무나 큰 짐이었다.

여러 가지로 답답해지는 상황이었다.

그녀를 설득할지, 아니면 구름짐승이 아닌 다른 방법을 문의할지 고민하던 파렌은 뭔가 떠오른 듯 미디엄의 말을 곱씹어봤다.

"대법관님?"

네벨을 바라보던 아젤란도가 그에게 눈을 돌렸다.

"물어볼 것이라도 있소?"

"구름짐승에 대한 설명을 좀 더 자세하게 해주십시오. 예를 들어 서식지라던가……."

"서식지? 구름짐승은 그 이름대로 구름이 짙게 낀 장소라면 어디든 살 수 있소. 자신이 살던 구름이 사라진다 싶으면 남은 구름을 끌고 다른 지역으로 이동한다는 설이 있는데, 확실하지는 않소."

"설이라면…… 혹시 그와 관련된 정보를 얻을 수 있는 문서가 존재합니까?"

"고대의 어떤 학자가 구름짐승과 같은 성수(聖獸)들의 생태를 연구하여 기록한 책이 있기는 하오. 내가 관심을 둔 분야가 아니라서 기억을 하지는 못하지만, 원본은 오래전에 소실되었고, 소실되기 전에 내용을 옮긴 사본들은 그 수가 워낙 적어서 아주 오래된 도서관이나 유서 깊은 도서관이 아니면 존재하지 않을 것이오. 있어도 보관을 대충 했다면 벌레들에게 먹혔겠지."

긍정적인 대답은 아니었지만 파렌은 희망을 느꼈다.

"대법관께서 보셨던 책은 어디에 있었습니까?"

"내가 본 책은 브리스톤의 왕립 도서관에 있었지만 민란으로 당시의 왕이 죽고 수도인 론델이 불타면서 함께 사라졌소. 그것은 확실하오."

그때, 네벨이 소매로 얼굴을 닦으며 말했다.

"알로멜의 책……."

모두가 다시 그녀를 봤다. 아젤란도가 튕기듯 고개를 들었다.

"맞소, 알로멜. 그 책을 쓴 학자의 이름이 알로멜이오."

이어서 호엔 3세가 말했다.

"론델의 왕립 도서관에 있었다면 우리 국립 도서관에 있을지도 모르겠군. 바란투로스의 국립 도서관도 나름대로 유서가 깊은 곳이지. 또한 오래된 서적을 보관하는 지하 창고는 벌레가 쉽게 날뛰지 못할 정도로 기온이 낮고 건조한 곳이라 만약 존재한다면 보관 상태도 좋을 수가 있네."

희망이 점점 커졌다. 그러나 파렌의 입에선 한숨이 쏟아졌다.
"지하 창고의 크기가……."
"넓이만 자네 저택의 다섯 배지. 책장의 수는 자세히 모르지만 말을 하기조차 싫군."
분위기가 가라앉으려는 순간, 카샤가 주먹을 불끈 쥐며 꼬리를 바짝 세웠다.
"아, 됐다! 말은 필요없다!"
미디엄이 사용한 능력으로 인해 옷의 변화가 풀려 원시 복장으로 돌아오긴 했지만 그만큼 힘은 넘쳤다.
"찾는 거다!"
파렌은 어떻게, 라는 방법을 물으려다가 웃고 말았다. 카샤의 무식함에 대한 비웃음이 아니라 최선의 방법이 말 그대로 그냥 찾는 것뿐이라는 사실을 인정하는 자기 비판적 웃음이었다.
카샤가 네벨 쪽으로 몸을 확 돌렸다.
"그 책을 찾으면 네 친구를 도와줄 방법까지 발견할 수 있을지도 모른다, 네벨!"
나름대로 기운을 북돋아주려고 한 말이었지만 네벨은 시큰둥했다.
"세오딕 말고 다른 구름짐승을 죽이는 것밖에 더 되겠습니까?"
"……."
카샤는 할 말을 잃었지만 성격답게 얼른 기세를 회복했다.
"아니다! 분명 방법이 있을 것이다! 그 책을 찾는 것이 계기가 되어 다른 방법을 찾아낼 수도 있지 않나! 힘을 내라, 네벨!

본좌와 함께 찾는 거다!"

네벨은 정말 아무런 대책도 없이 열을 내는 요괴소녀의 모습을 이해할 수가 없었다. 또한 카샤의 그런 모습에 왠지 힘이 나는 자신도 이해가 가지 않았다.

"방법을 찾지 못해도 소녀는 모릅니다."

"흐흐, 탓할 사람 없다."

그들의 탐구가 끝나기를 조용히 기다리던 미디엄이 이윽고 말했다.

"이것으로 내가 그대들에게 줄 수 있는 실마리는 모두 주었소. 그대들은 분명 침략과 위기를 극복할 운명을 지니고 있지만 뜻을 이룩하는 힘은 내가 아닌 그대들에게 있다는 사실을 잊지 마시오."

말을 마친 미디엄이 연못의 빛 속으로 천천히 가라앉았다. 모두가 예를 갖추는 가운데 카샤가 그녀를 향해 활짝 웃으며 오른팔을 흔들었다. 가만히 그녀를 지켜보던 미디엄은 오른손을 흔들어 답례한 뒤 완전히 사라졌다.

미디엄이 사라진 뒤, 호엔 3세는 오래 서 있느라 불편해진 허리를 두드리며 중얼거렸다.

"몇 번이나 와서 듣는 것이지만, 미디엄께서 하시는 말씀은 정말 알다가도 모르겠군. 정말 이뤄지긴 이뤄지는 건가?"

파렌은 지그시 웃었다.

"전 반년 전에 아시엔으로 하염없이 걷기만 했습니다."

"하긴."

파렌과 왕의 대화를 들은 아젤란도는 호기심 어린 표정으로 젊은 특무상사에게 물었다.

"특무상사, 그대는 미디엄께서 운명을 조작하신다고 생각하오, 아니면 작은 계기를 만드신다고 생각하오?"

"제가 아직 부족하여 대법관님을 만족시켜 드릴 만한 답변을 내놓을 수는 없지만…… 어느 쪽이든 긍정적인 결과가 나온다면 상관은 없다고 생각합니다."

"특무상사는 결과론적인 사람이구려. 군인으로서는 이상적인 자세요. 아무튼 좋은 답변이었소."

파렌의 어깨를 쳐준 아젤란도는 호엔 3세와 함께 미디엄의 방을 나서자 파렌과 카샤, 네벨은 그들을 따라 밖으로 나갔다.

예언의 전당 밖으로 나오자마자 카샤는 비명을 지르며 팔로 몸을 휘감았다. 복장이 바뀌었다는 것을 미처 생각지 못하고 나온 대가였다.

"춥다!"

그녀는 얼른 복장을 바꾸었다. 이곳에 처음 왔을 때부터 쭉 입어온 갈색 모피 코트와 원통형 털모자, 그리고 털장갑 차림이었다. 꼬리는 코트 안에서 몸을 둘둘 말듯이 하여 숨겼다. 왕을 기다리다가 그 광경을 처음 본 근위대들은 하나같이 입을 벌리고 넋을 놓았다.

파렌은 다른 곳을 보며 생각했다.

'100년 묵은 여우의 가죽이라…….'

그는 100년을 묵었다는 사실만으로 모든 물리 법칙을 무시하는 그 신비의 가죽이 부담되면서도 대단히 부러웠다.

왕이 그에게 손짓했다.

"파렌."

"예, 폐하."

"지금 가서 책을 찾아볼 것인가?"

"오랜 시간을 요구할 수도 있는 일이기에 우선 부대 사무실에 들러서 대령님에게 보고를 할 생각입니다."

"됐네. 폴스켄에겐 내가 얘기를 해둘 테니 꼬마들을 데리고 도서관으로 먼저 가게."

"알겠습니다."

돌아서려던 왕이 동작을 멈추고 다시 파렌을 봤다.

"아, 그리고 자네 집에 빈 방 많지?"

"……."

얼마 전 그와 똑같은 질문을 폴스켄에게 들은 일이 있는 파렌이었다.

"왜, 방이 없나?"

"아닙니다. 아직 많습니다."

"그래, 알았네. 그럼 어서 가보게."

"예, 폐하."

파렌은 경례를 하고 돌아서자마자 표정을 흐렸다. 과연 손님이 생기는 것인지, 생긴다면 누가 몇 명이나 생기는 것인지 하는 걱정이 그를 압박했다.

집에 사람이 늘면 그가 오래전부터 가지고 있던 꿈이 이뤄지는 것이라고 볼 수 있었다. 그의 꿈은 결혼하여 대가족을 이루는 것인데, 소박하다면 소박하고 야망이라면 야망일 수 있는 꿈이었다.

그러나 파렌은 방금 전 왕의 질문을 받은 후 괜히 그런 희망 사항을 가진 게 아닐까 하는 생각을 해봤다.

'손님이 온다면…… 미스 요하네스 혼자 괜찮을까? 요즘 이상하게 스트레스를 받는 것 같던데…….'

카샤가 그의 몸에 올라타고는 손으로 머리를 토닥였다.

"왜 그러나, 파렌? 걱정이라도 생겼나?"

"아냐. 어서 도서관으로 가보자."

파렌은 손으로 네벨에게 갈 길을 인도했다. 네벨은 차양이 넓은 자신의 모자를 만진 뒤 그가 안내한 길을 따라 걸어갔다.

왕궁에서 10분 정도 거리에 있는 바란투로스 국립 도서관은 공원 하나를 끼고 있을 만큼 그 규모가 대단했다. 본관에 올라가는 계단만 200계단을 넘어가는 바람에 완공 당시 젊은이만을 위한 도서관이냐는 핀잔을 듣기도 했다.

파렌은 특별한 일이 없을 때 도서관에서 책을 읽는 경우가 많았다. 덕분에 도서관 관장과 어느 정도 친분을 쌓을 수 있었고, 그 인연은 지하 창고 입실에 대한 협조를 얻어내는 데 큰 도움이 되었다.

긴 계단을 통해 지하 창고로 내려간 파렌은 볼이 살짝 부풀 정도로 큰 한숨을 쉬었다. 수백 개의 창문을 통해 빛이 들어오는 지하 창고, 엄밀히 말해 반지하 창고는 그에게 대단한 압박감을 주었다. 수를 세는 것조차 힘든 책장의 수는 바다처럼 하염없이 펼쳐져 있었다. 파렌은 자신이 지하 창고에 온 것인지, 아니면 전설 속의 미궁에 온 것인지 구별이 가지 않았다.

"소머리의 괴물은 없겠지."

중얼거린 그는 책의 기록부가 있는 책장으로 다가갔다.

총 64권으로 정리된 보관 도서 목록 기록부 중 50권은 작가들의 이름순으로 정성껏 기록되어 있었다. 남은 14권 중 13권에는 작가의 이름이나 제목 중 한 가지를 확인할 수 없는 책들이 적혀 있었고, 마지막 1권에는 훼손이 심하거나 기타 등등의 이유로 확인이 불가능한 책들의 외형과 파손 상태 등이 기록되어 있었다.

파렌은 제대로 된 확인이 가능한 기록부만 우선 조사하기로 했다.

제대로 했다면 대단히 긴 시간을 요구하는 작업이었겠지만 카샤와 네벨의 특별한 능력 덕분에 시간은 크게 단축되었다.

카샤는 눈동자에서 빛을 낸 뒤 그 빛을 기록부에 쬐며 책장을 후루룩 넘겼다. 네벨은 마법으로 만든 안개로 책을 감싸 세탁을 하듯 책을 돌리고 뒤집어 안에 적힌 문자들을 한꺼번에 조사했다.

처음 50권의 조사가 끝나는 데에는 5분도 걸리지 않았다. 다음 13권의 조사는 그보다 훨씬 빨랐다. 그렇게 되니 파렌의 일은 다른 사람들이 지하 창고에 들어오는지 살피는 것 정도에서 그쳤다.

남은 것은 한 권뿐이었는데, 여기부터가 문제였다. 겉모습이 어떻고 손상이 어떻다는 묘사로 원하는 책을 발견하는 것은 아무리 카샤와 네벨이라고 해도 불가능이었다.

일단 마지막 기록부를 살펴본 카샤는 눈의 불빛을 끄고 팔짱을 꼈다.

"여기서부터는 직접 손을 써야 할 것 같도다."

네벨이 이어서 말했다.

"해당 책장의 위치는 북쪽 구석입니다."

"좋아."

파렌은 주머니에서 하얀색 방진용 마스크 세 개와 장갑 세 켤레를 꺼내 꼬마들에게 각각 나눠 주었다.

"가볼까?"

마지막 기록부에 적힌 책들은 먼지가 잔뜩 쌓인 책장에 보관되어 있었다. 거미조차 살기 힘든 환경이라 거미줄을 걷어내는 수고는 하지 않았지만, 쌓인 먼지가 꼭 거미줄을 연상시켰다.

파렌이 책장에 손을 대자 먼지 덩어리가 툭 떨어지면서 검은색으로 칠해진 책장의 표면이 드러났다. 떨어진 먼지 덩어리는 절반 정도 분해되어 먼지구름을 뭉게뭉게 뿜어냈다.

"오랫동안 그 누구도 귀찮게 하지 않았다는 증거군. 일단 먼지부터 털어낼까?"

파렌이 고개를 옆으로 돌렸을 때 꼬마들은 지하 창고 저편으로 도망가 딴청을 부리고 있었다.

"흠."

파렌이 먼지떨이로 책장의 먼지를 걷어낸 뒤, 책에 대한 본격적인 확인이 시작됐다.

파렌은 위층부터, 꼬마들은 아래층부터 책을 찾았다. 파렌은 커버만 불에 타거나 못이 박혀 봉인이 된 책 등을 보고 아연실색했다.

"책들을 왜 이렇게 손상시켰는지 알 수가 없군. 대부분 고급 종이나 고급 양피를 쓴 책들인데?"

"단순한 손상은 아닙니다."

대답한 네벨은 커버가 철로 된 검은색의 책을 들어 보였다.

"예를 들어, 이 책은 팔메르 왕국의 대표적 금서(禁書)입니다. 민간에 전해지는 각종 주술을 기록한 것인데, 책의 내용이 무단으로 퍼질 수 없도록 저자가 저주를 걸었습니다. 그로 인해 저자의 허락 없이 책을 읽은 사람들은 하나같이 보름 후에 심장마비로 사망했습니다."

"그럼 누구도 사용하지 못하는 책인가?"

"두꺼운 양가죽 장갑을 끼고 책을 읽으면 됩니다. 하지만 읽을 만한 내용은 없습니다."

"……그렇군. 그런데 네벨은 그 사실을 어떻게 알았지?"

"작가에게 그 저주를 전수해 준 분이 저희 조모님이십니다."

네벨은 책을 제자리에 둔 뒤 책장을 손으로 훑듯이 하며 말했다.

"이곳에 있는 책의 대부분은 모두 한 가지 이상의 저주에 걸렸거나 원혼이 봉인되어 있습니다. 그것이 손상과 오랜 방치의 이유입니다."

또 하나의 신기한 세상과 접하게 된 파렌은 고개를 끄덕여 그 사실을 덤덤하게 받아들였다.

그로부터 한참 뒤였다.

파렌은 책장으로부터 물러나 의자에 앉아 쉬고 있었다. 체력이 부족한 것도 아니고 먼지 알레르기가 있는 것도 아닌 그가 그렇게 지친 이유는 책장 전체에서 느껴지는 이상한 기운 때문이었다. 파렌은 책장이 마치 기생충처럼 자신의 생기를 빨아 마시는 듯한 느낌을 받았다.

반면 두 꼬마들은 멀쩡했다.

'둘 다 인간의 범주에서 벗어났다, 이거군.'

그는 어질어질한 머리를 잡으며 눈을 붙였다.

조사를 계속하던 네벨의 눈에 가장 밑 칸에 꽂힌 책 한 권이 들어왔다. 가장 밑에 있었던 탓에 먼지가 제대로 털리지 않은 그 책은 두꺼운 흰색의 가죽 표지로 장식되었고, 쇠사슬과 자물쇠로 꽁꽁 묶여 단단히 잠겨 있었다.

책을 꺼낸 네벨은 열쇠 구멍이 없는 넙적한 타원형의 자물쇠를 보고 깜짝 놀랐다. 자물쇠의 모양이 낯익어서였다.

"담쟁이덩굴의 봉인……!"

그녀는 책을 근처 테이블에 옮긴 뒤 자신도 테이블 위에 올라갔다. 그녀가 모자를 벗자 금발 반, 검은 머리 반으로 나뉜 단발머리가 눈에 확 띄었다. 그녀는 심폐소생술을 하는 사람처럼 두 손을 포개어 자물쇠 위에 올려놓았다.

카샤가 궁금함에 고개를 모로 하며 물었다.

"뭐 하나, 네벨?"

"쉿!"

그녀는 눈을 감고 정신을 집중했다. 그녀의 손과 자물쇠 사이에서 녹색의 빛과 함께 힘의 파동이 퍼졌다. 마치 바람과 같은 파동은 네벨이 입고 있는 민무늬의 검정 원피스를 심하게 들췄다.

때마침 파렌이 눈을 뜨고 그쪽을 봤다. 카샤는 네벨을 부끄럽게 만들 일이 벌어질 거라고 생각했지만 예상외로 네벨은 원피스 안에 주머니가 잔뜩 달린 반바지와 털옷 등을 입고 있었다.

'그냥 겉옷이었구나!'

카샤는 다행이라고 생각하며 가슴을 쓸어내렸다.

이윽고 자물쇠가 쨍그랑 소리를 내며 터져 나갔다. 책 주위에 튄 자물쇠의 파편은 놀랍게도 돌이었고, 책을 감싸고 있던 쇠사슬도 어느 틈에 덩굴로 바뀌어 있었다.

파렌은 자물쇠의 파편이었던 것으로 보이는 돌덩어리를 들고 이리저리 살펴봤다.

"일반 자갈돌 같은데?"

"그렇습니다. 책을 감싼 덩굴 역시 일반적인 담쟁이덩굴입니다."

테이블에서 내려온 네벨은 의자를 끌어다 앉은 뒤 책을 감싼 덩굴을 풀었다. 파렌은 테이블 위에 비스듬히 앉았다.

"돌을 자물쇠로 바꾸고, 덩굴을 쇠사슬로 바꾸는 것도 마법의 힘인가?"

"마법은 아닙니다. 마녀들은 이것을 속임수라고 부릅니다."

"속임수? 그럼 눈을 속였다는 건가?"

"눈은 물론 물리적, 화학적 성질조차 속이는 고도의 속임수입니다. 속임수를 풀지 않으면 이 돌과 자물쇠는 진짜 무쇠로 만들어진 것과 동일한 성질을 가지게 됩니다. 그 누구도 쓸 수 없는 마녀들만의 특기입니다."

훌쩍 뛰어 테이블 위에 앉은 카샤는 그녀의 말에 흥미를 느낀 듯 꼬리를 팔랑거리며 물었다.

"그럼 네벨 말고 다른 마녀가 또 있나?"

"세상에는 수많은 마녀들이 존재하지만 약 200년 전, 1년에 한 번씩 열리던 마녀들의 회합이 어떤 이유로 중단되면서 서로 간의 교류는 완전히 끊겼습니다. 하지만 그 사실은 중요치 않습니다. 이 속임수를 건 사람은 저희 조모님이시기 때문입니다."

"할머니라고?"

"가능성일 뿐이지만…… 아마도 확실할 겁니다. 어째서 바란투로스의 도서관에 조모님이 봉인한 책이 존재하는지는 저도 모르겠습니다."

덩굴이 완전히 풀리자 하얗기만 하던 책의 표지에 붉은색이 차츰 떠올랐다. 더불어 철인으로 찍힌 책의 제목과 저자의 이름도 함께 나타났다.

네벨의 주황색 눈동자가 밝아졌다.

"알로멜이 쓴 성수에 관한 연구. 이것입니다."

"우와, 찾았다!"

카샤가 파렌의 목에 매달렸다. 파렌은 카샤의 머리를 기분 좋게 털어주었다.

"해냈군, 네벨."

"내용을 살피기 전까지는 아직 모르는 일입니다."

조금 쌀쌀맞게 말한 네벨은 책을 펼치고 목차에서 구름짐승을 찾았다. 페이지 수를 입술에 담은 그녀는 해당 페이지를 찾아 책장을 넘겼다.

조금 뒤, 네벨이 드디어 미소를 지었다.

"찾았습니다, 특무상사님."

파렌은 네벨의 하얗고 가느다란 손가락이 가리키는 곳을 봤다. 파렌은 그녀의 옆으로 다가와 테이블을 손으로 짚고 내용을 읽었다. 그의 검은 장발이 네벨의 어깨 위로 쏟아졌다. 네벨은 두 팔을 바짝 접으며 긴장했으나 책에 집중한 파렌은 그것을 모른 채 가만히 자세를 유지했다.

"구름짐승의 송곳니……. 그것으로 구름짐승의 영령을 부른다는 말이로군."

네벨이 정색하고 답했다.

"그렇습니다."

파렌은 일어나서 오른손으로 자신의 아래턱을 만졌다.

"쿼스필드 산맥의 동굴이라…… 그렇게 먼 거리는 아니군. 마침 약도도 있어. 책은 폐하께 드리고 난 사본을 가져가야겠군."

그는 호주머니에서 수첩과 연필을 꺼내 책에 그려진 약도를 옮겼다. 그의 손짓을 가만히 보던 카샤가 한마디 했다.

"……그림 못 그린다, 파렌."

파렌의 손이 우뚝 멈췄다.

"소녀가 그려도 되겠습니까?"

"부탁하지."

파렌에게 수첩과 연필을 넘겨받은 네벨은 능숙한 솜씨로 약도를 옮겨 그렸다. 그사이 파렌이 읽은 부분을 본 카샤는 테이블 위에 선 채 팔짱을 끼고 고개를 끄덕였다.

"후후, 이걸로 네벨의 친구는 무사하게 됐다!"

"그래, 정말 잘됐어."

파렌도 웃었다.

네벨은 정성을 다해 지도를 옮겼다. 그녀가 그림에 자신이 있어서 파렌의 수첩을 받은 것은 아니었다. 이것이 자신의 오랜 친구이자 할머니가 목숨을 다해 지킨 존재, 세오딕을 지키는 일의 조그만 시작이라고 생각한 것이다.

"완료되었습니다, 특무상사님."

지도와 그밖의 중요 사항을 모두 옮긴 네벨은 수첩을 파렌에게 돌려주었다.

"고마워. 그림을 잘 그리는데?"

파렌이 칭찬했다. 네벨은 조심스럽게 그에게 물었다.

"이제 전쟁을 끝낼 수 있는 겁니까?"

파렌은 고개를 저었다.

"해결해야 할 부분이 아직 많아. 구름짐승의 영령에게 도움을 받아 안개의 탑 최상부에 바로 접근하는 작전은 이제 수립이 가능해. 하지만 우리가 싸우는 동안 지상에 있는 야만족들이 탑 위로 몰려오면 거기서 끝나겠지. 수만 명이 전부 들어올 수는 없어도 꾸준히 올라올 수는 있으니까."

네벨의 표정이 어두워졌다. 파렌은 환기를 시키듯 물었다.

"네벨은 전쟁을 빨리 마무리하고 싶나?"

"예. 어서 고향에 돌아가고 싶습니다."

파렌은 빙긋 웃었다.

"돌아갈 수 있을 거야. 걱정하지 마."

그는 수첩에 옮겨진 약도와 글을 살폈다.

"쿼스필드 산맥이라면 안개 마을이 있다는 안개 계곡과 가깝군."

네벨이 흠칫 놀랐다.

"소녀는 동행할 생각이 없습니다."

"데려간다고 말하지는 않았어. 우리에겐 네벨에게 부탁을 할 명분이 없고, 네벨 역시 우리를 도와줄 의무가 없으니까. 무엇보다 네벨은 바란투로스 사람이 아니잖아?"

네벨은 조용히 고개를 끄덕였다. 카샤는 파렌의 말과 네벨의 반응 모두 마음에 들지 않았지만 틀린 얘기도 아니었기에 가만히 있었다.

"의외로 빨리 해결됐군. 보고를 해야 하니 우선 우리 사무실로 데려다 줄게. 네벨은 거기서 숙소로 돌아가면 될 거야."

"본좌는?"

카샤가 새삼스레 묻자 파렌은 어깨를 으쓱 올렸다.

"가서 놀아. 배고프면 식사하고."

"오스틴 녀석이 식사를 안 했을까?"

그녀가 파렌의 몸에 달라붙었다. 파렌은 그녀에게 알로멜의 책을 건네주며 넌지시 물었다.

"오스틴과 식사하는 것이 좋아?"

"응, 본좌랑 비슷하게 먹는 녀석은 그 녀석뿐이다!"

"……."

오스틴이 적게 먹을 리가 없다는 것을 아는 파렌은 그러려니 하며 위로 올라가는 계단을 향해 걸어갔다. 모자를 다시 쓴 네벨은 둘의 친밀한 모습을 부럽게 바라보며 뒤를 따랐다.

왕의 구출 작전 이래 처음으로 사무실에 들어온 파렌은 카샤를 데려온 날보다 한층 밝아진 사무실의 분위기를 보고 안심했다. 그런데 그 분위기는 파렌이 들어오자마자 바뀌었다.

가장 먼저 파렌을 본 사람은 오스틴이었다. 그 대머리의 거대한 청년은 파렌을 보자마자 벌떡 일어났다.

"리더!"

그의 외침에 사무실에 있는 모든 대원들이 반응했다. 차를 마시며 잡지를 보던 폴스켄도 그를 보고 놀란 표정을 지었다.

"정말 다 나았군?"

우선 경례를 한 파렌은 오른손 주먹으로 자신의 늑골을 두드렸다.

"안심하셔도 됩니다."

그의 말이 끝나기 무섭게 대원들이 파렌의 앞으로 구름처럼 몰려들었다. 위치상 가장 먼저 도착한 테르나는 눈망울을 글썽이며 그를 구석구석 살폈다.

"괜찮아? 정말 괜찮은 거야?"

"걱정하지 않아도 돼. 키르히가 얘기하지 않았나?"

"누가 믿겠어!"

파렌이 나왔다는 것을 가장 먼저 알게 된 터라 자리에 그냥 앉아 있던 키르히는 그녀의 솔직한 말을 듣고 어이가 없었다. 그의 얼굴을 본 폴스켄은 그 표정이 그리도 고소할 수가 없었다.

"업보야, 업보."

폴스켄에게 감히 화를 낼 수 없는 입장인 키르히는 머리를 쥐어뜯는 것으로 분을 달랬다.

파렌은 고개를 끄덕이며 모두를 돌아봤다.

"난 괜찮으니까 모두 자리로 돌아가. 나에게 무슨 일이 있을 때마다 모두 이러면 만약의 경우가 생겼을 때 어쩌려고 그러나?"

"만약의 경우라니, 무슨 말씀이십니까?"

리벨이 새파래진 얼굴로 물었다. 그 미청년뿐만 아니라 모두의 표정이 그랬다.

"파렌이 무슨 불사신 뒷다리라도 돼?"

짜증 섞인 키르히의 말에 모두가 그를 돌아봤다. 키르히는 두 팔을 반쯤 벌리며 말했다.

"왜, 이상해? 군인이 임무 중에 죽거나 불구가 되는 건 흔한 일이잖아?"

"이 자식이!"

리벨이 흥분하여 달려들려고 하자 오스틴이 급히 팔을 뻗어 그를 제지했다. 키르히는 피식 웃으며 고개를 돌렸다.

"아무리 의지할 만한 리더라고 해도 정도가 있지, 다들 애들도 아니고 뭐 하는 거야? 잘하면 무덤까지 같이 들어가겠네?"

순간 키르히의 코트 앞자락이 휙 들렸다. 이어서 그의 오른쪽 뺨에서 화끈한 소리가 터졌다. 중심을 잃을 정도로 세게 맞은 키르히는 책상에 손을 대고 버텨 넘어지는 것만은 면했다. 그는 황망한 눈으로 자신을 때린 사람을 봤다.

그의 뺨을 후려친 장본인, 테르나는 눈물과 분노에 듬뿍 젖은 눈으로 키르히를 노려보며 무섭게 말했다.

"파렌이…… 너에게 어떤 사람인데 그런 말을……!"

사무실이 찬물을 맞은 듯 조용해졌다. 카샤와 네벨은 그냥 분위기에 따라 숨을 죽였지만 테르나가 이렇게 공개적으로 사람을 친 것이 어린 시절 첫 훈련을 받은 날 이후로 처음이라는 것을 아는 모두는 어찌할 바를 몰랐다. 폴스켄조차 벌린 입을 다물지 못하고 있었다.

맞은 볼의 안쪽으로 혀로 밀친 키르히는 이내 조소를 터뜨렸다.

"흥분할 것 없잖아? 파렌을 대신할 사람이 얼마든지 있다는 걸 4년 전에 증명했던 독한 사람이 말이야. 한번 이 자리에서 경험담을 깔아보시지? 파혼한 지 한 달도 안 돼서 다른 남자 반지를 끼고 나타날 수 있는 노하우를 좀 알려 달라고!"

키르히의 언성이 확 올라갔다. 그의 말을 들은 테르나의 은발이 파르르 떨렸다.

"내가 자격이 없다는 것은 알아. 하지만 넌 그러면 안 되잖아, 키르히."

그녀의 말에 키르히의 표정이 변했다.

테르나는 그를 보고 웃었다.

"때려서 미안해."

키르히는 책상 위의 필통을 바닥에 냅다 집어 던졌다.

"빌어먹을, 넌 항상 이런 식이야! 욕할 거면 욕하고, 때릴 거면 끝까지 때려보라고! 제발 정상인처럼 성질을 내란 말이야!"

폴스켄이 자리에서 일어났다. 그는 키르히에게 다가가 그의 어깨를 묵직하게 두드려 주었다.

"밖에 눈이 많이 내리는군. 나가서 머리 좀 식혀."

한참 동안 테르나를 쏘아본 키르히는 바닥에 쏟아진 연필 중 하나를 질끈 밟으며 모두를 밀치고 나갔다.

폴스켄은 각이 진 짧은 머리를 만지며 숨을 토했다.

"자, 모두 돌아와서 착석하도록 해. 테르나도."

"예, 대령님."

테르나는 파렌 쪽에 눈을 두지 않고 자리에 앉았다. 파렌은 그녀를 말없이 바라보다가 고개를 흔들었다.

"카샤, 책을 주겠니?"

"아, 응."

그녀에게 맡겨놨던 책을 건네받은 파렌은 방금 전 일어난 상황 낯에 놀란 그녀를 어루만져 수었다.

"키르히에게 가볼래? 이야기 상대가 필요할 거야."

"알았다. 본좌가 가보마."

카샤는 나가면서 네벨의 손을 끌어당겼다. 네벨은 자신이 왜 함께 가야 하느냐는 얼굴이었지만 드러내진 못했다.

파렌은 폴스켄에게 다가갔다. 담배 파이프에 담뱃가루를 넣던 폴스켄은 파이프를 놓고 그를 대했다.

"폐하께서 자네에게 중요한 물건의 탐색을 명하셨다고 들었네. 그때는 병원에 있을 친구에게 무슨 명령을 내리신 건가 했는데, 정말 멀쩡하군."

"걱정해 주셔서 감사합니다. 폐하께서 명하신 물건은 확보했습니다. 이것입니다."

파렌에게 책을 받은 폴스켄은 책의 표지를 살폈다.

"성수에 대한 연구라……."

최상위급의 보안 등급을 가진 폴스켄은 며칠 전 아젤란도가 전달해 준 정보에 대해 알고 있었다. 그리고 지금 자신의 손에 들린 물건이 안개의 탑 공략과 관련해 매우 중요한 정보를 담고 있다는 사실 또한 미리 전달받은 상태였다.

"어떻게 이렇게 빨리 찾아냈나?"

"카샤와 네벨의 도움이 컸습니다."

"다행이군. 네벨이라…… 나쁜 일 뒤에 좋은 일이 생기는 법이라더니, 납치 사건 이후로 좋은 일이 많이 생기는군."

파렌은 목소리에 힘이 없는 폴스켄을 보고 흐릿한 미소를 지었다. 항상 쾌활하고 명확하던 그가 이러는 것은 분명 테르나와 키르히의 일 때문이리라.

"그럼 저는 폐하께 보고를 드리도록 하겠습니다."

"아, 그러게."

폴스켄은 책을 돌려주며 찡긋 윙크했다.

파렌은 나가는 길에 테르나와 이야기를 할까 생각하다가 마음을 바꿨다. 지금 그래 봤자 서로에게 도움이 될 것이 아무것도 없을 것이라는 판단 때문이었다.

조용히 사무실을 나선 파렌은 주변을 둘러봤다. 키르히와 카샤, 네벨이 근처에 있을까 해서였지만 그들의 모습은 어디에도 보이지 않았다.

그는 곧장 본궁으로 향했다. 궁인들에게 호엔 3세가 아젤란도와 함께 집무실에 있다는 말을 전해 들은 그는 집무실이 있는 본궁 3층으로 올라갔다.

집무실 앞에서 그는 의외의 인물을 만났다. 프란츠가 집무실 바로 앞 창가에 기댄 채 멍하니 밖을 바라보고 있었다.

'벌써 불려왔군.'

기밀 문서 무단 유출 사건이 밝혀진 만큼 그녀가 왕의 부름을 받는 것은 시간문제였다.

군법으로 따지자면 군복을 벗는 것으로 끝날 사건이 아니었지만 그녀가 지금껏 호엔 3세의 직속 명령을 훌륭히 처리해 왔다는 사실을 감안할 때 사형에 처해질 리는 없을 거라고 그는 생각했다.

그녀답지 않게 멍한 얼굴을 보아하니 일단 꾸중을 들은 것 같긴 했다. 그는 확인을 해볼 겸 그녀를 불렀다.

"호출을 받았나, 프란츠?"

프란츠는 쓴웃음을 지으며 몸을 돌렸다.

"각오했던 일이야."

파렌은 고개를 갸웃했다.

"각오했다니, 무슨 뜻이지?"

"여러 가지로 질렸거든."

파렌은 그녀의 말에 어떤 의미가 담긴 것인지 알지 못했다.

"폐하의 알현은 끝났나?"

"조금 전에. 무려 1시간 가까이 깨졌지."

파렌은 집무실을 지키는 근위병들을 흘끔 봤다. 왕에게 꾸중을 들은 일을 '깨졌다'라고 속되게 표현하는 것은 주의를 받거나 규칙대로 처리되기에 충분한 일이었다. 다행히도 근위병들은 그냥 시선만 줄 뿐, 아무 말도 하지 않았다.

"결과는?"

"여자에게 너무 많은 걸 묻지 마."

"……."

"그럼 얘기 잘해. 난 가볼 테니까."

파렌은 고개를 끄덕였다. 프란츠는 벗고 있던 검은색 베레모를 다시 쓰고 붉은 카펫이 깔린 복도를 걸어 퇴장했다.

'알다가도 모르겠군, 정말.'

어제 있었던 그녀와의 일이 아직도 생생한 파렌은 나직이 한숨을 쉬었다.

그는 집무실에 들어가기 전, 예절에 맞춰 근위병들과 경례를 나눈 뒤 물었다.

"폐하께서는 안에 계신가?"

"브리스톤의 방문객과 함께 계십니다. 폐하께서 특무상사님이 오면 곧바로 들여보내라는 지시를 하셨습니다."

"그럼 부탁하네."

"알겠습니다."

근위병 중 한 명이 집무실로 들어가 파렌의 도착을 알렸다. 파렌은 다시 나온 근위병의 허락을 받은 뒤 집무실의 문턱을 넘었다.

호엔 3세는 아젤란도와 마주 앉아 있었다. 파렌이 책을 들고 온 것을 본 왕은 파렌이 경례를 하기도 전에 깜짝 놀란 표정을 지었다.

"아니, 책을 벌써 찾았나?"

"예, 폐하."

일단 예의에 맞춰 경례를 한 파렌은 책을 호엔 3세에게 정중히 건네었다. 책을 받아 든 왕은 아젤란도에게 책의 표지를 보여주었다.

"이 책이 맞나?"

찻잔을 내려놓은 아젤란도는 고개를 끄덕였다.

"확실히 기억나지는 않습니다만, 저자의 이름을 보니 맞는 듯합니다."

"해당 내용은 어디쯤에 있나, 파렌?"

"갈피끈으로 잡아두었습니다, 폐하."

왕은 책갈피 사이에 끼워진 붉은색 끈을 당기며 책을 펼쳤다. 구름짐승에 대한 내용을 손쉽게 찾은 왕은 옆의 작은 탁자에서 안경을 꺼내 쓴 뒤 내용을 읽었다.

"구름짐승의 송곳니라는 물건이 있으면 구름짐승의 영령을 부를 수 있다고 되어 있군. 그 어떤 힘으로도 파멸시킬 수 없는 위대한 영혼이라……. 이걸로 네벨의 친구를 불러낼 필요는 없어진 건가?"

"내용을 봐서는 그런 것 같습니다."

"꼬마의 입장에서는 다행스러운 일이군."

왕은 책의 내용을 계속 살폈다.

한편, 아젤란도는 영령이라는 말에 의문을 가졌다.

'지금에 와서 영령을 소환할 수 있단 말인가? 그럴 리가 없을 텐데?'

생각에 잠긴 그를 호엔 3세가 불렀다.

"아젤란도여."

"예, 폐하."

"영령은 정말 파멸되지 않는 존재인가? 군대를 싣고 가다가 추락하면 큰 낭패라서 말이네."

아젤란도는 고개를 천천히 끄덕였다.

"이론적으로는 그렇습니다, 폐하. 영령이라는 것은 단순히 구천을 떠도는 영혼이 아니라 시간과 공간을 초월한 존재입니다. 예를 들자면 영령은 거울에 비친 허상과도 같습니다. 그러나 강력한 힘으로 이어져 있기 때문에 물리적인 존재감을 가질 수 있고, 단순한 공격으로는 파괴할 수가 없습니다. 실체가 존재하는 시간과 공간을 알아내어 공격하기 전까지는 그렇습니다."

"그렇다면 이번 일에 확실한 도움이 되겠군."

왕은 만족스러운 표정을 지었다.

"이제 무엇을 해결해야 할까?"

파렌이 대답했다.

"목표 지점을 지키고 있을 안개술사의 교주와 탑의 바깥에 주둔하고 있는 야만족의 대군입니다. 대법관님, 카샤가 교주를 쓰러뜨릴 수 있겠습니까?"

아젤란도는 가슴까지 내려오는 회색 수염을 길게 쓰다듬었다.

"간단하진 않을 것이오. 그 교주라는 자가 가진 힘은 어떤 면에선 나를 능가하오. 난 내가 가진 힘을 소비하여 마법이라는 수단을 사용하지만 교주는 그렇지 않소. 외부로부터 막대한 힘을 공급받고 있기 때문에 기본적인 지구력이 다르오. 빠른 승부에서는 천요가 앞설 가능성이 높지만 조금이라도 시간이 지체되면 제아무리 천요라고 해도 힘들 것이오."

"그렇다면 저와 같은 자가 교주를 처리하는 것은 가능합니까?"

그의 질문에 기묘한 미소를 지은 아젤란도는 고개를 갸웃거리며 대답했다.

"오히려 천요보다 그대가 더 나을지도 모르오."

그의 답변은 파렌을 당황케 만들었다.

"제가 어째서 카샤보다 나을 수도 있다는 말씀이십니까?"

아젤란도는 대답에 앞서 차를 한 모금 마셨다. 맛이 깊고 향이 풍부한 것으로 유명한 바란투로스 왕실의 홍차는 대마법사의 까다로운 혀를 완벽하게 만족시키고 있었다.

"마법이나 요술로 몸을 보호하는 방법은 매우 다양하오. 크게는 두 가지로 분류하는데, 내 제자가 보여주었던 것처럼 공기나 힘의 장벽을 만들어 간접적으로 보호하는 방법과 자신의 피부를 나무 껍질이나 돌로 변환시켜 직접적으로 보호하는 방법이 있소. 교주가 어떠한 방식을 이용하든 특무상사의 검으로는 뚫을 수 없을 것이오."

파렌과 호엔 3세는 무슨 말이냐는 얼굴로 아젤란도를 봤다. 아젤란도는 찻잔을 다시 들며 씩 웃었다.

"하지만 마법과 요술에 적용되는 규칙은 매우 엄격하오. 공격을 하기 위해서는 방어를 반드시 풀어야 하오. 규칙보다는 버릇이 존재하는 육박전과는 다르지. 그것 때문에 그대가 천요보다 나을 수도 있는 것이오. 천요 역시 어떠한 규칙 안에서 움직여야 하기 때문이오."

그의 말을 어느 정도 이해한 파렌은 고개를 천천히 끄덕였다.

"규칙이라고 하시니 알 것 같습니다. 그쪽에서 카샤가 천요의 모습을 갖추지 못하도록 수를 쓸 수도 있겠군요. 그들이 아시엔 대륙에서도 같은 수를 써서 카샤가 곤란했던 일이 있습니다."

파렌은 그 수가 어떤 것인지는 의도적으로 밝히지 않았다. 겉으로는 부드럽게 차를 넘긴 아젤란도였지만 속마음은 달랐다.

'수? 천요는 비가 오든 눈이 오든 자유롭게 모습을 바꿀 수 있을 텐데?'

아젤란도는 돌아가서 그에 대한 조사를 할 가치가 있다고 생각했다.

"어쨌든 천요에게만 교주의 처리를 맡기는 것은 무리일 것이오. 접근해서 칠 수 있는 틈이 생길지는 장담할 수 없지만 화약 무기로 공략하는 것은 어느 정도 가능성이 있소. 이에 대한 이야기는 내가 교주에 대한 조사를 더 진행한 뒤에 다시 합시다."

"알겠습니다, 대법관님."

"다음은 탑 주변의 야만족들을 어떻게 처리하느냐 하는 문제로군."

늙은 왕은 복잡한 표정을 지었다.

"연합국에 다시금 소집 요청을 해서 병사들을 모은다 해도 새로 모은 병사들로는 한계가 있네. 와봤자 실전 경험이 부족한 어린애들뿐일 것이야. 작전의 중요성을 생각할 때 머릿수만 맞춘다고 해서 될 문제가 아니지."

넓은 평원에서 5만에 가까운 야만족들의 군대가 뿜어내는 위압감은 내륙 지방에서만 살아오던 사람들이 바다를 처음 봤을 때 느끼는 경외감 이상일 것이다. 적어도 바다는 폭풍이나 해일 상황이 아닌 이상 다짜고짜 인간의 목숨을 빼앗기 위해 달려들진 않기 때문이다.

현재 2차 방어진을 맡고 있는 연합군은 각 나라에서 어느 정도 능력을 인정받고 경험이 풍부한 자들이었다. 그런 그들도 처음 야만족의 대군과 맞닥뜨렸을 때는 병사들의 대부분이 약을 처방받기 전엔 잠도 이루지 못할 정도의 공포감에 사로잡혔다. 팔이 끊어져라 무기를 휘둘러서 없애봤자 다음날이면 전날 이상의 숫자로 밀려오는 것이 야만족의 군대였다. 두려움이 생기는 것은 당연했다.

지금은 하루 동안 죽인 야만족의 숫자를 서로에게 자랑하며 즐기는 수준이 됐지만, 그 노련한 인원을 전부 안개의 탑 공략 작전에 투입할 수는 없었다. 지금 그들을 2차 방어진에서 빼고 새로운 병사들로 빈자리를 채우면 간신히 유지되던 힘의 균형이 단번에 무너지면서 더 큰 위험을 초래할 수가 있었다. 그렇다고 탑 공략 작전에 새로운 병사들을 투입시킬 수도 없는 노릇이었다.

"가장 좋은 상황은 2차 방어진을 확실히 지켜줄 병사들이 하늘에서 뚝 떨어지는 것이겠지."

왕은 그렇게 말을 한 직후 스스로를 비웃었다.

"나도 드디어 노망이 든 모양이군."

아젤란도는 가볍게 웃었고, 파렌은 오히려 근심 어린 표정을 지었다.

"폐하, 용병들을 고용하는 것은 어떻겠습니까?"

파렌의 건의에 왕은 고개를 흔들었다.

"용병들의 실력은 인정하네. 연합이 자금을 모으면 용병들 2,000명 정도는 충분히 모을 수 있지. 하지만 2차 방어진의 중심은 요새라네. 그들에게 성이나 요새 같은 구조물들을 점령하는 기술은 있을지 몰라도 구조물을 이용하여 수비하는 기술은 없네. 농성전이라는 것은 쉬운 일이 아니야."

의자에서 일어난 왕은 지팡이를 짚으며 집무실의 한쪽으로 걸어갔다. 그곳에는 바란투로스의 각종 성과 요새의 정교한 모형들이 잔뜩 있었는데, 왕은 그중에서 현재 2차 방어진의 중심으로서 맹활약 중인 '사자(獅子)의 요새'의 모형 앞에 섰다. 유리 상자에 덮인 요새의 모형은 회색의 장대한 자태를 한껏 뽐내고 있었다.

왕은 모형을 가만히 보며 말했다.

"타협을 좀 해볼까?"

젊은 특무상사가 물었다.

"어떤 타협입니까, 폐하?"

"훈련이 잘된 2,000여 명의 병사와 신병 7,000여 명 정도를 섞어서 방어를 하게끔 하면 어떻겠나?"

"9,000여 명이라면…… 버텨야 하는 시일과 지휘관이 누구냐에 따라 다르긴 하겠지만 단기간 방어에는 문제가 없을 것이라고 생각됩니다. 하지만 그만큼 노련한 병사들과 지휘관이 과연 존재하겠습니까?"

"웨스트리치 대륙 전체에서 고르라면 몇 명이 있고, 바란투로스에서 고르자면 한 명이 있지."

파렌의 뇌리에는 그가 누구인지 선뜻 떠오르지 않았다. 왕은 자신의 자리로 돌아와 앉으며 말했다.

"그는 군인 가문 출신에 사관학교를 졸업하고 임관하자마자 1차 방어진에서 군 생활을 시작했네. 그의 형이 수도에서 편하게 시작한 것과는 천지 차이였지. 이유는 그의 아버지가 형보다 성적이 낮은 그를 미워한 탓이었네. 그는 1차 방어진에서 별의 별 경험을 다 하고 수많은 공을 세운 끝에 농성전의 최강자로 성장했지만, 그의 형은 전염병으로 허무하게 세상을 떴네. 결국 가문은 그가 이어받았지. 그리고 그는 군과 정계에서 은퇴할 때기 다 될 무렵, 바란투로스의 역사에 길이 남을 짓을 저지르게 되네."

왕의 소개를 끝까지 들은 파렌은 왕이 말하는 그가 누구인지 알게 되었다.

"팔텐트 백작을 말씀하시는 것입니까?"

"그렇지. 자네도 현장에 있었으니 그의 실력은 굳이 설명할 필요가 없겠지."

파렌은 여러 가지 이유로 쿠데타가 있었던 당시의 일을 잊을 수가 없었다.

백작, 빌헬름 팔텐트와 그의 부하들은 '철통'에 비유되던 왕궁과 수도의 경비 체계를 무력화시키고 왕궁을 접수했다. 왕이 휴가를 겸한 지방 시찰을 나간 사이 국무회의를 진행하던 신하들이 한꺼번에 사로잡혔는데, 그가 사용한 방법은 의외로 간단하면서도 교활했다.

팔텐트는 1년 전부터 중무장한 대규모 무장 단체가 수도를 급습한다는 정보를 미리 흘렸다. 더불어 자신의 부하들을 이용해 수도 밖에서 의도적인 무력시위를 꾸준히 진행했다. 그에 따라 위기감을 느낀 군부는 수도 경비대와 왕궁 경비대 및 근위대를 대폭적으로 증원하게 되는데, 팔텐트는 자신에게 주어진 권한과 연줄을 최대한 이용해 오로지 자신의 부하들로만 증원 인력을 채웠다. 1년 동안 잠입한 수는 무려 2,000여 명에 달했다.

그리고 거사 당일, 자신의 부하가 아닌 병사들에게 대대적인 휴가를 주었다. 수도와 왕궁의 경비 체계 대부분이 팔텐트 측에게 떨어지는 순간이었다.

1년 동안 참아온 것에 비해 그들의 행동은 이성적이었고 기민했다. 지시 이상의 행동을 한 자는 2,000여 명 중에 아무도 없었다. 더불어 수도 내부에서 외부의 군대를 부를 만한 수단까지 완벽히 끊어놓았기에 팔텐트 측 내부에서 자신들의 쿠데타가 '성공한 혁명'이 될 것을 의심하는 자는 아무도 없었다.

그런 팔텐트를 기적적으로 무릎 꿇게 한 사람이 바로 파렌과 크로이츠들이었다.

백작과 그의 부하들이 보여준 실력은 파렌조차 인정하고 있었다. 그러나 그것은 어디까지나 과거의 일일 뿐, 현 상황에 적용할 만한 것은 아니었다.

"폐하, 그 이후로 4년이 흘렀습니다. 그동안 계속 감금 생활을 해왔던 그들의 육체와 정신이 쿠데타 당시처럼 유지되고 있을 리가 없습니다. 나쁘게 보자면 민간인보다 못할 수도 있습니다."

"그렇겠지."

말은 그렇게 했지만 왕의 얼굴에는 속을 알 수 없는 사기꾼적인 미소가 가득했다.

"생각을 좀 더 해봐야겠군. 일단 자네는 돌아가서 좀 쉬게. 작전이 결정되는 즉시 다시 부를 테니 멀리 외출하지는 말게."

"……알겠습니다, 폐하."

자리에서 일어나 경례를 한 파렌은 말없이 집무실을 떠났다.

탁자 위의 법랑 주전자가 스스로 둥실 떠오르더니 왕과 아젤란도의 찻잔을 차례로 채웠다. 마법을 이용한 아젤란도의 간단한 묘기였다.

그는 왕을 보며 의미심장한 미소를 지었다.

"특무상사에게 전부 가르쳐 주진 않으셨습니까?"

"가르쳐 줄 이유가 없지. 아무리 유능해도 그의 계급은 특무상사일 뿐이니까. 그런데 뭔가 안다는 투로 말하는군?"

"소문은 들었습니다. 그 소문을 바탕으로 유추한 것뿐입니다."

"후후."

호엔 3세는 각설탕을 들어 찻잔에 넣었다.

"인연일세. 그냥 인연이야."

집무실을 떠난 파렌은 크로이츠 사무실로 다시 돌아갔다. 그는 폴스켄에게 팔텐트 백작에 대한 것을 물었지만, 폴스켄은 그와 부하들이 바란투로스의 변방에 분산되어 감금되었다는 사실만 알고 있을 뿐, 그 이상의 일은 진정 알지 못했다.

극비 정보를 가장 많이 알고 있는 군인에 속하는 폴스켄이 그렇게 나오자 파렌은 극심한 혼란을 느꼈다. 그냥 지나가자니 왕이 마지막에 보인 미소가 너무 마음에 걸렸기 때문이다.

의문은 자택에 돌아온 후까지 계속되었다.

하이디가 카샤와 함께 저녁 식사를 준비하는 동안 파렌은 거실 창가에서 큰 유리컵에 담은 칵테일을 마시며 생각을 계속했다. 목욕을 마치고 거실로 내려온 키르히는 심각한 표정으로 창밖을 보는 파렌을 보고 완전히 마르지 않은 머리를 긁적였다.

"또 무슨 고민이야?"

"음……."

잠시 틈을 둔 그는 머리에 수건을 덮고 모닥불 앞에 앉는 키르히를 돌아봤다.

"최근에 팔텐트 백작에 대해서 들은 바가 있나?"

"팔텐트? 빌헬름 팔텐트 아저씨 말이야?"

"그렇지."

"4년 전 소식 이후로는 듣지 못한 것 같은데? 그리고 질문의 대상이 좀 잘못된 것 아냐?"

유리컵을 입에 대던 파렌은 의아한 눈빛을 보냈다.

"무슨 말이지?"

"나한테 그렇게 복잡한 걸 물으면 안 되지. 난 매일 나오는 군인 신문의 만화조차도 안 보는 사람이야."

"……."

혹시나 하고 잡았던 지푸라기가 뚝 끊어지는 순간이었다.

그때, 현관문을 두드리는 소리가 들렸다. 파렌의 귀에 빈 방이 있냐고 묻던 왕의 목소리가 불현듯 스쳤다.

"이 시간에 누구야?"

키르히가 일어나려 하자 파렌이 먼저 움직였다.

"내가 나가보지."

"웬일로?"

"난 집주인이야. 손님을 거절할 법적 권한을 가지고 있지."

키르히는 마음대로 하라는 듯 수건을 움직여 머리를 말렸다.

아무런 질문도 없이 현관문을 연 파렌은 그 상태로 오랫동안 바깥바람을 맞았다.

문밖에는 네벨이 서 있었다. 그러나 네벨의 작은 키와 모자는 그의 시야에 전혀 들어오지 않았다. 그의 시선은 문을 연 순간부터 지금까지 네벨을 네려온 프란츠에게 꽂혀 있었다.

프란츠는 검은색 옷차림이었다. 그녀의 복장은 원래 검은색이었지만 문제는 입은 옷이 군복이 아니라는 사실에 있었다.

그녀의 복장은 그 누구도 부인할 수 없는 바란투로스 표준의 하녀 복장이었다. 앞치마만 걸치지 않았을 뿐, 하이디와 똑같은 스타일이었다.

파렌은 이마를 감싼 채 물었다.

"내 저택에서 도대체 무슨 짓이지?"

"폐하의 명이야."

프란츠는 씩 웃었다.

파렌은 어이없다는 듯 웃었다.

"폐하께서 하녀 복장을 하고 네벨을 데려다 주라는 명령을 내리셨다는 건가?"

"아니, 틀렸어. 네벨을 데려다 주라는 말씀은 하셨지만 복장의 이유가 좀 다르지."

"그럼 말을 해봐. 내가 이해할 수 있도록."

"춥다. 들어가서 얘기할까?"

"아, 날씨를 생각 못했군."

빈정대듯 말한 파렌은 집 안쪽에 대고 목소리를 높였다.

"키르히, 잠깐 나오겠나?"

키르히가 머리에 수건을 걸친 채 현관으로 나왔다.

"누가 왔는데 나까지 부르는 거야?"

일부러 험한 인상을 만든 키르히는 파렌의 어깨 너머로 프란츠를 보자마자 본능적으로 걸음을 멈췄다. 프란츠는 웃으며 손을 흔들었지만 키르히는 긴장된 침을 꿀꺽 삼켰다.

"가서 무기를 들고 올까?"

"됐으니 네벨을 데리고 들어가."

파렌은 네벨이 통과할 정도의 길만 열어주었다. 프란츠는 팔짱을 끼며 아쉬운 표정을 지었다.

"우리 사이에 이러기야?"

"우리가 어떤 사이인지는 네 얘기를 듣고 다시 생각해 보지. 네벨은 어서 들어가."

"알겠습니다."

네벨은 분노가 느껴지는 파렌의 옆을 지나 저택 안으로 들어갔다. 키르히는 파렌과 프란츠를 흘끔흘끔 보면서 네벨을 데리고 거실로 향했다.

파렌은 문을 아예 딱 닫은 뒤 그녀와 정면으로 마주 섰다.

"내 복장을 보면 알겠지? 최대한 빨리, 간단명료하게 설명하도록."

파렌은 항상 입는 검은색 군복바지에 무릎 아래까지 오는 검은색 군화, 그리고 얇은 흰색 셔츠를 입고 있었다. 셔츠의 단추는 하나만 푼 상태였다.

프란츠는 빙긋 웃었다.

"위쪽 단추를 하나 더 풀면 괜찮을 것 같은데?"

"좀 진지하게 나오면 안 될까?"

"어, 진짜 화가 난 거야?"

"웃으며 반겨줄 상황은 결코 아니지."

"하긴, 넌 어렸을 때부터 추위를 좀 탔으니까."

"……."

"알았어. 얘기해 줄게."

그녀는 흰색 헤드드레스를 얹은 뒷머리를 난처한 표정으로 긁적거렸다.

"이번 문서 유출 사건 때문에 계급을 비롯한 군 관련 권한 모두를 박탈당했어. 숙소의 열쇠까지 모조리 압수당했지."

"……그럼 집에 돌아가면 되잖아?"

"그건 실례야."

프란츠가 인상을 쓰며 거부하자 파렌은 난감했다.

"그럼 그 옷을 입고 내 집에 오는 것은 뭐지?"

프란츠는 고개를 휙 돌렸다.

"왕명이라고 했잖아. 아무튼 집은 싫어. 엄마도 싫지만 분명 테르나를 만나게 될 테니까."

프란츠의 본가는 수도에 있는데, 공교롭게도 테르나의 가문 저택 바로 맞은편이었다.
 테르나가 속한 예레미스 가문은 바란투로스 안에서 다섯 손가락 안에 드는 큰 부자이자 유서 깊은 귀족으로서 저택 역시 호화롭고 거대하다. 반면 프란츠의 가문은 몰락한 귀족이고 집도 일반 서민 주택이었다.
 프란츠가 받는 봉급이 워낙 높아서 이사를 가도 옛날에 갈 수 있었지만 언젠가 남편이 돌아와 집안을 일으킬 거라는 모친의 강력한, 어찌 보면 정신 나간 의지 때문에 이사는 꿈도 꾸지 못하고 있었다.
 테르나와 프란츠는 그들이 말을 배우기 전부터 같이 지낸 사이였다. 그들은 이후에도 친하게 지냈고, 함께 크로이츠로서 징집된 이후에는 사이가 더욱 돈독해졌다. 지금처럼 관계가 이상하게 틀어진 것은 파렌과 테르나의 파혼 직후였다.
 "그럼 그 복장을 하고 내 집에 온 이유는 뭐지?"
 "내 소원, 기억하지?"
 파렌은 곰곰이 생각해 봤다.
 "돈 많고 일찍 죽을 것 같은 남자와 결혼하는 것?"
 "……그건 열세 살 때 이야기야."
 "그럼 지금은?"
 그녀가 한숨을 쉬었다.
 "어제 얘기했잖아. 네 지시를 따르는 것."
 "진심이었나?"
 파렌이 놀란 얼굴로 묻자 프란츠는 어깨를 으쓱했다.

"여자에 대해서 정말 모르네?"

"……."

"아무튼 폐하께서 내 모든 권한을 박탈하시면서 말씀하셨어. 평생 마구간을 청소하든가, 한번 하녀로서 네 명령을 실컷 들어보든가 하라고 말이야. 그래서 하녀가 되기로 했지."

"누구 마음대로?"

"이건 나에게만 내려지는 처벌이 아니야. 군법에 따르자면 넌 나와 똑같은 처벌을 받게 될 공범이라고."

"매우 강력한 처벌이긴 하군."

"흠, 아무튼 이제 날 받아주는 거지?"

파렌은 머리가 멍했다. 이 상황을 다른 이들에게 어떻게 설명해야 할지 도저히 떠오르지 않았다.

"……폐하의 명이라면."

"후후, 그럼 잘 부탁해, 주인님. 이제 나에게 명령을 내려봐. 테르나의 목을 가져오라고 하면 당장 가져다주지."

파렌의 입과 코에서 하얀 입김이 길게 흘러나왔다.

"테르나에 대해서 너무 그렇게 생각하지 마. 너마저 테르나를 혐오하고 비난하면 그녀는 정말 갈 곳이 없어."

프란츠의 눈빛이 확 바뀌었다.

"아직도 그 소리야? 사람이 왜 이렇게 좋아?"

그녀는 들고 온 검은색 가방 위에 걸터앉았다. 20년 가까이 바지만 계속 입어온 탓인지 다리를 민망할 정도로 벌리기까지 했다. 입고 있는 치마가 워낙 길어서 안이 보이진 않았지만 파렌에겐 황당하기 그지없는 광경이었다.

"난 테르나와 그 이상한 놈의 결혼식에 네가 온다는 말을 듣고 정말 기뻤어. 슈트롬 팔켄으로 둘을 응징하고 시체를 강물에 던져 버릴 줄 알았거든. 그런데 넌 꽃을 들고 나타나서 축하를 해줬지. 게다가 남편이라는 놈과는 웃으며 악수까지 나눴어! 그게 말이 되는 상황이라고 생각해? 그 자리에 참석한 하객들 모두가 널 바보 취급했다고! 무적의 크로이츠 리더가 배신한 계집 하나 때문에 병신 취급을 받았단 말이야!"

파렌은 눈을 감았다.

"그만 해. 그만한 사정이 있을 거라고 왜 생각을 못하나?"

"예전부터 계속 사정이 있다고 하는데, 그럼 말을 좀 해봐! 이곳에서 당장 말하지 않으면 정말로 그 계집애의 목을 가져다줄 테니까!"

"흠……."

고민하던 그가 결국 입을 열었다.

심한 겨울바람이 둘 사이에서 불었다. 창문을 뒤흔들 정도로 강한 바람은 파렌의 말을 오로지 프란츠의 귀에만 실어다 주었다.

그의 짧은 이야기가 끝났을 때 프란츠의 얼굴은 얼음처럼 창백했다. 그녀는 두 손으로 가방 끝을 잡아 가까스로 몸을 지탱하고 있었다.

"거짓말이지?"

그녀의 물음에 파렌은 고개를 저었다. 어딘지 모르게 차가우면서도 이해하기 힘든 위트를 지니고 있던 그녀의 표정은 인간다운 모습으로 물씬 젖어 있었다.

"하, 하하……."

고개를 오른쪽으로 돌리고 웃는 그녀의 두 눈에서 뜨거운 눈물이 주룩 흘러내렸다.

"그런 웃기지도 않는 이유로…… 그게 뭐야? 너무하잖아? 테르나, 정말 바보 아니야?"

파렌은 조용히 말했다.

"그것이 그녀가 택한 사랑의 방식이겠지."

프란츠는 기가 막힌 듯 오른손으로 자신의 입을 가로막았다. 파렌은 다가가 그녀의 머리를 껴안아주었다.

"이제 이유를 들었으니 테르나를 미워하지 말아줘. 너희들은 좋은 친구였잖아."

그의 복부에 가만히 얼굴을 대고 체온을 느끼던 프란츠는 팔을 들어 그의 허리를 안을까 하다가 생각을 바꾼 듯 힘없이 웃었다.

"……주인님의 명령이라면."

파렌은 당분간 움직이지 않았다. 그녀가 눈물을 흘린 흔적을 누구에게도 보이고 싶지 않아서였다.

둘이 저택 안으로 다시 들어오자 키르히는 거실에서 고개를 내밀고 그들을 뚫어지게 쳐다봤다. 예의상 그녀의 가방을 대신 들고 들어온 파렌은 팔짱을 끼고 생각에 잠겼다.

"일을 배워야 할 것도 있을 테니 미스 요하네스의 옆방이 좋겠군."

"그 애를 아직도 그렇게 불러? 아직 완전히 손에 넣지는 못했나 보네."

파렌은 정색을 한 채 하이디의 방 쪽으로 손을 뻗었다.

"가도록 하지, 미스 파브레힐트."

"그러지요, 콘스탄 어르신."

둘이 저편으로 사라진 뒤, 키르히는 자리로 돌아와 수건을 입에 대고 고민에 빠졌다.

"위험해, 절대 위험해."

모자를 벗고 책장을 구경 중이던 네벨이 그를 힐끔 봤다. 그녀와 눈이 마주친 키르히는 인상을 확 구겼다.

"넌 왜 왔어?"

"폐하의 요청으로 특무상사님께 주어질 일을 도와드리기 위해 왔습니다."

"그럼 꼭 여기 올 필요는 없잖아? 적어도 빵 값에는 도움이 안 될 텐데?"

"왕궁은 불편합니다."

"불편해? 왕궁이?"

키르히가 히죽 웃었다.

"배가 불렀네."

"……."

"왕궁 정문도 못 지나가 보고 죽는 사람이 얼마나 많은데 무슨……. 너, 지금부터 그러면 나중에 커서 고생할 거야."

네벨은 속으로 꿈틀했지만 겉으로는 평정심을 유지했다.

"무례한 분이시군요."

그리고는 책장에 시선을 휙 돌렸다. 그 한마디와 그녀의 표정, 그리고 돌아서는 모습에 정신적으로 큰 타격을 받은 키르히는 그녀의 작은 뒷모습을 보면서 오만가지 생각을 다 했다.

지금까지의 상황을 전혀 모르는 카샤가 거실 안으로 뛰어 들어왔다.

"식사해라, 키르히!"

그녀가 문득 네벨에게 눈을 돌렸다. 네벨이 모자를 벗고 인사를 하자 카샤는 꼬리를 흔들며 반갑게 그녀를 맞이했다.

"오, 네벨! 이 시간에 이 집엔 웬일인가?"

"아침의 일로 잠시 신세를 지게 되었습니다."

"아침의 일?"

"구름짐승의 송곳니를 찾는 일에 저도 참여하겠습니다."

자세한 사정은 말하지 않았지만 카샤는 그런 것에 신경을 쓰고 의심을 하는 성격이 아니었다.

"오오, 그렇구나! 잘됐다! 역시 네벨은 남을 도울 줄 아는 아이였다!"

카샤는 양손을 자신의 허리에 댄 채 꼬리로 상대의 머리를 쓰다듬었다. 뭔가 묘한 그림이었지만 그리 싫지만은 않은 네벨이었다.

"잘 부탁드리겠습니다."

"흐흐, 그런 말은 집주인인 파렌에게 해라. 그런데 파렌은 어디 있나? 식사해야 하는데?"

"파브레힐트 특무상사님…… 아니, 미스 파브레힐트께 방을 보여 드리기 위해 함께 가셨습니다."

카샤가 고개를 갸웃했다.

"파브레힐트? 프란츠 말인가?"

잠시 후, 식탁에 모두가 모여 앉았다.

집주인으로서 상석에 앉은 파렌은 약간 곤란한 얼굴로 하이디가 있는 곳을 봤다. 프란츠와 나란히 서 있는 그녀는 앞치마를 움켜쥔 채 분노를 억누르고 있었다.

"식사에 앞서 할 말이 있소, 미스 요하네스."

"예, 주인님."

대답한 그녀의 목소리는 심하게 떨렸다. 파렌은 각오를 한 듯 최대한 정중하게 말했다.

"식사 후 미스 파브레힐트에게 콘스탄 가문에서 해야 할 일을 지도해 주시오. 폐하의 직접적인 명에 따라 콘스탄 가문의 일을 돕게 되었지만, 하녀로서는 아직 많은 것을 배워야 하는 입장이오. 나이는 비록 미스 파브레힐트가 위지만 미스 요하네스는 선배로서 거침없는 조언을 해주길 바라오."

"……."

"괜찮겠소?"

하이디는 뻣뻣하게 허리를 숙였다.

"주인님의 명에 앞서 폐하의 명입니다. 제가 어찌 감히 거역하겠습니까?"

"고맙소, 미스 요하네스. 그럼 모두 식사를 합시다."

파렌이 먼저 식기를 들었다. 키르히와 카샤, 네벨은 하이디가 뿜어내는 기운에 부담감을 느끼며 차례로 식사를 시작했다.

파렌들의 식사가 끝난 뒤, 부엌에서 프란츠와 함께 식사 및 설거지를 끝낸 하이디는 프란츠와 함께 그녀의 방으로 갔다. 파렌의 지시대로 하녀로서의 일을 이야기해 줄 겸, 프란츠의 짐을 함께 정리해 줄 겸이었다.

처음에는 흥분을 주체하지 못했던 그녀였지만 지금은 오히려 다행이라 생각하고 있었다. 혼자서 파렌뿐만 아니라 키르히, 카샤, 네벨의 뒷바라지까지 하기에는 역부족이었기 때문이다.

그런데 방에 들어간 지 1분도 되지 않아 그녀의 감정에 금이 갔다. 프란츠가 걸치고 있던 앞치마를 의자에 휙 집어 던진 뒤 침대에 누워버렸기 때문이다.

"아, 힘드네. 남이 식사하는 걸 끝까지 지켜보는 게 이렇게 피곤한 일인 줄은 몰랐어."

하이디는 부글부글 끓는 속을 억누르며 그녀의 말을 받아주었다.

"처음에는 그렇지요."

"옷은 그냥 침대에 놔줘. 전부 새로 산 것들이라 특별히 세탁할 필요는 없을 거야."

하이디의 심장이 분노로 벌컥 뛰었다.

"그래선 안 되지요. 새 옷의 화학적인 냄새를 주인님께 안겨 드릴 생각이십니까?"

누워 있던 프란츠가 고개를 들었다.

"어차피 껴안고 냄새를 맡지도 않잖아?"

이번엔 하이디의 몸 전체가 꿈틀했다. 프란츠는 그녀의 반응이 재미있는지 실실 웃고는 다시 머리를 침대에 댔다.

"농담이야. 아무튼 부탁해."

"예, 그러지요."

하이디는 두 개의 가방 중 옷이 든 것으로 보이는 가방을 들었다. 순간 그녀의 머릿속에 나쁜 생각이 피어올랐다.

'옷을 전부 바닥에 쏟으면 세탁할 수밖에 없겠지.'

내심 회심의 미소를 지은 하이디는 생각을 곧장 행동으로 옮겼다. 그녀는 프란츠가 보지 않는 틈을 타 가방을 열어젖혔다.

"앗, 가방이!"

그녀의 작위적인 외침과 동시에 가방 안의 내용물들이 바닥으로 우르르 쏟아졌다.

프란츠가 몸을 일으켜 하이디를 봤다. 하이디는 쏟아진 물건들에 시선을 고정한 채 돌처럼 굳어져 있었다. 지금 바닥을 굴러다니는 것들은 옷이 아니라 칼을 비롯한 흉기와 각종 암살도구 및 불길한 분위기의 약병들이었다.

프란츠는 씩 웃으며 무기들을 주워 담았다.

"옷가방은 다른 거야."

"네."

하이디는 모든 것을 잊고 옷가방에만 신경을 썼다.

story 15 늑대들의 노래

 프란츠가 하녀가 된 이후 파렌의 일과에서 한 가지 일이 사라졌다. 바로 아침마다 하이디를 깨우는 것이었다. 4년 동안 이어진 일이고 큰 수고를 필요로 하는 일도 아니었지만 파렌은 적지 않은 허전함을 느꼈다.
 파렌의 입장에선 허전함에 그쳤지만 하이디에겐 그렇지 않았다. 파렌이 아니라 프란츠가 깨워주는 아침은 이상할 정도의 고통을 안겨주었다. 신병 훈련소에서 훈련을 받는 군인들이 기상 나팔 소리를 듣고 눈을 뜨는 것과 맞먹는 수준이었다.
 생활에서도 작은 문제들이 있었다. 프란츠의 세탁과 청소는 그럭저럭 괜찮았지만 요리 등의 식생활은 그렇지 않았다. 프란츠가 할 줄 아는 요리라고는 오로지 다양한 수프였고, 그 외의 요리에 대한 지식은 없었다. 스테이크는 그저 고깃덩어리를 불에 구워서 내놓는 것에 불과했다.

딱 한 가지 좋은 점이라면, 키르히가 악담을 하는 일이 사라진 것이다. 식사 때마다 이리저리 불만을 늘어놨던 그가 프란츠가 온 이후에는 자세까지 바로 한 채 조용히 식사를 했다.

하이디는 프란츠와 키르히 사이에 무슨 일이 있어서 그럴 거라고 생각했지만 폴스켄이 술을 간단히 할 겸 들렀다가 귀신이라도 본 사람처럼 후다닥 사라진 이후에는 그 방향이 바뀌었다. 키르히가 프란츠를 특별히 무서워하는 게 아니라 프란츠 자체가 뭔가 두려운 구석을 가진 여성이라고 생각을 고친 것이다.

그로부터 일주일 뒤, 호엔 3세가 파렌과 폴스켄을 불렀다.

폴스켄이 잠시 외출한 상태라 왕의 집무실에 먼저 들어온 파렌은 왕에게 시작부터 가슴 아픈 말을 들었다.

"프란츠는 쓸 만한가?"

"……수프는 잘 끓입니다."

왕은 고개를 갸웃했다.

"수프? 자네, 프란츠를 정말 하녀로만 쓰는 건 아니겠지?"

"예? 무슨 말씀이신지……?"

파렌이 의아해하며 묻자 왕은 쓴웃음을 지었다.

"그날 이후로 프란츠의 모든 소유권은 자네에게 있네. 어른용 장난감으로 써도 되고 스트레스가 풀릴 때까지 때려도 되네."

파렌은 화가 날 정도로 민망했다.

"폐하."

"말이 그렇다는 것이고…… 개인 정보원이나 개인 경호원으로 써도 무방하다는 말이네. 샤튼의 손해를 감수하고 프란츠라는 국가적 인재를 자네에게 맡겼으면 제대로 써야 할 게 아닌가? 자네라는 사람이 수프는 잘 끓인다는 대답을 하다니, 이거 실망이로군."

"……송구합니다."

이윽고 폴스켄이 집무실로 들어왔다.

"대령, 폴스켄 시몬스. 폐하의 부름을 받고 왔습니다."

폴스켄이 능숙하게 경례했다. 고개를 끄덕여 경례를 받은 왕은 의자 쪽으로 시선을 돌렸다.

"앞에 앉게."

파렌이 절도있게 의자를 하나씩 가져다가 왕의 책상 앞에 놓았다. 폴스켄이 먼저 앉은 뒤 그도 뒤따라 앉았다.

"최근 고어 발생 보고가 거의 없군."

폴스켄이 대답했다.

"그렇습니다. 야만족의 침공 이후로 급격히 줄어들더니 최근 2개월 사이에는 한 건도 발생하지 않았습니다. 부대 훈련은 계속하고 있지만 이러다가 실전 감각을 잃어버리는 게 아닐까 걱정이 될 정도입니다. 크로이츠도 2차 방어진의 지원을 나가는 것이 어떻겠느냐는 말도 나오고 있습니다."

왕은 의자 등받이에 몸을 편히 기대었다.

"그럴 수는 없지. 고어라는 놈들이 언제 무슨 짓을 저지를지는 그야말로 신만이 아는 일이니까. 아무튼 크로이츠들을 긴장시킬 겸 파렌에게 특별 임무를 내리려고 하네."

폴스켄이 물었다.

"어떤 임무입니까?"

"구름짐승의 송곳니를 찾아오는 것과…… 팔텐트에게 나의 편지를 전해주는 것이네."

구름짐승과 관련된 정보는 폴스켄도 얼마 전에 들어서 아는 것이었지만 팔텐트의 일은 그렇지 않았다.

"감금된 자에게 편지를 보내시다니 이해가 잘 안 됩니다, 폐하."

"세상에는 자네가 모르는 일도 있는 법이네."

"예?"

왕은 깍지 낀 두 손을 책상 위에 놓은 뒤 무거운 목소리로 말했다.

"볼프리트(Wolflied)라는 이름을 들은 사람, 혹시 있나?"

파렌과 폴스켄에겐 생소한 이름이었다. 지식상에는 있었지만 이번 일과 연관성을 짓기에는 어려웠다. 왕은 싱글싱글 웃으며 고개를 끄덕였다.

"모르면 됐네."

왕은 서랍에서 검은색의 원통형 케이스에 밀봉된 편지를 꺼내 파렌에게 건네주었다.

"이것을 팔텐트에게 전해주면 되네. 전해주기 전에 작은 충돌이 있을지도 모르지만 자네라면 잘 극복할 수 있을 것이라고 믿네."

"알겠습니다, 폐하."

"구름짐승의 송곳니에 대한 일도 함께 처리해야 하니 서둘러야 할 것이야. 말이든 마차든 장비는 마음대로 가져도 괜찮지만 부대 단위로 움직여서는 절대 안 되고, 자네가 어디로 가는지도 알려져서도 안 되네. 구름짐승의 송곳니도 극비 사항이지만 팔텐트에 대한 사실이 알려지면 내부적으로 귀찮아지거든. 폴스켄은 파렌의 행방을 최대한 감추게. 가급적이면 크로이츠들에게도 알려지면 안 돼."

"그리하도록 하겠습니다, 폐하."

파렌은 왕이 제시한 조건에 맞춰 인원을 어떻게 짜야 할지 고민했다. 크로이츠들을 쓰지 않고도 팔텐트 백작의 일은 간단할 것 같았지만, 구름짐승의 일은 그렇게 간단치 않을 것 같다는 느낌이 들어서였다.

그가 그렇게 생각하는 이유는 카샤를 데려올 때 겪었던 일들과 관련이 있었다. 그때도 그에게 주어진 임무는 단순히 카샤를 데려오는 것뿐이었지만, 결국에는 아시엔에 있는 안개의 씨앗을 부수고 나서야 돌아올 수 있었다.

"누굴 데려갈지 고민하나?"

왕이 묻자 파렌은 솔직하게 대답했다.

"그렇습니다. 하지만 폐하께서 지시를 내리신 만큼 혼자라도 가겠습니다."

"그렇게 필사적으로 나올 필요는 없네. 그냥 가족과 몰래 소풍을 간다고 생각하게."

파렌은 기가 막혔다. 폴스켄도 황당해하는 가운데 왕이 말을 마저 했다.

"이제 적당한 가족 구성이 됐을 텐데?"

키르히와 카샤, 네벨, 프란츠의 얼굴이 파렌의 눈앞을 지나갔다. 그들이 자신의 저택에 머무르게 된 것이 우연일지 아니면 누군가의 계획일지 정확히 판단할 수는 없었지만, 눈에 띄지 않고 움직일 수 있는 팀이 만들어진 것만은 틀림없었다.

"장비는 오늘 준비하도록 하고 출발은 내일 아침에 하도록 하게."

"알겠습니다, 폐하."

집무실을 나온 파렌과 폴스켄은 군사 지구의 정원으로 가서 팔텐트 백작에 대한 것을 논의했다. 그들은 왕이 팔텐트에게 편지를 보내는 것에 큰 의문을 가지고 있었다.

담배 파이프를 입에 문 폴스켄은 도무지 모르겠다는 듯 연신 고개를 저어댔다.

"왜 팔텐트 백작일까? 그분의 능력을 의심하는 것은 아니지만 그웰가르트 지방에 감금이 된 지 4년이나 지난 지금, 그분이 가진 것은 몸 말고 아무것도 없을 텐데 말일세."

"폐하께서 말씀하신 볼프리트라는 말이 단서가 되는 것 같습니다만……."

"흠, 볼프리트라."

폴스켄은 입안의 담배 연기를 내뱉었다.

"헬몬 슈트라우트를 아나? 작곡가 말일세."

"알고 있습니다. 1세기 전에 활약했던 전설적인 작곡가이자 단두대에서 죽은 작곡가가 아닙니까?"

"그렇지. 그의 마지막을 장식한 작품의 제목이 바로 볼프리트라네. 늑대의 노래라는 뜻이지. 산에 사는 늑대들을 주인공으로 하여 이야기를 풀어나가는 희곡인데, 백성들의 손으로 나라를 다스릴 왕을 뽑고, 세습을 없애자는 내용이 들어 있어서 이틀 만에 공연이 금지된 희대의 괴작이지. 하지만 작품의 질이 워낙 좋아서 귀족들을 상대로 제한적으로 공연되기도 하네."

"저도 관람 제의를 받은 일이 있습니다."

"귀족들이라면 한 번 이상은 다 받았을 거네. 안 보는 사람이 워낙 많아서 문제지만. 아무튼 볼프리트는 팔텐트 백작이 특히 좋아했지. 수도로 돌아온 이후 제한 공연이 개시될 때마다 꼭 보러 간 것으로도 유명했지. 저러다가 반역자가 되는 게 아니냐는 농담까지 주위 사람들에게 들을 정도였네. 결국 역사적인 쿠데타를 저질렀네만."

담배 파이프 속에서 담뱃가루가 타 들어갔다. 연기를 한껏 즐긴 폴스켄은 본론으로 들어갔다.

"볼프리트의 주인공인 젊은 늑대들은 자신들이 살고 있는 산의 주인을 바꾸기 위해 지배 계층인 늙은 늑대들을 끔찍하게 죽이고 우두머리 역시 죽이지. 그리고 산짐승들을 불러 모아 새로운 우두머리를 뽑으려 하는데, 산짐승들이 자신들을 따르지 않자 크게 실망하여 산을 떠나게 되네. 그런데 들짐승들이 쳐들어와 산짐승들을 위협하자 산을 떠났던 늑대들은 개의 가죽을 뒤집어쓰고 들짐승과 싸우다가 모두 죽어가네. 영웅적인 죽음을 맞이했음에도 불구하고 늑대들의 시신은 스스로 뒤집어쓴 개가죽 때문에 산에 묻히지 못하고 들판에 버려지게 되지."

"……."

"볼프리트의 내용을 바탕으로 생각했을 때…… 팔텐트 백작과 그의 부하들이 개가죽을 뒤집어썼을 수도 있지. 정규군이 쳐리할 수 없는 지저분한 일을 처리하는 집단으로서 말이네. 가능성은 희박하지만."

파렌은 폴스켄의 예상이 일리가 있다고 생각했다. 하지만 2,000여 명이나 되는 규모의 군대를 국가적 지원 없이 움직이는 것은 대단히 힘든 일이었다. 모든 재산을 몰수당한 채 감금된 자가 할 수 있는 일은 아니었다.

'부딪쳐 보면 알겠지.'

파렌을 병기창으로 보낸 뒤 사무실로 돌아온 폴스켄은 크로이츠들에게 파렌과 키르히의 특별 휴가 사실을 공지했다. 이유는 카샤를 아시엔에서 데려온 것에 대한 보상이었는데, 최근 고어의 발생이 없는 상황 탓인지 걱정하거나 의심하는 대원은 아무도 없었다. 다만 키르히가 휴가를 받았다는 사실을 시기하는 자들이 존재할 뿐이었다.

파렌은 키르히와 함께 병기창에서 받은 마차를 끌고 저택으로 돌아왔다. 그리고 그날 저녁, 그는 하이디를 포함한 모두를 불러놓고 왕의 지시를 전달했다. 이유 있는 휴가라는 사실을 모르고 있던 키르히는 그 말을 듣자마자 쓰러지다시피 했고, 하이디는 다시 혼자 저택을 지키게 된 것에 큰 아쉬움을 드러냈다.

"그렇게 오래 걸리진 않을 것이오, 미스 요하네스."

파렌은 모두의 앞에 지도를 펼쳐 놓았다.

"우리가 들를 곳은 총 세 곳이오. 그웰가르트, 퀴스필드 산맥, 그리고 안개 계곡."

안개 계곡이라는 말에 네벨은 의아했다. 고향에 돌아가고 싶은 마음은 있었지만 이번 여행과는 아무런 관련이 없었기 때문이다.

파렌의 이야기가 이어졌다.

"그웰가르트는 비록 바란투로스의 변방이긴 하지만 길이 잘 뚫려 있어서 마차로 가게 되면 나흘 안에 도착할 수 있소. 쿼스필드 산맥과 안개 계곡은 인접해 있기 때문에 역시 긴 시간이 소요되진 않을 것이오. 아마 못해도 20일 이내에 돌아올 것이오."

분명 아시엔으로 갔을 때에 비하자면 짧은 시간이었지만 기다려야 하는 입장인 하이디로서는 큰 차이를 느끼기 힘들었다.

하이디는 어렵게 웃었다.

"저는 괜찮습니다, 주인님. 혼자 가시는 것도 아니지 않습니까? 저택의 일은 심려치 마시고 임무에만 전념해 주십시오."

말을 하고 보니 프란츠가 눈에 띄었다. 감히 주인 앞에서 다리를 꼰 채 앉아 있는 그 신입 하녀의 모습은 하이디의 속을 심하게 긁어놓았다.

파렌은 그것도 모른 채 싱긋 웃었다.

"고맙소, 미스 요하네스."

가만히 있던 프란츠가 물었다.

"출발은 언제지, 주인님?"

"……"

갑작스런 괴리감에 인내심이 잠깐 흔들린 파렌은 펼친 지도의 끝을 만지작거리며 답했다.

"내일 아침."

"흠……."

잠시 동안 뭔가를 골똘히 생각한 그녀는 벌떡 일어나더니 하얀 앞치마를 벗어 던졌다.

"좀 나갔다 오지."

파렌은 별이 보이는 창밖을 흘끔 봤다.

"어디로?"

"서방질하러 가는 건 아니니까 안심해. 금방 올 거야."

그리고 그녀는 현관문을 통해 훌쩍 사라졌다. 파렌은 오른손으로 눈가를 덮으며 난감함을 억눌렀고, 서방질이라는 단어에 문화적 충격을 받은 카샤와 네벨은 오랫동안 멍한 표정을 유지했다.

프란츠가 간 곳은 테르나의 저택 앞이었다. 가로등 아래에서 불이 켜진 대저택의 창문을 가만히 지켜보던 그녀는 오는 도중 구입한 술의 포장을 뜯은 뒤 쓰레기통에 던졌다. 그리고는 입고 있던 치마를 허리 바로 아래까지 걷어 올렸다.

지나가던 행인들이 그녀의 대담한 행동에 깜짝 놀랐지만 발을 멈추는 사람은 없었다. 오히려 그들의 발걸음은 더욱 빨라졌다. 다리에 차고 있던 군용 단검을 빼 들고 코르크 마개를 뜯어낸 그녀는 병나발을 세차게 불었다.

저택 안의 테르나는 저녁 목욕을 마치고 화장대 앞에 앉아 있었다. 아침부터 목욕을 하기 직전까지 묶여 있던 머리는 흰색 잠옷을 입은 그녀의 등을 비단처럼 덮었다. 주름이 많고 풍성한 형태의 원피스 잠옷은 대단히 간편해 보이면서도 엄청난 값이 느껴졌다.

그녀는 거울 속의 자신을 한참동안 바라봤다. 20년 가까이 군사 훈련을 받은 사람이라는 사실이 느껴지지 않을 만큼 깨끗한 얼굴이 거울 속을 화사하게 꾸몄다.

그녀를 한 번이라도 본 사람들은 그녀가 립스틱과 기초 화장 이외에는 화장품을 거의 쓰지 않는다는 사실을 알고 대단히 놀란다. 특히 그녀와, 정확히는 그녀의 가문과 친해지기를 원했던 사교계 여성들 중 일부는 살의에 가까운 질투심을 품기도 했다.

하지만 그런 것들은 모두 과거의 일일 뿐, 미망인이 된 이후로 사교계에 나온 적이 없는 지금은 질투마저 받을 일이 없었다.

침대와 벽난로의 점검을 끝낸 두 명의 하녀가 그녀의 등 뒤에 나란히 섰다.

"차를 준비하겠습니다, 아가씨."

테르나는 밝게 웃으며 그녀들을 돌아봤다.

"1시간 뒤에 가져와 주겠어요?"

"예?"

그녀가 차를 마시고 일찍 잠드는 것을 상식처럼 생각하는 하녀들에겐 낯선 부탁이었다. 테르나는 오면서 새로 사 온 흰색 표지의 책을 들어 보였다.

"오늘 내로 읽고 싶은 부분이 있어요."

"알겠습니다, 아가씨."

두 하녀가 방을 나선 뒤, 테르나는 책을 화장대 옆에 놓고 다시 거울을 봤다. 앞치마를 두르지 않은 하녀, 프란츠의 독한 모습이 어느새 나타나 있었다.

프란츠가 씩 웃었다.

"미망인 주제에 감각이 무뎌지진 않았네?"

테르나는 빗을 들고 머리를 손질했다.

"파렌의 일을 도와주는 건 어때?"

"밤에 날 너무 괴롭혀서 탈이야. 도무지 잠을 재울 생각을 안 한다니까?"

"하긴, 파렌은 나에게도 그랬으니까."

프란츠의 표정이 싹 굳어졌다. 거짓을 거짓으로 보복한 테르나는 싱글싱글 웃었다.

"아무튼 오랜만이야, 프란츠. 피부가 트진 않았네? 겨울이라 걱정 많이 했어."

"비싼 영양제를 썼거든."

"어머니는 뵈었어?"

"살아 계시긴 하더군."

프란츠가 테르나의 뒤쪽으로 걸어갔다. 그녀의 신발은 하녀들이 일반적으로 신는 구두가 아니라 밑창이 특수하게 처리된 군화였기에 걷는 소리가 거의 나지 않았다.

"파렌에게 들었어."

테르나의 빗질이 멈췄다.

"무슨 이야기?"

"네가 파렌을 버리게 된 이유."

"그렇구나."

테르나의 한숨이 그녀의 잠옷 치마 위에 쏟아졌다.

순간 은색의 얇고 긴 호선이 프란츠의 목덜미로 들어왔다. 프란츠의 검은색 치마가 펄럭거리고 강철의 날카로운 충격음이

들렸다.

테르나의 손에는 프란츠가 쓰는 것과 동일한 디자인의 군용 단검이 들려 있었다. 일단 공격을 막아낸 프란츠는 평소보다 조금 진지한 테르나의 눈빛을 보며 말했다.

"밤에 널 노리는 사람들이 많은가 보지?"

"오래전에 나에게 쓰려고 준비했던 물건일 뿐이야."

"그래도 손질은 잘했는데? 샤튼의 멤버들에게 칼을 가는 방법을 가르쳐 줄 생각은 없어?"

"죽을 생각으로 갈면 누구나 할 수 있어."

"좋은 말이네."

두 여성의 단검과 무기로 변한 손발이 무섭게 허공을 갈랐다. 둘 다 서로에게 치명상을 입힐 각오로 휘두르고 있었지만 놀랍게도 방의 기물이 손상되거나 옷이 베이는 일은 없었다. 소리도 거의 나지 않아서 테르나의 방을 지키고 있는 하녀들은 팔자 좋게 하품을 하고 있었다.

검은색과 하얀색의 치마가 아시엔의 상징물이라 할 수 있는 태극 문양처럼 서로의 꼬리를 물고 춤을 췄다.

성격, 헤어스타일, 화장 방식, 선호하는 옷의 형태, 지금까지 해온 일, 사회적 위치, 가족 상황, 결혼 여부 등 모든 것이 정반대에 가까운 그녀들이었지만 지금은 그렇지 않았다. 둘 다 정신적으로 어느 한구석이 무너진 상태였다. 몸을 지탱해 주는 것은 그녀들이 수십 년 동안 익혀온 전투 기술이었다.

둘의 팔꿈치와 단검이 동시에 부딪쳤다.

테르나가 그녀를 보며 말했다.

"넌 좋은 친구야, 프란츠. 그런데 방금 네가 싫어졌어. 난 내가 좋아하는 프란츠만을 기억에 남기고 싶어. 영원히. 그러니 도와주지 않겠니?"

"화풀이를 하러 온 사람은 나야."

"그런 것도 못 들어줘? 우린 친구잖아."

둘의 단검이 다시금 무서운 속도로 서로가 있었던 공기를 갈랐다.

테르나의 양어깨가 어중간한 자세에서 움찔했다. 프란츠는 긴장했다.

'찌르기? 베기?'

프란츠가 군용 단검을 다루는 실력은 바란투로스의 현역 군인 중 최고라고 일컬어진다. 크로이츠에서 암살과 정찰을 맡는 슈이도 프란츠의 제자 이상의 평가를 받지는 못한다. 그녀의 기술은 대단히 독특했고, 여성이 남성을 근접전에서 제압할 수 있는 길을 열어주었다는 찬사와 함께 교육 교본까지 만들어졌다.

그러나 프란츠는 타인들의 그런 평가를 마음속으로 인정하지 않았다. 그 모든 기술을 혼자 연구하고 개발한 것이 아니었기 때문이다.

공동 연구자와의 대결은 역시 힘들었다. 시간이 얼마 흐르지도 않았는데 목이 칼칼해지고 등골에 땀이 흘렀다. 이런 상황을 예상도 했고, 술로 입가심을 하여 마음의 준비도 단단히 했지만 역시 보통 상대가 아니었다.

프란츠는 단검의 날을 세웠다. 테르나가 거꾸로 잡고 휘두른 단검이 칼날에 정확히 맞닿았다.

단검을 다시 되돌린 테르나는 슬픈 얼굴이었다.
"어째서 파렌이 너에게 이야기를 해준 거지?"
"내가 협박을 했거든. 네 목을 잘라다 바친다고 했지."
"파렌을 속인 거구나."
"속이다니, 난 진심이었어."
"그럼 듣지 말고 내 목을 가져가지 그랬니? 네가 그 사실을 모르고 왔다면 내가 널 싫어하게 될 일도 없었잖아?"
"파렌이 네 목을 기념품으로 삼을 것 같아? 네가 무슨 순록이야?"

이번엔 프란츠가 달려들었다. 동시에 테르나의 단검이 주인의 손을 떠나 유성처럼 방을 가로질렀다. 칼날이 프란츠의 헤드드레스를 반으로 자르며 벽에 박혔다.

프란츠는 단검으로 그녀를 찔렀다. 테르나가 왼손으로 그녀의 손목을 잡고 아래로 내린 뒤 오른팔 팔꿈치를 그녀의 목 아래에 찔러 넣었다. 순간 프란츠가 단검을 놓고 몸을 틀어 두 다리로 테르나의 왼팔을 감쌌다. 중심을 잃은 테르나는 즉시 자세를 바꿔 왼팔을 굽히고 오른손으로 왼팔을 눌러 고정시켰다. 관절 기술에 팔이 꺾이는 것을 막기 위함이었다.

둘은 그 상태로 카펫 위에 누웠다.

프란츠의 이마에서 핏물이 흘렀다. 헤드드레스를 자른 칼날이 그녀의 두피를 아슬아슬하게 스친 탓이었다.

테르나는 그 상태로 버텼고, 프란츠는 자세가 뒤집히지 않기 위해 안간힘을 썼다. 둘의 근력은 거의 동등한 수준이었고, 둘은 서로의 자세를 뒤집기에 충분한 기술을 보유하고 있었다.

프란츠를 바라보는 테르나의 눈가에 눈물이 금세 맺혔다.
"아프지 않아?"
"……왜 그랬어?"
왜 칼을 던졌는지 묻는 것이 아니었다.
"파렌을 사랑해서."
"파렌은 너만 보고 있었잖아? 그런데 그런 어이없는 이유로 파렌을 버리는 것이 말이 돼?"
"그래, 맞아. 파렌은 나만 보고 있었어. 나도 파렌만을 보고 있었고. 하지만 프란츠, 사랑은 지금의 너와 나처럼 마주 보는 게 아니야."
"그럼 뭔데?"
"나란히 서서…… 같은 곳을 바라보는 거야."
프란츠는 울컥했다. 그래도 표정을 바꾸지는 않았다.
테르나가 말했다.
"난 파렌과 같은 곳을 볼 자격이 없어. 시간이 지나면 언젠가는 논리적으로 변하는 것이 사랑이야. 아마 나와 파렌은 그 과정을 버티지 못했을 거야."
"파렌은 희생했을 거야. 4년 동안 그랬던 것처럼."
테르나는 고개를 저었다.
"완성된 그림이야. 되돌릴 수는 없어."
"……."
"이제 네가 그를 사랑해 줘."
"네가 저지른 일에 뒤치다꺼리를 하는 것도 정도가 있어."
"일은 네가 더 많이 저질렀잖아. 내 인형도, 동화책도, 화분도, 아버님의 그림도, 오라버니의 시계도……."

"……그만 해."

"미안."

둘이 동시에 자세를 풀고 좌우로 떨어졌다. 둘 사이에는 프란츠가 떨어뜨린 단검이 놓여 있었다.

프란츠는 힘을 쓰느라 뻐근해진 어깨를 주무르며 말했다.

"내일 파렌과 함께 임무를 처리하러 갈 거야."

"그렇구나. 키르히까지 함께 휴가를 받아서 어느 정도 예상은 했어. 중요한 일이지?"

"전황을 단숨에 바꿀 만한 일이야."

"그럼 가는 도중에 키르히의 생일을 챙겨줘."

프란츠가 인상을 구겼다.

"고아도 생일이 있어?"

"모를 수도 있겠구나. 그전에 샤튼으로 전출됐으니까. 키르히의 생일, 파렌이 만들어줬어. 단 하루만은 모두에게 축하를 받아야 하지 않겠느냐고 하면서."

"계집애도 아니고…… 의외로 감수성이 풍부하군."

프란츠는 바닥에 떨어진 자신의 단검을 주웠다.

"가기 전에 하고 싶은 일이 있어. 진실을 알고 싶기도 했지만…… 이것만은 꼭 하고 싶었거든. 들어줄 수 있겠어?"

"좋아."

프란츠가 테르나의 품에 달려들었다. 테르나의 몸이 크게 들썩거렸다.

복부에 깊숙이 박힌 단검을 타고 피가 주르륵 흘러내렸다. 테르나의 어깨에 턱을 걸친 프란츠의 눈빛은 얼음으로 된 구슬처럼 차가웠다.

"너한테 큰 죄를 짓고 싶어. 그리고 지금껏 너에게 가져 보지 못한 감정을 만들 거야."

"그런 감정이 있었어?"

"죄책감이라고 하지."

"아아……."

테르나는 두 팔로 그녀를 감싸 안았다.

"이제…… 우리 다시 친구지?"

"응."

프란츠는 단검을 뽑고 테르나가 썼던 수건으로 칼날을 깨끗이 닦았다. 특정 성분의 화장품으로 피 냄새를 지우는 것도 잊지 않았다.

테르나는 상처를 손으로 꼭 누른 채 무릎을 꿇었다.

"미안해. 배웅은 못할 것 같네."

"무리하지 마. 진짜 죽을 수도 있으니까. 내일 아침에 다시 올게."

프란츠는 자신이 들어왔던 창문을 통해 다시 나갔다. 그리고는 돌을 던져 테르나의 방 창문을 깼다.

프란츠는 하녀들의 비명 소리를 들으며 저택을 빠져나갔다. 아무 일도 없었다는 듯 아이젠발트의 거리를 걷는 그녀의 표정은 고요하기만 했다.

몇 시간 후, 파렌의 저택에 예레미스 가문에서 달려온 하인이

들이닥쳤다. 테르나가 정체를 알 수 없는 암살자에게 피습됐다는 소식을 전해 들은 파렌은 급히 옷을 챙겨 입고 밖으로 나갔다.

파렌을 배웅해 준 사람은 키르히와 하이디뿐이었다. 카샤, 네벨은 잠이 깊게 들었고, 프란츠 역시 방에서 나오지 않았다.

그렇지 않아도 낮에 테르나와 있었던 일 때문에 마음이 불편했던 키르히는 속이 아플 정도로 큰 스트레스를 받았다. 어쩌다 보니 하이디와 거실에 앉게 된 그는 하이디가 가져온 차로 속을 달래며 의문을 늘어놓았다.

"피습이라니, 도대체 무슨 소리야? 테르나가 정치에 손을 댄 것도 아닌데 어떻게 그럴 수가 있어? 내가 알기로 테르나에게 앙심을 품을 만한 사람은 파렌밖에 없다고!"

"너무 걱정하지 마십시오, 키르히님."

"걱정하는 게 아니야! 그냥 황당해서 이러는 거라고!"

버럭 소리친 키르히는 팔걸이를 두드리거나 발을 구르는 등 계속 성질을 부렸다. 뭐라 할 말을 찾지 못한 하이디는 자신의 차를 마셨다.

한편, 4년 만에 예레미스 가문 저택에 온 파렌은 저택 현관을 지나자마자 테르나의 부친인 그라펜 예레미스 후작(侯爵)과 불편한 인사를 나눴다.

"특무상사 파렌 콘스탄, 후작 각하의 부름을 받고 왔습니다."

"어서 오게. 왕궁 밖에서 봐서 그런지 몰라도 반갑군."

말과는 달리 후작의 얼굴에서 반가움을 찾기는 어려웠다.

외무부의 고위 관리인 그는 테르나와 같은 색의 은발을 뒤로 깔끔히 넘긴 신사였다. 적당한 체형에 큰 키, 그리고 면도를 깔끔히 한 날카로운 얼굴이 마치 군인 같았지만, 그는 무기라고는 식사용 나이프 외엔 들어본 적이 없는 사람이었다.

"왜 내가 경비대는 물론 폴스켄 시몬스 대령에게 말도 하지 않고 자네를 무단으로 불러냈는지 알겠나?"

"발설은 염려하시지 않으셔도 됩니다. 그리고 제 부관의 일입니다. 확실히 조사하겠습니다."

"부탁을 들어줘서 고맙네. 누가 테르나를 왜 노렸는지 자네가 알아낼 필요는 없네. 기습을 한 자가 어떻게 내 저택에 들어왔고, 어떻게 테르나를 찔렀는지에 대해서만 알아봐 주게. 자네라는 사람을 필요 이상으로 귀찮게 할 수는 없으니까."

"알겠습니다, 각하."

인사를 한 파렌은 하인과 함께 테르나의 방으로 올라갔다.

파혼하기 전의 후작은 조금 쌀쌀맞긴 해도 가벼운 농담까지 나눌 정도로 파렌과 친했다. 하지만 파혼 이후 테르나가 곧장 다른 남자와 결혼하면서 그와 파렌의 사이는 급격히 냉각되었다. 여자 측에서의 일방적 파혼이라는 사실이 파렌 본인의 뜻과는 달리 세상에 알려지면서 더욱 그렇게 됐다.

테르나의 방 앞에는 하녀들 대신 가벼운 무장을 한 하인 겸 경호원 두 명이 버티고 있었다.

건장한 체구의 두 남자는 파렌을 보자 공손히 인사를 했다. 파렌보다 서너 살 정도 어린 두 남자는 어렸을 때부터 예레미스 가문을 지킨 자들로서, 파렌과도 어느 정도 안면이 있었다.

"어서 오십시오, 특무상사님."

"오래간만이군. 테르나의 상태는 어떤가?"

"다행히도 목숨에는 지장이 없으십니다."

"알겠네. 테르나는 안에 있나?"

"창문이 깨져서 다른 방으로 옮겨 드렸습니다. 아가씨를 곧장 뵈시겠습니까?"

"아닐세. 난 후작 각하의 부름을 받고 왔으니 일단 현장부터 살펴봐야겠지."

경호원들은 그의 냉정함에 섭섭함을 감추지 못했다. 파렌은 어색한 미소를 지었다.

"내 입장도 생각해 주게."

"죄송합니다, 특무상사님. 어서 들어가십시오."

둘은 좌우로 움직여 길을 비켜주었다.

테르나의 방으로 들어간 파렌이 가장 먼저 맡은 것은 진한 화장품 냄새였다. 그 부분에서 그는 큰 불길함을 느꼈다.

그를 따라 들어온 경호원들이 물었다.

"왜 그러십니까?"

"냄새 때문이네. 화장품으로 피 냄새를 지웠군. 이렇게 되면 의심을 받지 않을 것이네. 암살자가 여자라면 특히 더 그렇지."

그는 방 전체를 둘러봤다. 벽에 박힌 단검과 깨진 창문, 그리고 유리 조각이 보였다. 무식하게 청소를 하여 현장 보존을 망친 흔적은 없었다.

그는 우선 화장대에 놓인 빈 병을 살폈다.

"이 화장품의 성분이라면 냄새는 물론이고 무기에 남은 혈흔까지 어느 정도 지울 수 있겠지. 암살자가 순간적으로 판단한 게 아니라 오랫동안 훈련을 해왔고 실전 경험도 풍부하다는 증거야. 보통 상대가 아니로군."

그는 이어서 벽에 박힌 단검을 봤다.

"이 단검은 테르나의 것이군."

"예?"

경호원들이 놀랐다.

"아니, 아가씨께서 왜 그런 군용 무기를 집 안에……?"

"군인이니까."

경호원들은 입을 다물었다.

"계급이 되면 단검 정도는 호신용으로 개인적인 소유가 가능하네. 고유 번호를 보니 테르나의 것이 맞아. 날이 깨진 것을 봤을 때 상대와 격투를 벌인 것 같은데…… 상대도 단검을 쓴 것 같군. 비슷한 무게와 강도를 지닌 무기끼리 부딪쳤어. 단검 대 단검으로 테르나를 제압할 만한 암살자는 드물 텐데?"

테르나가 크로이츠 멤버라는 사실만 알 뿐, 실제 전투 능력이 어느 정도인지 거의 모르는 경호원들은 바보처럼 눈을 깜박거렸다.

파렌은 단검을 자세히 살폈다. 칼날에 혈흔은 없었지만 피부 등을 살짝 스친 흔적은 있었다. 그는 뒤로 물러서서 단검이 박힌 높이와 각도를 봤다.

"암살자는 키가 좀 큰 여성 내지는 보통 키의 남성이겠군."

"높이만으로도 알 수 있는 겁니까?"

"단검을 던져서 사람을 살해할 수 있는 부위는 정해져 있네. 목과 눈이지. 두개골이나 가슴뼈는 예상외로 단단하고 보호구를 착용할 수 있기 때문에 투척 훈련을 받을 때는 그 두 곳에만 표적이 정해지지. 실전에서 그렇게 정교한 투척이 가능한 자도 드물지만."

이어서 창문을 살펴본 그는 경호원들을 다시 돌아봤다.

"테르나는 어떻게 발견됐나?"

"아가씨 방의 창문이 깨지는 소리를 듣고 문밖에 있던 하녀들이 들어와서 아가씨를 발견했습니다."

"당시 저택의 경비는 몇 명이었지?"

"저희들까지 해서 스물네 명이었습니다. 나름대로 철저히 근무를 했는데 이렇게 간단히 뚫려 버리다니, 정말 주인님께 목이라도 내놓고 싶은 심정입니다."

"아니, 보지 못한 게 다행이야."

"예?"

"본 사람은 틀림없이 죽었을 테니까."

"……"

"다시 말하지만, 단검을 든 테르나를 제압했다는 사실 하나만으로도 암살자의 능력은 바란투로스, 아니, 웨스트리치 전체에서 최고 수준일 걸세. 테르나가 크로이즈 내에서 즐겨 쓰는 무기는 작은 방패와 검이지만 단검을 이용한 실내 격투 실력도 대단하거든."

경호원들은 혀를 내둘렀다.

"아가씨께서 무사하신 것이 정말 다행이군요."

"그게 이상해."

경호원들은 어리둥절했다. 파렌은 질문하듯이 말했다.

"그만한 실력자가 어째서 테르나를 살려뒀을까? 예레미스 가문이나 후작 각하에 대한 단순한 경고일까? 하지만 내가 알기로 후작 각하는 정쟁과는 관련이 없으신 분이네. 테르나도 개인적인 원한을 사기에는 너무 젊고 바빴어. 여러 가지로 이해가 가지 않는 사건이야."

몸을 쓰는 것과 충성을 다하는 것 외엔 모르는 두 남자는 파렌의 말이 복잡하게만 들렸다.

"아무튼 정리하겠네. 범인은 창문을 통해 들어왔고, 테르나와 격투를 벌인 뒤 일단 다시 나가서 돌이나 그밖의 물체로 창문을 깬 것이 분명하네. 테르나의 부상 사실을 알리려 한 것인지, 아니면 자기과시인지는 모르겠지만 돌을 던지는 모습을 목격한 사람이 없는 것으로 봐서 동일인의 소행이겠지."

"그럼 저택의 경비는 앞으로 어떻게 해야 마땅한지요?"

"사람 수를 좀 더 늘려야겠지. 등불을 더 설치해서 그림자에 의한 사각을 줄이는 것도 좋을 것이네. 자세한 사항은 내가 후작 각하께 말씀드리겠네."

"감사합니다, 특무상사님."

두 경호원은 존경의 뜻을 담아 머리를 조아렸다.

테르나의 방에서 나온 파렌은 어찌할까 고민하다가 테르나가 쉬고 있는 방으로 갔다. 방을 안팎에서 지키고 있는 경호원들과 하녀들은 그가 오자 정중한 인사와 함께 자리를 비켜주었다.

방 안에는 예레미스 가문의 주치의와 침대에 누운 테르나가 있었다. 풍성한 몸매의 중년 주치의는 파렌이 들어오자 자리에서 일어났다.

"어서 오시오, 콘스탄 도령."

"오래간만에 뵙습니다, 험멜 부인. 테르나의 상태는 어떻습니까?"

"예쁜 배에 흉터가 생길 거요."

농담을 하는 그녀의 뒤로 오른손을 드는 테르나의 모습이 보였다.

"어서 와, 파렌."

파렌은 손을 흔들며 웃는 그녀의 모습이 바보처럼 느껴져 자신도 모르게 웃었다.

"다친 사람의 얼굴이 아니군."

"그래? 후후, 다행이네."

의사는 어이없다는 얼굴로 테르나를 보며 말했다.

"하여튼, 아가씨도 보통이 아니오. 다른 귀족 아가씨들 같으면 살려달라고 꾀병을 부리거나 나중에 남자를 어떻게 만나느냐며 울고불고 난리를 쳤을 텐데, 꼭 장난치다가 무릎이 까진 애처럼 생글생글 웃으니 원……."

파렌은 원래 좀 이상한 구석이 있는 여자라 평하고 싶었지만 상황이 상황인만큼 입을 열지는 않았다.

의사가 말했다.

"아가씨를 찌른 사람이 누구인지는 몰라도 외과 의사를 시키고 싶더이다. 중요 혈관과 내장을 전부 피해서, 그것도 한번에 찔렀소. 난 영웅 소설에서나 등장하는 허무맹랑한 얘기라고 생각했는데 실제로 상황을 접하니 참……."

의사는 급히 집에서 나오느라 대충 묶은 머리를 긁적였다.
 "아무튼 상처만 아물면 아가씨의 건강에는 이상이 없을 거요. 난 잠시 나가볼 테니 두 분이서 얘기하고 싶은 게 있으면 마음껏 하시오."
 그녀는 주머니 속의 담배를 확인하며 뚜벅뚜벅 나갔다. 문이 닫힌 뒤, 테르나와 오래간만에 단둘이 있게 된 파렌은 의자를 끌어다가 그녀의 머리맡에 앉았다.
 "정말 괜찮나?"
 "약간 쓰라려."
 파렌은 짧게 웃은 뒤 손가락으로 그녀의 머리를 빗겨주었다.
 "범인의 얼굴은 봤어?"
 "응."
 "누구였지?"
 파렌의 질문 속에 담긴 '누구'는 인상착의와 성별, 혹시 본 적이 있는 사람이냐는 등의 의미가 담겨 있었다.
 테르나는 방긋 웃었다.
 "프란츠야."
 그녀의 머리를 만지던 파렌의 손이 우뚝 멈췄다. 부드럽던 표정도 삽시간에 굳어졌다.
 "농담으로 들리진 않는데?"
 "진짜야."
 파렌은 눈앞이 까매짐을 느꼈다.
 정말 프란츠라면 그가 가졌던 의문들은 모두 해소된다. 경호원들의 눈을 피해 잠입하여 테르나를 실력으로 제압하는 것도,

기술적으로 복부를 단숨에 찌르는 것도 그녀라면 가능했다. 게다가 수시간 전, 프란츠는 갑자기 저택을 나간 뒤 1시간 남짓한 시간이 흐른 뒤에 돌아왔다.

테르나가 차갑게 멈춘 그의 손을 붙잡았다.

"오해하지 마, 파렌. 그걸로 프란츠와는 화해했으니까."

"그런가? 넌 여전히 일방적이군."

"……."

"그것이 너희들만의 방식이라고 하면 나도 할 말이 없지. 발설하지는 않을 테니 안심하고 푹 쉬어."

파렌은 그대로 일어나 등을 돌렸다. 문고리를 잡는 파렌에게 테르나가 말했다.

"내일 떠난다고 했지? 무사히 돌아와, 파렌."

파렌은 특별한 말없이 방을 나갔다.

후작에게 프란츠에 대한 것을 깔끔히 제외하고 보고를 한 뒤 정신없이 집으로 돌아온 파렌은 곧장 프란츠의 방문을 열었다. 그녀의 방문은 마치 그를 기다렸다는 듯이 잠겨져 있지 않았다.

벽을 보고 누워 있던 프란츠가 몸을 돌려 그를 봤다. 복장은 밖에 나갈 때 입었던 하녀 복장 그대로였다.

"왜, 주인님? 심심해졌어?"

파렌은 문틀 좌우에 두 손을 댄 채 꿈쩍도 하지 않았다. 프란츠는 침대에서 내려와 그의 앞에 섰다.

"하고 싶은 말이 있으면 지금 해. 함께 임무를 진행할 사이인데 앙금을 남길 필요는 없잖아? 각오는 하고 있으니까 실컷 말해봐."

파렌은 말하기에 앞서 깊게 호흡했다.

밤길을 걸어오면서 생각한 수백 가지의 질문이 그의 머릿속에서 다시 맴돌았다. 그것들 중에서 가장 적당한 질문 한 가지를 선택하는 것은 파렌에게도 힘든 일이었다.

"테르나는 무사해. 내일 출발하기 전에 문병을 다시 갈까 하는데, 함께 가겠나?"

"……응. 약속했으니까."

"그럼 푹 쉬어."

파렌은 문틀에서 손을 떼고 돌아섰다. 그의 행동에 프란츠가 움찔했다.

"다른 말은 하지 않을 거야?"

"무슨 말?"

"왜 테르나를 찔렀는지 질문을 해봐. 무시하지 말고 화라도 내보라고!"

그녀의 언성이 높아지려 하자 파렌은 검지를 입술에 댔다. 다른 사람들이 깨어나기라도 하면 일이 정말 복잡해지기 때문이었다.

그녀가 다시 입을 다물었다. 파렌은 조용히 말했다.

"어울리지 않게 무슨 소리지? 나에게 관심을 끌기 위해 한 행동이었나? 그건 아닐 텐데?"

"……."

"너희들이 화해를 위해 선택한 행동이 그것이라면 내가 비난할 이유는 없어. 또한 처벌할 위치에 있는 것도 아니지. 정신 나간 짓이었다고 비웃는 것 정도는 해줄 수 있겠군."

"알았어. 알았으니 제발 무슨 말이라도 해줘."

어린아이와 같은 칭얼거림. 그것은 그녀의 감정을 4년 동안 마비시켰던 무게추가 부서지는 소리였다.

파렌은 그녀의 목소리가 새어 나가지 않도록 급히 안으로 들어와 방문을 닫았다.

그녀가 양손으로 얼굴을 가리더니 급기야 흐느끼기 시작했다. 어느새 눈물로 얼굴을 적신 그녀는 떨리는 오른손을 들며 머리를 흔들었다.

"이 손으로 테르나를 찔렀어. 괴롭고 두려워서 미칠 것 같아. 지금까지 백 명이 넘는 사람들을 암살해 왔는데 이런 적은 처음이야. 죄책감이라는 게 이런 거였어? 도저히 견딜 수가 없어."

결국 파렌은 그녀의 옆에 앉아 어깨를 감싸 안았다. 프란츠는 그의 코트에 얼굴을 묻고 울음소리를 억눌렀다.

"괜찮을 거야, 프란츠. 너도, 네 친구도."

그녀를 진정시키고 방으로 돌아온 파렌은 촛불 하나만을 켜 놓고 침대에 누웠다.

천장을 보며 그는 프란츠가 품고 있던 안타까움과 테르나가 키워온 응어리에 대해 생각해 봤다. 만약 서로 칼부림까지 갈 정도였다는 사실을 알고 있었다면 그는 테르나가 자신을 떠난 이유를 프란츠에게 말하지 않았을 것이다.

'아니, 이렇게라도 해결이 된 게 다행인가?'

한참 생각해 봤지만 결론은 나지 않았다.

'몇만의 적보다 한 명의 여자가 더 어렵다는 속담의 뜻을 이제 알겠군.'

쓸쓸히 웃은 그는 만약 이유를 들은 사람이 키르히였다면 무슨 일이 일어났을지 생각해 봤다. 생각하니 심각한 마음 상태에 어울리지 않게 웃음이 터졌다.
'그래도 칼을 들거나 비극을 연출하지는 않겠지.'
고개를 흔든 그는 심한 피로를 느꼈다. 그는 정말 긴 하루였다고 마음속으로 중얼거리며 촛불을 껐다.

다음날 아침, 키르히가 끄는 마차 한 대와 파렌이 탄 말 한 필이 콘스탄 저택을 떠났다.
마차는 말 네 마리가 끌어야 할 정도로 컸다. 남자 세 명이 나란히 누울 수 있을 만큼의 공간과 네 명이 마주 보고 앉을 수 있을 정도의 의자, 그리고 무기와 약품 및 각종 도구들이 비치된 화물칸까지 존재했다. 또한 외부에 강철을 덧대어 어지간한 총에는 끄떡도 하지 않을 만큼 튼튼하기까지 했다. 그런데 겉에서 보자면 일반 마차와 똑같아서 거리를 이동할 때 위화감은 전혀 없었다.
예레미스 저택에서 마차를 멈춘 모두는 테르나가 있는 방으로 올라갔다. 수프로 간단히 식사를 마치고 누워 있던 테르나는 방으로 들어오는 모두를 반겨주었다.
대화를 나눈 적도 거의 없는 네벨까지 들어왔지만 프란츠는 없었다. 테르나가 아쉬워하자 파렌은 조금 뒤 올 거라고 말하여 그녀를 안심시켰다.
네벨이 이 정도의 부상은 마법으로 간단히 치료할 수 있다고 했으나 파렌은 사양했다. 그리고 그녀 자신과 마법의 존재가 아직은 극비 사항에 묶여 있다는 것을 조심스럽게 상기시켜 주었다.

키르히는 뭔가 말을 하고픈 눈치였지만 의자에 앉은 채 우왕좌왕할 뿐이었다. 결국 테르나가 그를 보며 말했다.

"난 괜찮아, 키르히."

키르히의 말문이 그제야 뚫렸다.

"쳇, 배에 칼침 맞은 주제에 말은······. 얼굴에만 철판을 깐 게 아닌가 보네?"

"응, 보여줄까?"

그녀가 이불을 아래로 내리고 입고 있던 잠옷을 끌어올리려 했다.

"어이, 됐어! 무슨 짓이야!"

그가 얼굴이 빨개져서 허둥대자 테르나는 실실 웃으며 다시 이불을 덮었다. 카샤는 음흉한 미소를 지으며 꼬리 끝으로 그의 옆구리를 찔렀다.

"의외로 숙맥이로다."

"닥쳐, 똥색 원숭이!"

둘이 물고 누르며 소란을 일으키는 사이, 프란츠가 방으로 들어왔다. 그녀는 연황색의 꽃이 가득 담긴 꽃다발을 손에 들고 있었다.

"미안. 늦었지?"

"아니야. 와줘서 정말 기뻐. 파렌, 좀 일으켜 주겠어?"

"그러지."

파렌의 도움으로 윗몸을 일으킨 테르나는 꽃을 받아 옆에 둔 뒤 프란츠에게 두 팔을 벌렸다. 프란츠도 팔을 벌린 뒤 그녀를 껴안았다. 둘은 그 상태로 깊이 서로의 체온을 느꼈다.

"돌아와서 다시 보자, 테르나. 이제 혼자 두지 않을게."

"그래, 기다릴게."

키르히는 둘이 껴안는 모습을 보고 카샤의 볼을 꼬집던 손을 놓았다. 프란츠가 테르나를 어떻게 생각하고 있는지 알고 있던 그에게 둘의 행복한 모습은 너무 갑작스럽고 이해할 수도 없는 광경이었다.

테르나가 손짓으로 파렌을 불렀다.

"잠깐 와보겠어? 하고 싶은 말이 있어."

파렌은 그녀가 왜 프란츠를 껴안은 채 자신을 부를까 생각하며 그녀에게 다가갔다. 그러자 두 여성이 동시에 그를 붙잡고 그의 좌우를 각각 껴안았다. 하마터면 중심을 잃을 뻔했던 파렌은 쓸쓸히 웃으며 둘의 등을 토닥거렸다.

"깜박 잊고 있었군. 어렸을 때도 이렇게 날 놀라게 했지?"

"응."

둘이 동시에 대답했다.

"많이 무거워졌군, 둘 다."

프란츠와 테르나가 동시에 울컥했다.

"실례야."

"저질 주인이군."

"……"

파렌은 왠지 당하고 있다는 느낌을 지우지 못했다.

모두와 함께 저택을 나선 파렌은 지도를 펴고 프란츠와 키르히를 불렀다.

"그웰가르트 쪽으로 먼저 가는 게 낫겠지?"

프란츠가 동의했다.

"불확실한 일을 먼저 처리하는 것이 나아. 팔텐트 백작에 대해서는 나도 아는 바가 없으니까."

이어서 키르히가 진지하게 말했다.

"둘이 어떻게 화해한 거야?"

그의 뜬금없는 질문에 파렌은 한숨을 쉬었고, 프란츠는 군화 끝으로 키르히의 정강이를 툭툭 찔러 찼다.

"네가 그래서 다른 사람들에게 욕을 먹는 거야."

"이해가 안 된다고! 납득할 수 없어!"

"됐으니 출발하자."

지도를 접어 코트 안에 넣은 파렌은 말에 올라탔다. 정강이를 만진 키르히는 투덜대며 마차에 몸을 실었다.

고삐를 잡은 파렌은 다시 긴 한숨을 쉬었다.

"네 자리가 여긴 아닐 텐데?"

그의 등 뒤에 앉은 프란츠는 의아한 표정이었다.

"하녀가 앞에 타는 건 예의에 어긋나는 일이잖아?"

"뒤에 타는 것도 그렇지. 자리로 돌아가 주겠나, 미스 파브레힐트?"

"그리하지요, 주인님."

프란츠는 좋다 말았다는 표정을 지으며 마차 안으로 들어갔다.

'앞이 캄캄하군.'

근심 속에서 파렌은 말의 고삐를 잡아당겨 여행을 시작했다.

아이젠발트를 출발한 지 4일째 되는 날, 길이 잘 닦인 거대 침엽수림을 통과하여 목적지에 도달한 파렌 일행은 상상했던 것과 너무도 다른 감금 장소의 모습에 할 말을 잃었다.

본래는 작은 규모의 탑 하나만 덩그러니 서 있어야 할 장소에는 탑 말고도 목책으로 둘러쳐진 소규모의 요새가 있었다. 못해도 400에서 500명 정도의 인원이 충분히 거주할 수 있는 크기였다. 요새 곳곳에서는 연기가 피어올라 내부에 사람이 거주하고 있다는 사실을 증명해 주었다.

일단 마차를 멈추고 언덕으로 올라간 파렌과 프란츠는 망원경으로 요새를 관찰했다. 요새 안쪽에는 크고 작은 통나무집이 가득했고, 건장한 체구의 사내들이 그 사이를 분주하게 돌아다니고 있었다.

파렌은 망원경을 내리고 물었다.

"어떻게 생각하나?"

프란츠는 눈에 댄 망원경을 유지한 채 대답했다.

"체계가 잡혀 있어. 어중이떠중이들이 아니야. 하나의 군대라고 보는 편이 옳아."

"군대라면 어째서 저들에 대한 정보가 없는 거지? 저 정도라면 사회적 문제가 될 만한 규모일 텐데?"

"그웰가르트는 변방이자 국경 지대지만 절대 우방이라고 할 수 있는 프롤리에 왕국과 인접한 곳이야. 게다가 주민의 수도 극히 적지. 정보부나 감찰부에서 올 이유가 전혀 없어. 그래도 의도적으로 은폐됐다는 느낌을 지울 수가 없군."

그녀가 망원경을 접었다.

"어쨌든 저 군대가 누굴 위한 군대인지가 중요할 거야. 팔텐트 백작이 또 한 번의 쿠데타를 위해 준비한 군대가 아니길 바라야겠지. 일단 내려가자."

프란츠가 산짐승처럼 날랜 동작으로 언덕을 내려가자 파렌은 천천히 그녀의 뒤를 따라갔다.

파렌은 일단 키르히에게만 무장을 지시한 뒤 요새로 앞장섰다. 유사시에는 카샤와 네벨이 최대한 방어적인 행동을 할 수 있도록 허락했지만 그래도 긴장을 늦추신 않았나.

그들이 요새 앞까지 오자 서너 명의 사내가 요새의 쪽문을 열고 밖으로 나왔다. 그들은 비무장 상태였지만 목책 위에 늘어서서 자신들을 지켜보는 자들이 활을 숨기고 있을 가능성을 배제할 수는 없었다.

사내들은 하나같이 용병과 비슷한 분위기였다. 두툼한 털가죽으로 몸을 감싼 것부터 그냥 기른 수염과 긴 머리까지 그 어디에서도 정규군의 흔적을 찾아볼 수는 없었다.

사내들을 이끌고 나온 남자가 손을 들어 정지 신호를 보냈다. 마흔에 가까워 보이는 외모였지만 건강미가 넘쳐 보기에는 좋았다. 파렌이 남자 앞에서 말을 멈추자 키르히가 끄는 마차도 자연스레 멈췄다.

남자가 걸걸한 목소리로 말했다.

"어디서 오셨는지 모르겠소만, 여긴 여행객이 올 곳이 못 되오. 길을 잘못 든 것이라면 돌아가시오."

파렌은 어떻게 말을 할까 잠시 고민하다가 일단 솔직하게 털어놓기로 했다.

"팔텐트 백작님을 뵈러 왔소."

남자의 짙고 굵은 갈색 눈썹이 꿈틀거렸다.

"백작님? 그런 분은 이곳에 안 계시는데?"

"이곳은 팔텐트 백작님이 4년 전에 유배된 곳이오. 전달할 물건이 있어서 왔으니 백작님을 뵐 수 있도록 해주시오."

말없이 파렌을 보던 남자가 이윽고 씩 웃었다.

"어떤 기관에서 나오셨소? 복장을 보니 그저 그런 군부는 아닌 것 같은데? 게다가 계급은 특무상사고."

"소속은 섀델 크로이츠요."

남자의 인상이 확 변했다. 더불어 그가 데리고 나온 자들의 표정도 변했다.

그들 중 맨 뒤에 있던 사내가 신음하듯 말했다.

"설마, 파렌 콘스탄……?"

남자가 그를 돌아봤다. 확실하느냐는 그의 눈짓에 사내는 고개를 끄덕였다.

말없이 그들의 반응을 지켜보던 파렌은 말의 고삐를 쥔 왼손에 힘을 넣었다. 변방의 집단이 크로이츠를 알고 자신마저 안다는 것은 보통 일이 아니었다.

이윽고 남자가 고개를 끄덕였다.

"백작님께서는 안에 계시오. 우리를 따라 들어오시오, 특무상사."

속이 뻔히 보이는 남자의 표정에서 앞일을 예감한 파렌은 뒤쪽의 키르히를 봤다. 붉은 코트의 청년은 문제없다는 표정이었다.

통나무를 엮어 만든 요새의 문이 활짝 열렸다. 파렌과 마차는 그들의 인도에 따라 문을 통과해 요새 안으로 들어갔다.

요새의 문이 서서히 닫혔다. 이어서 파렌이 말에서 내리자마자 그가 예상했던 일이 벌어졌다. 무장을 한 사내들이 우르르 몰려나와 그들을 겹겹이 둘러쌌다.

부하들로부터 가죽 칼집의 검을 받은 사내는 검을 뽑으며 미소를 지었다.

"너무 놀라지 마시오. 당신이 진짜 흑기사인지 확인만 해볼 테니까."

파렌은 눈이 부실 정도로 빽빽이 깔린 창칼들을 살피며 물었다.

"내가 진짜 파렌 콘스탄이라면?"

"원래는 그냥 보내줘야 하지만…… 4년 전 파렌 콘스탄에게 엿을 단단히 먹은 자들뿐이라 잘 모르겠소!"

남자가 검을 들고 파렌에게 달려들었다.

순간 마차에서 튀어나온 검고 흰 물체가 달려들던 남자를 무릎으로 가격했다. 팔을 들어 가슴을 막은 남자는 갑작스런 충격 탓인지 미끄러지듯 엉덩이를 땅에 붙이며 쓰러졌다.

부하들의 부축을 받아 일어난 남자는 아연실색했다.

"하녀라고……?"

오른손에 단검을, 왼손에 조립된 슈트롬 팔켄을 든 프란츠가 뒷걸음질로 파렌 앞에 섰다. 그녀에게 무기를 받아 든 파렌은 그녀의 앞치마와 헤드드레스를 보고 고개를 갸웃거렸다.

"가뜩이나 치마도 긴데 그것까지 차려입고 나올 필요가 있었나?"

"하녀니까."

"흠."

그녀가 왼손으로 치마를 걷어올렸다. 살기등등하던 사내들의 시선이 한순간 그쪽으로 쏠렸다. 흰색 스타킹의 정점에 군용 단검이 보이자 사내들의 표정이 다시 진지해졌다. 양손에 단검을 든 프란츠는 잡아먹을 듯한 기세로 사내들을 노려봤다.

파렌은 팔켄을 든 오른쪽 어깨를 주무르며 앞으로 나섰다.

"말로 하는 게 어떻소? 최대한."

남자가 외쳤다.

"쳐라!"

지시는 간단명료했지만 사내들의 움직임은 그렇지 않았다. 마구잡이로 덤벼드는 것이 아니라 들고 있는 무기의 특성에 맞게 진형을 짜서 움직였다. 또한 걸음을 맞춰 압박까지 해왔다. 얼굴에 긴장한 기색이 역력했지만 각자가 해야 할 일을 잊지는 않고 있었다.

그들의 조직적인 행동은 파렌에게 있어서 오히려 다행이었다.

'마구 덤벼들었다면 희생자는 불가피했겠지.'

그는 왼손을 허리 뒤편의 가방에 가져가면서 사내들에게 명령을 내린 남자를 봤다.

"프란츠, 머리를 맡아."

"죽일까?"

"그건 곤란하지. 우린 부탁을 하러 온 입장이니까."

그는 가방에서 왼손을 뺐다. 심지에 불이 붙은 둥근 물체가 손에 들려 나오자 사내들이 움찔했다.

"폭탄이다!"

그들 중 한 명이 외쳤다. 파렌의 손을 떠난 물체가 진형 속에 떨어지자 사내들은 재빨리 흩어져 몸을 숨겼다.

지시를 내렸던 남자 역시 부하들과 함께 엎드린 상태였다. 하지만 폭탄이라 생각됐던 물체는 소리만 크게 났을 뿐이고, 사내들이 다시 일어났을 때 그들에게 지시를 내린 남자는 자리에 없었다.

"아, 바스티안 대장!"

사내들이 남자를 찾았을 때 그는 프란츠에게 붙들린 상태였다. 그녀는 땅바닥에 엎드리게 한 남자의 등판에 앉은 채 그의 뒷목에 단검을 대고 있었다.

남자가 엎드린 채 소리쳤다.

"더러운 수작을 부리다니……! 네놈, 진짜 파렌 콘스탄이로구나!"

그의 말에 파렌은 마음이 약간 상했다.

'수작이라…….'

거치대를 차고 나오지 않은 탓에 그는 어쩔 수 없이 슈트롬팔켄을 땅에 꽂았다.

"우린 당신들과 싸울 생각이 없소. 팔텐트 백작님을 뵙고 드릴 것이 있으니 협조를 부탁드리오."

"협조? 웃기지 마라!"

남자가 다시 외쳤다.

"우리가 누구 때문에 들개들이 됐는지 알기나 하는 건가? 너라는 자가 수년 동안 흘린 우리의 피와 땀을 한순간에 무너뜨렸다! 그날 밤, 네놈만 아니었다면 우린 그 더러운 돼지들을 몰아내고 바란투로스의 백성들에게 광명을 안겨줬을 것이다!"

남자의 외침에는 4년 동안 응어리진 한이 깊숙이 서려 있었다. 다른 사내들의 표정에도 오랜 분노가 느껴졌다.

파렌은 아무 말도 하지 않았다. 자신이 무슨 말을 한들 이들의 뇌리에 박힌 분노가 한순간에 우호적으로 바뀔 리가 없다는 것을 알고 있기 때문이었다.

'4년 전 백작님의 밑에 있던 군인들이군. 그렇다고 그동안 쌓인 하소연을 듣고 있을 수만은 없는 노릇인데…… 뭔가 방법이 없나?'

고민하는 그를 도와주는 목소리가 사내들의 뒤편에서 들렸다.

"이 사람들, 무슨 짓인가! 무기를 거두게! 어서 무기를 거둬!"

노인의 목소리였다. 사내들을 이리저리 밀치며 파렌에게 다가온 그 대머리의 노인은 팔을 좌우로 뻗었다. 당당한 체구에 남색 모피 코트를 걸친 그 노인은 다른 사내들과 마찬가지로 수염을 거칠게 기르고 있었다.

"제자리로 돌아가게! 상대방이 먼저 공격을 한 것도 아닌데 무기를 들다니, 백작님께서 정하신 규칙을 어길 작정인가? 돌아가지 않는 자는 규칙대로 처리하겠네!"

사내들은 분노를 억누르며 자리를 떠났다. 다들 뭔가 한마디씩 내뱉고 싶은 얼굴이었지만 정작 입을 벌리는 자는 없었다.

그들이 모두 떠난 것을 확인한 프란츠는 단검을 거두고 일어났다. 남자는 풀려나자마자 노인의 앞으로 달려갔다.

"파렌 콘스탄입니다! 우리를 이 꼴로 만든 자란 말입니다!"

"이 꼴이라니, 말조심하게!"

노인은 목소리를 높여 남자를 꾸짖었다.

"바스티안, 자네 아직도 우리가 이곳에서 보낸 4년을 굴욕의 시간이라고 생각하는 건가? 우리가 아무리 지저분한 일들을 도맡아 하긴 했어도 나라를 위한 일이었네! 달라진 것은 나라를 사랑하는 방법뿐이야!"

"늑대들이 돼지들이 준 사료를 먹으며 싸우는 게 말이 됩니까!"

"폐하께서 어렵게 내리신 은혜를 욕되게 하지 말게!"

"아, 예! 알겠습니다!"

그는 땅바닥에 떨어진 자신의 검을 줍고 어디론가 걸어갔다. 대머리의 노인은 안타까운 얼굴로 남자의 뒷모습을 지켜본 뒤 이윽고 파렌에게 돌아섰다.

"워낙 착한 사람이라 저런 것이니 이해해 주십시오. 아무튼 어서 오십시오, 콘스탄 도련님. 기다리고 있었습니다."

파렌은 노인이 사용한 호칭에 의아했다.

"저를 알고 계십니까?"

"아, 수염 때문에 소인을 못 알아보실 수도 있겠군요. 남자들끼리 있다 보니 면도를 할 필요가 없어져서 말입니다."

노인은 모피 코트를 절반만 벗은 뒤 셔츠의 오른팔을 걷어붙였다. 진한 늑대의 문신이 노인의 두꺼운 팔뚝에 박혀 있었다.

파렌의 표정이 단숨에 변했다.

"레오날드 집사님?"

"하하, 역시 소인의 문신은 알아보시는군요. 이제 정말 어엿해지셨습니다."

"아직 멀었습니다. 집사께서 이렇게 정정하시다니, 정말 기쁩니다."

파렌은 반가움이 가득한 얼굴로 노인과 포옹했다.

마차에서 얼굴을 내민 카샤와 네벨, 그리고 키르히는 노인이 도대체 누구이기에 파렌이 저리도 반가워하는지 궁금했다. 반면 프란츠는 노인에 대해 잘 알고 있었다.

'웨인 레오날드……. 아직도 살아 있었군. 여든에 가까운 나이일 텐데.'

노인은 파렌의 뒤쪽에 있는 그의 동료들에게 시선을 두었다.

"같이 오신 분들은 누구십니까? 크로이츠로 보이는 분은 한 분입니다만?"

"일을 함께할 동료들입니다. 크로이츠와는 별개의 임무를 맡고 있습니다."

"그러시군요."

그는 치마 속에 손을 넣어 단검을 거두는 프란츠를 눈여겨봤다. 얼굴은 그럭저럭 봐줄 만했지만 마치 탈색제라도 바른 듯 흰색이 여기저기 들어간 그녀의 머리를 보고 노인은 무거운 신음 소리를 냈다.

"도련님 취향을 영 모르겠군요. 마차엔 여자아이들까지 있고……."

"……백작님께서는 어디에 계십니까?"

"아, 탑에 계십니다. 일행 분들과 함께 뵈시겠습니까?"

"아닙니다."

"그럼 제가 안내해 드리겠습니다."

"알겠습니다."

파렌은 땅에 박아둔 슈트롬 팔켄을 프란츠에게 건네주었다.

"금방 돌아오도록 하지. 혹시라도 무슨 일이 있으면 신호탄을 쏘도록 해."

"그러지."

파렌은 노인과 함께 이런저런 얘기를 나누며 요새 끝에 보이는 작은 탑으로 갔다. 팔켄을 들고 마차 안으로 들어온 프란츠는 도구를 이용해 무기를 분해했다.

키르히가 급히 마차 안으로 들어왔다.

"저 할아범은 누구야? 파렌이랑 잘 아는 사이 같던데?"

카샤와 네벨도 궁금한 눈치였다. 프란츠는 나사를 푸는 손을 늦추지 않고 말했다.

"이름은 웨인 레오날드. 본명은 웨인 더 블랙본이지. 팔텐트 백작의 집사이자 오른팔 같은 존재야. 파렌의 부친과 팔텐트 백작의 친분 때문에 몇 번 만난 일이 있었던 것 같아."

"……그것뿐이야?"

프란츠는 키르히를 슬쩍 본 뒤 얘기를 계속했다.
"전직 도적이야. 검은 늑대 도적단에 대해서 들은 적 있어?"
"몰라."
"약 30년 전에 웨스트리치 대륙을 뒤흔들었던 대도적단이야. 나름대로 의적이었지. 웨인 레오날드는 그 도적단의 두목이었어."
키르히는 잠시 동안 멍한 얼굴로 눈을 깜박거렸다.
"그런 대단한 할아버지가 왜 집사를 하고 있어?"
"그 도적단을 토벌한 사람이 팔텐트 백작이야. 백작이 1차 방어진 근처에 그들이 나타났다는 말을 듣고 토벌에 나서서 결국 사로잡았지. 정보상으로 웨인은 생포된 자신과 부하들을 대하는 백작의 태도에 감동을 받아 그의 부하가 된 것으로 되어 있어."
카샤가 어이없다는 얼굴로 물었다.
"감동을 받았다는 이유로 해결될 문제가 아니지 않나? 그 정도의 대도적이라면 분명 목이 날아갈 텐데?"
"허락하신 분이 폐하이시니 우리로서는 따질 수가 없지."
"으음……."
팔짱을 낀 카샤는 옷 속에 숨겨두었던 꼬리를 풀고 이리저리 팔랑거렸다.
"그 노인왕, 아무리 생각해도 기인이로다."
"고민할 필요가 없는 기인이시지. 카샤는 가방이나 줘. 키르히는 경계를 계속하고."
그녀의 말에 따라 키르히는 마차 밖으로 나갔고, 카샤는 슈트롬 팔켄 전용 가방을 건네주었다. 프란츠는 마른헝겊으로 분해된 팔켄의 칼날과 포신의 흙을 잘 닦아낸 뒤 하나씩 가방에 넣었다.

한편, 노인과 함께 탑으로 올라간 파렌은 먼저 안으로 들어간 노인이 나오기를 기다리고 있었다.

곁에서 보고 느낀 것과 달리 탑의 내부는 청소가 잘되어 깔끔했다. 두꺼운 나무 문으로 단단히 막힌 위층은 아래에서 보이는 바닥만 따졌을 때 장정 20여 명이 충분히 들어갈 만큼 넓어 보였다.

'작전 회의실로 쓰기엔 무리가 없겠군.'

그는 공식적으로 감금 상태인 팔텐트 백작이 어떻게 이런 공간을 제공받고 군대까지 이끌 수 있는지 궁금했다.

'좀 있으면 알게 되겠지만…… 폐하의 뜻을 알 수가 없군.'

조금 뒤, 노인이 문을 열고 밖으로 나왔다.

"기다리시게 해드려서 죄송합니다. 들어오십시오, 도련님."

"그럼 실례하겠습니다."

파렌은 조심스럽게 위층으로 올라갔다.

목조 계단을 벗어난 파렌이 가장 먼저 본 것은 자신에게서 등을 돌린 채 뭔가를 열심히 적고 있는 남자의 모습이었다. 파렌은 그 모습을 기억하고 있었다. 그 모습은 4년 전, 자신에게 붙잡혀 근위대에게 인계되던 한 남자의 뒷모습과 조금도 다르지 않았다. 그저 뒷머리가 좀 더 길어졌을 뿐이었다.

"잠시 기다려 주게. 한 줄만 더 쓰면 될 것 같으니까."

남자는 돌아보지 않고 부탁했다. 파렌은 말없이 그가 펜을 놓고 돌아보기를 기다렸다.

그가 무엇을 쓰는지 아직 알 수는 없었지만 글을 만들고 있는 남자의 펜은 열정적으로 흔들렸다. 파렌은 그 모습을 보고 지그시 웃었다.

희곡을 좋아하는 팔텐트 백작은 스스로 희곡을 쓰는 것도 좋아했다. 내용이 너무 급진적이고 재미가 없는 것이 문제였지만 작품에 담긴 힘과 열정만은 많은 이들에게 인정을 받았다.

이윽고 그가 펜을 놓고 돌아섰다.

그 남자는 각진 은색 테의 안경을 쓰고 있었다. 안경을 벗자 호엔 3세 만큼이나 날카로운 눈빛이 보였다. 그는 이마에 맺힌 땀을 닦은 뒤 다시 안경을 썼다.

"4년도 세월이라고, 눈이 많이 안 좋아졌다네. 안경을 쓴 지는 2년이 됐는데 아직 불편해."

"그래도 건강하셔서서 다행입니다."

"건강해야지. 아직 해야 할 일이 남았거든."

자리에서 일어난 남자는 오른손을 뻗었다. 파렌은 공손히 오른손을 들어 그와 악수했다.

"파렌 콘스탄, 팔텐트 백작께 인사드립니다."

"아직 나를 백작이라 불러주는군. 오랜만일세, 콘스탄 가문의 젊은 특무상사여."

악수를 푼 둘은 가벼운 포옹으로 반가움을 나눴다. 빌헬름 팔텐트는 감격 어린 미소를 지으며 젊은이의 등을 두드려 주었다.

"폐하께 자네에 대한 이야기를 많이 들었네. 자네가 정말 자랑스럽군."

"감사합니다, 백작님."

둘은 커다란 목조 테이블을 사이에 두고 마주 앉았다. 레오날드는 두툼한 나무 컵에 담아온 따뜻한 차를 둘의 앞에 놓아주었다.

백작이 먼저 말했다.

"궁금한 것이 많겠군. 알려진 것과는 다른 내 처지와 요새, 그리고 부하들까지."

"그렇습니다, 백작님."

백작은 말하기에 앞서 쓴웃음부터 지었다.

"작년 이맘때였나? 팔메르 왕국의 영주 한 명이 실종 한 달 만에 아이젠발트의 다리 밑에서 변사체로 발견된 일이 있었을 것이네."

"알고 있습니다. 그것 때문에 수도의 주민들이 팔메르와 전쟁을 하는 게 아니냐고 걱정했지만 아무 일도 없이 넘어가서 군부마저 당황한 일이었습니다."

"후후, 그 사건의 주인공이 바로 우리라네."

갑작스런 백작의 얘기에 파렌은 마시던 것을 멈추고 그를 봤다.

"무슨 말씀이십니까?"

"녀석이 바란투로스에 오피엄(Opium:아편)을 공급하는 주범이었거든. 팔메르 왕국이 바보 왕을 앉힌 이후로 썩어빠졌다는 것은 알고 있었지만 영주까지 범죄를 저지르면서 돈을 긁어모을 줄은 몰랐네. 아무튼 우리가 국경을 넘어 녀석의 조직을 쳤고, 추격 끝에 녀석을 생포하여 폐하께 바쳤지."

"그 말씀은……?"

"별것 아닐세. 들개 가죽을 쓴 늑대의 이야기지."

파렌은 그제야 왕이 말했던 볼프리트의 의미를 알 수 있었다.

정규군이 공개적으로 처리할 수 없는 일을 도맡아하는 비밀 조직은 다른 왕국뿐만 아니라 바란투로스의 역사 속에도 수없이 존재해 왔다.

가장 흔한 경우는 사면을 조건으로 범죄자들을 이용하는 것이다. 물론 그 조직에서 사면을 받는 자는 아무도 없었다. 대부분이 최종 단계에서 기밀 유지를 위해 처리되거나 현실적으로 불가능한 임무에 투입되어 목숨을 잃는다.

백작과 그 부하들도 범죄자 집단이지만 파렌이 알고 있는 경우들과는 그 성격이 달랐다. 정규군 이상의 훈련과 좋은 식량, 무기를 지원받는 자들임은 물론 바스티안과 레오날드의 말을 되짚어봤을 때 그들이 오로지 사면만을 위해 움직이는 것 같지는 않았다.

백작이 말했다.

"4년 전, 재판이 끝난 뒤 폐하께서 다른 방식으로 나라를 위해 일을 할 수 있도록 기회를 주셨네. 이미 죽을 각오를 하고 있었던 나와 부하들은 폐하의 제안을 받아들였지. 폐하 이외에 다른 자가 우리들에게 지시를 내리지 않는다는 보장하에 말일세. 그것이 우리 볼프리트 부대의 시작이지."

백작은 차를 마셨다. 컵에서 올라온 하얀 기운이 백작의 안경을 희뿌옇게 만들었다.

"그날 이후 나와 부하들은 수많은 일들을 해왔네. 바란투로스 내에서 작전을 수행한 일은 없고, 오로지 외부에서만 활동했지. 주로 대형 범죄 조직의 소탕과 타국의 비밀 무기 강탈 및 제거, 그리고 그밖에 바란투로스에 해를 끼칠 만한 모든 존재들을 멸살했지."

백작은 안경을 벗고 털듯이 흔들었다.

"4년 동안 수많은 갈등이 있었네만, 그때마다 부하들을 지탱해 준 것은 애국심이었네. 내가 생각해도 정말 멋진 젊은이들이지. 하지만 사실은 본심이 아닐지도 몰라."

백작의 말이 가라앉았다. 분명 즐거운 모험담을 늘어놓으려는 것은 아니다. 다시 안경을 쓴 백작은 빈 잔을 레오날드에게 내밀며 말했다.

"애국심이라는 것은 말일세, 대단히 거내하면서도 미집한 딘어라네. 정열의 대상이자 냉소의 대상이기도 하고, 찬양의 대상이자 비난의 대상이기도 하지. 어느 쪽이 되었든 확실한 것은 실체가 없고 현실과 동떨어진 부분이 있다는 것이네. 마치 일종의 신앙처럼 말이지. 그런데 현실이라는 이름의 악마와 맞닥뜨리면 어이없게도 모습을 감추곤 한다네. 믿었던 사람을 순식간에 바보로 만들지."

"……."

"부하들이 자네를 탓했지? 사실, 4년 전만 해도 그들은 자네들을 인정했네. 자네라는 뛰어난 인재가 이 바란투로스를 위해 일한다는 사실을 기뻐했지. 하지만 지금 그들은 자네를 미워하고 있네. 자신들이 처한 상황이 모두 자네 탓이라 여기고 자네를 비난함으로써 마음의 안정을 찾으려 하지. 여기서 자네를 쓰러뜨리고 목을 벤다고 해서 달라질 건 없는데 말이네."

레오날드에게 새로운 컵을 받은 백작은 빙긋 웃었다.

"이제 애국심이라는 말로 스스로를 지탱하는 것에 한계가 온 것이네. 어쩔 수 없지."

허무감이 섞인 말이었다.

"이제 자네의 얘기를 좀 듣고 싶군. 폐하께서 어떤 일로 자네를 보낸 것인가?"

파렌은 깜짝 놀랐다.

"아무런 말씀도 듣지 못하셨습니까?"

"난 자네가 온다는 말과 지금까지 자네가 해왔던 일에 대해서만 전달받았다네. 뭔가 대단한 일이 있을 거라는 예상은 하고 있네만…… 폐하의 속을 제대로 아는 이가 세상에 어디 있나? 신하와 카드놀이를 할 때도 사기를 치는 대단한 영감님을 말이네."

웃지 못할 그의 말에 어떻게 대응해야 할까 고민한 파렌은 호엔 3세가 준 편지를 건네는 것이 빠르겠다는 결론을 내렸다. 어차피 그도 팔텐트 백작의 상황을 모르고 왔으니 대화를 풀어나가는 데 있어서 가장 좋은 방법은 그것이었다.

"폐하께서 저에게 맡기신 편지입니다."

팔텐트는 파렌이 품에서 꺼낸 검은색의 원통형 상자를 보고 쓴웃음을 지었다.

"검은색이라…… 설마 전부 절벽에서 뛰어내려 죽으라는 뜻인가?"

봉인을 뜯고 편지를 꺼낸 팔텐트는 안경을 만지며 내용을 읽어 나갔다.

편지는 총 세 장이었다. 첫 번째 장을 다 읽은 백작의 얼굴에 걱정이 떠올랐다.

"흠…… 그렇군. 여태까지 전황에 대해 제대로 들은 바가 거의 없어서 걱정했는데, 이제 어떻게 돌아가는지 좀 알겠군. 화약 무기를 엉망으로 만드는 안개술사라…… 1차 방어진이 밀린 이유를 알겠네. 웨스트리치의 철벽 요새는 백병전보다 총과 대포에 의한 방어 비중이 크게 설계됐지. 시대의 흐름에 맞는 설계이긴 했는데, 아쉽게 됐군. 2차 방어진으로 삼은 사자의 요새는 100년 가까이 사용된 구식이라 오히려 웨스트리치의 철벽보다 훨씬 나았을 것이야."

나름대로 평가를 내린 백작은 다음 장을 읽었다. 파렌은 그가 두 번째 장을 뒤로 넘겼을 때 뭔가 말을 할 줄 알았지만 백작은 침묵을 지켰다. 그리고 마지막 장을 다 읽은 후엔 한숨을 쉬며 편지를 테이블에 내려놓았다.

"전면적인 사면 및 복권이라……. 이거 나를 상대로 또 사기를 치시려 하는군."

"무슨 말씀이십니까?"

"설명을 해주지."

그는 편지가 들어 있던 통을 테이블에 눕혔다.

"이놈을 사자의 요새라고 가정하세. 아마 요새를 향해 밀려오는 야만족들의 수는 하루에 3,000명 정도 될 것이네. 요새 앞쪽의 좁은 길을 생각하면 그 수가 딱 맞아. 야만족이 아무리 무식하다고 해도 그건 알 것이네. 일단 쳐들어왔다가 인원이 어느 정도 줄어들면 다시 빠지고 다음날 다시 오겠지. 녀석들은 공성전을 할 때 적이 지칠 때까지 연타하는 작전을 쓰거든. 하지만…… 안개의 탑이라고 했나? 만약 사자의 요새에 주둔하고 있는 연합군 주력을 전부 빼서 탑을 공격한다면 거의 동시에 사자의 요새 쪽에 배치된 야만족들이 미친 듯이 요새로 몰려올 것이네."

파렌은 백작의 말을 이해할 수 없었다.

"어떻게 동시에 그럴 수가 있단 말입니까? 안개의 탑과 사자의 요새 사이의 거리는 말을 타고 달려도 하루 이상 걸립니다."

"내가 안개술사의 능력에 대해서 잘 모르긴 하지만 편지에 쓰인 것을 보니 전투 개시 1시간 내에 교주가 안개술사에게 연락을 해서 상황을 전달한다는군. 아젤란도가 그랬다는데, 그 브리스톤 늙은이의 말은 믿을 만한가?"

파렌의 눈썹 사이에 힘이 들어갔다.

"신뢰할 만한 가치는 있습니다만……."

"흠, 자네도 몰랐던 상황이었나? 정리해 주겠네. 전투는 안개의 탑 주변과 사자의 요새에서 동시에 벌어지는 것이네. 안개의 탑에서 작전이 개시되는 순간, 난 사자의 요새에 배치된 우리 볼프리트와 얼뜨기 신병 7,000여 명을 데리고 수만 명의 야만족들과 피똥을 싸며 싸워야 하지."

"……."

"요새가 있으니 괜찮을 것 같나? 야만족은 여차하면 자기들 시체로 계단을 만들어서 요새의 벽을 넘을 각오가 된 놈들일세. 내가 1차 방어진에서 근무할 때 녀석들이 그런 방식으로 요새의 방벽을 넘어오려는 꼴을 세 번이나 봤네. 그때마다 대포로 시체 계단을 날려서 위기를 벗어나곤 했는데, 지금은 시체 계단을 날릴 대포부터 사용 불능이지. 지금 잡힌 전력으로 얼마나 버틸 수 있을지는 가늠하기 어렵네."

파렌은 오른손으로 턱과 입가를 가렸다.

"부대의…… 볼프리트의 규모는 어느 정도입니까? 제가 알기로 당시 쿠데타에 참가했던 백작님의 부하는 약 2,000여 명으로 알고 있습니다."

파렌의 질문을 들은 백작은 싱긋 웃었다.

"4년 동안 많이 달라졌군."

"예?"

"그때만 해도 아직 소년의 모습을 완전히 벗지 못했는데 이 젠 어엿한 한 명의 리더가 됐군. 그렇게 절망적인 얘기를 했는데도 전혀 두려움을 못 느끼다니, 대단하네."

"4년 전에 왕궁을 탈환할 때도 충분히 절망적이었습니다."

"그런가? 내가 큰 계기를 마련해 준 셈이로군."

여유를 회복한 백작은 파렌의 질문에 대한 답을 해주었다.

"내가 이곳에서 데리고 있는 인원은 약 500명가량이네. 정확히는 483명인가? 3명이 저번 임무 때 사망했으니까."

그가 확인하듯 레오날드에게 물었다. 대머리의 노인은 머리를 조아렸다.

"그렇습니다, 백작님."

"음, 나머지 1,500여 명은 하인리히 자작과 슈펠튼 자작, 카울렌 남작이 다른 지역에서 관리하고 있네. 2,000명은 안 되지만 1,800명은 족히 넘을 것이네. 의외로 전사자가 적어서 다행이로군."

"그럼 이번 작전에 참여하시는 겁니까?"

"별수있나?"

백작은 어깨를 으쓱했다.

"일단 폐하의 명이고…… 조건도 좋고 명분도 좋으니 거절할 이유가 어디에도 없지. 문제는 어떻게 방어를 하느냐에 달렸네. 정말 죽으라고 하는 것이나 똑같아. 정말 길어야 하루일 것이네. 그 이상은 병사들 대부분이 수면 부족과 피로 때문에 자포자기 상태가 될 테니까."

"하루를 넘겨서 위험해지는 것은 사자의 요새만이 아닙니다. 안개의 탑에 투입된 인원 전원이 위험해집니다."

백작의 이마에 잡힌 주름살이 굵직해졌다.

"그건 또 무슨 소리인가?"

"안개의 탑에는 안개술사에게 힘을 주는 원천인 안개의 씨앗과 그들을 통제하는 교주가 있습니다. 작전의 목표는 안개의 탑의 정복이 아니라 씨앗과 교주를 제거하는 것입니다. 교주는 몰라도 씨앗만큼은 제거해야 합니다. 교주의 힘이 강력하다고 알려진 만큼 적어도 수시간 내에 끝을 봐야만 합니다. 하루가 넘어간다면 작전은 완전히 실패했다고 보셔도 됩니다."

"수시간이라……."

백작은 검지로 책상을 두드리며 생각에 잠겼다.

"전쟁이 아니라 무슨 운동경기 같군. 아무튼 시간이 짧다니 마음에 드네. 나도 최대한 머리를 짜내어보지."

"감사합니다, 백작님."

"나에게 감사할 것까지는 없네. 함께 잘해보세. 그런데 자네, 결혼은 했나?"

방향이 급반전된 백작의 질문에 파렌은 잠깐 당황했다.

"아직 하지 못했습니다."

"그래? 내가 수도에서 거사를 벌이기 전에 약혼했지 않나? 상대가 예레미스 후작의 따님이었지? 내가 그 백구두 후작과 친하지 않아서 잘 기억이 안 나네만…… 이름이 테르나였나?"

"예. 백작님과의 일이 있은 후에 파혼하게 됐습니다."

파렌은 이런 대답을 여기까지 와서 하게 된 자신의 처지를 마음속으로 비관했다. 그의 속을 알 리가 없는 백작은 제법 큰 소리로 물었다.

"파혼?"

"그렇습니다."

"허허, 안됐군. 아버지와는 달리 괜찮은 아가씨였던 것 같았는데."

파렌은 파혼 이유를 묻는 질문이 나오기 전에 미리 입막음에 나섰다.

"예레미스 후작님과는 사이가 안 좋으셨습니까?"

"딱히 이유는 없고…… 사실 대화도 제대로 나눠본 적이 없지. 일하는 분야부터 달랐고, 그쪽 집안이 서열상으로는 우리 집안보다 위였으니까. 단지 그분의 구두가 마음에 들지 않았을 뿐이네. 국무회의에 백구두가 뭔가, 백구두가."

"그래도 이번 작전이 잘 끝나면 국무회의에서 다시 뵙게 되실지 모릅니다."

그러자 백작은 손사래를 쳤다.

"아아, 난 바로 은퇴할 생각이네. 거사를 터뜨린 사람과 국무회의를 같이하고 싶은 사람이 누가 있겠나? 여러모로 골치 아파지기 전에 미리 빠져 주는 것이 낫겠지. 그냥 아들 부부와 손녀를 데리고 지방에서 조용히 살고 싶네."

"손녀가 있으셨습니까?"

"아, 자네는 몰랐겠군. 음악 공부 때문에 어렸을 때부터 어미와 단둘이 뤼텐베르그 지방에서 살았다네. 내가 거사를 일으킨 뒤로 이름과 성씨를 바꾸고 아들 부부와 함께 지낸다고 들었네. 나이가 올해로 스물일 텐데, 지금은 날 몹시 미워하겠지. 나 때문에 음악이고 뭐고 다 때려치워야 했을 테니까. 현악기 실력이 정말 좋았는데……."

방의 공기가 삽시간에 무거워졌다. 잠시 동안 편지를 보던 백작은 억지로 밝은 표정을 지었다.

"그건 그것이고…… 다른 것은 없나? 폐하께서 편지만 보내실 리가 없을 텐데?"

"드릴 물건이 한 가지 더 있습니다. 함께 가시지요."

파렌과 함께 마차가 있는 곳으로 간 팔텐트 백작은 마차에서 줄줄 나오는 키르히와 프란츠, 카샤, 네벨을 보고 약간 당황했다. 파렌과 함께 '임무'라는 것을 하기 위해 온 멤버라고는 도무지 믿겨지지가 않아서였다.

"하녀까지는 이해를 하겠는데, 애들은 뭔가? 자네, 설마……."

"아닙니다."

파렌은 딱 잘라 말했다. 입양을 했냐고 물으려 했던 백작은 그의 반응에 다시 한 번 놀랐다.

파렌은 마차에서 검은색의 고급스런 상자를 꺼내 백작에게 내밀었다.

"사자의 요새까지 오시는 데 도움이 될 물건입니다."

주위에는 바스티안을 포함한 수많은 사내들이 나와 있었다. 무기를 들고 있진 않았지만 그들은 여전히 파렌과 그의 동료들을 좋지 않은 눈으로 바라보고 있었다. 다만 몇몇은 아이들을 보며 쓸쓸한 표정을 지었다. 자신들이 이곳에 오면서 헤어진 가족들과 아이들에 대한 그리움 때문이었다.

상자를 받아 뚜껑을 열어본 백작은 안에 든 것을 잠시 지켜봤다. 오랫동안 가물었던 땅에 물기가 고이듯 깊은 감격이 4년 동안 그의 주름진 얼굴에 깃들었다.

백작은 세례를 받는 종교인처럼 눈을 감고 상자 안에 얼굴을 묻었다. 그리고 그 상태로 숨을 깊게 들이마셨다.

"새 것이군. 그래, 새 것은 항상 냄새가 좋았지. 게다가 기계로 짠 것이 아니라 손으로 짠 물건이야. 후후, 4년 전까지만 해도 신물 나게 봐왔던 것인데…… 이건 영광이로군."

상자에서 얼굴을 뗀 백작은 그것을 레오날드에게 내밀었다.

"이것을 모두에게 보여주게."

레오날드는 움직이지 않았다. 대머리 노인의 눈은 진한 눈물에 뒤덮여 흐릿한 상태였다.

"자네 혼자 이러면 어쩌나? 진정하고 어서 보여주게."

"알겠습니다, 백작님."

레오날드는 흉터와 군살로 뒤덮인 손을 상자 속에 넣었다. 그리고 모두가 볼 수 있도록 그것을 하늘 높이 들었다.

직사각형의 검은색 천이 하늘에 나부꼈다. 황금색 실로 정교하게 수놓아진 독수리의 문장이 두꺼운 천의 한가운데에서 거대한 날개를 펼치고 있었다. 천의 가장자리에 붙은 금색의 술이 바람을 맞아 찬란하게 나부꼈다.

그것이 바로 아들러스 안루프(Adlers Anruf), 직역하자면 독수리의 부름이라는 이름의 바란투로스 국기였다.

모든 사내들의 시선이 깃발에 박혔다. 모두가 4년 동안 목숨을 걸고 싸웠지만 정작 그들은 저 깃발을 볼 수도, 손에 들을 수 없었다. 그것은 애국이라는 대의를 품고 일어났던 그들에게 있어서 가장 혹독한 형벌이었다.

백작이 큰 소리로 외쳤다.

"보이는가, 제군들이여! 아들러스 안루프다! 황금의 테두리는 그 누구도 바꿀 수 없는 바란투로스의 국경을! 검은색 바탕은 바란투로스의 끝없는 영토를! 황금의 독수리는 그 모든 것을 내려다보며 수호하는 바란투로스의 힘을 상징하는 우리의 국기다! 오늘, 이 시간부로 우리의 손에 이 깃발이 다시 돌아왔다!"

감격과 흥분이 사내들의 눈동자 속에서 아른거렸다. 인간의 의지에 대해 민감한 카샤와 네벨은 단 한 가지의 마음을 놀라울 정도로 추구하는 사내들의 기운에 놀랐다.

백작이 다시 외쳤다.

"지금, 더러운 야만족들이 우리의 바란투로스와 우리의 웨스트리치 대륙을 짓밟으려 하고 있다! 그리고 나라가 우리를 원하고 있다! 우리의 힘과, 우리의 의지와, 우리의 목숨을! 우리는 이 깃발 아래 들개의 가죽을 쓴 늑대가 아니라 바란투로스의 군인으로서 숭고한 싸움에 동참할 것이다! 볼프리트의 늑대들이여, 어둠에서 벗어나 나라를 위해 죽을 각오가 되어 있다면 그대들의 마지막 무기를 들어라!"

총과 칼, 그리고 휘두르고 던질 돌마저 사라졌을 때 인간이 들 수 있는 무기는 오로지 하나뿐이다. 사내들은 하나같이 주먹을 들고 그 끝을 깃발에 맞췄다.

"모두 외쳐라! 바란투로스를 위하여!"

"바란투로스를 위하여!"

레오날드가 깃발을 더욱 높게 들고 힘차게 흔들었다.

"외쳐라, 웨스트리치를 위하여!"

"웨스트리치를 위하여!"

눈 덮인 산과 계곡 사이에 사내들의 거친 목소리가 채워졌다. 그 우렁찬 목소리에 응답하듯, 산짐승들의 울음소리가 여기저기서 희미하게 들려왔다.

백작과 작별한 파렌은 지체 없이 다음 목적지인 안개 계곡으로 향했다.

백작은 식사를 권했지만 파렌은 애써 그의 제안을 거절했다. 깃발 덕분에 좀 누그러지긴 했어도 자신에 대한 사내들의 앙금이 여전히 두터웠기 때문이다. 식사를 하다가 말썽을 겪느니 깔끔하게 퇴장해 주는 것이 차라리 나았다. 덕분에 식사를 놓치게 된 일행은 빵을 씹으며 길을 재촉해야 했다.

네벨은 프란츠, 카샤와 함께 마차 안에서 빵을 먹고 있었다. 빵을 오물거리는 네벨의 표정은 어딘지 모르게 멍했다.

그녀는 볼프리트의 사내들이 보여준 국가에 대한 열광을 이해할 수 없었다. 그저 깃발을 본 것뿐인데 어째서 그들의 의지가 하나가 되고, 파렌과 자신들에 대한 경계심, 그리고 분노가 잠시나마 사라질 수 있는 것인지 궁금했다.

"그런 얼굴로 빵 먹으면 소화 안 된다."

빵 대신 육포를 씹는 카샤가 시비를 걸었다.

네벨은 자신이 가진 의문을 카샤와 프란츠에게 털어놓았다. 고민을 다 들은 프란츠는 고개를 갸웃거렸다.

"나도 잘 모르겠네. 군인에겐 애국심보다는 얼마나 기계처럼 행동할 수 있느냐가 더 중요하거든."

"기계처럼 행동한다는 것이 무슨 말입니까?"

"아무리 훈련이 잘된 동물이라고 해도 가끔은 거부할 때가 있지. 목숨과 직결된 상황이라면 특히 더 그래. 하지만 기계는 굴리는 대로 굴러가잖아. 주인이 절벽 아래로 밀어도 군소리 없이 밀려서 떨어져 주지."

"미스 파브레힐트도 기계 같은 군인이었습니까?"

네벨의 당돌한 질문에 프란츠는 쓴웃음을 지었다.

"당연하지. 하지만 지금은 소원하던 주인님 밑에 있어서 행복해."

말은 그랬지만 단검으로 빵을 잘라 입에 넣는 모습과 무표정한 얼굴은 전혀 그렇게 보이지 않았다.

"나도 좀 놀라긴 했다."

카샤가 말했다.

"무슨 수를 부리지 않는 한 수백 명의 사람들이 똑같은 생각을 가지기란 쉽지 않지. 하지만 모두 기뻐하고 있었지 않나? 오랫동안 그리워하던 애인을 만난 사람처럼 말이다. 이해는 할 수 없지만 모두 진심으로 좋아하는 것 같아서 보기는 좋았다."

"낙천적이시군요."

"고민할 일도 아니지 않나? 흐흐흐."

네벨은 자신을 떠나게끔 한 안개 마을의 주민들이 과연 깃발을 본 볼프리트들처럼 자신을 진심으로 환영해 줄지 궁금했다.

story 16 구름짐승의 무덤

 국경을 넘어 프롤리에 왕국으로 들어간 일행은 국경 근처의 도시인 엔더하임에서 식량을 보충할 겸 하루를 쉬기로 했다. 원래는 다른 곳에서 식량을 구입할 예정이었으나 카샤가 파렌의 예상 이상으로 많이 먹어대면서 그날뿐만 아니라 앞으로 진행될 모든 식량 보충 일정에 큰 수정이 필요해졌다.
 "그냥 굶기면 되잖아? 집에서 기르는 강아지를 굶겨도 욕하는 사람은 별로 없어. 알려지지만 않으면 동물 단체에서 쳐들어올 일이 없다고!"
 뒤따라오는 키르히의 불평에 파렌은 결국 걸음을 멈추고 뒤를 돌아봤다.
 "지나친 말은 그만둬. 우린 생존 훈련을 하기 위해 나온 것이 아니야. 도시가 아예 없는 오지로만 다니는 것도 아니잖아? 빵과 고기는 품질 좋은 것으로 얼마든지 살 수 있어."

"이걸 살찌우기 위해 돌아다니는 것도 아니잖아!"

그는 왼손을 들었다. 화가 나서 얼굴이 시뻘게진 카샤가 그의 손을 꽉 깨문 채 들려 올라왔다.

지나가던 사람들이 그 꼴을 보고 놀랐지만 키르히와 카샤의 살벌한 표정 때문에 발길을 멈추는 사람은 없었다.

민망함에 파렌은 한숨을 쉬었다. 프란츠와 네벨을 데리고 나왔어야 한다는 후회가 밀려왔지만, 그렇다고 여관으로 다시 돌아갈 수는 없는 노릇이었다.

정육점 앞에 도착한 파렌은 가까스로 떨어져 씩씩거리는 둘에게 경고하는 투로 말했다.

"적당히 해. 여긴 바란투로스가 아니라 프롤리에야. 괜히 소란을 피웠다가 프롤리에 왕국 경비대에게 붙들리면 불가피하게 시간을 소모할 수밖에 없어. 특히 카샤는 더욱 주의하도록 해."

나름대로 걱정한다고 한 말이었지만 흥분 상태인 카샤는 발끈했다.

"본좌는 잘못한 게 없다!"

그녀가 크게 소리치자 파렌의 표정이 더욱 엄중해졌다.

"동물들이 잘못해서 사냥당하는 것은 아니야."

그 말에 상처를 받은 카샤는 몸을 부르르 떨더니 급기야 눈물까지 흘리고 말았다.

"어이, 말이 심하잖아!"

키르히가 그를 밀치며 둘 사이를 가로막았다.

"농담이라도 진담처럼 사람 심장을 후벼 파는 게 있다고! 네가 하는 말은 특히 그래! 널 아는 사람들은 그걸 아니까 이해를 하지만 원숭이는 아니잖아! 얘는 나이만 200살이라고!"

입장부터 성격까지 감정대로 할 수 없는 파렌으로서는 답답한 상황이었다.

"그만 하지. 난 고기를 사 올 테니 여기서 기다리고 있어."

파렌이 감정을 죽이며 정육점 안으로 들어간 뒤 키르히는 훌쩍거리는 카샤 앞에 쭈그리고 앉았다.

"너무 화내지 마, 원숭이. 저 녀석 말투가 원래 저래."

"그래도 파렌에게 혼나니까 너무 아프다."

"그럼 손이라도 깨물지 그랬어?"

"아플까 봐 못하겠다."

"……."

키르히는 순간 배신감에 가까운 씁쓸함에 휘말려 뭐라 할 말을 찾지 못했다. 슬그머니 일어난 그는 쓴웃음을 지으며 자신의 머리를 털었다.

"……뭐, 녀석이 나보다는 더 오랫동안 너와 함께 있었으니까."

"엇, 기분이 상했나?"

"몰라."

카샤가 그의 몸을 올라타 등에 매달렸다. 그리고는 자신의 볼로 키르히의 볼을 문질렀다.

"에이, 그러지 마라. 시간으로 친구의 깊이를 따질 수는 없는 법이 아닌가."

"흥, 생각해 보지."

키르히는 인간보다 약간 더 후끈한 카샤의 체온이 갑자기 멀어진 것을 느꼈다. 카샤는 고개를 돌린 채 다른 곳을 바라보고 있었다. 그녀를 따라 몸을 돌린 키르히는 자신도 모르게 표정을 구겼다.

부담스러울 정도로 화사한 순백색 롱 코트에 여성처럼 긴 금발을 지닌 남자가 그곳에 있었다.

남자는 키르히에게, 정확히는 그에게 매달린 카샤에게 다가오고 있었다. 얼굴은 같은 남자인 키르히가 보더라도 아름다웠다. 그런 얼굴의 소유자가 만면에 화사한 미소를 짓고 있었지만 어딘지 모르게 비인간적이고 차가운 것이 키르히의 속을 긁어 놓았다.

'뭐야, 저놈은?'

키르히는 그를 쫓아내고 싶었으나 이상하게 입도, 몸도 움직이지 않았다. 남자가 태양을 등진 것도 아닌데 눈부심까지 느끼고 있었다.

키르히의 앞에 선 남자는 그보다 키가 작았다. 키르히의 키가 워낙 커서 그렇지 남자도 그리 작은 편은 아니었다.

남자가 카샤에게 손을 내밀었다.

"드디어 찾았구나, 카샤."

한편, 파렌은 정육점 주인이 포장하는 생고기와 건육을 보면서 이런저런 생각을 하고 있었다.

'말이 너무 심했을까? 아니, 따지지 말고 사과하는 게 낫겠군. 키르히의 말대로 어린아이니까.'

정육점 주인이 파렌을 흘끔 봤다.
"누군가에게 미안할 일이라도 있었나요?"
파렌은 그 중년 여성의 질문에 멋쩍은 미소를 지었다.
"친구에게 말을 좀 심하게 했습니다."
주인은 그럴 줄 알았다는 듯 씩 웃었다.
"여자 친구라면 그냥 사과하는 게 좋소이다. 여자들은 아무리 나이를 먹어도 소녀 기질을 포기하지 않지요. 다만 마음에 새겨진 흉터 때문에 겁쟁이가 되는 것뿐이랍니다."
파렌은 그녀의 말이 왠지 경험에서 우러나온 것 같았다.
"말씀을 들으니 반드시 사과를 해야 할 것 같습니다."
"그러시구려."
주인은 후덕한 미소를 지으며 잘 포장된 고기를 파렌에게 내밀었다.
가게 문을 열고 밖으로 나온 파렌은 카샤와 키르히를 찾다가 괴이한 광경을 목격했다. 카샤가 처음 보는 순백색 코트의 남자에게 머리를 맡긴 채 가만히 있었던 것이다. 게다가 키르히는 넋이 나간 얼굴로 멍하니 서 있었다.
남자는 파렌을 보고 카샤의 머리에서 손을 뗀 뒤 천천히 그에게 다가왔다. 둘 다 긴 머리에 코트 차림이었지만 색과 분위기는 명확하게 대비되고 있었다.
"당신이 카샤의 새로운 친구입니까?"
"그렇소만, 누구시오?"
파렌은 그를 경계했다. 분위기는 둘째 치고 낯선 자가 카샤를 알고 있다는 것 자체가 경계의 대상이었다.

남자가 대답했다.

"저는…… 음, 그렇군요. 미하엘이라고 하겠습니다."

"미하엘?"

"저를 굳이 부르고 싶으시다면 미하엘 보르슈라고 해주십시오."

그다지 특별난 이름은 아니었지만 그 이름을 꺼내는 과정이 석연치 않았다. 의심스러운 쪽보다는 이상한 쪽에 가까웠다.

"카샤와는 어떻게 아는 사이오, 미스터 보르슈?"

"그것은 중요하지 않습니다. 저와 카샤가 같은 시간과 공간에 존재하고 있다는 사실이 중요합니다."

난해한 말이었다. 파렌이 뭔가를 묻기 전에 미하엘이 먼저 말했다.

"이래서 불편합니다. 어른들에게는 항상 설명을 해주어야만 하니까요. 명칭보다 중요한 것은 같은 시간, 같은 장소에 있다는 사실입니다. 모든 것의 본질은 오로지 느껴야만 하는 것입니다."

그는 두 팔을 느슨히 벌렸다.

"카샤는 당신을 소중한 친구로 생각하고 있습니다. 카샤는 당신이 곁에 없더라도 행복해할 겁니다. 그녀에겐 당신이 돌아오기를 기다리는 것조차도 즐거운 일이니까요."

파렌은 그의 말을 이해할 수도, 견딜 수도 없었다.

"궤변은 사양하겠소. 묻는 말에나 대답하시오."

행복감에 젖어 있던 미하엘의 표정이 바뀌었다. 그는 눈을 동그랗게 뜨고 놀랍다는 듯 물었다.

"당신은 누구십니까?"

파렌은 어이가 없었다.

"파렌 콘스탄이라 하오."

"명칭은 중요치 않다고 했습니다. 저는 당신이 누구인지를 물었습니다."

만약 키르히가 멀쩡했다면 당장 주먹을 휘둘렀을 것이다. 하지만 파렌 대신 폭력을 행사해 줄 키르히는 여전히 카샤와 함께 넋이 나간 상태였다. 말로 표현하기 힘든 답답함이 파렌의 인내심을 격렬하게 자극했다.

미하엘이 뭔가를 가로막듯 파렌을 향해 오른손을 뻗었다.

"아무래도 이곳은 당신과의 공유가 허락된 공간이 아닌가 봅니다. 정체를 알 수 없는 거대한 불길함이 저의 숨통을 조이는군요."

그는 손을 내리고 뒤돌아섰다.

"허락된 시간에 다시 뵙겠습니다. 검은 옷의 지휘자여."

처음처럼 알 수 없는 말을 남긴 미하엘은 똑바로 걷다가 골목으로 사라졌다. 파렌은 그를 뒤쫓으려 했으나 미처 느끼지 못했던 것들이 그의 귀에 밀려들어 왔다.

사람들의 무수한 발자국 소리, 상인들의 외침, 그리고 정각을 알리는 시계탑의 종소리. 파렌은 미하엘과 만나는 동안 자신이 그 모든 것들을 듣지 못했다는 사실을 깨달았다.

'괴한에게 정신이 팔려서 그랬던 것인가? 아니면……?'

때맞춰 정신을 차린 키르히가 주변을 빠르게 두리번거렸다.

"뭐야? 어떻게 된 거야?"

카샤도 마찬가지였다.

"뭔가가 번쩍한 것 같은데, 모르겠다."

이상한 기분을 느낀 파렌은 들고 있던 고기를 급히 키르히에게 내밀었다.

"잠시 들고 있어봐."

키르히가 고기를 받자마자 파렌은 코트 안에서 수첩과 연필을 꺼낸 뒤 기억나는 것들을 모두 써봤다.

'미하엘 보르슈, 카샤의 친구, 이상한 말, 공유가 허락된 공간…… 또 뭐였지?'

그는 자신이 쓴 것들에 동그라미를 치고 쉽게 지울 수 없도록 중요 표시를 했다. 키르히와 카샤는 영문을 모르겠다는 얼굴로 그를 바라봤다.

"왜 그러나, 파렌?"

"음?"

파렌은 자신을 부른 카샤를 봤다. 그리고는 한참 있다가 고개를 갸웃했다.

"무슨 일이 있었던 것 같은데?"

그는 수첩을 봤다.

'미하엘 보르슈? 사람의 이름인가?'

파렌은 자신이 왜 그런 것들을 적었는지 전혀 알지 못했다.

"카샤, 미하엘 보르슈라는 자를 아나?"

"모른다."

"카샤의 친구라고 되어 있는데?"

"본좌는 처음 듣는 이름이다만?"

"흠, 영문을 모르겠군."

그는 수첩과 연필을 다시 품속에 넣었다. 고민마저 사라진 그의 머릿속을 잠시 잊고 있던 것이 대신 채웠다.

"아, 카샤. 방금 전에는 내가 말을 과하게 한 것 같군. 사과하지."

파렌의 사과를 들은 카샤는 씩 웃었다.

"아니다. 본좌가 경솔했다. 앞으로 말썽이 일어나지 않도록 주의하겠다."

"그래, 고마워."

포장된 고기를 옆에 낀 키르히가 평소의 얼굴로 돌아와 물었다.

"고기만 살 거야?"

"당연히 빵과 수프 재료도 사야겠지."

"전투식량이라도 가져올 걸 잘못했나? 빵이랑 수프, 고기만 먹자니 영 심심하던데."

"여행을 간다면서 전투식량을 빼왔으면 의심을 받았겠지. 군인답게 참아."

카샤가 파렌의 등에 올라탔다.

"본좌는 군인 아니다."

키르히가 피식 웃었다.

"어디 사는 원숭이가 고기만 좀 아껴먹으면 군인 정신까지 발휘할 필요도 없을걸?"

"뭐라!"

카샤가 이빨을 세웠다. 키르히는 덤벼보라는 듯 왼손을 팔랑

팔랑 흔들어댔다.

"그만."

엄숙한 목소리로 경고를 한 파렌은 모두를 데리고 다음 목적지인 제과점으로 향했다.

파렌 일행은 여관 인근의 고급 식당에서 저녁을 함께했다.

카샤는 변함없는 먹성을 자랑하여 다른 손님들을 경악케 했다. 그녀가 먹고 쌓아놓은 접시는 천천히 그녀의 앉은키에 근접해 갔다. 육류를 꺼려하는 네벨에게 있어서는 보기만 해도 속이 울렁거리는 광경이었다.

자금이라면 두둑이 받은 터라 파렌은 긴장감없이 식사를 했다. 모두가 식사를 마친 뒤 후식으로 프롤리에 왕국의 명물인 과일 셔벗이 나왔다. 형형색색의 셔벗을 테이블에 올리던 점원은 카샤에게 하나 이상은 나오지 않는다는 경고를 남겼다.

맛이 단 음식을 그리 좋아하지 않는 파렌은 계산을 미리 하고 온 뒤 허브향이 섞인 따뜻한 물을 마셨다.

"주인님, 아직도 단것에는 흥미가 없어?"

그녀의 주인님이라는 호칭에 아직 적응이 안 된 파렌은 어렵사리 고개를 흔들었다.

"앞으로도 없을 것 같군."

"특별한 이유라도 있나 봐?"

"단것을 먹으면 기침을 하게 되더군."

"그럼 단맛의 수프는 만들면 안 되겠네."

"흠."

파렌은 앞에 놓인 셔벗을 어떻게 할까 고민했다. 그냥 놓고

가자는 쪽으로 가닥이 잡히려는 순간 그와 네벨의 시선이 맞아 떨어졌다. 네벨은 이미 자기 몫의 셔벗을 깨끗이 처리한 상태였다.

파렌은 손짓과 눈짓으로 자신의 것을 먹겠느냐고 물었다. 항상 새침을 떼던 네벨이 그때만큼은 고개를 끄덕끄덕 했다. 파렌은 대화를 틀 수 있는 좋은 기회라고 생각했다.

"키르히."

파렌은 네벨의 옆에 앉은 키르히에게 자신의 셔벗을 주며 옆으로 전달하라는 눈짓을 보냈다.

"오, 그래."

키르히는 파렌에게 받은 셔벗을 자신의 셔벗 위에 얹었다. 파렌의 눈짓을 이해하지 못한 것이다. 파렌은 움찔했고, 기대하고 있던 네벨의 안색에는 짙은 그늘이 졌다.

셔벗에 숟가락을 푹푹 꽂아 먹기 좋게 부수던 키르히는 둘의 표정을 보고 눈을 깜박거렸다.

"왜?"

"아니야."

파렌은 점원을 불러 셔벗 하나를 더 부탁했다. 점원은 흠칫 놀라 카샤를 봤지만 차가운 것을 잘 못 먹는 카샤는 고기 요리를 먹을 때와는 다른 모습을 보여주고 있었다.

잠시 후, 새로운 셔벗을 받은 네벨은 고개를 숙여 감사했다.

"고맙습니다, 특무상사님."

"괜찮아. 그것보다 네벨, 한 가지 물어봐도 되겠나?"

"말씀하십시오."

"안개 계곡에서 안개 마을로 들어가는 길은 어떤 지도에도 표시되어 있지 않던데, 들어갈 때 뭔가 특별한 방법을 사용해야 하나?"

"항상 짙은 안개가 끼어 있는 탓에 지도가 제대로 그려진 적이 없는 것으로 알고 있습니다. 하지만 길만 따라가면 아무 문제가 없으니 안심하셔도 됩니다."

"다행이군."

서벗을 우물거리던 키르히가 씹던 것을 급히 삼키고 물었다.

"지도를 못 만들 정도로 안개가 짙게 껴 있으면 사람은 어떻게 살아? 햇볕도 제대로 안 들어온다는 말일 텐데?"

"마을만은 괜찮습니다."

그녀의 아리송한 답변에 키르히는 오른쪽 눈썹을 치켜올렸다.

"그곳 하늘만 뻥 뚫려 있단 말이야?"

"비슷합니다. 하지만 직접 보시는 것이 나으실 겁니다."

"그래? 왠지 신기할 것 같네."

일행이 식당을 나왔을 때 하늘에는 보름달이 높게 떠 있었다. 여관으로 가는 길에 파렌은 수첩을 꺼내 오후에 자신이 적은 것으로 보이는 아리송한 것들을 다시 살펴봤다.

'미하엘 보르슈…… 전혀 모르겠군.'

그가 뒤따라오는 모두에게 물었다.

"혹시 공유가 허락된 공간이라는 말에 대해 아는 사람 있나?"

키르히와 프란츠는 묵묵부답이었고, 카샤도 그에 대해서는 모르는 듯했다. 다행히도 네벨은 그에 대한 지식이 있었다.

"이 세상 그 자체를 말하는 것일 가능성이 높습니다."

"이 세상…… 그 자체?"

파렌은 걸음을 멈추고 그녀를 봤다.

"수많은 전설 가운데 하나입니다만, 원래 웨스트리치 대륙과 아시엔 대륙은 완전히 다른 세계였다는 설이 있습니다."

"다른 세계?"

네벨은 밤하늘을 올려다봤다.

"하늘 위에는 수많은 별들이 떠 있습니다. 사람들 대다수는 별들이 하늘에 떠 있는 물체라고 생각하지만 마녀들의 생각은 다릅니다. 하늘이라는 개념을 초월한 무한한 공간에 수없이 널려 있는 또 다른 세계들이라고 여깁니다. 저 별들의 입장에서 보자면 이 세상이 빛나는 별들 중에 하나일 수도 있겠지요."

별에 대한 것은 모두에게 있어서 생소한 이론이었다.

네벨의 말이 이어졌다.

"전설에서 두 개의 별에서 따로 존재하던 웨스트리치와 아시엔이 원인불명의 이유로 인해 하나로 합쳐졌다고 합니다. 그 중거가 장벽 지대라는 설도 적지 않습니다. 전설을 바탕으로 한 가설에 불과합니다만, 그것을 다른 말로 공유가 허락된 공간이라는 말로 바꿀 수도 있겠군요."

네벨이 파렌을 봤다.

"그런데 특무상사님께서는 그 말을 어디서 들으셨습니까?"

"모르겠군. 내가 왜 이런 것을 적었는지 이해가 가질 않아."

"그렇다면 잠시 기다려 주십시오."

동공이 없는 네벨의 주황색 눈동자가 밝게 빛났다. 카샤의 눈이 빛나는 것을 몇 번 봤던 모두는 그녀의 눈까지 빛나는 것을 보고 깜짝 놀랐다.

"우와, 신기하도다."

카샤가 감탄하자 키르히가 인상을 구겼다.

"네가 그러면 어떡해?"

"오? 본좌의 눈도 빛이 나나?"

키르히는 할 말을 잃었다.

네벨이 가능성을 둔 것은 어떤 강력한 존재에 의해 파렌의 시간이 몇 초나 몇 분 전으로 돌아가는 것이었다. 그녀는 자신의 예상이 틀리기를 바라고 있었다. 만약 맞아떨어진다면 안개술사와는 비교할 수 없을 만큼 강력한 위험이 세상에 나타났다는 말이 되기 때문이다.

네벨의 눈동자가 원래대로 돌아왔다.

"특무상사님의 주위에서 시간과 공간이 뒤틀린 흔적은 찾아볼 수 없었습니다."

"그런가? 그럼 잠시 착란이 왔을 수도 있겠군."

"착란과는 다른 문제입니다. 특별한 이유도 없이 기억하지 못하는 글을 적는 것은 불가능합니다."

"그럼 다른 가능성에 대해서 알고 있나?"

네벨은 아쉬운 얼굴로 고개를 저었다.

"조모님이라면 아셨겠지만…… 소녀의 부족한 지식으로는 모르겠습니다."

"그렇다면…… 이번 임무에 나쁜 영향을 끼칠 수 있는 일인가?"

네벨은 임무 걱정을 하는 파렌의 모습에 당황하여 잠시 동안 말을 하지 못했다.

"그렇지는 않습니다. 특무상사님의 신체는 물론 시간과 공간도 이상이 없었습니다."

"그럼 다행이군. 혹시라도 나중에 뭔가 떠오르는 것이 있으면 말해줘. 나뿐만 아니라 카샤와 키르히까지도 비슷한 현상을 경험한 것 같으니까."

"알겠습니다."

모두는 다시 여관으로 걸어갔다. 네벨은 앞서가는 파렌을 보며 며칠 전 프란츠가 했던 말을 떠올렸다.

'그 기계 같은 군인이 특무상사님인가?'

그녀의 마음이 긍정과 부정 사이를 끊임없이 오갔다.

도시를 떠난 뒤 이틀 후, 안개 계곡의 앞에 선 모두는 산지를 둘러싼 자연의 장엄한 신기에 감탄했다. 거대한 계곡 지형 전체를 버섯 머리 모양의 물체가 뒤덮고 있었다. 마치 산지 위에 또 하나의 산이 올라앉은 것 같았다.

키르히가 왼손으로 눈에 쏟아지는 햇빛을 가리며 감탄했다.

"저게 구름이야, 안개야?"

"안개입니다."

카샤, 프란츠와 함께 마차에서 내려 그 모습을 지켜보던 네벨은 말 위에서 안개 덩어리를 구경하는 파렌에게 다가갔다.

"특무상사님, 저 앞의 다리를 지난 뒤부터 안개 계곡이 시작

됩니다."

파렌은 망원경을 내리고 네벨이 가리킨 석조 다리를 봤다. 폭이 넓은 강 위에 놓인 그 다리는 오래되어 보였지만 구조적으로 문제가 있어 보이진 않았다.

"마을까지 가는 길은 복잡한가?"

"약초 채집 지역으로 가는 샛길들이 많긴 하지만 큰 무리는 없을 것입니다."

"그래도 확실히 하는 편이 낫겠지. 안내해 주겠나?"

"그리하겠습니다."

"좋아. 말을 타본 경험은 있나?"

"예? 없습니다만……."

파렌은 말에서 내린 뒤 그녀를 기습적으로 들어 안상에 올려놨다. 뒤이어 자신도 말에 다시 올라탔다. 졸지에 파렌 앞에 앉게 된 네벨은 말도 못할 정도로 당황하고 있었다.

키르히는 벌겋게 익은 그녀의 얼굴을 보고 코웃음을 쳤다.

'고구마 마녀가 됐네.'

파렌은 뒤쪽을 향해 손을 들었다.

"모두 탑승. 출발한다."

앞장서서 가던 파렌은 다리 주변에 찍힌 마차 바퀴 자국을 보고 고개를 갸웃했다.

"안개 마을 사람들은 큰 마차를 이용하나?"

네벨이 대답했다.

"한번에 많은 물건을 옮기곤 했던 것으로 기억합니다. 마차도 크겠지요."

"흠."

버릇처럼 콧소리를 낸 파렌은 다시 전방을 봤지만 그래도 영석연치 않다는 얼굴이었다.

다리를 지나 계곡 깊숙이 들어가자 짙은 안개가 일행들을 맞이했다. 네벨이 말한 그대로 길만 겨우 보이는 수준이었다. 위험 요소는 없어 보였으나 오로지 길만 보이는 모습은 모두를 답답하게 만들었다. 마치 벽에 걸린 재미없는 그림을 강제로 감상당하는 기분이었다.

반면 안개에 익숙한 네벨에게는 등판에 전해지는 다른 사람의 온기가 부담스러웠다. 지금껏 그녀의 할머니와 랑펠 외엔 누구에게도 등을 맡긴 적이 없는 그녀에게 타인의, 그것도 젊은 남자의 체온은 항상 고요하던 그녀의 정신을 혼란스럽게 만들었다.

"정상적인 안개로 보이진 않는군."

"아, 예."

네벨은 목소리를 가다듬고 말했다.

"안개 계곡의 안개는 지금으로부터 천 년 전에 하늘에서 내려왔다고 전해집니다. 어떠한 이유로 이런 거대한 안개가 자리 잡게 되었는지 아는 사람은 없지만 계곡에 살고 있던 인간들에게 큰 혜택을 주는 것만은 확실합니다."

"혜택?"

"마수들의 접근을 완전히 막아줍니다. 아마 대도시를 제외하고 마수의 습격에 대해서 가장 안전한 장소는 안개 마을일 겁니다."

파렌은 프롤리에 왕국의 또 다른 명물 중 하나인 마수(魔獸)

에 대해 알고 있었다.

마수란 일반적인 동물과는 약간 다른 거대짐승으로서, 고어들이 나타나기 이전에는 인간들에게 가장 큰 위협이 되는 존재였다. 구름짐승 역시 마수의 한 종류에 속하지만, 지능이 뛰어나고 인간에게 한없이 우호적이기에 성수(聖獸)로서 따로 분류된다.

마수들의 강력한 힘 앞에 인간들은 무기력했지만 인간들이 철을 무기로써 다룰 줄 알게 되면서 양측의 입장은 서서히 달라지기 시작했다. 급기야 아시엔에서 화약이 전해진 뒤로는 국가적인 사냥감으로 전락하고 말았다.

자신들의 터전에서 마수들을 몰아낸 인간들은 숲과 산을 샅샅이 뒤져 마수들의 둥지까지 철저히 털어냈다. 마수들은 대부분 멸절되었고, 살아남은 일부는 인간의 발이 닿지 않는 오지와 극한 지대, 그리고 탄환이 닿지 않는 하늘로 도망쳤다.

그러한 입장의 마수들이 프롤리에 왕국의 명물이 된 이유는 국토의 6할이 험한 산지로 구성된 프롤리에의 지리적 상황 때문이다. 덕분에 프롤리에는 최대의 마수 서식 지역이 되고 말았다. 마수들이 예전만큼 인간을 우습게보지 않아 대도시까지 내려오는 일은 없지만 작은 마을의 경우에는 가끔 마수들에 의한 참사가 발생하곤 한다.

그런 면에서 안개가 마수들의 접근을 막아주는 것은 큰 혜택이라 볼 수 있었다.

"세오딕도 이곳에 있나?"

"그렇습니다."

"예전에 네벨의 조모께서 세오딕을 지키다가 돌아가셨다고 들었던 것 같은데, 마녀의 목숨까지 해할 정도로 큰일이었나?"

"모두 신성교단 때문입니다."

파렌은 네벨의 목소리에서 강한 증오심을 느꼈다.

신성교단은 웨스트리치의 서쪽 끝에 위치한 '젠라드 시국(市國)'을 중심으로 활동하는 거대 종교 단체다. 원래는 웨스트리치 전체를 영향권에 넣고 있었지만 물질만능주의와 합리주의, 그리고 기계 문명이 발달하면서 그들의 세력은 차츰 축소됐고, 최근에는 웨스트리치 연합의 수장이나 다름없는 호엔 3세가 그들을 철저히 무시하고 신성교단 자체를 부정하면서 최대의 위기를 맞이하고 있다.

하지만 그들의 영향력이 완전히 사라진 것은 아니었다. 그들이 보유한 신성기사단은 자신들의 비밀스러운 능력을 이용해 섀델 크로이츠를 능가하는 고어 처리 능력을 자랑했다. 그들은 바란투로스를 제외한 각국을 돌아다니며 고어들을 섬멸하고 선교 활동을 벌여 자신들의 명맥을 유지하기 위해 애쓰고 있었다.

"신성교단이 어째서 세오딕을 노렸지?"

"교황의 명령이었습니다. 조모님께서는 홀로 그들을 막아내셨지만 신성기사단에게 입은 상처가 너무 커서 결국……."

"안타까운 이야기군."

한편으로 파렌은 신성기사단의 능력에 대해 궁금증을 가졌다. 그들이 고어를 처리하는 모습은 공개된 적이 한 번도 없었고, 그들의 능력이 어떤 것인지 밝혀진 바도 없었다. 바란투로스의 정보부에서 그 비밀을 파헤치기 위해 수차례 도전했지만 돌아오는 것은 관에 누워 있는 정보원의 시신뿐이었다.

"신성기사단이 그렇게 강력한 존재였나? 워낙 신비에 싸인 집단이라 감이 오지 않는군. 우리는 그들의 주축이 템플러라는 무력 집단이라는 것과 그들이 하나같이 젊거나 어리다는 것밖에는 모르고 있거든."

"템플러는 신성기사단의 주축입니다. 그들의 대인 전투 능력은 특무상사님이나 크로이츠 멤버에 비해 훨씬 떨어집니다. 아마 잘 훈련된 특수부대원 정도일 겁니다. 하지만 그들은 고어처럼 존재의 법칙을 어긴 자들과 마법사, 마녀처럼 신과 교신을 하는 존재들에게는 강력합니다."

"어째서 그렇지?"

"템플러가 사용하는 신성 능력은 세상의 기본 법칙을 어긴 모든 것들을 정화하는 특성을 지닙니다. 이쪽에서 법칙을 어기면 그쪽에서 수리를 하는 셈입니다. 수준 이하의 마법은 무효화되고, 고어는 존재 자체가 사라지게 됩니다."

"그렇군. 듣고 보니 고어에게는 훌륭한 힘 같은데 어째서 그들은 세상에 공개를 하지 않는 것이지?"

"힘의 근원 때문입니다."

"근원?"

"신성 능력의 근원은 모든 자정 능력의 근본이 되는 힘, 바로 생명입니다. 템플러들은 스스로의 생명을 갉아내어 신성 능력을 사용합니다. 고어가 나타난 이후로 젊은 템플러만이 존재하는 이유는 그것입니다."

파렌은 크게 놀랐다.

"자살이 아닌가?"

"그들 말로는 숭고한 희생입니다만, 지금의 교황은 그렇지 않습니다. 그는 다른 생물의 생명을 이용해 신성 능력을 마음껏 사용하고 있습니다. 그래서 세오딕을 노린 것입니다. 세상에서 가장 큰 생물체 중 하나인 구름짐승의 거대한 생명력이라면 두고두고 이용할 수 있기 때문입니다."

그녀의 말끝이 심하게 떨렸다. 파렌은 왼손으로 그녀의 어깨를 두드려 위로해 주었다.

뜻하지 않게 나온 네벨의 증언은 파렌으로 하여금 진지한 생각을 하게끔 만들었다. 물론 그는 항상 진지하지만 미래에 대한 불길함과 마주 선 지금은 평상시와 달랐다.

그는 호엔 3세가 신성교단을 대단히 탐탁지 않게 생각하고 있음을 떠올렸다.

호엔 3세는 기회가 있을 때마다 신성교단의 우두머리인 교황을 역사의 암적인 존재라고 표현했다. 그전에는 왕이 개인적 불쾌감을 드러내는 것이라고 생각했지만, 네벨의 말을 듣고 나서는 생각이 바뀌었다. 이기적인 목적으로 다른 이에게 해를 끼치고 힘을 유지하려는 자가 우두머리인 이상 신성교단이 언젠가는 무슨 일을 벌일 것이라는 느낌이 들었다.

'이번 전쟁이 승리로 끝나도 바람 잘 날이 없겠군.'

안개를 헤치며 전진한 지 2시간째, 안개가 그들의 눈앞에서 서서히 걷히고 있었다. 안개가 없는 지역, 즉 마을 근처에 다 왔다는 뜻이었다.

파렌이 갑자기 손을 들어 뒤따라오는 마차에 정지 신호를 보냈다. 지시에 따라 마차를 멈춘 키르히는 훈련받은 대로 소리에 집중했다.

안개의 벽 너머로 금속끼리 충돌하는 소리가 들렸다. 파렌은 그것이 무기들이 내는 불협화음이라는 것을 확인했다.

"마을 쪽에서 들리는 소리입니다!"

네벨이 놀라 소리치자 파렌이 급히 손짓했다.

"쉿, 진정해. 여기서 마을까지 이제 얼마나 남았지?"

"걸어서 10분 정도입니다."

"10분이라……."

말에서 내린 파렌은 프란츠가 있는 마차 쪽으로 갔다. 소리를 듣고 일찌감치 마차에서 내린 프란츠는 땅을 살펴보고 있었다.

파렌이 다가오자 그녀가 조용한 목소리로 말했다.

"민간인용 마차가 아니야. 바퀴의 재질과 넓이가 달라."

파렌도 몸을 숙이고 바퀴 자국을 살폈다.

"사람을 태우는 마차라면 10명 이상이 탑승할 수 있는 마차로군. 세 대 정도 지나간 것 같은데?"

"게다가 이쪽 지방의 마차가 아니야. 자국을 잘 봐."

그녀가 바퀴 자국을 가리켰다.

"징이 박혀 있지 않고 홈이 파여 있어."

그녀의 말대로 바퀴 자국에는 빗살 무늬가 찍혀 있었다. 겨울에 눈이 많거나 산악 지대가 많은 곳에는 바퀴에 징을 박아 마차가 미끄러지는 것을 막는다. 반면 자연 변화가 적거나 평야가 많은 곳에서는 그냥 평평한 바퀴를 쓰거나 홈이 파인 바퀴를 사용한다. 그것에 비추어볼 때 이 바퀴 자국은 마차의 주인들이 꽤 먼 곳에서 왔다는 사실을 증명하고 있었다.

프란츠가 말했다.

"무장이 필요하겠지?"

"팔켄을 조립해 줘. 그리고 그 옷 말고 다른 옷은 없나?"

파렌은 눈 덮인 곳에서 움직이기에 곤란한 그녀의 긴 치마를 눈으로 가리켰다.

"전투에 참여하라고?"

"적의 수가 어느 정도나 되는지, 또 누구인지 모르지만 심증이 있으니 대비는 해둬야겠지."

"그럼 전투복을 입으라는 명령을 나에게 내려줘."

"……."

파렌은 급한데 굳이 명령씩이나 내릴 필요가 있느냐는 표정을 지었지만 시비거리를 잡은 프란츠에겐 소용없었다.

"빨리. 주인님의 명령을 듣고 싶어."

"그럼 입으시오, 미스 파브레힐트."

"그러지."

프란츠는 옷의 끈을 풀며 마차 안으로 들어갔다. 카샤에게 자신의 무기 가방을 받던 키르히는 자신이 앉은 방향으로 떨어진 하녀 복장을 보고 깜짝 놀랐지만 카샤가 급히 커튼을 친 덕분에 그 이상의 광경은 보지 못했다.

돌아서는 그의 귀에 카샤의 목소리가 들렸다.

"속옷까지 벗어야 하나?"

"군용으로 다시 입는 게 좋지."

"으음. 아, 목소리를 낮춰야겠군."

이미 들어버린 키르히의 표정은 심각하게 굳어져 있었다.

조금 뒤, 안개를 완전히 벗어난 파렌들의 눈에 황색 갑옷을 입은 남자 수십 명이 보였다. 파렌은 그들의 갑옷을 보고 그들이 템플러라는 것을 확인했다. 마을 입구에 모여 있는 그들은 누군가를 단단히 포위한 상태였다.

네벨이 일어날 듯한 기세로 소리쳤다.

"아, 랑펠!"

그녀의 외침대로 포위당한 사람은 랑펠 세르바토프였다. 양손대검을 단단히 든 그의 주위에는 몇 구의 시신이 굴러다니고 있었다.

황색 갑옷의 군대 한 부리가 그에게 달려들었다. 밀려오는 창검을 빠르게 튕겨낸 그는 선두에 있는 자를 검으로 후려쳤다. 투구부터 가슴까지 베인 자를 발로 차 검을 뽑아낸 랑펠은 재빨리 자리로 돌아가는 적들을 무섭게 노려봤다.

"지치기를 기다리는군. 네벨은 마차 안에서 카샤와 함께 있도록 해."

"저도 싸울 수 있습니다!"

그녀가 다급히 외치자 파렌은 고개를 저었다.

"네벨이 신성교단에게 노출되는 것은 좋은 일이 아니야. 모두를 위한 일이니 기다리고 있어. 알았지?"

네벨은 대답 없이 고개만 끄덕였다.

말과 마차를 멈춘 파렌은 말에서 내린 뒤 마차 쪽으로 뛰어갔다. 프란츠는 조립된 슈트롬 팔켄과 거치대를 그에게 던져 준 뒤 마차에서 내렸다. 그녀는 검은색의 야전복과 단검 등 각종 암살 무기 외에 아시엔의 무기에서 따온 짧은 곡도(曲刀), 스칼펠(Skalpell) 한 자루를 등에 차고 있었다.

재빨리 거치대를 몸에 묶고 슈트롬 팔켄을 찬 파렌은 이미 준비를 끝낸 키르히와 함께 현장으로 달려갔다.

"상대는 템플러다. 조직력이 좋다는 평가를 받는 자들이니 주의해. 일단 내가 말로 해결해 보겠지만 전투 상황이 벌어지면 신체 훼손 제한, 사격 제한 모두 해제하겠다. 다만 생존자는 남기지 말도록."

말없이 살기를 가다듬는 프란츠와 달리 키르히는 기대감으로 충만한 미소를 지었다.

"신성한 맛이라 이거지? 하하!"

파렌은 품에서 단발식 권총을 꺼내 하늘에 대고 쐈다. 소리에 놀란 신성기사단 전원은 랑펠에 대한 공격을 멈추고 파렌들이 달려오는 쪽을 돌아봤다.

약간 더 화려한 투구와 어깨 갑옷을 걸친 템플러가 면갑을 걷어 올렸다. 금발의 그 남자는 파렌의 나이 정도로 보이는 준수한 얼굴의 젊은이였다.

"누가 또 우리의 신앙심을 시험하려 드는 것인가?"

불쾌감을 드러낸 그는 손을 들어 공격 중지를 지시했다. 신성기사단은 포위 진형만 유지한 채 랑펠에 대한 공격을 중단했다.

신경을 곤두세운 채 혹시 있을 공격에 대비하던 랑펠은 파렌과 그의 동료들을 보고 안도의 숨을 내쉬었다.

'다행이군. 아가씨까지 오셨다면 큰 싸움을 피할 수 없었을

게야.'

그는 먼 곳에 정차되어 있는 마차를 보며 네벨이 절대 나오지 않기를 바랐다.

파렌이 숨을 진정시키며 금발의 남자에게 다가갔다.

"우리는 바란투로스의 군부에서 파견 나온 자들이오. 난 이들의 인솔자인 특무상사, 파렌 콘스탄이오. 당신이 책임자요?"

금발의 남자는 바란투로스의 이름이 나오자 씁쓸함을 감추지 못했다. 하지만 파렌이 누구인지까지는 알지 못하는 눈치였다.

"그렇소."

"당신들은 누구기에 민간인 거주 지역에서 집단으로 무기를 사용하는 것이오?"

"우리는 젠라드 시국에서 파견된 신성기사단이오. 우리는 교황께서 내리신 고행을 성실히 이행하고 있는 중이오. 타국의 군인들은 젠라드의 일에 간섭하지 말아주길 바라오."

왠지 막무가내식의 발언이었다. 파렌은 즉시 따졌다.

"이곳은 프롤리에 왕국의 영토요. 고행이든, 약탈이든, 사냥이든, 다른 나라에서 집단으로 무력을 사용하기 위해서는 프롤리에의 허가서가 필요하오. 프롤리에와 젠라드의 관계를 생각할 때 과연 허가서가 발급되었는지 의심스럽지만…… 혹시 가지고 있소?"

"무력이라니, 무슨 말씀이십니까? 우리는 성스러운 고행을 위해 이곳에 온 것일 뿐입니다."

"이유는 됐으니 허가서를 보여주시오. 당신이 계속 시간을 끝면 허가서가 없다고 판단한 뒤 우리의 권한을 행사하겠소."

금발의 남자는 면갑을 내렸다.

"고행이란 몸과 마음을 혼란케 하는 모든 고통을 극복하는 것. 만약 그대들이 우리들의 고행을 방해한다면 우리들은 그대들마저 극복할 수밖에 없소. 잘 판단해 주시오, 바란투로스의 특무상사여."

랑펠을 둘러쌌던 템플러들 중 절반이 파렌 쪽으로 이동했다. 흠잡을 데가 없는 기민한 움직임이었다.

싸움을 피할 수 없을 것이라고 판단한 파렌은 왼손으로 오른손을 주무르며 물었다.

"어째서 랑펠 세르바토프님을 공격했소? 혹시 저분께서 구름 짐승에 대한 당신들의 고행을 방해하셨소?"

"그렇소. 우리는 마을 주민들에게 진리와 자비, 안식을 추구하는 마음으로 협조를 구했소. 하지만 그들은 듣지 않았소. 그들은 안개 계곡의 마녀에게 육체뿐만 아니라 정신까지 완전히 사로잡힌 것 같았소. 그래서 우리는 그들에게 마녀의 부정한 마법으로부터 벗어나 영원한 안식을 얻을 수 있도록 배려를 해주기로 결심했소. 하지만 랑펠 세르바토프…… 저 마녀의 하수인이 나타나 우리를 방해했소."

"영원한 안식이라니, 마을 주민들을 죽이려 했단 말이오?"

"죽이다니? 속된 말은 사양하겠소. 안식이오, 영원한 안식."

파렌은 슈트롬 팔켄을 잡고 거치대에서 분리했다. 키르히는 도펠 슈트롬을 두 손에 움켜쥐었고, 프란츠는 두 남자의 등 뒤로 멀찌감치 걸어갔다.

"우리도 마침 구름짐승에게 볼일이 있는데, 우리에게도 그 안식을 얻을 수 있는 기회를 줄 수 있겠소?"

"자고로 베푸는 것에 차별은 없어야 하오."

그가 손에 든 검을 파렌에게 뻗었다.

동시에 뒤에 있던 프란츠가 맹렬히 뛰더니 키르히의 어깨를 손으로 짚고 도약했다. 그녀는 왼팔을 몸에 붙이고 오른손으로 스칼펠의 자루를 쥔 채 공중제비를 돌다가 지휘관의 어깨에 두 발을 대고 안착했다. 그의 어깨 갑옷을 밟고 다리를 벌린 채 웅크린 모습이 마치 나무 위에서 먹이를 노려보는 야수 같았다.

금발의 지휘관은 눈앞에 바로 보이는 프란츠의 사타구니에 움찔했지만, 자신의 면갑 밑으로 들어오는 곡도의 날카로운 칼날을 막진 못했다.

"치마였으면 좋은 거 봤겠네?"

그녀가 어깨를 밟고 다시 뛰어올랐다. 그와 함께 지휘관의 면갑이 공중으로 튕겨 나갔다. 템플러 중 한 명이 땅에 떨어진 면갑을 들었다. 땅에 붙은 지휘관의 멍한 얼굴이 그와 템플러 모두를 기겁시켰다.

키르히는 자신과 파렌 앞으로 돌아온 프란츠에게 성질을 부렸다.

"깜짝 놀랐잖아!"

"하녀가 감히 주인님의 어깨를 사용할 수는 없잖아."

"말이나 좀 하지!"

"떠벌리면 기습할 순 없지. 아무튼 마음에 들어, 주인님?"

프란츠는 파렌이 적 지휘관의 빠른 제거를 즐긴다는 사실을 익히 알고 있었다. 그래서인지 파렌도 싫은 기색을 보이진 않았다.

파렌은 당황하는 신성기사단을 살피며 말했다.

"우측의 적은 키르히가 교란한다. 적의 수도 적고, 세르바토프님이 도와주실 테니 어렵진 않을 거야. 나와 프란츠는 전면의 적을 상대하면서 시간을 끈다. 시작해."

지시가 떨어지자마자 키르히가 오른쪽을 향해 달려갔다. 템플러들은 혼자 달리는 키르히의 모습을 이해하지 못했지만, 그가 랑펠을 위협하던 템플러들 중 한 명을 갑옷째로 조각 내는 것을 보고 상황의 심각성을 깨달았다.

"어딜 보고 있나!"

랑펠이 사자처럼 외쳤다. 훌륭한 몸집의 그 노인검사는 어깨갑옷을 앞세우고 템플러들에게 뛰어들었다. 서너 명을 밀쳐 낸 노인은 양손대검을 크게 휘둘렀다. 가장 먼저 얻어맞은 템플러는 상반과 하반신이 나뉘어졌고, 다른 이들은 갑옷이 쪼개지거나 무기가 날아갔다.

수많은 창칼이 그를 노리고 밀려왔다. 믿을 수 없는 속도로 자세를 바꿔 공격을 피한 랑펠은 검으로 몇 명을 후려쳐 자신을 여태껏 괴롭히던 진형 속으로 파고든 뒤 사납게 적들을 유린했다.

키르히는 파렌을 능가하는 속도로 양손대검을 다루는 랑펠의 모습에 매료되었다. 검의 속도뿐만 아니라 몸의 움직임까지 파렌 이상이었다. 벽암국의 장군, 여해보다 키와 덩치만 약간 작을 뿐, 내뿜는 중압감의 수준은 그와 비슷했다.

"마음에 드는데요, 할아범?"

크게 외친 키르히는 왼손에 든 칼과 오른손에 든 칼에 템플러를 한 명씩 찌른 뒤 방아쇠를 당겼다. 템플러들의 등판을 뚫고 살점들이 뿜어졌다. 그 핏덩어리들은 랑펠의 옆을 노리던 템플러들에게 쏟아져 그들의 시야를 방해했다.

워낙 격한 상황이라 목소리가 들리지 않을 수도 있었지만, 랑펠은 대답하듯 템플러 중 하나를 찌른 뒤 하늘로 들어 올려 키르히 쪽으로 집어 던졌다. 붕 떠오른 템플러의 몸은 키르히에게 돌격하던 창병들 위로 떨어졌다.

전신 갑옷을 입은 적들을 상대할 때 파렌은 평상시와 전혀 다른 스타일의 기술을 사용한다.

슈트롬 팔켄으로 일반 갑옷을 찢는 것은 어려운 일이 아니었지만 천이나 피부를 자르는 것보다 더 큰 힘을 요구하기 때문에 장기적으로는 효율이 떨어진다. 그래서 그는 베기보다는 찌르기를 주로 사용한다. 두꺼운 시더의 각질도 꿰뚫는 슈트롬 팔켄의 슈나벨(Schnabel=부리)이라면 얇은 일반 철판을 두드려 만든 갑옷을 뚫는 것은 매우 쉬운 일이었다.

그가 노리는 부분은 손과 목, 무릎, 어깻죽지 등이었다. 머리는 투구가 단단하기도 하고 안에 숨겨진 급소를 정확히 노리기가 어려워 가급적 피한다. 그의 정교하고 교묘한 찌르기는 접근하는 템플러들의 수족을 차단하고 기세를 꺾었다.

그때 냉정하게 템플러들을 처리하던 파렌을 깜짝 놀라게 하는 일이 벌어졌다. 작은 폭발이 연쇄적으로 일어나면서 템플러 넷이 흔적도 없이 사라지고 주위에 있던 템플러들은 파편에 당한 듯 괴로운 몸짓으로 땅바닥을 굴러다녔다.

파렌은 그런 상황이 왜 벌어졌는지 알고 있었다.

'폭파 단검? 병기창에서 가지고 나온 기억이 없는데?'

폭파 단검은 샤튼의 고급 멤버들과 크로이츠의 슈이가 주로 사용하는 무기로써 자루 부분에 폭약을 내장한 특수 무기다. 자루에 든 폭약은 인간이 지금껏 만든 화약 중 강력한 것이기 때문에 만들어지는 수도 적고 취급도 위험해서 지정된 자가 아니라면 보급을 받기 어렵다.

하지만 프란츠는 보란 듯이 그 무기를 들고 다음 표적을 찾고 있었다. 파렌은 이유를 묻고 싶었지만 그럴 상황이 아니었기에 묵묵히 전투를 계속했다.

신성기사단의 숫자는 빠르게 줄어들었고, 상황은 20여 분이 채 안 되어 종료되었다.

키르히와 프란츠는 템플러들이 썼던 창을 하나씩 들고 부상자들을 모조리 처리했다. 원래는 파렌도 함께 작업을 하려 했지만 프란츠가 그를 제지했다. 굳이 스스로 꼬마들에게 거부감을 갖게 할 필요는 없다는 것이 이유였다.

그사이 마차에서 나온 네벨은 시체들 사이를 지나 랑펠에게 뛰어왔다. 갑옷에 피가 많이 묻어 있는 탓에 포옹을 사양한 노인검사는 미소로 인사를 대신했다.

"얼굴이 많이 좋아지셨군요, 아가씨."

"이자들은 어떻게 된 겁니까? 어째서 신성기사단이 또 마을로 온 겁니까!"

"오늘만이 아닙니다."

네벨이 의아해하자 랑펠은 조용히 대답했다.

"실은 아가씨께서 마을을 떠나신 뒤로 꾸준히 찾아왔지요. 저번에 뵈었을 때는 아가씨께서 걱정하실까 봐 말씀을 못 드렸습니다. 하지만 오늘 이렇게 직접 보시게 됐으니 이제 숨길 수가 없겠군요."

"그런 일이……!"

네벨은 아랫입술을 물었다. 침묵의 틈새를 템플러들의 비명 소리가 메웠다.

랑펠이 사죄하듯 웃었다.

"그래도 꾹 참고 마차에서 나오시지 않아 다행입니다. 상대가 템플러였던만큼 아가씨께서 나오셨다면 저라도 아가씨의 안전을 보장해 드리지 못했을 겁니다."

"그보다 세오딕은 무사합니까?"

노인검사는 고개를 흔들었다.

"세월을 이기진 못하는 것 같습니다."

"예?"

"이제는…… 더 이상 하늘을 날지 못한답니다."

네벨이 들고 있던 나무 지팡이를 놓쳤다. 소녀가 비틀거리자 랑펠은 급히 그녀를 부축했다.

"진정하십시오, 아가씨. 마님께서도 예언하셨던 일이 아닙니까?"

"……세오딕을 만나야겠습니다!"

그녀가 랑펠을 뿌리치고 마을을 향해 뛰었다. 그녀를 뒤쫓기 위해 일어났던 랑펠은 한숨을 쉬며 고개를 숙였다.

"이것참, 운명치고는 너무 가혹하군."

파렌이 그에게 다가왔다.

"세르바토프님께서 지금까지 템플러들을 막아오신 겁니까?"

랑펠은 그를 보고 씩 웃었다.

"말하자면 그렇지. 파렌 콘스탄이라고 했지? 몸이 벌써 다 나은 건가?"

"아젤란도님의 도움을 받았습니다."

그 이름에 랑펠의 인상이 구겨졌다.

"그 교활한 괴물이 남을 도울 때도 있군. 하긴, 그 상황에선 호엔 3세 폐하께 끝내주게 잘 보여야 했을 테니까."

랑펠은 투구를 벗었다. 등까지 내려오는 긴 백발이 피 냄새가 섞인 바람을 타고 흔들렸다.

"템플러들을 막아내는 건 일도 아니었네. 다만 찾아오는 주기가 빨라져서 문제였지. 마치 세오딕이 죽기 전에 생명을 뽑아내겠다는 듯했네. 쓰러진 날부터 그랬으니까. 만약 그렇다면 그 사실을 어떻게 알아냈는지 모르겠어. 젠라드 시국에서 여기까지의 거리를 생각하면 불가능한 일인데……."

파렌은 혼자서 현 숫자의 템플러들을 막아내는 것도 불가능하다고 마음속으로 중얼거렸다.

작업을 마친 키르히와 프란츠가 그들에게 왔다.

"생존자 처리를 끝냈어, 주인님. 시체들은 어떻게 하지?"

랑펠이 대신 대답했다.

"시체는 산짐승들이 대신 처리해 줄 것이네. 겨울이라 먹을 게 부족하거든. 아가씨께서 오셨으니 다른 방법으로도 처리가 되겠지. 그런데 파렌, 자네를 주인님이라고 하는 이 아가씨는 누구신가?"

그가 프란츠에 대해 묻자 약간 고민한 파렌은 솔직히 대답하기로 했다.

"제 하녀입니다."

랑펠은 손등으로 얼굴의 피를 닦는 프란츠를 말없이 살폈다. 그는 그녀가 무서운 솜씨로 템플러들을 제압하는 것을 봤고, 자비를 외치는 생존자들을 무참히 처리하는 모습도 기억하고 있었다.

그가 조심스럽게 물었다.

"그 하녀 말인가? 음식도 준비하고, 빨래도 하고, 손님을 웃으면서 맞이하기도 하는?"

"……."

키르히는 말이 없는 파렌을 보며 생각했다.

'부끄러워할 것 없어. 질문을 한 것뿐이잖아.'

결국 자세한 답변을 회피한 파렌은 랑펠의 안내를 받아 네벨이 있을 곳으로 가보기로 했다.

모두가 마을에 들어오자 어수선하게 서 있던 주민들이 우르르 달려왔다. 그들은 손님들을 신경 쓰면서도 랑펠에게 결과를 묻는 것을 잊지 않았다.

등이 굽은 작은 몸집의 노인이 대표로 물었다.

"어찌 되었습니까, 검성(劍聖)이여?"

"신성기사단은 모두 처리되었습니다, 촌장님. 저와 함께 온 젊은이들이 큰 힘이 되었지요. 그런데 다들 왜 나와 계십니까?"

집 안에 계시라고 말씀드리지 않았습니까?"

주름진 노인의 얼굴에서 한숨이 쏟아졌다.

"네벨 아가씨 때문에 그렇습니다. 아가씨께서 마을을 지나시기에……."

키르히가 뭔가 떠오른 듯 물었다.

"아, 당신네들이 꼬마를 쫓아냈다고 했지? 다시 돌아와서 겁이라도 났나 보네?"

남녀노소 할 것 없이 키르히를 노려봤다. 이런 상황에 익숙한 키르히는 어깨를 도발적으로 으쓱거렸다.

"내가 잘못 알았나? 듣기로 당신네들이 의심해서 마을을 뛰쳐나왔다고 하던데?"

파렌이 나서기 전에 랑펠이 고개를 저었다.

"그만 해주게. 모두에게 힘든 일이네."

"칫."

혀를 찬 키르히는 시선을 다른 쪽으로 돌렸다.

"촌장님, 네벨 아가씨께선 어디로 가셨습니까?"

"마을 뒷산으로 가신 것 같습니다. 세오딕도 그쪽에 있으니 맞을 것입니다."

"알겠습니다."

랑펠은 파렌에게 말했다.

"일단 아가씨 댁에 말과 마차를 놓고 가세."

"산세가 험합니까?"

"그렇진 않네. 다만 세오딕을 처음 보는 동물이라면 세오딕을 보고 크게 놀라 사고를 저지를 수도 있네. 그냥 걸어가는 것이 낫지."

듣고 보니 말들이 안절부절못하는 기색이 보였다. 파렌과 일행은 구름짐승에 대해 나름대로 상상의 나래를 펴며 네벨의 집으로 갔다.

랑펠이 안내한 네벨의 집은 세 명 정도가 겨우 살 수 있을 정도로 아담했다. 마을과 약간 떨어진 낮은 언덕 위에 자리 잡고 있었는데, 집의 규모와 어울리지 않는 커다란 기계 장치가 뒤뜰에 마련되어 있었다.

마치 대포를 연상시키는 그 기구는 망원경이었다. 랑펠의 설명을 듣고 나서야 그것이 망원경임을 알게 된 파렌은 그것을 통해 하늘을 한 번 보고 싶었으나 눈을 대는 부분이 사라진 상태라 뜻을 이루지는 못했다.

프란츠도 팔짱을 끼며 아쉬워했다.

"마녀의 집이라고 해서 커다란 솥이 있을 줄 알았는데…… 아쉽군."

"솥?"

키르히가 묻자 프란츠가 말을 덧붙였다.

"그래, 사람을 통째로 끓일 수 있는 것."

"……"

"왜? 소설에 자주 나오지 않아? 어렸을 때 본 것 같은데?"

책과 담을 쌓은 키르히와 그런 책을 읽어본 일이 없는 카샤는 아무 말이 없었다. 파렌은 마음속으로 중얼거렸다.

'괴기소설이겠지.'

네벨의 집에 말과 마차를 묶어놓은 일행은 마을의 뒷산으로 향했다. 가는 동안 키르히는 청명한 하늘을 보며 감탄했다.

"정말 신기하네. 하늘이 뻥 뚫린 것 같아."

그의 말대로 안개는 오로지 마을 위에만 없었다. 회색의 장막에 가로막힌 듯 마을과 논밭, 그리고 가축들이 방목되는 장소를 제외하고는 전부 안개에 휩싸여 있었다.

"원래는 구름짐승의 보금자리였다고 하는군."

랑펠의 말이었다. 네벨에게 그런 이야기를 듣지 못한 모두는 의아해했다.

"네벨 아가씨께서 말씀하지 않으셨나 보군. 난 아가씨의 조모이신 조슈벨 마님께 들었네. 정말 아름다우신 분이었지. 곱게 늙으셨고."

카샤를 제외한 모두는 매부리코에 사마귀가 달린 노파를 떠올렸다. 그것이 동화책이든 어디든 사용된 마녀의 사전적인 모습이기 때문이다. 랑펠은 그들의 생각을 읽었는지 껄껄 웃었다.

"하하, 자네들은 네벨 아가씨가 늙어도 그렇게 될 거라 생각하나?"

키르히는 아랫입술을 쭉 내밀었다.

"뭐, 네벨이 할머니를 닮았을 테니 그 마님이라는 마녀도 볼 만했겠죠."

"예쁘다는 객관적 사실 말고는 닮진 않았네."

"그럼 아버지를 닮았나요?"

"아닐세. 아무도 닮지 않았지."

랑펠은 조용히 다음 말을 이었다.

"마녀에게 혈통은 존재하지 않네. 오로지 전통만이 존재할 뿐이네."

파렌이 그를 봤다.

"그 말씀은……?"

"마녀가 어디서 태어나는지에 대해서 알고 있는 존재는 없네. 마녀 자신들도 모르지. 다만 후계자가 정해질 시점…… 그러니까 죽을 때가 가까워지면 새로운 마녀가 누군가에 의해 맡겨진다네. 마녀의 긴 여행은 그것으로 멈추게 되고, 그녀들은 자신에게 맡겨진 다음 세대의 마녀를 기르기 시작하지. 앞으로 닥쳐 올 죽음에 대비해서 또 하나의 자신을 만들 듯이 말일세. 그것이 바로 마녀들이 전통을 이어 나가는 방식일세."

"말이 애 보기지, 사형선고네요."

키르히의 평에 랑펠은 고개를 끄덕끄덕했다.

"자네 말이 맞네. 하지만 마녀들은 자신들의 전수자가 그러했듯 후계자들에게 정성을 다하지. 그것이야말로 자신이 가장 아름답게 죽는 방법이라고 믿거든."

그는 가파른 오르막을 걸으며 한숨을 쉬었다.

"그렇다 해도 조슈벨님은 너무 갑자기 돌아가셨네. 덕분에 다른 마녀들과 달리 안개마녀에 대한 사실이 너무 많이 노출되었지. 아젤란도 알고, 신성교단도 알고, 이젠 바란투로스까지 알게 됐지 않나? 물론 호엔 3세께서 지켜주신다면 안심이지만 그분이 네벨 아가씨를 끝까지 지켜주실 나이는 아니지."

그러자 키르히가 자신있게 말했다.

"우리가 지켜주죠, 뭐."

"자네들은 일개 군인일 뿐이야. 주군이 어떤 인간이든 자네들은 그의 명령에 절대 따라야 하지. 자네들 중 누군가가 왕이 될 게 아니라면 자신하지 않는 게 좋아."

키르히는 입을 다물었다. 파렌은 특별한 반응을 보이지 않았지만 프란츠는 앞서 가는 파렌을 오랫동안 지켜봤다.

랑펠은 실소를 터뜨렸다.

"후후, 너무 걱정하지 말게. 내가 알고 있는 호엔 3세 폐하는 미련이 없는 분이시지. 아마 적당한 선에서 아가씨를 놓아드릴 것이네. 아가씨는 이곳이 아닌 다른 곳에서 보금자리를 마련하시겠지. 그리고 꾸준히 전통을 이어 나가실 게야."

오르막을 넘어 길을 조금 걸으니 완만한 내리막과 작은 분지가 보였다. 분지의 주변에는 키가 큰 침엽수들이 잔뜩 있었고 중앙에는 베어낸 침엽수들과 어설픈 구조의 작은 기중기, 그리고 희고 거대한 유선형의 존재가 있었다.

집 한 채가 올라갈 수 있을 정도로 거대한 몸집은 마치 물고기와 비슷했지만, 등지느러미가 돌기에 가깝고 피부도 매끈한 것이 물고기와는 확연히 달랐다. 머리도 날씬하지 않고 망치처럼 두툼했다.

가장 눈에 띄는 것은 그 생물의 턱 부근에 보이는 황금색의 물체들이었다. 흙 위에 있는데도 찬란히 빛나는 그 물체들은 마치 인간의 수염처럼 보였다.

"황금의 수염……."

파렌은 그 생물이 바로 구름짐승, 세오딕이라고 느꼈다.

가까이 가니 세오딕의 모습이 확실히 보였다. 흰 가죽은 상처

하나 없이 매끈했고 바닥을 덮은 수염은 부드럽고 깨끗하여 눈이 부실 정도였다. 다만 반쯤 뜨고 있는 눈에는 지친 기색이 역력했다. 그리고 그 눈앞에는 네벨이 가만히 앉아 있었다.

파렌은 세오딕의 앞에 놓인 기중기를 봤다.

"세르바토프님, 저 기중기는 무엇에 쓰는 물건입니까?"

"세오딕에게 먹을 것을 주는 데 쓰이네. 구름짐승은 하루에 한 차례 나무를 먹고 살지. 지금의 세오딕은 너무 지쳐 스스로 나무를 먹을 힘조차 없네. 그래서 마을 사람들이 이곳의 나무를 베어 세오딕에게 주고 있지."

랑펠은 한탄하듯 말했다.

"세오딕은 안개마녀와 더불어 이 안개 마을의 수호신과 같은 존재라네. 그런 위대한 존재가 이토록 힘겹게 숨을 쉬고 있으니 마을 사람들도 답답해하더군. 하지만 어쩌겠나? 세월 앞에는 장사가 없는 법이니 말일세."

"아니오."

랑펠을 비롯한 모두가 키르히의 등판에 매달린 카샤에게 눈을 돌렸다.

"아니라니, 무슨 소리요, 꼬마요괴님?"

"저 구름짐승이라는 자, 늙어서 죽어가는 것이 아니라오."

"그럼 다른 이유가 있단 말씀이십니까?"

"절망이오."

랑펠은 그녀가 말한 절망이 무엇인지 알고 있었다.

움직일 기력이 있었을 때, 세오딕은 몇 번이고 안개 계곡을 떠나 자신의 짝을 찾기 위해 웨스트리치를 돌아다녔다. 떠 있는 구름마다 옮겨 다니며 자신이 살기 힘든 극한 지방과 사막 지방까지 가봤지만 결과는 항상 빈손이었다. 그리고 마지막 여행에서 돌아온 날, 세오딕은 지금 있는 이 자리에 쓰러졌다.

외로운 자신의 현재와 미래에 대한 절망인지, 아니면 구름짐승이라는 종족의 존폐와 관련된 절망인지는 알 길은 없었지만 세오딕이 느낀 감정은 분명 죽음에 가까운 것이 틀림없었다.

파렌 일행이 가까이 다가오자 중저음의 나팔 소리를 연상시키는 긴 소리가 세오딕의 두꺼운 머리에서 흘러나왔다. 앉아 있던 네벨은 자리에서 일어나 일행을 돌아봤다.

"소개하겠습니다. 세오딕, 아까 말씀드렸던 소녀의 동료 분들입니다."

비록 절망에 빠져 있다고는 하지만 세오딕의 주위에 깔린 거대하고 농밀한 기운은 놀라움과 경외감을 모두에게 심어주었다. 어린 시절, 연구를 목적으로 생포된 시더 고어를 처음 본 이후 지금까지 수많은 경이를 목격한 파렌마저도 가벼운 긴장감을 느꼈다.

세오딕의 푸르스름한 눈이 모두를 살폈다. 카샤, 키르히, 프란츠로 이어진 거대한 눈은 마지막에 파렌에 가서 멈췄다.

방금 전에 난 소리보다 더 낮은 소리가 들렸다. 네벨은 세오딕의 피부에 손을 댔다.

"왜 그러십니까, 세오딕?"

네벨도 세오딕이 말하려는 것을 완전히 해석하지는 못하고 있었다.

그때, 카샤의 황금색 눈동자가 빛났다.

"왕이 될…… 자?"

카샤를 제외한 모두가 파렌을 봤다. 프란츠는 겉으로 조용했지만 마음속으로는 희열을 즐기고 있었다. 당사자인 파렌은 웃으며 고개를 저었다.

"잘못 봤거나 잘못 말했겠지."

키르히는 별 생각 없이 그를 상대했다.

"왜? 좋잖아? 할아범이 그 얼간이 왕자들 대신 널 택할 수도 있지 않겠어?"

"그런 농담은 하지 마. 그리고 우리 가문은 왕족과 아무런 연관도 없어."

"그래도 네가 왕이 되면 꽤 괜찮을 것 같은데?"

"그만둬."

파렌은 다시 웃었다.

세오딕이 다른 소리를 냈다. 그 소리가 끝나자 카샤의 적갈색 얼굴이 삽시간에 흐려졌다.

"왜, 원숭이? 이번엔 파렌이 공주라도 된대?"

키르히의 질문에 카샤는 머리를 흔들었다.

"아니다. 착한 일을 더 많이 하면 하늘나라의 왕이 될 수도 있다는 뜻이란다."

"쳇, 뭐야, 그게? 그럼 난 지옥의 왕이라도 되나?"

파렌은 실없는 소리라는 듯 고개를 저었다. 프란츠는 못내 아쉬워했고, 랑펠과 네벨은 처음 보는 현상에 어리둥절한 얼굴이었다.

"카샤님은 정말 대단하시군요. 세오딕의 말을 단숨에 이해하시다니, 소녀는 정말 놀랐습니다."

네벨이 진심으로 감탄했다. 그런데 카샤가 아무런 반응을 보이지 않았다. 그녀는 꼬리가 코트 밖으로 흘러내린 것도 모른 채 파렌을 바라보고 있었다.

"카샤님? 왜 그러십니까?"

"응? 아, 아니다."

그녀는 평소처럼 씩 웃었다.

"그렇게 놀라운 일은 아니다. 귀에 목소리가 들렸고, 본좌는 그걸 말로 한 것뿐이니까."

"그래도 부럽습니다. 저는 세오딕의 말을 제대로 알아듣지 못해 답답하기만 했는데……."

카샤는 팔을 뻗어 그녀의 어깨를 두드려 주었다.

"네벨은 세오딕을 진심으로 좋아하는구나."

네벨은 말없이 웃었다.

"그런 마음이면 충분하다. 세오딕도 모를 리 없으니까. 그 마음을 유지하면 언젠가 세오딕의 목소리가 네벨에게도 들릴 거다."

"감사합니다."

네벨은 세오딕에게 돌아섰다.

"소녀가 한 분씩 소개해 드리겠습니다, 세오딕."

카샤는 모두와 더불어 세오딕에게 시선을 두고 있는 파렌을 봤다.

'왕을 죽이고…… 왕이 될 남자라고? 파렌이?'

카샤는 숨을 참다시피 하며 입이 열리지 않도록 애썼다. 그런 엄청난 내용을 입 밖에 낼 수는 없었다. 카샤가 아무리 어린 구석이 있다고 해도 그런 엄청난 말을 가볍게 내뱉을 요괴는 아니었다.

달리 생각하면 정말 허무맹랑한 말이었다. 키르히는 왕이 될 남자라는 말을 들은 순간부터 그것을 시장 점쟁이의 괜한 시비로 여겼고, 파렌 역시 부담스러워하면서도 진지하게 생각하진 않았다. 세오딕이 미디엄처럼 공인된 예언 능력을 가진 존재가 아니기 때문이다.

하지만 카샤는 세오딕의 말이 농담처럼 들리지 않았다. 그녀는 세오딕에게서 미디엄과는 성질이 다르긴 하지만 그에 결코 뒤떨어지지 않는 강력한 기운을 느끼고 있었다.

카샤는 파렌이 왕을 죽인다는 세오딕의 예언을 절대 입 밖에 내지 않겠다고 맹세했다. 그러나 그녀는 혼란스러운 마음을 주체하지 못했다. 세오딕의 말이 만약 단순한 감상이 아니라 예언이라면 큰일이기 때문이었다.

'파렌이 호엔 3세를……? 말도 안 된다! 아닐 거다! 파렌은 그런 자가 아니다!'

불안감 탓인지 카샤가 과거에 느꼈던 느낌들이 되살아났다. 그 어떤 상황에서도 비인간적인 냉철함을 보이는 것부터, 자신의 부하들뿐만 아니라 적들까지도 수족처럼 움직이게 만드는 두뇌는 이따금씩 카샤에게 오싹함을 안겨주었다.

만약 그의 심장에서 충성과 배려라는 이름의 따뜻함이 사라진다면 어떻게 될까? 카샤는 그 결과를 상상조차 하기도 싫었다.

카샤가 고민하는 한편, 네벨은 파렌을 시작으로 카샤, 프란츠, 키르히 순으로 일행을 소개했다. 소개를 마친 그녀는 바닥을 덮은 세오딕의 수염을 양탄자 삼아 그 위에 무릎을 굽히고 앉았다.

"세오딕, 소녀는 이분들과 함께 쿼스필드 산맥으로 갈 것입니다. 구름짐승의 송곳니라고 혹시 들어보신 일이 있으십니까?"

세오딕이 한참 그녀를 보다가 짧은 소리를 냈다. 그것이 긍정임을 아는 네벨은 안도한 듯 웃었다.

"아실지 모르겠지만 안개술사라는 자들이 동쪽의 야만족과 합세하여 이 대륙을 노리고 있습니다. 안개술사들의 우두머리가 있는 안개의 탑은 일반적인 수단으로는 접근조차 하기 힘들다고 합니다. 함께 오신 분들은 구름짐승의 송곳니를 이용해 안개의 탑을 공격하려고 하십니다. 만약 일이 실패로 돌아간다면 이분들의 목숨은 물론 웨스트리치 대륙에 살고 있는 모든 이들의 목숨도 보장할 수 없게 될 것입니다."

세오딕이 긴 소리와 짧은 소리를 연이어 냈다. 뜻을 해석하지 못한 네벨은 카샤를 봤고, 카샤는 즉시 말해주었다.

"네벨이 어째서 그런 사실을 자신에게 설명해 주고 있는지 묻고 있다."

말을 들은 네벨은 솔직히 말했다.

"소녀는 두렵습니다. 안개 마을 사람들은 단순한 소문에 휩쓸려 소녀를 일방적으로 의심한 자들입니다. 소녀는 그들을 떠났고, 모든 사람들과의 인연을 끊기로 결심했습니다. 그런데 소녀는 지금 웨스트리치 전체의 운명을 건 일에 동참하고 있습니다. 표면적으로는 바란투로스의 왕, 호엔 3세 폐하께 입은 은혜에 보답하기 위함이지만 소녀는 진심으로 여행하고 있습니다. 과연 소녀는 옳은 일을 하고 있는 것입니까? 아니면 단순히 어린 마음에 충동적으로 움직이는 것입니까? 부디 소녀의 혼란스러운 마음에 답을 주십시오."

세오딕은 아무 소리도 내지 않고 작은 소녀를 지그시 바라봤다.

키르히는 뒷머리를 긁적였다.

'사기꾼 할배한테 속아서 동참한 게 아니란 말이야?'

세오딕이 매우 긴 소리를 냈다.

"네벨은 선택을 했다는군."

"선택이라고 하셨습니까?"

"네벨은 스스로 길을 선택했고, 스스로 그 결과를 평가했으며, 다시 한 번 선택을 한 것이라고 말했다. 다만 앞서 비슷한 선택을 했던 사람들의 말을 들을 기회가 없었을 뿐이라고 한다."

네벨은 카샤가 해석해 준 세오딕의 뜻을 도무지 알 수가 없었다. 카샤는 응원하듯 활짝 웃었다.

"좋은 말이고, 네벨을 위한 말이다. 고민할 필요 없다, 네벨."

세오딕의 소리가 이어졌다. 카샤의 해석이 뒤따랐다.

"분명 좋은 결과가 있을 거라고 한다. 하지만 송곳니의 주변에 큰 위험이 도사리고 있을 수도 있으니 할머니에게 받은 지혜를 모두 발휘하여 위험을 극복하라고 말하는구나."

네벨은 세오딕을 다시 바라봤다. 구름짐승의 눈빛을 교환한 꼬마 마녀는 자리에서 일어났다.

"명심하겠습니다, 세오딕. 내일 바로 출발하겠습니다."

세오딕은 잠들 듯 눈을 감았다. 그의 하얀 가죽에 손을 대어 호흡을 확인한 네벨은 모두가 있는 곳으로 돌아왔다.

집으로 돌아가는 길에, 네벨은 세오딕에게 들은 '선택'에 관한 말을 다시 생각해 봤다. 너무 집중해서 생각을 해버렸는지 그녀는 돌부리를 피하지 못하고 걸려 넘어지고 말았다.

바로 뒤에서 걷던 프란츠가 그녀를 일으켜 주었다. 고개를 끄덕여 감사를 표시한 네벨은 살짝 까진 무릎의 통증을 참고 다시금 생각에 잠겼다.

그 모습을 본 파렌은 지그시 웃었다.

"네벨은 뿌리가 구불구불한 이유에 대해 알고 있나?"

"네?"

네벨에겐 낯선 이야기였다. 파렌은 안개 마을의 전경을 바라보며 말했다.

"대부분의 식물은 땅속으로 뿌리를 내리게 되어 있어. 좋은 흙을 찾아 내려가던 뿌리는 땅속에 부드러운 흙뿐만 아니라 돌도 있다는 사실을 알게 되지. 돌과 마주친 순간 뿌리는 선택을 하지 않으면 안 돼. 여기서 멈출 것인가, 돌을 깰 것인가, 아니면 옆으로 돌아갈 것인가. 뿌리에게 있어서는 생사와 관계되는 일이지만 유감스럽게도 뿌리에게 어떻게 하라고 조언을 하는 존재는 없어. 뿌리는 혼자 선택해야만 하지."

"……."

"가까스로 돌을 극복한 뿌리는 물기와 양분이 없는 모래흙을 만나게 되지. 뿌리는 다시 선택의 기로에 놓이게 되는 거야. 모래흙 너머에 있을지도 모를 좋은 흙의 존재를 믿을 것인가, 아니면 돌아갈 것인가. 이후에도 뿌리는 수많은 상황에서 다양한 선택을 해야만 해. 그것이 바로 아무도 볼 수 없는 땅속에서 치열하게 벌어지는 뿌리의 성장이지."

네벨은 파렌의 한 말을 되짚어봤다. 그리고 물었다.

"만약 뿌리가 선택을 멈추면 어떻게 되는 것입니까?"

"그 순간이 뿌리의 마지막 순간이겠지."

그녀가 다시 생각에 잠겼다.

키르히가 궁금한 얼굴로 물었다.

"근데 그 말…… 선택인가 뭔가 하는 거, 과학적인 말이야?"

"과학이라기보다는 철학이야."

"철학이라……. 그럼 결론이 뭐야? 뿌리처럼 구불구불 굴곡진 인생을 살라는 거야?"

"해석하기 나름이지."

"뭐야, 싱겁게."

키르히는 피식 웃었다. 파렌도 말없이 웃었다.

네벨의 눈이 모자의 챙이 만든 그늘 속에서 차츰 고요해졌다. 소녀는 파렌의 말속에 숨겨진 뜻을 이해해 가고 있었다.

'어른이 되는 방법…….'

그녀는 랑펠에게 세오딕을 맡기고 혼자 마을을 떠나던 날을 떠올렸다. 가슴이 아프고 눈이 절로 감겼다.

그날 밤, 모두는 내일을 기약하며 잠자리에 들었다. 랑펠은 자신이 쉴 곳으로 가겠다며 집을 떠났고, 네벨과 카샤는 네벨의 침대에, 프란츠는 네벨의 조모가 쓰던 침대에 누웠다. 파렌과 키르히는 마차 신세를 졌다.

밤이 한참 깊어질 무렵, 세오딕이 있는 작은 분지에 황금빛 한 쌍이 나타났다. 차갑게 시들어 있던 세오딕의 황금색 수염이 밝게 빛나고 푸르스름한 눈이 빛을 되찾았다.

수염이 발하는 빛 속으로 황금색 빛덩어리들이 들어왔다. 카샤였다.

그녀는 진지한 얼굴로 세오딕의 눈을 보며 물었다.

"파렌에 관해서 묻고 싶은 것이 있어 실례를 무릅쓰고 찾아 왔소."

그녀의 머릿속에 세오딕의 목소리가 들렸다. 구름짐승의 의지가 그녀의 의식에 직접적으로 들어오는 것이었다.

"무엇이 궁금한가, 머나먼 동쪽에서 온 존재여."

"파렌이 왕을 죽이고 왕이 될 남자라는 말이 무엇인지 확실히 말해주시오. 허튼소리라면 용서하지 않겠소."

"나는 느꼈다."

"무엇을 말이오?"

"그것은 왕을 죽이고 새로운 왕이 된 자의 느낌이었다. 난 그와 동일한 느낌을 파렌 콘스탄이라는 인간에게 받았다. 하지만 그가 아닐 수도 있다."

카샤의 작은 얼굴이 구겨졌다.

"허튼소리였단 말이오?"

"내가 느낀 것이 과거인지, 현재인지, 미래인지 모를 뿐이다."

하지만 느꼈다는 것은 사실이다."

"……."

"구름짐승은 항상 구름 속에 있는 존재이기에 앞을 볼 수 없다. 보지 않으면 시간과 공간에 얽매이지 않는다. 인간은 자신이 시간과 공간을 확인한다고 생각하지만 그것은 단지 자신들이 만든 기준에 맞춰 눈으로 보는 것일 뿐, 진정으로 시공을 이해한다고 볼 수는 없다. 그저 시간에 대한 두려움에 지나지 않지."

어딘지 모르게 묘했지만 카샤는 그의 말을 어느 정도 이해했다. 모친과 함께 동굴 속에서 겨울을 보낼 때, 자신이 3개월 이상 보이지 않았다는 사실을 정확히 아는 자는 오로지 아랫마을의 주민들뿐이었다.

"내가 확실히 말해줄 수 있는 것은 과거든, 현재든, 미래든, 언젠가 그와 비슷한 느낌을 가진 존재가 왕을 죽이고 새로운 왕이 된다는 사실이다."

"그럼 당신은 그것을 어떻게 느끼게 됐소?"

"그날, 좋은 구름이 바란투로스의 하늘을 덮고 있었지."

카샤는 짜증이 치밀었다. 눈앞에 있는 하얀색 덩치가 헛소리를 하는 것인지, 아니면 뭔가 뜻이 있는 말을 하는 것인지 분간이 가질 않았다.

"아무튼 좋소. 그대는 어째서 절망에 빠져 있는 것이오? 네벨을 비롯한 모두가 그대를 걱정하고 있지 않소?"

"내가 과거의 동족들에게도, 미래의 동족들에게도 갈 수 없는 존재라는 사실을 알아버렸기 때문이다."

"외로움 때문이오?"

"난 내가 현재에 남겨진 이유를 알 수 없었다. 어째서 인간들처럼 시간을 두려워해야 하는지 이해할 수 없었다. 그러나 오늘, 그 이유를 알게 되었다. 그리고 난 만족감을 얻었다."

"그렇소? 힘을 낼 일이 생겼다니 다행이오. 네벨도 기뻐할 것이오."

"그 아이가 기뻐하는 모습을 나도 보고 싶군. 네벨은 나의 좋은 친구니까."

짧은 대화를 마친 카샤는 세오딕과 작별한 뒤 네벨의 집으로 돌아갔다. 나갈 때처럼 몰래 집으로 들어간 그녀는 이불 속에서 곤히 자고 있는 네벨의 모습을 보고 빙긋 웃었다.

"잘될 거다, 네벨."

그녀는 방문을 닫고 이불 속으로 살금살금 들어갔다.

다음날 아침, 식사 후 출발 준비를 마친 모두는 세오딕과 인사를 나누러 간 네벨이 돌아오기를 기다렸다.

"으하~"

카샤가 턱의 구조가 의심될 정도로 입을 크게 벌리며 하품했다.

"어이쿠, 원숭이 턱 빠진다."

옆에 있던 키르히가 실실 웃었.

말의 안장을 다시 죄던 파렌이 문득 그녀를 봤다.

"어제 잠을 못 잤나?"

"음, 아니다."

카샤는 눈을 비벼 눈가에 새어 나온 눈물을 닦아냈다.
하녀 복장을 한 프란츠가 덤덤히 말했다.
"야밤에 산책을 과하게 하던데."
하품에 다시 열리던 카샤의 입이 덜컥 닫혔다. 파렌이 고개를 갸웃했다.
"산책?"
"아, 아니다! 아, 그보다 파렌, 묻고 싶은 게 있다."
"음, 말해."
"혹시 바란투로스의 역사에…… 왕을 죽이고 왕이 된 남자가 있나? 구름이 잔뜩 낀 날!"
키르히와 프란츠, 파렌이 그녀를 봤다. 파렌은 팔짱을 끼고 잠시 하늘을 본 뒤 말했다.
"……내 입으로 말하긴 그렇지만, 폐하께서 그러셨지."
의외의 대답이었다.
"노인왕이?"
"음, 바란투로스의 역사상 가장 큰 사건 중에 하나지. 폐하께서 폐위하신 게오르드 6세는 정도(正道)를 추구하는 평범한 왕이었어. 하지만 마약인 오피엄에 손을 대면서 3년 만에 폭군이 됐지. 그로 인해 나라에 큰 위기가 닥치기 직전, 당시 왕세자의 신분이셨던 폐하께서 반정을 일으키셨고, 나라는 1년에 가까운 대숙청을 거친 끝에 가까스로 제 모습을 되찾았지."
"그런 일이 있었구나."
카샤는 속으로 크게 안도했다.
"그 사건은 폐하께 있어서 큰 비극이었어. 원래 폐하께선 감금하는 수준으로 부왕(父王), 게오르드 6세의 숙청을 마무리하려 했지만 연합들의 반대가 만만치 않았지. 그들은 바란투로스의 혼란을 틈타 기세를 완전히 꺾고 연합의 주도권을 자신들의 것으로 하기 위해 온 힘을 다했어. 당시 갓 스무 살을 넘긴 폐하께서 자신들의 압박을 받아들인다면 앞으로도 유리한 위치를 잡을 수 있을 거라는 생각이었겠지. 그래서 폐하께선 게오르드 6세의 목을 자신의 손으로 직접 자르시게 됐어."

"정말 비극이로다."

파렌이 한참 뒤 말했다.

"거기서 그치지 않았지."

"엉?"

"즉위식 날, 폐하께선 그 자리에 모인 연합의 왕들 앞에 기괴한 전시물을 소개했지. 게오르드 6세의 머리를 새장에 넣은 채 직접 들고 나타나신 거야. 얼음에 보관하고 있던 수급은 방금 전에 잘린 것처럼 생생했다고 기록되어 있었지. 폐하께선 그것으로 공놀이를 하자는 제안을 하셨어. 발로 차서 지정된 공간에 넣으면 점수를 얻는……. 당시 모인 왕들은 기겁했지만 폐하께선 오피엄에 찌들어 망국을 초래할 뻔한 죄인의 머리일 뿐인데 무엇이 겁이 나느냐며 직접 시범을 보이셨지."

"시범이라고?"

"발로 찼다는 뜻이야. 경기장이 모래 바닥 위라서 머리는 심하게 상했다고 해. 하지만 폐하는 무려 여섯 번의 시범을 보이셨다는군. 효과는 확실했어. 그 광경을 본 왕 중에서 그날 이후 폐하와 바란투로스를 공개적으로 무시하는 자는 아무도 없었거든."

그 참혹한 광경을 그만 상상해 버린 카샤는 두 손으로 자신의 입을 막았다. 파렌은 다시 안장을 만지며 말을 마무리했다.

"그날은 눈이 많이 내렸다고 해. 바란투로스에는 큰일이 있는 날이면 항상 눈이 내리지. 정확한 통계는 없지만, 그날은 바란투로스의 모든 이들이 눈을 바라고 있었을지도 몰라. 비극을 덮기 위해 말이지."

"……."

"지금은 그런 일이 반복되지 않도록 모두가 노력하고 있어. 걱정하지 마."

"반복?"

"역사는 반복되기 마련이라고 역사학자들이 말하잖아."

파렌이 아무 생각 없이 한 그 말은 카샤의 마음속에 긴 여운을 남겼다.

잠시 후, 네벨이 랑펠과 함께 돌아왔다.

갑옷 대신 얇은 털옷을 입고 검을 등에 찬 랑펠은 60대의 노인이라는 것이 믿겨지지 않을 만큼 훌륭한 근육질을 자랑했다. 듬직한 등판의 능선을 따라 허리까지 이어지는 곳에 군살이란 없었다. 복부까지 내려오는 흰 수염과 빛바랜 장발, 그리고 얼굴의 주름살만 아니었다면 젊은이라고 해도 믿을 수 있을 것 같았다.

그는 모두를 마을 앞까지 바래다 주겠다고 했고, 파렌은 쾌히 받아들였다.

파렌은 말의 고삐를 잡고 랑펠과 나란히 걸었다. 마을 주민의 대다수가 밖으로 나와 그들을 배웅했지만 마차를 따라나서거나 응원을 보내는 사람은 없었다. 그저 안타까운 얼굴로 그들을 바라보기만 했다.

네벨은 마차 안에서 가만히 앞만 쳐다봤다. 마을 사람들과의 앙금을 풀 생각이 아직 없거나 풀기를 주저하는 것 같았다.

랑펠이 옆에서 걷는 파렌에게 말했다.

"자네의 검 말일세."

파렌은 마을 사람들에게 가 있던 시선을 그에게 돌렸다.

"말씀하십시오, 세르바토프님."

"정제된 리제늄으로 만들어진 것까지는 알겠는데, 군 규격품인가?"

"대량 생산품은 아니지만 예비 부품은 존재합니다. 한 자루 정도는 더 만들 수 있습니다."

"그렇군. 그럼 잠깐 있어보게."

랑펠은 등에 찬 자신의 검을 풀어 파렌에게 건네었다.

"고삐는 내가 맡지. 자네는 내 검을 한번 살펴보게."

고삐와 검을 교환한 파렌은 자신의 슈트롬 팔켄 이상으로 묵직한 세르바토프의 검을 뽑아봤다. 재질을 보니 정제된 리제늄으로 만들어진 것이 분명했다. 넓은 칼날의 중앙에는 군대와 군대의 충돌을 묘사한 그림이 음각(陰刻)으로 정교하게 새겨져 있었다.

"정말 훌륭한 검입니다. 하지만 제가 들기에는 너무 무거운 것 같습니다."

"그렇지. 검이 자네를 낯설어하고 있으니까."

"무슨 말씀이십니까?"

"제대로 정제된 리제뉴은 말일세, 기억력을 가지고 있다네."

"살아 있다는 뜻입니까?"

"살아 있다기보다는 나무가 기름을 먹고 단단해지는 원리와 비슷하네. 자신과 주인에게 이로웠던 것들을 모두 기억하고 있지. 주인의 손버릇과 적을 해치우는 데 좋았던 움직임, 그리고 각종 요소 등을 말일세. 변형은 인간의 눈으로 확인하지 못할 만큼 미세하다네. 파괴된 부분을 재생하지는 못하지만 무기로써 이만한 것은 없지."

그 말을 듣는 순간 그리 오래되지 않은 기억이 파렌의 머릿속에 번쩍 떠올랐다. 병기창의 메르첼더가 슈트롬 팔켄의 칼날이 묘한 적색을 띤다며 그를 부른 일이었다.

'작염검의 힘을 팔켄이 기억하고 있단 말인가?'

그는 슈트롬 팔켄의 마법 방어 능력과 저항력에 대해서도 연관을 지어봤다. 랑펠의 말이 사실이라면 아시엔에서 안개술사의 요술에 단련된 슈트롬 팔켄이 마법에 대해서도 저항 능력을 발휘하는 것은 가능성 있는 일이었다.

"그래서 말이네만, 가급적이면 칼날을 부수지 말게. 자네가 지금까지 검과 함께 있던 모든 시간을 잃어버리는 것과 같은 결과를 낳을 테니까."

"명심하겠습니다."

마을을 벗어난 일행은 어제 있었던 신성기사단의 시체가 말끔히 사라져 있다는 사실을 알고 놀랐다. 남은 것은 시체들에서 흘러나와 수풀을 적신 피뿐이었다.

"깔끔합니다."

파렌이 감탄하자 랑펠은 자랑스레 웃었다.

"아가씨와 내가 아침에 모두 정리했지. 역시 아가씨의 능력은 대단해."

네벨이 마차에서 내려 그들에게 다가왔다.

"랑펠, 소녀와 함께 가시지 않겠습니까? 쿼스필드 산맥은 가깝습니다."

랑펠은 부드럽게 고개를 흔들었다.

"저마저 세오딕의 곁을 떠날 수는 없지요. 구름짐승의 송곳니는 아가씨 자신과 친구들만으로도 충분할 겁니다."

"알겠습니다."

그래도 네벨은 많이 아쉬워했다.

노인검사는 네벨의 앞에 큰 몸집을 웅크리고 앉았다.

"걱정하지 않으셔도 됩니다, 아가씨. 세오딕도 좋은 결과가 있을 거라고 하지 않았습니까?"

"하지만 불안합니다. 소녀, 어젯밤 잠들기 전에 별자리 점을 봤습니다. 별들이 소녀에게 조만간 친구 중 한 명이 다른 세상으로 떠날 것이라고 말했습니다."

"아가씨, 점이라는 것은……."

"키르히가 죽겠네."

프란츠가 덤덤히 말을 끊었다. 마차의 고삐를 잡고 있던 키르히는 눈을 부릅떴다.

"어이, 누님. 그건 또 무슨 악담이야?"

"넌 죽을 짓 잘하잖아."

"아, 예. 그랬군요. 조심하지요."

키르히는 입술로만 중얼댈 뿐, 감히 욕을 하거나 덤비진 못했다. 랑펠은 껄껄 웃으며 다시 말했다.

"마님께서도 점을 믿으시진 않으셨습니다. 너무 걱정하지 마시고 친구들을 믿으십시오."

"알겠습니다, 랑펠."

모두는 랑펠과 안개 마을을 뒤로하고 안개 속으로 사라졌다. 마을 앞에 홀로 남은 랑펠은 나직이 중얼거렸다.

"마님, 부디 당신의 후계자를 끝까지 보살펴 주십시오."

말을 마친 랑펠은 천천히 마을로 돌아갔다.

story 17 밤하늘 아래의 피리 소리

이틀 뒤, 목적지인 쿼스필드 산맥의 동굴에 도착한 일행은 네벨의 조언에 따라 무장을 단단히 했다. 프란츠도 하녀 복장 대신 야전복을 입었다.

동굴 주변에는 제법 강한 강풍이 불고 있었다. 바위 틈새와 동굴을 통과한 바람의 비명 소리는 등골이 시릴 정도로 날카로웠다.

네벨이 찾아낸 동굴의 입구는 제법 거대했다. 주변의 흙과 눈 속에 감춰진 식물들을 살펴본 네벨은 손을 털며 말했다.

"마수들이 오고 간 흔적은 없지만 그래도 조심하셔야 합니다. 마수들은 이런 동굴들을 택해 겨울을 보내는 습성이 있습니다. 그들의 흔적은 겨울 내내 몰아닥친 눈과 강풍에 지워지곤 합니다."

동굴 입구의 돌들을 만지던 파렌이 돌아왔다.

"석회암 동굴이군. 꽤 오래된 동굴 같은데, 이곳에 진짜 구름짐승의 송곳니가 있나?"

"그렇습니다."

"있다니 다행이지만, 아무리 생각해도 이상하군. 동굴 속에 그런 보물을 숨겨둔 자가 도대체 누구지?"

"구름짐승의 송곳니는 보물이 아닙니다. 그것은 특이한 종유석입니다."

파렌은 의문에 고개를 옆으로 기울였다.

"종유석?"

"퀴스필드 산맥에 스며든 지하수는 구름짐승과 각종 마수들이 즐겨 마시는 것으로 유명합니다. 그 물과 햇빛이 함께 만들어낸 종유석은 마치 뿔피리처럼 속이 텅 빈다고 합니다. 그것을 잘라 가공하면 뿔피리와 같은 구름짐승의 송곳니가 완성되는 것입니다."

"그렇군. 그래서 오래된 동굴이 필요했다는 건가?"

"그렇습니다."

"종유석을 가공하는 데에는 시간이 얼마나 걸리지?"

"반나절이면 충분합니다."

"좋아. 그럼 시간 끌 것 없겠군. 모두 진입한다. 내가 네벨과 함께 앞장을 설 테니 키르히는 최후방에, 프란츠는 카샤와 함께 중간을 맡도록. 무기를 즉시 사용해도 문제가 없을 만큼의 거리를 확보, 유지하는 것을 잊지 않도록 해."

키르히가 어깨를 으쓱했다.

"설마 무슨 일 있겠어?"

카샤도 따라서 어깨를 으쓱했다.

"본좌가 함께 있는 한 아무 일도 없을 거다."

파렌은 슬쩍 웃고는 군용 램프에 불을 넣었다.

램프를 들고 동굴 안으로 진입한 파렌 일행은 동굴 중앙에서부터 끝없이 들리는 물소리에 의아해했다. 특히 다른 이들보다 청각이 좋은 카샤에겐 거의 고문에 가까웠다.

"아, 이건 뭐냐, 도대체! 주변에 물도 없는데 왜 물소리가 들리는 거냐!"

"아마 우리가 걷는 길 바로 밑으로 지하수가 흐르는 길이 있을 거야."

"지하수?"

"물이 스며드는 것에 따라 어디로 뚫릴지 모르는 석회암 동굴의 특징이지. 운이 없으면 우리 무게를 이기지 못하고 바닥이 꺼질 수도 있으니 조심하도록 해."

"으, 으음."

동굴의 막다른 곳에는 예상 밖의 공간이 있었다.

마치 누군가가 인위적으로 넓힌 것처럼 완만한 타원형의 형태를 지닌 공간이었다. 공간의 좌우에는 이유 모를 큰 구멍이 있었고, 정면 끝에는 천장에 뚫린 구멍을 타고 한 줄기의 빛이 내려오고 있었다. 빛의 종점에는 부서진 흔적이 있는 종유석의 무리가 오묘한 빛을 냈다.

그보다 파렌의 눈길을 더 끄는 것은 종유석 앞에 무진장 깔린 모래 바닥이었다.

"동굴에 모래라……."

씁쓸히 웃으며 중얼거린 파렌은 거치대에서 슈트롬 팔켄을 분리해 오른손에 들었다.

"프란츠, 중앙에 폭파 단검을 투척해."

"주인님의 분부대로."

심지에 불이 붙은 단검이 모래밭 가운데에 꽂혔다. 파렌은 슈트롬 팔켄으로 앞을 가로막고 단검을 조용히 지켜봤다.

이윽고, 단검이 터졌다. 아무 일도 일어나지 않자 키르히는 김샜다는 듯 피식 웃었다.

"뭐야, 아무 일도 안 일어나잖아?"

그 말이 무색하게, 거대한 물체가 모래밭을 헤치며 나왔다. 마치 거대한 전갈처럼 생긴 그 물체는 연푸른 액체가 흘러나오는 꼬리의 독침과 날카로운 집게발을 움직이며 찢어지는 괴성을 길게 질렀다.

네벨이 소리쳤다.

"마수입니다! 스콜피오누스입니다!"

"백과사전에서만 접했던 마수인데, 이거 영광이로군. 사전에 묘사된 크기보다 훨씬 큰 것 같은데…… 기분 탓인가?"

마수의 비정상적인 크기에 당황하고 있던 네벨은 조금의 떨림도 없이 말하는 파렌을 보고 더욱 놀랐다. 평정심을 지킨 흑기사는 붉은색으로 빛나는 마수의 여덟 눈을 지켜보고 있었다.

"스콜피오누스는 쉬드람 대륙의 사막 지대에서 주로 서식하는 줄 알았는데, 왜 여기에 있지?"

"아마 저 종유석 때문일 겁니다. 구름짐승의 송곳니는 마수들에게 있어서 최고의 영양제이기도 합니다. 어떻게 흘러들어 왔는지는 저도 의문입니다만, 여행의 이유는 종유석이 분명합니다."

"그럼 오늘이 그 여행의 끝이겠군."

그는 슈트롬 팔켄의 약실을 열고 흰색으로 칠해진 탄환을 넣었다. 불에 약한 시더 고어를 상대하기 위해 제작된 발화용 특수 탄환, 백린탄(白燐彈)이었다.

"키르히도 백린탄을 쓰도록 해. 세 방 정도면 알맞게 구워질 거야."

"그렇군."

대답한 키르히는 탄을 갈아 끼우지 않고 가만히 있었다. 파렌이 의아한 얼굴로 자신을 바라보자 그는 두 손을 펼쳤다.

"안 가져왔어."

파렌의 표정이 굳어졌다.

"……왜?"

"몰랐으니까."

"……."

"이런 놈들이 나올 줄도 몰랐고, 나와도 산탄이랑 관통탄이면 충분할 줄 알았지!"

"이런."

파렌은 너무 화가 난 나머지 눈을 질끈 감으며 한숨을 쏟아냈다.

프란츠가 단검을 빼 들었다.

"내게 이놈의 목을 자르라고 명령해 줘."

"……그만 해."

작전을 망치게 된 파렌은 종유석 앞에서 버티고 있는 마수를 고민스럽게 바라봤다.

'아니, 오히려 잘된 것일지도 몰라. 마수가 우리에게 덤벼들지 않는 것을 보면 뭔가 다른 이유가 있는 것 같군. 조사를 해봐야 하나?'

그때, 카샤가 오른손을 불끈 쥐며 모래밭에 발을 들여놓았다.

"답답하게 뭐냐! 불을 지르는 것은 본좌의 특기! 저런 저급한 마수 따위는 본좌가 깔끔하게 없애주겠다!"

그녀의 몸 전체에서 불길이 솟아올랐다. 그것이 천요로 변하기 위한 과정임을 아는 파렌과 키르히는 무기의 끝을 내렸다.

카샤가 불꽃 속에서 일행을 돌아봤다.

"모두 잘 봐라! 본좌가 고기만 축내는 존재가 아니라는 것을 보여주지!"

그녀의 몸이 공중으로 붕 떠올랐다. 그래 봤자 원숭이라면서 비아냥거리던 키르히의 표정이 삽시간에 굳어졌다.

공중에 뜬 카샤의 복부에 날카로운 것이 솟아나 있었다. 파렌과 키르히는 그것이 변신을 위한 과정과는 관계가 없음을 알고 있었다.

카샤의 눈동자가 하얗게 풀리더니 입과 복부에서 붉은 액체가 주룩 흘러나왔다. 그녀를 관통하여 들어 올린 독침의 주인공이 모래밭을 헤치며 모습을 드러냈다. 그것은 종유석 앞의 있는 마수보다 크기가 작은 스콜피오누스였다.

작은 마수는 꼬리로 찌른 카샤를 방의 구석으로 집어 던졌다. 벽에 부딪친 카샤는 밑에 뚫린 구멍으로 힘없이 떨어졌다.

"카샤!"

키르히가 구멍을 향해 질주했다. 모래밭에서 또 다른 스콜피오누스의 꼬리들이 솟아올랐지만 키르히의 속도를 맞추지 못해 허공만을 찔러댔다. 키르히는 구멍 밑으로 뛰어내렸고, 그를 놓친 마수들이 모래밭 위로 모습을 드러냈다.

네벨이 지팡이를 놓쳤다. 그녀의 조모가 직접 깎아준 소중한 물건이었지만 그녀는 자신이 서 있는 것인지조차 분간 못할 지경이었다. 오로지 며칠 전, 별을 통해 본 불길한 점괘가 그녀의 머릿속을 그물처럼 휘감고 있었다.

눈을 가늘게 뜬 채 앞을 지켜보던 파렌이 그녀를 불렀다.

"네벨."

"……"

"네벨!"

네벨이 흠칫 놀라 그를 돌아봤다.

"스콜피오누스는 지휘 계통을 갖고 있나?"

"카샤님이 떨어졌습니다! 밑은 분명 마수의 둥지일 겁니다! 키르히님도 함께 죽을 겁니다!"

제대로 된 동문서답이었다. 그녀는 심하게 허둥대고 있었다. 폭파 단검에 손을 대고 마수들을 살피던 프란츠는 냉소를 지었다.

'맛이 갔군. 애니까 어쩔 수 없지.'

파렌은 왼손으로 네벨을 다독였다.

"침착하게 생각해. 네가 정확한 대답을 해줘야 모두를 살릴 수 있어."

"왜 저에게 부담을 주십니까! 무섭단 말입니다!"

그는 네벨의 지팡이를 들어 그녀의 손에 쥐어준 뒤 손등을 감쌌다.

"네가 선택하면 우리가 움직인다. 다른 것은 생각하지 않아도 돼."

프란츠의 폭파 단검이 둘의 머리 위를 지나갔다. 접근하려던 마수의 머리가 터지고 마수는 그대로 주저앉았다.

프란츠는 새로운 폭파 단검에 손을 대며 말했다.

"네가 뭘 해줄 거라고 기대한 적 없어, 꼬마. 우린 마녀에게 기대는 훈련 같은 건 받진 않았거든. 그러니 아는 대로 불고 꺼져. 우리 임무는 저것만 들고 가면 끝나니까."

"송곳니는 소녀가 가공하지 않으면 쓸모없습니다!"

사나운 반항과 함께 네벨의 주황색 눈동자가 서서히 안정을 되찾았다. 프란츠가 그녀답지 않게 씩 웃었다.

"겨우 입이 뚫렸네. 말해봐, 어서."

"스콜피오누스는……."

"음."

파렌이 고개를 끄덕였다.

"스콜피오누스는 우두머리가 죽으면 즉시 새 우두머리를 뽑기 위한 행동에 들어갑니다! 다음 우두머리를 누구로 할지 미리 생각하지 않는 존재들이기 때문에 분명 큰 틈이 생길 겁니다!"
"좋아."
파렌은 일어나서 싸울 준비를 했다.
"잘될 거야, 네벨. 너와 우리를 믿어."
"하지만 카샤님이……."
"키르히도 우리야."
마수들을 보는 파렌의 눈빛이 끝도 없이 날카로워졌다.
"크로이츠에서 붉은 코트는 오로지 한 명에게만 주어지지. 대령님도, 나도 함부로 입지 못해. 죽음과 가장 친한 친구라는 불길한 증거거든."
"……."
"집중해. 시작한다."
프란츠의 폭파 단검이 날아가고 파렌이 앞으로 뛰었다. 네벨은 마수들을 없앨 마법에 몰두했다.
위쪽에서 폭음이 터지는 한편, 움직이지 못하는 카샤를 뒤에 둔 키르히는 어둠을 보며 활짝 웃고 있었다. 그가 보고 있는 어둠 속에는 크고 작은 붉은색의 눈빛들이 어지러이 반짝거리고 있었다.
"살아 있지, 원숭이? 너, 요괴인지 지랄인지 하는 거니까 죽지 않겠지?"
극도로 예민해진 그의 청각에 카샤의 가쁜 숨소리가 들렸다. 희미하긴 했지만 규칙적이었다. 지금까지 수많은 죽음과 대면해 왔던 그는 그것이 죽을 징조가 아님을 본능적으로 직감하고 있었다.

"내가 실수해서 네가 이렇게 됐다고는 말 안 할래. 남자는 미안하다는 말을 하는 순간 인생 종치는 거라고 할배가 그랬거든. 뭐, 어차피 넌 지금 듣지도 못하겠지만. 하하, 들려? 녀석들이 군침을 흘리고 있어. 엄마가 어지간히 밥을 주지 않았나 보군."

도펠 슈트롬을 든 키르히의 전신에서 짐승의 살기가 흘러나왔다. 그가 있는 곳으로 조금씩 기어나오던 마수들의 눈동자가 일제히 멈칫했다.

"아무튼…… 잠깐 안녕이다, 원숭이."

그가 어둠 속으로 뛰어들었다.

지하에서 일 대 다수의 격전이 벌어지는 사이, 파렌은 동료들과 함께 모래밭 위의 스콜피오누스들과 싸우고 있었다.

스콜피오누스는 인간의 대퇴부를 한번에 꺾을 수 있는 집게발의 힘과 소를 수초 내에 마비시키는 꼬리의 맹독으로 유명하다. 집게발을 포함한 여덟 쌍의 다리는 스콜피오누스의 체중을 적절히 분산시켜 모래 위에서도 뛰어난 움직임을 가질 수 있도록 해주며 몸을 감싼 외골격은 가볍고 불에 약하지만 매우 단단해서 일정 수준 이상의 무게를 가진 무기가 아니면 한번에 격파하기가 어렵다.

적에 대한 정확한 지식만 가지고 있다면 그 어떤 존재라 해도 이길 수 있다고 믿는 파렌이었으나 모래밭에 깔린 스콜피오누스의 수와 의외의 조직력 앞에서는 곤란함을 감추지 못했다.

마수들은 신중했다. 전부 달려들지 않고 둘이나 셋씩 짝을 지어 공격해 왔다. 두 마리 정도는 파렌이 문제없이 없앨 수 있었고, 남는 한 마리는 프란츠가 폭파 단검으로 처리했다.

그런데 두 마리가 죽으면 두 마리가 모래밭에서 나오고 셋이 죽으면 셋이 나왔다. 우두머리로 보이는 스콜피오누스가 꼬리를 떨어 괴이한 소리를 내면 모래를 통해 연결된 지하에서 마수들이 올라오는 것이었다.

두 마리의 마수가 다시 달려들었다. 파렌은 체중을 실어 마수의 머리를 찔렀다. 두부를 관통당한 스콜피오누스는 꼬리를 허공에 휘두른 뒤 즉사했다.

파렌은 등을 돌려 몸을 숙인 뒤 마수가 꽂힌 슈트롬 팔켄의 자루를 어깨에 댔다. 그가 자루 끝을 누르자 지레의 원리에 따라 검끝이 들렸다.

파렌의 힘이 대단해서 가능한 것이 아니라 스콜피오누스의 체중이 보기보다 가벼워서 가능한 것이었다.

스콜피오누스의 주요 서식지는 쉬드람 대륙의 뜨거운 사막이다. 먹이가 거의 없는 달궈진 모래 안팎에서 자유롭게 활동하기 위해 가장 중요한 것은 근육 조직에서 뿜어지는 막강한 힘이 아니라 가벼운 체중이라는 것을 마수들은 몸으로 증명하고 있었다. 만약 그들이 육중한 근육질로 외골격 안을 채우고 있었다면 요구되는 열량을 채우지 못해 소형화되었거나 자멸했을 것이다.

파렌은 그대로 일어나면서 미리 치켜올린 검을 아래로 휘둘렀다. 스콜피오누스의 체중까지 실린 검이 뒤이어 달려오는 마수의 머리와 몸통을 일격에 부쉈다.

마수의 우두머리가 꼬리를 다시 흔들었다. 나무통 안에서 자갈들이 굴러다니는 것과 비슷한 소리가 나더니 이어서 두 마리의 새로운 마수가 모래밭에서 나타났다.

파렌은 얼굴에 튄 스콜피오누스의 체액을 손등으로 닦았다.

"폭파 단검은 몇 자루나 남았지?"

파렌과 마찬가지로 프란츠 역시 흔들리는 기색이 전혀 보이지 않았다. 가방 안에 들어간 그녀의 왼손은 남은 단검의 개수를 냉철하게 계산했다.

"세 자루."

"한 자루가 남으면 오직 네벨의 보호에만 신경 쓰도록 해."

프란츠의 전투 기술과 무기는 모두 대인살상에 맞춰져 있기 때문에 파렌처럼 맞서 싸우는 것은 무모한 일이었다.

"네가 사망할 시에는 어떻게 하지?"

오래간만에 주인님이라는 말이 나오지 않았다. 장난칠 상황이 아니라는 뜻이었다.

"목표물의 위치 확보는 완료된 상태니 넌 네벨과 함께 후퇴해서 폐하께 보고하도록 해."

"카샤는?"

파렌은 고민에 빠지려다가 씩 웃고 생각을 멈췄다.

"일단 하는 데까지 해보자."

그때였다.

정신을 집중하고 마법을 준비하던 네벨이 외쳤다.

"뒤로 물러서십시오!"

파렌이 비키자마자 네벨의 앞에 작은 마법진이 떠올랐다. 녹색의 그 마법진은 주사위 5의 눈처럼 사방과 가운데로 흩어지더니 강렬한 빛을 내기 시작했다.

파렌은 마법진에서 불이 나올지, 아니면 바람이 나올지 궁금했다. 하지만 네벨의 마법은 파괴적인 것이 아니었다.

파렌이 마법의 정체에 대해 의문을 품을 무렵, 마수들의 움직임이 이상해졌다. 파렌들이 있는 곳으로 집중되어 있던 마수들의 머리 방향이 사방팔방으로 분산된 것이다.

우두머리 스콜피오누스가 꼬리를 흔들었지만 소리는 나지 않았다. 네벨이 만들어낸 마법의 파동에 지워져 부하들에게 닿지 않은 것이다.

파렌은 마법이 발동한 순간부터 마수들의 발소리가 나지 않는 것을 깨달았다. 들리는 것은 오로지 마법진 뒤에 있는 네벨과 프란츠의 숨소리, 그리고 지하수 소리뿐이었다. 덕분에 그는 지금 벌어진 상황을 어렵지 않게 이해했다.

'소리를 지워서 지휘 체계를 무너뜨린 것이군.'

네벨이 외쳤다.

"지금입니다, 특무상사님! 우두머리를 처리하십시오!"

"그러지."

파렌은 슈트롬 팔켄에 장전된 백린탄을 빼내고 탄두에 홈이 파인 구리 색의 비관통탄(非貫通彈)을 넣었다. 크로이츠들이 가장 일반적으로 사용하는 비관통탄은 적의 몸을 통과하지 않고 안에서 퍼져 내부 조직을 파괴하는 것으로써 인간이 맞는 경우에는 탄이 퍼지는 압력만으로도 몸이 부서지는 치명적인 탄환이었다.

"프란츠, 함께 진입한다. 엄호하도록."

"명령대로."

파렌과 프란츠가 마법진이 만든 침묵의 공간 안으로 동시에 들어갔다.

그들은 작은 스콜피오누스들 사이를 지나 우두머리 스콜피오누스에게 달려갔다. 먹이를 생포할 때를 제외하고는 우두머리의 지시가 없으면 움직이지 않는 스콜피오누스들의 특성상 둘의 앞길을 막는 것은 아무것도 없었다.

위험을 느낀 우두머리가 둘을 노려봤다. 마수의 동물적 감각이 파렌을 우선 처리 대상으로 삼았다. 그 근원은 파렌이 뿜어내는 이상한 불길함이었다.

우두머리가 달려들려고 하자 파렌이 뭐라고 외쳤다. 그런데 소리가 나오지 않았다. 자신들 역시 침묵의 공간에 들어왔다는 사실을 망각해 버린 것이다.

하지만 파렌은 걱정하지 않았다. 그가 데려온 여성은 그냥 수프만 잘 끓이는 하녀가 아니라 웨스트리치 최고 클래스의 암살자였다.

허둥대는 부하 마수들을 밟고 도약한 프란츠는 양손으로 폭파 단검을 던졌다. 두 단검은 우두머리 스콜피오누스의 집게발 틈새에 정확히 박혔다. 폭발음은 들리지 않았지만 부서지고 늘어지는 집게의 모습은 확실히 보였다.

모래밭에 착지한 프란츠는 파렌의 뒷모습을 뚫어지게 바라봤다. 자신의 숨소리와 심장 고동 소리조차도 들리지 않는 상황이었지만 그녀는 귀신에 홀린 듯 마지막 폭파 단검을 들어 파렌의 뒤편을 향해 던졌다.

그녀의 단검이 파렌의 어깨 위를 지나, 건너편에 보이는 우두머리의 눈 중 하나에 꽂혔다. 단검이 터지고 스콜피오누스의 머리가 아래로 처졌다. 파렌은 밟고 올라가기 좋게 내려온 머리를 타고 올라가 뛰어오른 뒤 슈트롬 팔켄의 끝을 강하게 꽂았다.

머리의 외골격이 뚫렸음에도 스콜피오누스는 저항하지 않았다. 눈에서 터진 단검의 폭발 때문에 신경에 이상이 생겨 통증을 느끼지 못하게 된 탓이었다.

파렌은 깊숙이 박힌 슈트롬 팔켄의 방아쇠를 당겼다. 스콜피오누스의 몸이 크게 들썩거리더니 더 이상 움직이지 않았다.

네벨이 마법진을 거뒀다. 파렌의 한숨 소리가 프란츠의 귀에 들렸다.

"잘했어, 모두."

스콜피오누스들이 모래밭 속으로 일제히 사라졌다. 그것이 네벨이 말했던 새 우두머리를 뽑기 위한 행동이었다.

네벨이 다급히 뛰어왔다.

"서두르십시오! 스콜피오누스들이 우두머리를 다시 뽑기 전에 카샤님과 키르히님을 구해야합니다!"

"내가 가지. 네벨은 프란츠와 함께 구름짐승의 송곳니를 채취하도록 해."

"예? 하지만……."

"움직이자."

등의 거치대에 슈트롬 팔켄을 건 파렌은 밧줄과 램프를 들고 카샤가 떨어진 구멍 쪽으로 갔다. 네벨은 비인간적으로 침착하게 밧줄을 고정시키는 그를 넋 놓고 바라봤다.

'사람이 어떻게 저럴 수가……?'

프란츠가 그녀를 불렀다.

"내가 뭘 하면 되는 거지?"

"아, 잠시 기다리십시오."

네벨이 종유석 쪽으로 뛰어가는 사이 파렌이 줄을 타고 구멍 아래로 내려갔다.

아래쪽 공간에는 모래가 없었다. 바닥은 축축했고, 마수의 시큼한 체액 냄새가 파렌의 후각을 괴롭혔다.

내려가자마자 몸이 마비된 카샤를 발견한 파렌은 그녀의 몸 각부를 만져 생사를 확인했다. 적갈색 피부가 회색으로 변하고 호흡과 맥박이 약하긴 했지만 바로 죽을 것 같지는 않았다.

'네벨에게 보여주는 것이 더 빠르겠군.'

그는 밧줄 끝에 카샤를 묶은 뒤 먼저 위로 올라간 후 밧줄을 당겨 그녀를 끌어올렸다. 그가 카샤를 네벨에게 데려갔을 때 종유석의 채취는 이미 끝난 상태였다.

"아, 카샤님!"

네벨이 그녀를 급히 살폈다. 파렌은 땀에 젖은 카샤의 이마를 손으로 훔쳐 주었다.

"괜찮겠나?"

"생사에는 문제가 없을 겁니다. 스콜피오누스의 독은 맹독이지만 몸의 마비만 일으킬 뿐입니다. 하지만 그것보다……."

네벨은 카샤의 복부를 만져 봤다. 그녀와 모두는 스콜피오누스의 독침이 그녀의 몸을 관통하는 광경을 분명 목격했다. 하지만 상처는 없었고 옷까지도 깨끗했다.

"아, 아무튼 카샤님은 걱정하지 않으셔도 됩니다. 마차에 약초가 있으니 그것을 가공하여 드시게 하면 될 겁니다. 그보다, 키르히님은 어찌 되셨습니까?"

"이제 찾아봐야지."

"예?"

"공적인 일에는 우선순위라는 것이 있어. 키르히의 생사 여부는 내가 확인할 테니 둘은 일단 동굴을 빠져나가도록 해."

"……."

파렌의 냉정함에 기분이 상한 네벨은 카샤를 들쳐 업는 프란츠를 말없이 도왔다.

다시 밧줄을 타고 내려가려던 파렌은 자신이 바위에 묶은 밧줄이 흔들리는 것을 보고 걸음을 멈췄다.

"벌써 우두머리를 정했나?"

프란츠가 묻자 파렌은 시선을 밧줄 매듭에 고정한 채 고개를 저었다.

"그렇다고 해도 밧줄을 타고 올라오지는 않겠지."

이윽고 마수의 체액에 흠뻑 젖은 갈색 머리가 보였다. 키르히였다.

그의 붉은 코트는 넝마가 되어 있었다. 얼굴에는 이리저리 긁힌 상처가 수두룩했고 몸도 그랬지만, 치명적인 출혈이나 부상은 없었다.

코트의 찢긴 구멍에서 수증기들이 모락모락 올라왔다. 몸의 땀이 달아오른 체열에 증발하면서 만들어진 현상이었다.

구멍에서 올라온 키르히는 몸을 숙인 채 숨을 거칠게 몰아쉬었다.

"후우, 원숭이는……?"

파렌은 안도의 한숨을 쉬며 그에게 다가갔다.

"안심해. 네벨이 약을 주면 괜찮아질 거야. 걸을 수 있겠나?"

"음……."

키르히가 고개를 들었다. 주위를 둘러보던 그는 프란츠의 품에 카샤가 안겨 있는 것을 발견했다.

"후우…… 아아아아아!"

그가 갑자기 괴성을 지르며 달려갔다. 모래밭에 발이 푹 박히면서 그가 잠시 주춤거리는 사이, 파렌은 거치대에서 슈트롬 팔켄을 분리해 그와 프란츠 사이에 섰다. 어쩔 수 없는 행동이었다. 이미 키르히는 도펠 슈트롬을 양손에 들고 있었다.

"정신 차려라, 중사! 무기를 거둬라!"

도펠 슈트롬이 바람을 가르고 슈트롬 팔켄을 때렸다. 정제된 리제늄으로 만들어진 두 무기가 충돌하면서 불똥이 크게 튀었다.

키르히를 밀친 파렌은 짐승처럼 으르렁거리며 일어나는 키르히를 보고 눈을 부릅떴다.

"네벨, 어떻게 된 거지?"

키르히의 갑작스런 행동에 경악한 네벨은 얼른 대답하지 못했다.

"그, 그러니까…… 아무래도 스콜피오누스의 독 때문인 것 같습니다! 하지만 마비가 되셔야 할 텐데……?"

"훈련 때문이겠지."

프란츠가 말했다.

"크로이츠들은 어렸을 때부터 독에 대한 저항 훈련을 하지. 기체 성질의 맹독을 뿜는 고어가 꽤 흔하거든. 아무튼 귀찮게 됐네. 키르히는 크로이츠 중에서 객관적으로 가장 강한 녀석인데 말이야. 게다가 이성까지 잃었으니……."

"어찌하면 좋습니까? 저 상태로는 키르히님께 약을 드리지 못합니다!"

"죽이면 돼. 주인을 무는 개 따위는 필요없어."

그녀의 얼음장 같은 말에 네벨의 심장이 쿵쾅 뛰었다.

"주인님, 도와줄까?"

파렌은 대답 대신 자세를 고쳐 잡았다. 키르히의 강렬한 살기와 파렌의 정적이 마수의 둥지 한가운데에서 치열하게 대치했다.

'특무상사님이라면…… 정말 키르히님을 죽일지도 몰라!'

네벨은 자신이 최악의 상황을 막아야 한다고 생각했다. 하지만 키르히는 이미 자리를 떠나 파렌에게 돌진하고 있었다.

맹수의 앞발과도 같은 키르히의 왼손 칼날이 휘어져 들어왔다. 인간의 골격을 단번에 끊어버리는 그 일격은 작은 고어의 팔다리조차도 쉽게 날릴 정도로 막강하다.

상체를 뒤로 젖혀 그 사나운 일격을 피한 파렌은 슈트롬 팔켄을 앞쪽으로 밀었다. 시야의 바깥쪽에서 엄습하던 키르히의 오른손 칼날이 팔켄의 넓은 날에 충돌했다.

파렌은 기계처럼 정확히 때를 맞춰 왼 손바닥으로 키르히의 이마를 밀어쳤다. 손 때문에 머리가 흔들리고 시야를 방해받은 키르히는 중심을 잃은 광대처럼 허공에 검을 휘둘렀다.

그 틈을 타고 파렌의 무릎이 키르히의 명치를 파고들었다. 격한 숨을 토하며 상체를 앞으로 숙인 야수의 뒷목으로 파렌의 왼쪽 팔꿈치가 떨어졌다.

승부는 그것으로 끝났다. 의식을 잃은 키르히는 모래밭 위에 얼굴을 묻은 채 더 이상 움직이지 못했다.

꼬마 마녀는 순식간에 벌어진 그 상황을 도저히 믿을 수가 없었다.

"객관적으로 가장 강한 분이라고 하시지 않으셨습니까?"

프란츠는 코웃음을 쳤다.

"그렇긴 한데, 바보라서 움직이는 게 똑같거든. 수많은 패턴 중에서 이번에는 5번 패턴쯤 될 거야."

"……."

"뭐, 안다고 해서 아무나 저렇게 제압할 수 있는 건 아니지."

어찌 됐든 결과를 예상했다는 투였다. 네벨은 그렇게 웃는 프란츠를 미운 얼굴로 노려보며 놀란 가슴을 쓸어내렸다.

키르히에게서 도펠 슈트롬과 칼집을 수거한 파렌은 그것을 자신의 허리에 찬 뒤 마지막으로 그 주인을 왼쪽 어깨에 들쳐 업었다.

"미치도록 무겁군. 어서 나가지."

동굴을 빠져나온 일행은 키르히와 카샤를 마차에 눕혔다. 네벨은 집에서 가져온 가방에서 말린 약초들을 꺼내 따뜻한 물을 부은 뒤 조합을 시작했다.

파렌은 마차의 의자에 누워 피로를 풀었다. 전투에 대한 피로보다는 완전 무장 상태인 키르히를 업고 여기까지 온 것에 대한 피로였다.

프란츠는 주인의 지시에 따라 맞은편 의자에 앉아 키르히를 지켜보고 있었다.

"묶어두는 게 낫지 않나?"

"몸을 묶으면 독이 쏠릴 수가 있지. 아무리 마비 지향성 독이라 해도 뇌에 계속 몰려 있으면 안 좋을 거야."

그때 키르히가 거친 숨을 토하며 눈을 뜨려 했다. 그러자 프란츠가 발로 그의 머리를 걸어차 다시 기절시켰다. 그것이 그녀의 현 임무였다.

키르히가 조용해진 것을 확인한 프란츠는 다시 자리에 앉으며 고개를 갸웃했다.

"독보다는 이게 더 해로울 것 같은데……?"

창밖의 설산에 시선을 둔 파렌이 나직이 말했다.

"살살 하면 돼."

어깨를 으쓱인 프란츠는 미리 떠온 따뜻한 물을 마셨다. 그 광경을 끝까지 지켜본 네벨은 뭔가 위험함을 느끼고 약을 조합하는 손길을 재촉했다.

이윽고 약이 완성되었다.

약은 네벨이 직접 은수저로 복용시켰다. 약을 먹이기 전에 키르히가 다시 깨어나서 잠시 상황이 혼란스러워지긴 했지만 그다지 큰 문제는 발생하지 않았다.

잠시 후 둘의 안색이 정상으로 돌아왔다. 하얗게 변한 카샤의 눈동자도 다시 건강한 황금색을 되찾았다.

가장 먼저 마비 상태와 무의식 상태에서 벗어난 것은 카샤였다. 꼬마요괴는 입 안에 남은 약의 맛 때문인지 헛구역질을 하며 일어났다.

"으엑, 쓰다."

파렌이 그녀의 앞에 앉았다.

"괜찮아, 카샤? 정신이 들어?"

"으음……."

카샤는 먼저 마차 내부를 둘러본 뒤 침울한 얼굴로 고개를 숙였다.

"본좌가 당했구나. 바보처럼……."

"무사하면 된 거야."

파렌은 손을 뻗어 그녀의 머리와 볼을 만져 주었다. 묵묵히 그의 손길을 받던 카샤는 같은 키의 인간 여자아이들처럼 서럽게 인상을 찡그리고 울었다. 파렌은 더벅머리 속에 숨겨진 카샤의 작은 뒷목과 몸을 따뜻하게 안아 그녀를 달래주었다.

"키르히가 일어나면 고맙다고 해."

"키르히?"

"널 구한다며 혼자 마수들의 소굴로 뛰어들었어. 아마 키르히가 아니었으면 넌 정말 마수들에게 잡아먹혔을지도 몰라."

뒤늦게 키르히를 돌아본 카샤는 전신이 상처투성이인 그의 모습에 다시 울먹였다.

"본좌, 도대체 여기 왜 온 거냐. 이게 뭐냐, 도대체……!"

때마침 키르히가 게슴츠레 눈을 떴다.

"아, 머리야."

흐물흐물 일어난 키르히는 뒷목과 머리를 차례로 만졌다.

"이상하네? 머리 쪽을 세게 맞은 기억은 없는데……."

그 주인공들은 침묵을 지켰다. 진실을 알고 있는 네벨은 빙긋 웃고 있는 파렌을 말없이 지켜봤다.

키르히는 넝마가 된 옷과 몸을 보고 고통 섞인 한숨을 쉬었다.

"제기랄, 끝내주게 당했잖아? 이 정도면 폴스켄 아저씨가 엄청나게 놀릴 텐데, 큰일 났네."

한탄하던 그는 눈앞에서 꾸물거리는 카샤를 문득 봤다.

"원숭이, 살았네?"

"……."

그녀가 아무 말이 없자 키르히는 입술 끝을 씰룩 올리며 웃었다.

"살았으면 웃어야지. 늠름하게 웃어봐, 똥색 원숭이. 물어, 쉭쉭."

그가 왼손을 카샤의 입 앞에서 흔들었지만 카샤는 반응이 없었다. 결국 키르히는 손을 다시 내렸다.

"뭐야, 재미없게. 어이, 말벌머리. 얘가 아직 해독이 안 된 거야?"

말벌머리라는 말에 네벨은 큰 충격을 받았다. 그녀의 머리가 특이하게 우측은 금발, 좌측은 흑발로 배색된 것에서 나온 말인데, 네벨로서는 생전 처음 듣는 비유였다. 곤충에 대해 관심이 없는 파렌은 겉과 속 모두 특별한 반응을 보이지 않았지만 프란츠는 웃음을 참느라 머리가 아플 지경이었다.

네벨은 분노를 억누르며 대답했다.

"눈을 뜨신 이상 독에 대한 염려는 없습니다."

"그래? 근데 애가 왜 이래?"

그 순간 카샤가 키르히의 머리를 인형 감싸듯이 껴안았다. 기습을 당한 키르히는 금방 성질을 내려 했지만 그의 머리카락 속으로 뜨거운 눈물이 파고들었다.

"너무 미안하면 말이 안 나오나 보다, 키르히. 본좌는 정말 바보다."

키르히의 사나운 표정이 눈 녹듯 풀렸다. 그는 얼굴의 절반을 누른 카샤의 체온과 심장 소리를 느끼며 갓 구워낸 빵처럼 따뜻한 미소를 지었다.

"이제 나 겁나게 하지 마, 원숭이."

카샤는 말없이 고개를 끄덕거렸다.

일행은 안개 계곡을 향해 돌아가는 길을 서둘렀다. 키르히의 상처는 네벨의 회복 마법으로 급격히 나아졌고, 독의 기운 역시 마을에 도착할 무렵에는 거의 다 사라졌다.

마을에 도착하기 전날 밤, 일행은 퀴스필드에 올 때처럼 야영을 하게 됐다.

코트가 엉망이 되는 바람에 파렌의 예비 코트를 빌려 입게 된 키르히는 일찌감치 저녁 식사를 마치고 텐트와 마차 사이에 불을 지폈다.

"검은 코트가 의외로 잘 어울리는구나?"

카샤가 다가왔다. 키르히는 그녀를 한 번 보고는 다시 불을 지피는 것에 열중했다.

"그래도 입고 싶진 않아. 옷 색 때문에 그런지 몰라도 꼭 관에 들어간 기분이거든."

"황금색 선이 들어간 관도 있나?"

"높으신 어르신들은 진짜 금을 박는다더라."

"호오."

카샤는 불 건너편의 통나무 위에 앉았다.

"그나저나 코트가 엉망이 되서 어쩌나? 본좌가 고쳐 주면 좋겠지만……."

"돌아가면 많아. 그리고 그 옷에 어울리는 일을 한 거니까 상관없어."

"어울리는 일?"

키르히의 대답을 들은 카샤는 문득 그가 붉은 코트를 입게 된 사연이 궁금해졌다.

"그럼 그 코트는 왜 입게 됐나? 혼자 붉은색 코트를 입는 이유라도 있나?"

"음……."

키르히는 미리 쪼개둔 장작을 불속에 넣었다.

"기억하냐?"

"뭘?"

"예전에, 벽암국 왕이랑 식사할 때 파렌이 했던 얘기 말이야. 크로이츠의 역사상 사망자는 단 한 명뿐이라는 말."

"아, 기억난다."

키르히는 평소의 그답지 않게 고요한 눈으로 불을 보며 옛이야기를 시작했다.

"페일이라는 녀석이었어. 페일 슈페르거. 파렌의 그림자 같은 녀석이었지. 파렌의 생각을 가장 잘 이해했고, 때로는 파렌이 놓친 부분에 대해 조언을 해주기도 했어. 그리고 무기를 다루는 실력도 대단히 좋았지. 그래서 모두가 믿었고, 모두가 의지했어. 나조차도."

"으음."

"전투 상황이 발생했을 때 페일의 임무는 붉은 코트를 입고 적의 시선을 끌어 교란하는 것이었어. 페일은 정말 날쌨지. 달리기가 워낙 빨라서 붉은 날개의 기사라는 별명까지 붙었어. 고어든, 야만족이든, 그 무엇이든 녀석을 잡지 못했지. 그런데 그날, 녀석의 날개가 꺾이고 말았어. 녀석은 사소한 방심을 했고, 그 방심은 죽음을 불렀지. 덕분에 우리가, 크로이츠가 죽음이라는 것을 경험한 거야."

장작이 타닥, 소리를 냈다. 튀는 불꽃이 키르히와 카샤의 눈동자 속에서 아른거리다가 사라졌다.

"우리는 훈련대로 하면, 파렌과 대령님의 말대로만 하면 절대 죽을 일이 없을 거라고 믿었어. 죽는다는 사실 자체를 아예 모르고 있었을 정도야. 덕분에 페일이 죽으면서 모든 것이 변했지. 파렌은 변함없이 작전을 짜고 지시를 내렸지만 우리는 따르지 못했어. 죽는 게 두려워서 감히 나서지 못하게 된 거야."

"그래서 키르히가 나서서 붉은 코트를 입게 된 건가?"

"아냐."

키르히는 고개를 저었다.

"당시 난 리벨이나 테르나처럼 회색 코트를 입고 있었어. 그런데 어느 날, 고어 발생 사건을 듣고 출동하던 도중에 파렌이 나에게 특별한 지시를 내렸지."

"어떤?"

"모두의 마음속에서 페일 슈페르거를 죽이고 오라는 말이었어."

"……."

"그리고 나에게만 따로 작전 지시를 내렸어. 난 지시대로 대열을 이탈해서 고어들 틈으로 뛰어들었지. 모두는 내가 미쳤다고 욕했지만 난 페일이 하던 것처럼 고어들을 휘젓고 다니며 녀석들을 교란시켰어. 기억은 나지 않지만 그 이상이었을지도 몰라. 임무를 마치고 다시 돌아왔을 때 내 코트는 내가 흘린 피로 붉게 물들어 있었으니까."

"허어……."

"파렌은 과다출혈 때문에 돌아버릴 지경인 나를 옆에 세워놓고 모두에게 말했어. 여기, 우리들을 미친 듯이 사랑하는 남자가 서 있다고."

카샤는 가슴 한구석이 뭉클했다. 키르히는 어깨를 으쓱했다.

"파렌이 왜 그렇게 말했는지 아직 모르겠어. 난 그저 어렸을 때부터 함께해 온 녀석들이 멍청한 얼굴로 서 있는 게 싫어서 그랬을 뿐인데 말이야. 아무튼 그날 이후 난 붉은 코트를 정식으로 입게 됐지. 그리고 페일은 술자리에서만 우리들의 곁에 있게 됐어."

"그렇구나."

카샤는 자리에서 일어나 키르히의 옆에 섰다. 그리고 손으로 그의 어깨를 토닥여 주었다.

"착하다, 키르히."

"어이, 건방지잖아."

키르히는 멋쩍게 웃었다.

다음날, 안개 마을로 돌아온 모두는 가공 작업에 들어간 네벨을 집에 남겨놓고 마차와 마을 주민이 빌려준 집에 나뉘어서 하루를 보내기로 했다. 네벨이 작업에 집중할 수 있도록 배려한 것인데, 네벨은 그날 저녁 집을 나와 모두와 함께 식사를 했다.

식사를 하는 네벨은 묘하게 웃음이 많았다. 그녀의 밝은 모습은 그녀와 오랫동안 함께 있었던 랑펠은 물론 모두에게 이상한 느낌을 주었다.

"무슨 고민이라도 있나?"

파렌이 물었으나 네벨은 대답하지 않았다.

집으로 돌아온 네벨은 조모를 포함한 선대 안개마녀들이 남긴 서적들을 뒤적거리며 작업에 열중했다. 그리고 다음날 새벽, 그녀는 그녀가 할 수 있는 가공이 완료되어 뿔피리의 모습을 갖춘 물건을 들고 세오딕에게 갔다.

그녀는 밝은 달빛 아래 잠들어 있는 구름짐승 앞에 뿔피리를 들었다.

뭔가 말을 하고 싶은 얼굴이었으나 그녀는 말하지 못했다. 그러다가 내리고 다시 들기를 수차례, 그녀는 결국 피리를 높게 들며 말했다.

"세오딕이여, 당신의…… 목숨을 받으러 왔습니다."

세오딕이 눈을 떴다. 푸르스름한 구름짐승의 눈은 손녀를 바라보는 할아버지의 그것처럼 더없이 인자했다.

네벨의 얼굴이 반짝거렸다. 달빛을 머금은 눈물이 그녀의 주황색 눈 아래에서 한없이 흐르고 있었다.

"당신을 미워하는 게 아닙니다. 좋아하고, 지키고 싶은 사람들이 너무 많아졌을 뿐입니다."

세오딕이 낮은 소리를 냈다. 인간과는 달랐지만 그 거대한 구름짐승의 눈에는 미소가 담겨 있었다.

네벨이 눈을 질끈 감았다.

"제발 말을 하십시오! 소녀는 당신의 소리를 단 한 번도 알아들은 적이 없습니다! 겨우 알아듣는 척만 했을 뿐입니다! 이것 말고 다른 방법이 있다면 말씀해 주십시오! 이런 식으로 이별을 하기는 싫단 말입니다!"

하고 싶지 않았던 말들을 모두 토해낸 네벨은 뿔피리를 안고 소매로 얼굴을 훔쳤다.

세오딕이 다시 소리를 냈다. 실타래처럼 엉킨 가슴을 부여잡고 있던 네벨의 귀에 문득 평소와는 다른 소리가 들렸다.

"……가까이."

분명 말이었다. 다만 먼 언덕에서 들려오는 것처럼 감이 멀었다.

이미 세오딕과 밀착한 상태인 네벨은 여기서 더 어떻게 가까이 가라는 것인지 묻고 싶었다. 그때, 그녀의 조모가 했던 말이 떠올랐다.

"인간이 누구나 가진 마음의 공간이라는 것은 아주 특별하단다. 다른 이와 멀리 있어도 가까이 있는 것 같은 느낌을 줄 때도 있고, 가까이 있어도 아주 멀리 있는 것 같은 느낌을 줄 때도 있지. 명심해라, 네벨. 그 공간의 틈은 누구 한 명이 일방적으로 정하는 것이 아니라 서로와 서로가 정하는 거란다."

네벨은 어째서 카샤가 세오딕의 말을 한번에 알아들을 수 있었는지 생각해 봤다. 그 요괴소녀는 남을 항상 솔직하게 대했다. 지나칠 정도로 솔직해서 무례하다고 느낀 적이 수없이 많았다. 특히 친구가 되자면서 말도 안 되는 스킨십을 감행했을 때는 혐오감을 느끼기도 했다.

스킨십은 몰라도 카샤가 모두를 허물없이 대하는 것은 확실했다. 네벨에겐 부러운 일이었지만 그렇다고 해서 꼭 카샤를 닮겠다는 마음을 가진 적은 없었다. 자신처럼 낯을 가리는 것이 꼭 그렇게 나쁜 일이라고 생각하지는 않았기 때문이다.

'하지만 난 나에게 다가오는 사람들과도 거리를 두려고 했어. 사람들이 한 발짝 다가오면 나 역시 한 발짝 물러났지. 나와 친구가 된 사람들은 두 발짝, 세 발짝 걷는 사람들뿐이었어.'

네벨은 마음을 차분히 가라앉혔다. 그리고 자신을 바라보는 세오딕과 시선을 맞췄다.

"뛰는 방법을 몰라 당신에게 뛰어갈 수는 없겠습니다. 걸음을 배우는 아기처럼 천천히 걷겠습니다. 세오딕이여, 부디 큰 목소리로 소녀를 불러주십시오."

세오딕의 눈이 인자한 곡선을 그렸다.

"이만하면 됐다, 고요한 안개마녀의 후계자여."

명확한 목소리였다. 네벨의 눈 밑으로 눈물이 왈칵 쏟아졌다. 그녀는 사람이 너무 기뻐도 울 수 있다는 사실을 그때 깨달았다.

"선대께서 쓰셨던 책에 구름짐승의 송곳니로 구름짐승의 영령을 부르기 위해서는 구름짐승의 목숨이 필요하다고 되어 있었습니다. 제가 알고 있는 구름짐승은 세오딕이 유일합니다. 세오딕 말고 다른 구름짐승이 있다 하더라도 소녀는 특무상사님이나 다른 분들처럼 냉정하게 결행할 수는 없었을 겁니다."

"특무상사…… 파렌 콘스탄은 냉정한 자가 아니다."

"예? 이해가 가지 않습니다. 그분은 냉정함과 따뜻함이라는 이중적 면을 함께 가진 분입니다. 그래서 소녀도, 카샤님도 쉽사리 접근하지 못하고 있습니다."

"인간들은 냉정함이라는 것에 대해 오해를 한다. 그들은 간혹 남을 생각지 않는 끝없는 이기심을 냉정함이라고 생각하지."

어린 네벨의 마음마저도 찌르는 말이었다.

"결정이라는 것은 마음에 상처를 내는 칼날이다. 그는 남이 그 칼날로 상처를 입기 전에 자신이 칼날을 들고 스스로를 베는 사람이지. 그것은 냉정함이 아니라 그 남자의 또 다른 따뜻한 면이다."

"……."

"고민하지 말라, 안개마녀의 후계자여. 그리고 영령이 가진 의미에 대해 다시 한 번 생각해 보아라."

그녀는 조모의 말을 상기해 봤다.

"영령은…… 시간과 공간을 초월한 존재?"

"그렇다, 어린 안개마녀여. 넌 나에게 죽음을 주는 것이 아니다. 내가 나의 육체를 속박하는 현재를 초월하여 내가 언제까지고 나의 권속들과 함께할 수 있는 기회를 주는 것이다. 뜰에서 키우던 작은 나무를 숲으로 옮겨주는 것보다 더욱 안전하고 친절한 일이지. 그리고 이것이 현재라는 시간과 공간에 남겨진 나의 마지막 할 일이란다."

"……."

"두려워하지 마라, 마녀여. 이제 네 곁에 수많은 사람들이 보이는구나."

잠시 눈을 감고 심호흡을 한 네벨은 허리를 굽혀 정중히 인사했다.

"이제… 당신을 영원한 시간과 무한의 공간으로 인도하겠습니다."

그녀는 직접 깎아 만든 뿔피리를 입에 대고 그 안에 마력을 불어넣었다. 그녀의 작은 몸이 만들어낸 것이라고는 믿어지지 않을 만큼 길고 웅장한 소리가 밤하늘에 퍼졌다.

　피리의 겉에 새겨진 마법의 도형들이 흰색으로 빛을 발하면서 세오딕의 몸도 발광했다. 거대한 구름짐승의 육체는 빛의 알갱이로 산산이 분해되어 밤의 어둠 속으로 사라졌다.

　세오딕의 눈은 끝까지 네벨을 놓치지 않았다.

　"너의 작은 도착, 작은 여행, 그리고 큰 성장…… 난 너의 모든 것을 보았고, 그것은 나에게 큰 선물이었다. 앞으로도 계속 행복하여라, 네벨."

　네벨은 그와 시선을 맞춘 채 담담히 피리를 불었다.

　뿔피리 소리에 놀란 파렌과 일행, 그리고 마을 주민들이 뛰어왔을 때 세오딕의 모습은 어디에도 없었다. 놀라는 사람들 앞으로 하얀색으로 바뀐 뿔피리를 두 손에 쥔 네벨이 걸어왔다. 그 모습이 마치 부모의 납골 단지를 들고 오는 아이 같았다.

　촌장이 네벨에게 달려갔다.

　"아, 아가씨! 세오딕은 어디로 간 것입니까?"

　네벨은 대답 없이 뿔피리를 두 손을 껴안았다. 할 말을 잃은 촌장은 지팡이를 잡고 구슬피 울었다.

　"조슈벨님으로도 모자라 세오딕까지……!"

　그 두 이름은 그의 어린 시절, 그 자체였다. 늙은 촌장뿐만 아니라 안개 마을에서 태어난 자들 중에 두 존재를 동경하지 않은 자는 없었다. 안개마녀를 등에 태우고 마을의 거대한 천공(天孔)을 가로지르는 그 모습이 결국 영원한 추억으로 남게 된 것이다.

　젊은이들의 부축을 받은 채 마을 사람들과 함께 울던 촌장은 늙은 손을 네벨의 어깨에 올려놓았다. 그는 젊은이처럼 눈빛에 힘을 넣은 채 그녀에게 말했다.
"슬퍼하지 마십시오, 아가씨. 이제 소인들이 아가씨의 곁을 지키겠습니다."
아무 말 없이 그를 보던 네벨이 이윽고 어렵게 웃었다. 촌장이 다시 눈물을 흘리며 그녀를 안아주었다. 주위에 있던 마을 사람들도 차례차례 가세했다.
"감사합니다."
그들은 함께 슬퍼하며 서로를 응원했다. 또한 서로에게 사과를 하며 작은 오해가 불러온 응어리를 풀었다.
조금 떨어져 그들을 지켜보던 파렌은 고개를 끄덕거렸다.
"이번 일은 과정이 좋군."
그의 검은 코트를 빌려 입은 키르히가 머리를 긁적였다.
"지금 저러면 뭐 해? 안개술사를 못 치면 말짱 헛일이잖아?"
"결과가 좋으면 손해가 없고, 과정이 좋으면 후회가 없지. 우린 돌아가자."
키르히와 프란츠, 카샤는 그를 따라 돌아섰다.
"흠, 그나저나 랑펠 할아버지는 어디 간 거야? 밤만 되면 안 보이네?"
"애인이라도 있나 보지."
"애인?"
"지금도 나름대로 봐줄 만하잖아? 몸도 좋고."
프란츠의 말에 키르히가 인상을 버럭 쓰고 그녀를 봤다.
"진짜? 봤어? 젊은 여자야? 이봐, 그건 범죄라고! 손녀라고,

손녀!"

아무 말도 꺼내지 않은 프란츠는 치마 속에 숨겨진 단검을 만지며 성질을 죽였다.

파렌이 뒤를 봤다. 카샤가 따라오지 않고 네벨이 있는 곳을 바라보고 있었다. 그가 재촉하려 할 참에 카샤와 네벨의 시선이 만났다. 카샤는 활짝 웃으며 오른팔을 높게 흔들었다. 네벨은 손을 들 듯 말 듯하다가 결국 팔을 들고 좌우로 흔들었다.

키르히가 뒤를 흘끔 봤다.

"왜 또 저래, 원숭이?"

파렌은 씩 웃었다.

"친구끼리니까."

"뭐야, 그게."

모두는 다시 길을 걸었다. 그들의 어깨 위로 카샤가 뛰어올라 매달렸다.

파렌 일행이 아이젠발트로 돌아온 지 한 달이 지났다.

오랜 소집과 행군을 마친 끝에 2차 방어진, 사자의 요새에 도착한 팔텐트 백작은 바란투로스의 국기를 앞세우고 당당히 요새 안으로 들어왔다. 요새를 지켜오던 웨스트리치 연합의 정예들은 일부 후발 부대 외엔 전부 작전 지역으로 빠진 상태였고, 현재 주축을 이루는 것은 예상보다 1,000명 정도 더 모인 8,000여 명의 신병들이었다.

 2,000여 명의 볼프리트 베테랑들은 화약 무기를 바보로 만드는 안개 속에서 어설프게 움직이는 신병들의 모습을 보고 한탄했다. 백작을 따라 말을 모는 거친 인상의 사내, 바스티안은 대놓고 쓴웃음을 지었다.

 "이거 함께 싸우는 게 아니라 똥오줌을 받아주게 생겼습니다, 백작님."

 앞서 말을 몰던 백작은 빙긋 웃었다.

 "애정으로 극복하게. 자, 이쯤에서 멈추지."

 "예, 백작님."

 지시를 받은 레오날드가 들고 있는 깃발을 흔들었다.

 "대열 정지! 대열 정지!"

 그의 두툼한 몸에서 뿜어져 나오는 우렁찬 목소리에 신병들이 움찔했다. 볼프리트들은 자로 잰 듯 깔끔하게 열을 맞춰 정지한 뒤 말에서 내렸다. 어린 신병들은 힘과 절도가 넘치는 그들의 모습에 질린 듯 눈도 마주치지 못했다.

 백작과 그를 따르는 두 명의 자작, 그리고 남작은 그 모습을 뿌듯하게 바라보는 한편, 내심 고개를 갸웃거렸다.

 '이 친구들이 웬일로 제식을……'

 볼프리트의 멤버들은 간략한 지휘 체계 내에서 4년을 보내면서 점차 격식을 생략해 왔고, 지금은 용병에 가깝게 변했다. 그로 인해 백작을 비롯한 최고 지휘관들은 그들이 정규군 제식에 대해 거의 잊었을 거라고 생각했다.

 하지만 그렇지 않았다. 잊은 것이 아니라 가슴 한구석에 감추고 있었을 뿐이다.

'그동안의 한을 푸는 것이겠지.'

백작의 마음 한구석에 아련한 통증이 일어났다.

잠시 후, 호엔 3세와 군부 총장이 근위대와 크로이츠들의 호위를 받으며 볼프리트들에게 다가왔다.

레오날드가 외쳤다.

"전체, 예를 갖추라!"

말을 달래거나 짐을 살피던 사내들이 일제히 손을 놓고 말의 오른쪽에 무릎을 꿇었다. 백작과 자작, 남작들은 허리를 굽혔다.

"바란투로스의 성왕, 오토 베르데하인 호엔 3세께 충성을!"

"모두의 생명을 위대한 왕에게!"

2,000여 명의 사내들이 하나가 되어 지르는 소리는 요새의 곳곳을 뒤흔들었다.

뒷짐을 진 채 인사를 받은 호엔 3세는 흔들흔들 고개를 끄덕거렸다.

"전체 쉬도록."

레오날드가 그의 말을 이어받았다.

"전체, 쉬어!"

일어난 모두는 왼손으로 말의 고삐를 잡고 오른손은 허리 뒤에 댔다.

왕은 백작에게 다가갔다.

"머리를 많이 길렀군."

"젊어 보이지 않습니까?"

"마늘 뿌리 같아서 영……."

두 노인은 한바탕 웃은 뒤 서로를 포옹했다.

백작은 이어서 총장, 루할트 죠안과 악수를 나눴다. 사관학교 선후배 사이이자 호형호제하는 사이인 둘은 4년 동안 부쩍 늙어버린 서로를 보며 복잡한 미소를 지었다.

"왔습니다, 형님."

백작의 인사에 수염을 목도리처럼 듬뿍 기른 총장은 말없이 눈시울만 붉혔다.

왕은 레오날드가 들고 있는 깃발을 뿌듯한 얼굴로 바라봤다.

"내가 준 선물은 잘 들고 왔군."

"깊은 영광이었습니다."

"이번 전투가 끝나면 어찌할 건가?"

"은퇴를 할 생각입니다. 더 이상의 영광은 사양하겠습니다."

그러자 왕은 노골적으로 그를 비웃었다.

"내가 도장을 찍어줘야 쉴 수 있다는 것을 잊었나 보군."

"허허, 제발 살려주십시오."

"하하하, 알았네. 그럼 회의실로 가세. 자네와 자네 부하들이 밥값을 어떻게 해야 할지 알려주지."

"알겠습니다, 폐하."

이어서 왕이 총장에게 손짓했다.

"죠안 총장."

"예, 폐하."

뱃살이 두둑한 총장이 불편하게 몸을 숙였다.

"내가 지시한 깜짝 선물은 어찌 됐나?"

"확실히 준비했습니다."

"좋아. 그럼 모두 가세."

백작은 왕의 뒤를 따라가면서 잠깐 근심을 보였다. 깜짝 선물이라는 말이 영 거슬렸던 것이다.

'또 무슨 사기를 치시려고…….'

그들이 요새 가운데에 위치한 건물로 들어간 후, 볼프리트 주변에 있던 병사들이 모두 어딘가로 사라졌다. 지시에 따라 대기하고 있던 사내들은 자신들을 감싼 이상한 침묵에 불안감을 느꼈다.

고참 중 한 명이 바스티안에게 다가왔다.

"대장, 이러다가 궁수들이 나타나서 우리를 몰살시키는 게 아닙니까?"

"에이, 설마? 우리를 추격한 병사들도 없었고, 폐하도 계시잖아?"

"폐하가 어떤 분인지 아시지 않습니까? 우리가 고슴도치가 되어 죽어가는 꼴을 직접 즐기시고도 남을 분입니다!"

"웃기지 말고 짐이나 내려놔. 여기까지 와서 무슨……."

그때였다.

"저어, 잠시만……."

여성의 목소리가 들렸다. 부하와 얘기를 하느라 누군가가 접근하는 것을 전혀 느끼지 못했던 바스티안은 목소리가 들린 방향으로 고개를 돌렸다.

그곳엔 어린 남자 아이의 손을 잡은 여성이 있었다. 두꺼운 털옷을 입고 머리에 스카프를 두른 그녀는 바스티안의 얼굴을 가만히 올려다보고 있었다.

작은 키에 몸이 통통한 여성이었다. 나이는 바스티안보다 약간 어려 보였다. 그녀가 데리고 있는 남자 아이는 여섯 살 정도였고, 바스티안의 얼굴이 곳곳에 숨겨져 있었다.

바스티안은 귀신이라도 본 듯 고개를 획 돌렸다. 볼까지 덮은 그의 갈색 수염 위로 눈물이 힘없이 떨어졌다.

건물에서 사람들이 우수수 나왔다. 젊은 여성들부터 노인들까지, 언제 무슨 일이 벌어질지 모르는 사자의 요새와 전혀 어울리지 않는 민간인들이었다.

바스티안뿐만 아니라 모든 병사들이 당혹감을 감추지 못했다. 병사들은 그들을 알고 있었고, 갑자기 나타난 민간인들 역시 병사들을 알고 있었다.

아이를 데리고 나온 여성이 바스티안을 불렀다.

"바스, 당신 맞죠?"

"아, 아아……."

바스티안이 겁에 질린 얼굴로 그녀를 돌아봤다. 여성은 옆에 있는 아이를 안아 바스티안에게 보여주었다.

"많이 컸죠? 애가 요즘 너무 많이 먹어서 오래 들고 있기도 힘들 정도예요. 안아봐요, 어서. 아빠를 많이 보고 싶어 했어요. 자, 아빠한테 인사해야지?"

아이는 별로 관심 없다는 듯 손가락만 물고 있었다. 벌벌 떨리는 손을 아이에게 가져가려던 바스티안이 갑자기 버럭 소리쳤다.

"여길 도대체 왜 온 거야! 당신 바보야? 여긴 사자의 요새라고! 야만족 녀석들의 냄새가 세상에서 가장 진한 곳이라고! 민간인이 올 곳이 못 된단 말이야!"

놀란 아이가 엉엉 울기 시작했다. 아이의 엄마도 눈시울을 붉혔다.

"알아요! 나도 오기 싫었어요! 그런데 당신이 있다고 하잖아요! 애를 데리고 여기까지 왔다고요! 길에서 자다가 동상이 걸릴 뻔도 했어요!"

"오, 세상에."

바스티안은 팔을 벌려 부인과 아들을 껴안았다.

"좀 더 멋지게 만나고 싶었어. 집에 몰래 온 난 당신에게 꽃다발을 주고 대신 아이를 받아 안는 거야. 그리고 식탁에 모여 식사를 하는 거지. 마치 연극의 한 장면처럼 말이야. 그런데……!"

"됐어요, 바스. 그거 하려고 또 떠날 생각인가요?"

"내가 미쳤어?"

그는 부인과 아들의 볼에 수없이 키스를 퍼부으며 감격을 느꼈다.

그를 포함하여 모든 볼프리트들이 4년 동안 만나지 못했던 가족들을 품에 안고 오열했다. 가족이 원래 없거나 오지 않은 자들은 아쉬워하면서도 동료들을 축하해 주고 서로를 위로했다.

파렌은 회의실 앞 복도의 창문을 통해 그 광경을 보고 있었다.

"함부로 죽지 못하게 만드시는군."

"병사 협박에 아주 좋은 방법을 배웠다는 얼굴이네?"

옆에 선 프란츠의 말에 파렌은 웃기만 했다.

프란츠는 군복 차림이었지만 소속 계급의 휘장과 계급장은 박음질이 있었던 흔적만 존재할 뿐이었다. 그래도 검은색 베레모를 능숙히 눌러쓴 그녀의 모습에서는 계급장 이상의 힘이 느껴졌다.

누군가가 계단을 올라오는 소리가 들렸다. 프란츠는 본능적으로 단검에 손을 가까이 한 반면, 파렌은 창밖을 계속 바라봤다.

계단을 올라온 사람은 파란색 베레모를 쓴 여군이었다. 소속 부대 휘장과 계급을 본 프란츠의 왼쪽 눈썹이 매섭게 움직였다.

"무슨 일인가, 상병?"

"아, 실례합니다!"

다급히 경례를 하려던 그녀는 아무 휘장도, 계급도 없는 프란츠의 군복을 보고 주춤했다.

"누가 왔나?"

파렌이 창문을 닫고 그녀들을 봤다. 파란 베레모의 여성을 한참 동안 바라보던 파렌은 고개를 살짝 옆으로 기울였다.

"음? 상병은……?"

"특무상사님!"

반갑게 웃은 그녀가 이내 정색을 하고 거수경례를 올렸다. 손이 이마를 치다시피 하면서 그녀의 금색 단발이 탄력있게 흔들렸다.

"상병, 에밀 프링스! 특무상사님께 인사드립니다!"

"아, 맞아, 에밀 프링스. 이런 곳에서 다시 만나게 되다니, 정말 반갑군."

가벼운 거수경례로 답한 파렌은 눈짓으로 에밀의 정체를 묻는 프란츠에게 그녀를 소개했다.

"아시엔으로 갈 때 엔더후프 마을에 들른 일이 있다고 했지? 기억하나?"

"……아, 그 부대 말이군."

"맞아. 프링스 상병, 이쪽은 미스 파브레힐트라고 하네. 우리 콘스탄 가문의 하녀지."

에밀의 안색이 이상해졌다. 하녀치고는 군에 대해 너무 잘 알고 있는 인상이었기 때문이다. 파렌은 해명하고 싶었지만 그녀의 전직은 기밀 사항이라 함부로 입을 놀릴 수는 없었다.

"그런데 상병, 이곳에는 무슨 일인가?"

"예. 총장님께서 호출하셨습니다."

"총장님께서?"

회의실의 문이 열리며 밖으로 나온 사람은 팔텐트 백작이었다. 그와 에밀은 누가 말을 하지도 않았는데 동시에 서로를 바라봤다.

"……오랜만이구나, 에밀리아."

파렌이 깜짝 놀랐다. 프란츠도 내심 적지 않게 놀랐다.

거수경례를 하려던 에밀은 백작이 고개를 흔들자 두 손을 모으고 고개를 숙였다.

"안녕하셨습니까, 조부님."

백작은 그녀의 군복 가슴에 붙은 이름을 봤다.

"에밀 프링스…… 네가 4년 동안 써왔던 이름이구나."

"예, 조부님."

"계급이 상병인 것을 보니 1년이 넘었든가 2년이 다 된 것 같구나."

"2주 후에 병장으로 진급하게 됩니다."

백작은 그녀에게 다가가 그녀의 오른손을 만져 보았다.

"……음악가의 손에서 군인의 손이 됐구나. 굳은살을 보니 소총수로군."

그는 주름진 손가락으로 손녀의 손에 박힌 굳은살들을 보듬었다.

"네가 군에 들어갈 줄은 몰랐다."

"그것이 악기를 구입할 돈을 마련하기 위한 가장 빠른 길이었습니다."

바란투로스의 단기 지원 사병은 비록 3년간이긴 하지만 제대할 때까지 상당히 높은 봉급을 받게 된다. 도적 떼나 야만족, 심지어는 고어와의 전투 등에도 투입되기 때문에 정말 돈이 급한 젊은이라거나 나라를 위한 마음으로 똘똘 뭉친 자가 아니면 도전하지 않는다.

돈 때문이라는 에밀의 말은 염산이 되어 백작의 속을 태웠다.

"이 할아버지가 미웠겠구나."

"아닙니다. 그저 미움만 있었다면 소녀는 군이 아니라 남자들에게 웃음을 팔았을 것입니다. 소녀는 팔텐트 가문의 일원으로서 명예롭게 자립하는 길을 택했을 뿐입니다."

에밀은 밝게 웃었다.

"건강하셔서 다행입니다, 조부님. 아니, 할아버지. 너무 뵙고 싶었습니다."

"나도 그렇단다, 에밀리아."

백작은 손녀의 손을 꼭 잡고 고개를 끄덕였다. 둘 다 울지 않았다. 백작은 원래 눈물이 마른 사람이었고, 에밀은 약한 모습을 보여 조부에게 누를 끼치기 싫었다.

에밀이 파렌을 다시 봤다. 그녀는 베레모를 벗고 공손히 머리를 숙였다.

"팔텐트 가문의 에밀리아 팔텐트로서 다시 인사드리겠습니다, 특무상사님."

파렌은 싱긋 웃었다.

"콘스탄 가문의 파렌 콘스탄이라고 다시 인사하겠소. 백작님과 함께 권리를 되찾게 된 것을 진심으로 축하드리오."

"감사합니다, 특무상사님."

"여담이긴 하지만, 마음에 두진 말아주시오."

에밀은 눈을 동그랗게 떴다.

"무슨 말씀이십니까?"

"그…… 벌칙 1호 말이오."

에밀은 파렌과 처음 만난 날 그에게 진흙탕 위에서 군용 벌칙을 받은 것을 기억해 냈다.

"괜찮습니다. 당시에는 저라도 그랬을 겁니다."

"그렇게 생각해 줘서 고맙소."

백작이 말했다.

"잠시 자리를 비켜주겠나, 특무상사? 손녀와 단둘이 이야기를 나누고 싶군."

"아래층에서 대기하겠습니다."

파렌은 프란츠를 데리고 계단을 내려갔다. 백작은 한숨을 쉬었다.

"네 아비와 어미는 잘 있느냐?"

"예, 조부님. 함께 뤼텐베르크에서 작은 옷가게를 합니다."

"그래, 네 어미가 그쪽으로 대단히 유명했지. 하지만 작은 옷가게라…… 내가 가족에게 지은 죄가 너무 크구나."

"하지만 이제 조부님께서도 돌아오셨고, 가문의 권한과 재산도 모두 복귀되지 않습니까?"

"마음을 놓지 마라, 에밀리아. 우리가 전쟁에서 승리해야 누릴 수 있는 것들이란다. 지금은 종잇장에 불과하지."

"주의하겠습니다."

"그나저나 네가 특무상사와 인연이 있을 줄은 몰랐구나."

"예, 저도 놀랐습니다."

"딱히 마음이 있거나 하지는 않지?"

에밀은 깜짝 놀랐다.

"오늘까지 해서 딱 두 번 뵈었을 뿐입니다."

"아예 없진 않다는 말이로군."

백작은 고개를 흔들었다.

"지금 말하지만, 그에게는 눈도 돌리지 마라. 네가 감당할 수 있는 인물이 아니야."

"예?"

"예전부터 느끼긴 했지만 너무 닮았어. 섬뜩할 정도로 말이야."

"누구와 말입니까?"

"폐하."

에밀은 놀라면서도 호엔 3세와 파렌의 공통점이 무엇인지 전혀 감을 잡지 못했다. 하지만 백작의 표정은 그렇지 않았다.

"외모도, 말투도, 성격도 다르지만 그 인간 같지 않은 느낌이 너무 똑같아. 폐하의 젊은 모습에서 느꼈던 광기와 특무상사의 고요함이 어째서 그렇게 똑같을 수 있는지 모르겠어."

"내 아들이라도 되나 보지."

백작은 핏기가 사라진 얼굴로 뒤를 돌아봤다. 호엔 3세가 특유의 사기꾼 같은 미소를 지은 채 서 있었다.

"잠깐 나가보라고 했더니 아예 눌러 붙으려고 하는군. 회의가 끝나면 시간을 겁이 날 정도로 줄 테니 어서 들어오게."

멍하니 있던 할아버지와 손녀 중 손녀가 먼저 정신을 차렸다.

"상병, 에밀 프릿츠! 폐하께 인사드립니다!"

그녀가 거수경례를 하자 왕은 볼을 긁적거렸다.

"에밀리아 팔텐트겠지?"

"아, 예! 수정하겠습니다!"

왕은 빙긋 웃었다.

"이 아이가 자네의 손녀인가?"

"예, 폐하."

"자네 며느리를 닮아 예쁘게 생겼군. 그럼 잠시 기다리라고 하게."

"폐하!"

팔텐트가 흥분하여 왕을 불러 세웠다. 안에서 담배를 태우며 기다리던 총장이 깜짝 놀랄 정도로 큰 목소리였다.

"왜 그러나?"

"신하된 자로서 드릴 말씀이 아닙니다만, 방금 하신 말씀이 진실이라면 그것은 하늘이 노할 일입니다!"

"하늘? 후후, 그 나이가 되도록 그 소리인가?"

왕은 지그시 웃었다.

"하늘은 무능해. 그 높이만큼 겁도 많지."

"……."

"너무 신경 쓰지 말게. 자네가 말을 그렇게 하니까 장난 좀 쳐본 것뿐이야. 그가 정말 내 아들이라면 내가 이러고 있겠나? 일찌감치 왕관 씌워놓고 난 맛있는 거 먹으면서 놀겠지."

"하아……."

백작은 가슴을 쓸어내렸다.

"제 앞이었으니 다행이지, 공개 석상이었으면 큰일이 났을 겁니다. 왕께서 이불에 똥칠을 하는 지경까지 됐다고 해도 왕의 말씀이니만큼 그냥 넘어가지 않는단 말입니다! 유능한 군인이 정쟁에 휘말려 사라지는 꼴을 보고 싶으십니까?"

특유의 독설이 터졌지만 왕은 싱글싱글 웃을 뿐이었다.

"알았으니 들어오게. 몇 번 더 말해야 하나?"

"죄송합니다, 폐하."

백작은 고개를 설레설레 저으며 회의실 안으로 들어갔다. 복도에 혼자 남게 된 에밀은 예상과는 많이 다른 왕의 첫인상에 난감함을 감추지 못했다.

사자의 요새를 팔텐트에게 맡긴 호엔 3세는 작전 지역인 1차 방어진 인근으로 향했다. 출발한지 이틀 만에 도착한 왕은 2만 6천 정예 대군의 열렬한 환호를 받으며 주둔지 안으로 들어갔다.

호엔 3세를 가장 먼저 맞이한 사람들은 각 연합의 왕들이었다. 그중에서 프롤리에 왕국의 왕, 드라간 6세는 크로이츠의 오스틴보다 약간 작은 거구를 귀엽게 흔들며 늙은 왕의 앞에 섰다.

"어서 오십시오, 폐하! 기다리고 있었습니다!"

"하하, 이거 선물이라도 들고 올 걸 그랬나 보군. 다른 분들도 기다리시느라 고생하셨소."

"하하하, 기다림 없이 큰일을 치르는 것은 사치가 아니겠습니까?"

에스파로스의 왕이 소리 높여 웃자 다른 10여 명의 왕들이 뒤따라 웃었다.

"그런데, 브리스톤의 왕께선 아직 오지 않으셨소? 난 사흘 전에 모두 모이시기로 들었소만?"

호엔 3세의 물음에 왕들은 불편한 표정을 지었다. 때맞춰 반대머리를 한 중년의 남자가 급히 나와 왕들 앞에 무릎을 꿇었다.

"브리스톤 왕국의 로빈슨, 바란투로스의 왕께 감히 인사를 드립니다."

"오, 로빈슨 공작. 오래간만에 보는구려. 브리스톤의 왕께 무슨 일이라도 생기셨소?"

팔텐트 백작과 거의 비슷한 연배로 보이는 로빈슨 공작은 조심스럽게 대답했다.

"예, 폐하. 오시던 도중 폭풍을 만나셨습니다."

"어허, 그 폭풍 때문에 늦으시는 것이구려."

"그것이 아니오라……."

로빈슨 공작의 이마에 땀이 송골송골 맺혔다. 늙은 공작은 목숨을 걸고 입을 열었다.

"왕께서 폭풍 와중에 한 여인이 조난당해 목숨이 위험한 것을 구해주셨습니다. 그리고…… 그 여인을 집까지 바래다 주신다고 하셨습니다."

"그것 때문에 늦으신다, 이거요?"

"그렇습니다. 하지만 오늘 내에 반드시 오신다고 말씀하셨습니다."

호엔 3세의 표정이 서서히 굳어졌다. 공작은 마음을 비우고 왕의 대답을 기다렸다.

"다른 왕들께서는 그분의 그 판단에 대해 뭐라고 평하셨소?"

"바란투로스의 왕께서 내리실 결정에 따르시겠다고 하셨습니다."

늙은 왕은 다른 왕들의 표정을 봤다.

"다들 이번 전투가 끝나고 브리스톤을 치자고 하면 기꺼이 도와주실 얼굴이시구려."

깜짝 놀란 공작이 다급한 목소리로 외쳤다.

"바, 바란투로스의 왕이시여! 연합의 왕이시여! 고정하시옵소서! 소인이 부족하여 벌어진 일이니 소인을 벌하여주시옵소서!"

"공작의 목숨만으로 되겠소?"

그 순간 공작과 브리스톤에서 파견된 병사들 전원이 바짝 긴장했다. 주위의 연합군이 모조리 적으로 돌변할 수 있는 그 상황에서 브리스톤의 정예 부대인 레드 맨틀(Red Mantle)만은 자신들의 리더인 기사, 프란시스 페이건과 함께 침묵을 유지했다. 올해로 딱 서른 살인 그는 새끼손가락 길이의 짧은 금발과 볼의 살이 거의 없는 전형적인 군인 스타일의 청년이었다. 쌍꺼풀이 없는 눈은 매서웠고, 표정은 군신의 조각상처럼 위엄이 넘쳤다.

늙은 왕은 오래 서 있느라 뻐근해진 허리를 두드리며 표정을 구겼다.

"왕의 왕을 처벌할 수 있는 시간은 오로지 전쟁에서 승리한 후에만 주어지오. 나라의 자존심을 위해서라도 벌이니 뭐니 하는 말씀은 자제하시구려. 브리스톤의 왕께서 오늘 오신다는 약속을 또 하셨다니 일단 기다려 봅시다."

브리스톤의 왕, 아셀 더 아발론의 오른팔이라 불리는 로빈슨 공작이 자존심이라는 것을 모를 리는 없었다. 하지만 그는 브리스톤에 대한 다른 나라의 좋지 않은 여론을 잘 알고 있었다. 특히 호엔 3세라는 괴인 앞에서 괜히 자존심을 세웠다가 어찌 될지 모르기 때문에 굴욕을 자처하는 것은 어쩔 수 없었다.

호엔 3세는 다른 왕들을 향해 두 팔을 벌렸다.

"자아, 그만 하고 들어가서 쌓였던 얘기나 합시다. 오늘 같은 기회가 없지 않소?"

"그럼 이 동생이 안내하겠습니다."

드라간 6세가 직접 호엔 3세를 막사 쪽으로 안내했다. 두 왕의 친분을 잘 아는 다른 왕들은 웃으며 그들의 뒤를 따랐다.

"오시는 데 불편함은 없으셨습니까?"

드라간 6세의 질문에 호엔 3세는 허리를 두드렸다.

"좋은 길로 온 건 아니니까."

"마차를 신형으로 바꿔보시지요?"

"공중으로 떠서 가는 마차가 있으면 좀 소개해 주시게."

"하하하, 그나저나 우리 프롤리에 왕국은 언제쯤 접수해 주실 겁니까? 이거 쉬고 싶어 미칠 지경입니다."

"난 산에는 흥미 없다니까? 하하하하."

왕들이 막사에 들어가는 것을 끝까지 지켜본 파렌은 프란츠와 함께 크로이츠들이 있는 막사로 향했다. 장비들을 점검하며 시간을 보내던 크로이츠들은 파렌이 막사 안으로 들어오자 일제히 일어났다.

"아, 그냥 쉬도록. 카샤와 네벨은?"

테르나가 대답했다.

"밖에서 놀아. 둘이 많이 친해졌던데?"

대답을 들은 파렌은 안심한 듯 고개를 끄덕거렸다.

막사 구석에 모포를 덮고 누워 있던 키르히가 고개를 불쑥 들었다.

"뭐야, 혼자 왔어?"

모두는 올 사람이 또 누가 있느냐는 표정으로 그를 봤다.

막사 문이 펄럭거리며 프란츠가 들어왔다. 모두가 너무 놀라 말을 잃은 가운데, 프란츠는 숨을 깊게 들이마셨다.

"막사 냄새는 그대로네."

"프란츠!"

모두가 한목소리로 그녀의 이름을 불렀다. 그녀가 샤튼으로 차출된 후 만날 기회가 거의 없었던 터라 크로이츠들이 느끼는 반가움은 매우 깊었다.

그중에서 가장 반가워하는 사람은 슈이였다.

"프란츠 언니!"

프란츠에게 안겨든 그녀는 고양이처럼 프란츠의 군복에 얼굴을 문지르며 응석을 부렸다. 프란츠는 무덤덤한 얼굴로 슈이의 머리를 쓰다듬어 주었다.

"이제 나와 키가 비슷해졌네?"

"응."

"실력은 늘었나?"

"열심히 했어."

"좋아, 착한 아이네."

프란츠는 주머니에서 알사탕을 꺼내 슈이의 입 안에 넣어주었다. 그녀를 위해 특별히 준비해 온 선물이었다.

"언니가 할 말이 있으니 잠깐 앉아 있어."

입에 사탕을 문 슈이는 고개를 끄덕거린 뒤 자리로 돌아갔다. 프란츠는 진중한 표정으로 파렌 앞에 서서 모두에게 말했다.

"난 현재 민간인 신분이다. 하지만 특별히 고문 자격으로 이번 작전에 동행하기로 했다. 잘 부탁한다, 크로이츠."

모두는 반가워하면서도 의아해했다.

"민간인이라고 하셨습니까? 누님, 샤튼의 현장 지휘관이시지 않습니까?"

오스틴이 묻자 테르나가 대신 대답했다.

"지금은 파렌의 노예야."

순간 모두의 얼굴에서 핏기가 빠졌다. 파렌은 오른손으로 얼굴을 덮으며 힘없이 말했다.

"하녀겠지."

"아, 미안."

테르나는 손끝으로 자신의 입술을 두드려 자신이 실수하였음을 인정했다. 하녀라는 사실에도 한참 놀라고 있던 리벨 클리츠는 테르나의 모습을 보며 생각했다.

'일부러 저런 말을 한 게 아닐까?'

딱히 짐작 가는 바는 없었지만 리벨은 왠지 그런 느낌이 들었다.

한편, 카샤와 네벨은 막사 밖에서 안개의 탑을 함께 지켜보고 있었다. 주변에는 짙은 안개가 껴 있었지만 아시엔풍의 거대한 원통을 괴이하게 겹쳐 올린 듯한 그 모습은 멀리서도 똑똑히 보였다.

네벨의 모자를 머리에 쓴 카샤는 팔짱을 낀 채 심각한 표정을 짓고 있었다.

"볼 때마다 정말 무시무시한 힘이 느껴진다. 본좌가 적을 두고 이렇게 긴장하는 건 처음이지 싶다."

"저쪽에서도 카샤님의 존재를 느끼는 것 같습니다. 하지만 움직이지는 않습니다. 언제든지 도전을 받아주겠다는 뜻인 것 같습니다."
 "흥, 괜찮다. 뭐가 됐든 본좌가 깡그리 불태워 주겠노라!"
 카샤는 주먹을 불끈 쥐었다. 네벨은 그녀를 보며 빙긋 웃었다.
 누군가가 그녀들의 어깨를 동시에 잡았다.
 "야아, 저것이 바로 안개의 탑인가? 멋진데?"
 꼬마들은 동시에 뒤를 봤다. 붉은빛이 은근히 감도는 정갈한 머리의 미청년이 보기 좋은 미소를 지은 채 안개의 탑을 바라보고 있었다. 파렌도, 키르히도 보기 드문 미남이었지만 그 청년은 얼굴뿐만 아니라 전신에서 빛이 나는 듯했다. 하얀색 갑옷을 입어서 그런 것이 아니라 청년의 외모와 기운이 만드는 착시였다.
 "오, 관상이 좋은 청년이로다."
 카샤가 감탄하자 청년은 하얀 이를 드러내며 밝게 웃었다.
 "내 첫인상이 그렇게 좋았어?"
 "솔직히 말한 거다. 흠, 하지만 키가 좀……."
 키라는 말에 청년의 얼굴이 굳어졌다. 카샤는 손가락으로 청년의 키를 재봤다.
 "파렌이 머리 하나 이상은 더 큰 것 같군."
 "파렌? 혹시 파렌 콘스탄 특무상사를 알고 있나?"
 "응, 친구다."
 네벨이 청년의 손에서 슬그머니 벗어나 거리를 두었다. 카샤의 손을 잡아당겨 그녀를 자신의 옆에 꼭 붙여놓기도 했다.

"소녀들에게 무슨 볼일이십니까?"

네벨이 경계하는 눈빛으로 묻자 청년은 난감한 얼굴로 머리를 긁적거렸다.

"내가 약속 시간을 심하게 어겼거든. 무시무시한 할아버지들에게 혼이 날 것 같아서 그냥 돌아다니다가 너희들 모습이 워낙 보기 좋아서 접근한 거야. 초면에 불쾌했다면 사과하지."

"괜찮습니다."

"음…… 그런데 그 쌀쌀맞은 특무상사에게 이런 귀여운 친구들이 있었다니, 정말 의외로군. 키르히 펙터 같은 자들만 곁에 두는 줄 알았는데 말이야."

카샤가 눈을 휘둥그레 떴다.

"응? 청년, 키르히도 알고 있나?"

"물론 잘 알지. 나름대로 유명한 친구잖아?"

"그건 그렇다. 그런데 청년은 어디서 왔나?"

"바다 건너에 있는 이상한 나라에서 왔지."

"이름은?"

"으음, 난 아가씨들의 예쁜 이름을 먼저 듣고 싶은데?"

청년의 능숙한 말에도 불구하고 소녀들의 반응은 영 아니었다. 네벨은 반응이 없었고, 카샤는 어이없다는 듯 시선을 옆으로 돌리며 웃었다.

"아쉬운 쪽은 우리가 아니다."

의외의 반응을 접한 청년은 크게 당황했다.

"아, 미안하군. 내 이름은……."

"폐하."

모두가 목소리가 들린 방향으로 고개를 돌렸다. 청년은 고운 인상을 구겼고, 카샤와 네벨은 흠칫 놀랐다. 특히 네벨의 경계심이 극도로 높아졌다.

'아젤란도!'

검은색의 원통형 모자를 쓰고 같은 색의 법의(法衣)를 입은 노인, 아젤란도가 그들이 있는 쪽으로 걸어왔다. 후드를 깊게 눌러쓴 남녀들이 그의 뒤를 줄줄이 따라왔다.

아젤란도는 청년의 앞에 서서 고목처럼 뻣뻣한 고개를 숙였다. 꽤 깊숙이 숙였음에도 불구하고 아젤란도가 청년보다 좀 더 컸다.

"다른 왕들께서 기다리십니다, 폐하. 속히 움직여 주십시오."

"짐은 이곳에 도착한 지 10분도 되지 않았습니다, 대법관. 주둔지를 구경할 틈은 줘야 하지 않습니까?"

"열흘을 이곳에서 보내신 분도 계십니다. 브리스톤의 체면을 생각해 주십시오."

"……알겠습니다."

청년은 카샤와 네벨에게 미안하다는 손짓을 한 후 저편으로 걸어갔다. 아젤란도의 손짓에 따라 후드를 쓴 자들이 왕을 따라 움직였다.

놀란 얼굴로 젊은 왕을 바라보던 카샤가 아젤란도에게 다급히 물었다.

"저 청년이 브리스톤의 왕이시오?"

"그렇다네, 천요여. 아셀 더 아발론 폐하…… 브리스톤의 진정한 왕이시지."

아젤란도의 입에서 한숨이 나왔다. 그답지 않게 인간적인 모습이었다.

"골치깨나 썩히는 분인가 보오?"

"골치라……."

아젤란도는 쓴웃음을 지을 뿐, 긍정도 부정도 하지 않았다.

마법사는 네벨에게 시선을 돌렸다. 그는 카샤의 손을 꼭 잡은 채 자신을 노려보는 어린 마녀의 모습을 가만히 지켜봤다. 회색에 가까운 그의 차가운 눈동자는 네벨을 여전히 압도했지만 예전보다는 많이 누그러진 느낌이었다.

이윽고, 그가 말했다.

"제법 어른스러워졌군. 구름짐승의 송곳니를 완성했다는 증거겠지?"

네벨의 주황색 눈동자가 움찔했다.

"세오딕이 어찌 될지 알고 계셨습니까?"

"구름짐승의 송곳니는 영령을 현재로 부르는 매개체지. 하지만 아무리 신통한 매개체라고 해도 그와 이어진 영령이 너무 먼 시간과 공간에 존재하면 소용이 없는 법이야. 그 세오딕이라는 구름짐승이 진실로 세상에 남은 마지막 구름짐승이라면 이번 일을 도울 영령 역시 세오딕뿐이라고 예상했네. 그 예상이 맞은 것뿐이지."

"……결국 소녀의 지식이 부족했다는 말씀이시군요."

"그것보다 자네가 몰라야만 했을 수도 있지."

"예?"

"아닐세. 아무튼 연합의 일원으로서 함께 싸우게 되어 기쁘군. 그럼 나중에 보도록 하지."

말을 마친 아젤란도는 휙 돌아서서 자신의 왕이 간 길을 따라 걸어갔다. 안개 속에서 펄럭이는 법의의 모습이 마치 주변의 공간을 무너뜨리는 괴물처럼 보였다. 카샤와 네벨에겐 정말 대단해 보였지만, 그것은 아젤란도가 미처 신경 쓰지 못한 힘의 누수(漏水)에 불과했다.

카샤는 팔짱을 끼며 입술을 비틀었다.

"거참, 아무리 봐도 상대하기 싫은 자로다."

"이 전투가 끝난 뒤 다시 적이 될 수도 있겠지요."

네벨은 카샤가 쓰고 있는 자신의 모자를 슬쩍 벗겨 다시 머리에 썼다. 아젤란도의 뒷모습을 보는 소녀의 눈이 모자의 챙이 만든 그늘 밑에서 빛을 발했다.

"아마 그때는 저 탑에 있는 존재보다 더 두려운 존재일 겁니다."

카샤는 말없이 네벨의 말에 동의했다.

그로부터 3일이 지났다.

전투를 하루 앞둔 밤, 호엔 3세는 마지막 작전 지시를 위해 연합의 각 왕과 각국의 군 수뇌부를 한자리에 불러 모았다. 최고 지휘관과 중요 현장 지휘관만 모였음에도 불구하고 그 수는 100명에 육박했다.

연합군의 총인원은 2만 8,000명. 원래 주둔지인 사자의 요새를 떠날 때보다 무려 2,000명이나 증원된 것이지만 야만족 5만

대군을 앞두고 좋아하는 병사들은 아무도 없었다.

총사령관으로서 자리에 앉은 호엔 3세는 각 나라의 군웅들로 꽉 들어찬 초대형 막사를 보며 빙긋 웃었다.

"드디어 내일로 다가왔구려. 모두 한가락 하는 사람들이니 두렵지 않느냐는 값싼 질문은 하지 않겠소. 그동안 야만족들의 냄새를 맡으며 식사를 하기가 더 힘들었겠지."

중저음의 웃음소리가 여기저기서 터졌다.

"우리는 1년에 가까운 시간 동안 화약 무기의 소중함과 위력을 절실히 깨달았소. 모든 나라에서 이 안개를 뚫고 화약 무기를 쓸 방법을 개발하느라 분주했겠지만 야만족들과 안개술사들은 우리에게 시간을 주지 않았소. 우리는 말과 창, 검, 활에 의지하여 원시적으로 싸울 수밖에 없었지. 아마 그 상황은 내일도 마찬가지일 것이오."

막사 안이 조용해졌다.

"그래도 잊지 마시오. 우리는 이 전쟁을 끝내기 위해 온 것이지 두려움을 보여주기 위해 온 것이 아니라오. 우리에겐 내일을 위해 준비한 힘이 있소. 비록 우리가 주인이 될 수는 없는 힘이지만 웨스트리치 대륙의 백성들에게 희망을 주기엔 충분한 힘이오. 하지만 그 힘이 제대로 발휘되기 위해서는 우리 모두의 용맹과 의지가 필요하오. 모든 이들은 지금껏 해왔던 것처럼 스스로의 힘과 모두의 힘을 믿고 승리를 갈망하시오."

연설을 끝낸 왕은 옆에 둔 양피지를 펼쳤다.

"그럼 내일 선봉에 설 부대들을 발표하겠소. 우선 브리스톤의 레드 맨틀 기사단."

금발의 프란시스 페이건이 앞으로 나와 무릎을 꿇었다.

"레드 맨틀의 프란시스 페이건, 총사령관님의 부름을 받았습니다."

호엔 3세는 기계 같은 프란시스의 표정을 보며 흡족한 표정을 지었다.

"그대가 이끄는 레드 맨틀은 선봉에서 적과 맞서게 될 것이네. 자신있겠나?"

"소인에게 5만의 적을 물리치라 명하시면 그리하겠습니다."

왕은 고개를 끄덕거렸고, 군웅들 사이에서는 감탄과 질투가 엇갈렸다. 그래도 화려한 전적이 증명해 주는 프란시스의 능력을 의심하는 사람은 없었다.

"그럼 내일 그대의 모습을 기대하겠소. 다음은 프롤리에의 벨베스테르 기사단."

"예, 폐하!"

대머리에 원시적 문신을 한 거한이 몸에 힘을 바짝 주고 앞으로 나왔다. 프란시스 옆에 선 그는 침묵을 지키는 레드 맨틀의 리더를 한 번 노려본 뒤 호엔 3세 앞에 무릎을 꿇었다.

"벨베스테르 기사단의 브루투스 마이어! 총사령관님의 부름을 받았습니다!"

"목소리는 여전하군. 벨베스테르 기사단은 레드 맨틀과 나란히 선봉에 설 것이네. 웨스트리치의 미래와 프롤리에의 명예를 걸고 그 용맹함을 떨쳐 주게나."

"심려치 마십시오!"

가시와 같은 수염 밑으로 전의에 불타는 미소가 떠올랐다.

호명이 계속해서 이어지는 한편, 막사 입구에 서 있던 파렌은 슬그머니 밖으로 나왔다. 자리를 지킬 사람은 폴스켄이었고, 그는 초대받지 않은 손님이었다. 구경을 하고 싶으면 해도 좋다는 왕의 허락만이 있었을 뿐이다.

그와 크로이츠의 역할은 모든 작전이 수립되기 이전부터 정해진 바였다. 호엔 3세는 네벨과 카샤의 보호를 위해 자세한 공개를 피했다. 그에 따라 구름짐승을 이용한 크로이츠의 출발지점은 주둔지에서 어느 정도 떨어진 비밀 지역으로 설정되었다.

카샤와 네벨의 존재는 연합군을 안정시키기 위해 알려졌지만 그녀들이 정확히 어떤 힘을 가지고 있는지에 대해서는 공개되지 않았다. 크로이츠들은 물론이고, 아젤란도마저 자신의 왕에게조차 입을 열지 않았기에 다른 세력이 그 비밀을 아는 것은 불가능했다.

몇몇 나라의 정보부에서 돈과 신분, 관직, 그리고 양질의 고기 등으로 그녀들을 꾀어내기 위한 시도를 했지만 배타심 강한 네벨의 벽을 넘어서지는 못했다.

그는 간이 울타리가 쳐진 절벽에 섰다. 팔을 서로 감싸듯 가볍게 팔짱을 낀 그는 안개가 달을 가린 깊은 어둠과 야만족들이 피운 대형 봉화 속에서 연한 녹색으로 빛나는 안개의 탑을 바라봤다.

"폴스켄 아저씨만 남겨두고 왔나?"

프란츠가 그의 왼쪽에 섰다. 이어서 테르나가 그의 오른쪽에 섰다.

"대령님을 너무 괴롭히지 마."

혼자 생각할 시간을 갖고 싶었던 파렌은 그녀들의 등장이 그리 반갑지 않았다.

"……카샤와 네벨은?"

"카샤는 잠들었고, 네벨은 책을 보고 있어. 야한 소설은 아니야."

어떤 소설이냐는 질문을 한 적이 없던 파렌은 생글생글 웃는 테르나를 잠시 바라보다가 다시 안개의 탑에 시선을 박았다.

"내일 성공할 수 있을까?"

프란츠의 질문에 파렌은 웬일이냐는 투로 물었다.

"불안한가?"

"오래 걸릴까 봐 그래."

분명 불안해하고 있다. 파렌은 밝은 표정으로 웃었다.

"오래 걸리진 않을 거야. 이쪽이 끝나든 저쪽이 끝나든 단시간 내에 승부가 나겠지."

"어떻게 단언할 수 있지?"

"이쪽은 적의 심장부를 향해 돌진하는 작전을 쓰고 있어. 공성전으로 치자면 새처럼 날아서 본성을 직접 노리는 환상의 공격이지."

"적이 환상적으로 방어를 할 수도 있잖아? 교주는 말도 안 되게 강력한 힘을 지녔다고 들었는데?"

테르나의 질문이었다. 파렌은 차분히 고개를 끄덕이다가 갑자기 웃음을 터뜨렸다.

"사실 나도 모르겠어. 지금 당장 저 탑으로 달려가서 교주라는 자를 붙들고 묻고 싶은 심정이야. 과연 우리에게 죽어줄 수 있냐고 말이지."

"……."

"우리는 교주와 그 부하들의 초월적 힘을 이기지 못하고 최악의 상황을 맞이할 수도 있어. 하지만 최악이라고 생각하는 그 순간, 최악이라고 말을 하는 그 순간은 최악이 아니야. 진정으로 숨이 끊긴 그 순간이 최악이지."

그는 오른손을 뻗어 난간을 잡았다. 그의 검은색 눈동자는 여전히 고요했다. 하지만 그 너머에 감춰진 것은 기대와 불안, 희망과 절망, 용기와 공포로 뒤섞인 화려한 스테인드글라스였다. 그가 항상 비인간적인 침착함을 유지할 수 있는 이유는 다른 감각이 마비되어서가 아니라 그 모든 감정들을 깊게 이해하고 있기 때문이었다.

"내일이면 알게 되겠지. 너무 당연한 이야기인가?"

그는 웃었다. 두 여성도 그와 비슷한 미소를 지으며 안개의 탑에 눈을 돌렸다.

"그런데, 둘 다 왜 나온 건가?"

테르나가 자신의 배에 손을 대며 대답했다.

"배고파서."

파렌은 테르나다운 긴장 해결법이라 생각하며 고개를 끄덕거렸다.

그로부터 몇 시간이 흘렀다.

신성력 211년, 12월의 어느 날. 그해 4월부터 시작된 한 남자의 작은 이야기가 드디어 종결로 치달았다.

story 18 쇼 스토퍼(ShowStopper)

그날, 정오를 조금 넘긴 시각.

사자의 요새에 적의 공격을 알리는 뿔피리 소리가 울려 퍼졌다. 요새의 총사령관으로서 중무장을 한 팔텐트 백작은 본성의 망루에서 부관 자격을 갖춘 레오날드, 바스티안과 함께 안개의 저편을 바라봤다.

레오날드가 망원경을 건넸지만 백작은 사양했다. 그럴 필요가 없었다. 안개는 사자의 요새 전방의 좁은 길 위에서 두 가지 색의 빵을 붙인 케이크처럼 흰색과 검은색으로 분단되어 있었다. 흰색은 전부 공기이고, 검은색은 전부 적이었다. 다만 검은색의 규모가 좁은 강물을 거스르려는 바다처럼 무지막지할 뿐이었다.

'못해도 2만은 넘겠군.'

눈짐작과 경험으로 적의 수를 예상한 백작은 옆에 서 있는 집사를 불렀다.

"나와 내기를 하겠나, 레오날드?"

백작의 제의에 레오날드는 안개에 젖은 대머리를 흔들었다.

"돈을 거시기 전에 우선 소인에게 밀린 봉급부터 주시지요."

자신의 집사가 지난 4년 동안 공짜로 봉사했다는 것을 그제야 떠올린 백작은 소리 없이 웃었다.

"전투가 끝나면 폐하께 직접 얻어다 주지."

"받기 위해서라도 백작님을 반드시 지켜 드리겠습니다."

"나보다는 에밀리아를 부탁하네."

"안심하시고 지휘에 전념해 주십시오."

"그러지."

백작은 턱을 끄덕여 바스티안에게 신호를 보냈다. 몸을 숙여 명령을 받은 바스티안은 깔때기 모양의 확성기를 들고 큰 소리로 외쳤다.

"투석기, 발사 준비!"

곳곳에 배치된 병사들이 그 소리를 받아 다시 전달했다. 요새에 준비된 40대의 기계식 투석기들이 거대한 울음소리를 내며 일제히 뒤로 드러누웠다. 높이가 무려 60f(약 18m)에 달하는 그 거대한 기계들은 투석용으로 가공된 거대한 돌과 쇳덩어리를 최대 1,000f(약 300m)까지 날릴 수 있는 흉기들이었다.

추의 위치를 바꿔 사정거리를 조절하는 것도 가능한 그 무기는 사자의 요새가 그동안 야만족들의 끈질긴 공격을 버텨내는 데 가장 큰 역할을 해왔고, 오늘도 전투의 주인공이 될 준비를 하고 있었다.

그에 맞춰 안개 속의 야만족들이 움직이기 시작했다. 작은 몸집에 등까지 굽은 그 괴인들은 무슨 짐승으로 만들었는지 단숨에 알 수 있을 정도로 형편없는 가죽 옷과 초라한 무기를 든 채 이를 악물고 달려오고 있었다.

좁은 길을 달려오는 그들의 모습은 흡사 곤충과도 같았다. 소총 대신 활과 화살을 든 어린 병사들 중 일부는 그 모습을 보고 구역질을 했다. 볼프리트의 베테랑들은 농담 섞은 이야기를 계속하며 후배들의 긴장을 달래기 위해 애썼다.

그들과 함께 활을 들고 있는 에밀도 속이 뒤집어질 것 같았다. 깨알 같은 저 모든 것들이 자신들을 죽이기 위해 오고 있는 생물들이라고 생각하니 긴장과 공포가 내장을 붙잡고 사정없이 흔들었다.

"어이, 상병!"

볼프리트의 사내가 그녀에게 다가왔다. 무서운 인상의 그는 관등성명도 하지 못한 채 얼어붙은 그녀에게 흉터로 가득한 손을 내밀었다.

구타가 있을 것이라는 에밀의 예상과 달리 사내는 활을 어설프게 잡은 그녀의 손을 고쳐 주었다.

"총만 쏴서 잘 모르겠지? 활은 제대로 잡지 않으면 시위가 얼굴을 치거나 팔 힘이 금방 떨어지게 되지. 좋아, 이 상태만 유지해. 그리고 열 놈만 확실히 쓰러뜨린다고 생각해."

"알겠습니다."

사내는 곧장 에밀의 옆에 있는 병사를 돌봐주었다. 그는 병사가 구토 기색을 보이자 약과 물을 주었다. 그뿐만 아니라 모두든 고참들이 바쁘게 움직이고 있었다. 모두 어디가 어느 나라, 어느 출신의 누구가 아니라 오로지 사자의 요새를 지키기 위한 하나가 되어가고 있었다.

에밀은 파렌을 처음 만났을 때를 떠올렸다. 그 검은 코트의 특무상사가 수십 마리의 고어를 상대로 모두에게 보여준 것은 하늘이 뒤집어지고 땅이 꺼지는 기적이 아니라 침착한 사격이었다.

호흡을 크게 하여 마음을 정돈한 에밀은 화살의 깃을 엄지로 만졌다.

'침착하게.'

그녀와 모든 병사들이 안정을 유지하기 위해 노력하는 가운데, 백작이 숨을 크게 들이마시며 손을 올렸다.

'사기를 치시든 뭘 하시든, 무조건 이기십시오, 폐하!'

멀리 있는 누군가에게 강력한 희망 사항을 전달한 그는 재빨리 손을 내렸다.

"쏴라!"

투석기들이 일제히 고개를 들면서 사람의 머리보다 약간 큰 돌덩어리들이 하늘로 날아올랐다. 거대한 돌 하나 대신 작은 돌들을 무수히 집어넣은 것인데, 그냥 들고 머리를 내려쳐도 치명적인 수준의 돌을 대량으로 띄워서 우박처럼 떨어뜨린다면 실로 무시무시할 것이다.

수를 셀 수 없을 만큼 많은 야만족들이 머리와 몸이 깨지며 사망했다. 그러나 야만족들의 물결은 멈추지 않았다. 요새 앞길에 미리 설치해 둔 목조 장애물들이 조금이나마 그들을 지연시켰다.

사자의 요새에서 방어전이 벌어지는 한편, 안개의 탑 앞에서도 전투는 시작되었다.

2만 8000이라는 숫자는 웨스트리치 연합의 역사상 두 번째로 큰 숫자였다. 가장 큰 숫자는 신성력 113년에 일어난 1차 야만족 침범 때 기록된 6만인데, 당시에는 아무런 훈련도 받지 않은 다수의 어린아이들과 부녀자들까지 병사로 취급하여 기록했기에 질적인 면에 있어서는 현재가 훨씬 나았다.

그럼에도 불구하고 전투의 시작은 매우 야비했다. 전부 기마대로만 이루어진 웨스트리치의 선봉대가 멋지게 돌격하는 척하다가 석궁 한 발씩만 쏘고 다시 후퇴해 버린 것이다.

그들이 쏜 화살에는 촉이 없었다. 그냥 나무만 날린 것에 불과했다. 나름대로 정예로써 중갑옷을 차려입은 야만족 선봉대는 그에 흥분하여 무조건 돌격을 개시했고, 뒤에 대기하고 있던 야만족들도 덩달아 움직였다. 중간 중간에 끼어 있는 안개술사들이 그들을 제지시키려 했지만 야만족에게 이성적인 판단을 바라는 것은 무리였다.

안개의 탑 주변에 깔린 야만족 군대 전체가 크게 움직였다. 선봉 지휘를 맡은 프란시스 페이건은 부관에게 뿔피리를 불도록 지시한 뒤 말의 고삐를 단단히 잡았다. 피리 소리와 동시에 모든 선봉대가 반전하여 야만족들을 바라봤다.

프란시스와 나란히 선 브루투스는 오른손에 든 거대 도끼를 파트너 앞으로 내밀었다. 투구로 얼굴을 가린 프란시스는 그쪽으로 고개를 돌렸다. 역시 투구를 쓴 브루투스는 사람보다 큰 도끼를 한 손으로 흔들었다.
"우리 벨베스테르가 너희보다 더 큰 공을 세울 거다!"
"자네처럼 죽인 자들의 수를 셀 여유가 있다면 좋겠군."
프란시스의 냉소적인 답변에 브루투스는 껄껄 웃으며 도끼를 들어 올렸다.
"웨스트리치의 영광을 위해!"
"웨스트리치의 영광을 위해."
프란시스가 창을 들어 그의 도끼와 끝을 교차해 한 번 부딪쳤다. 일에 앞서 손을 마주치는 행동과 일맥상통한 모습이었다.
이윽고 야만족과 웨스트리치의 두 선봉이 사납게 충돌했다. 그와 동시에 투석기가 날린 돌덩어리들이 야만족의 중앙을 향해 떨어져 내렸다.
선봉을 맡은 야만족들 가운데에는 일반 야만족들보다 덩치도 크고 등도 굽지 않은 자들이 상당수 존재했다. 그들은 야만족들과 그들에게 포로로 잡혀간 웨스트리치 여성들 사이에서 나온 혼혈아들이었는데, 신체 조건뿐만 아니라 지능도 인간 못지않게 뛰어나서 연합군들 사이에서는 대단히 귀찮은 존재로 인식되어 있었다.
그런 야만족들의 한가운데를 프란시스와 레드 맨틀이 빠르게 돌파했다. 혼혈 야만족들이 괴성을 지르며 달려들었지만, 모두 프란시스의 창끝에 핏방울만을 남기고 쓰러졌다.

선봉을 지휘하는 야만족의 부족장 중 한 명이 순식간에 목숨을 잃었다. 창으로 부족장의 가슴을 꿴 프란시스는 그 시체를 야만족들 위로 집어 던졌다. 말을 타고 창을 들면 천하에 두려울 것이 없다는 그의 명성이 확실히 증명되는 현장이었다.

선봉의 기세가 꺾이면 위험하다는 것을 알고 있는 다른 부족장이 프란시스를 노리고 부하들과 함께 달려갔다.

그런 그들을 브루투스의 벨베스테르가 가만 놔두지 않았다. 웨스트리치에서 가장 저돌적인 장수로 손꼽히는 브루투스의 거대한 도끼가 부족장의 머리를 날리고 그 부하들의 몸을 산산조각냈다.

브루투스가 땅에 떨어진 부족장의 머리를 도끼로 찔러 들어 올렸다.

"정예라고 해서 조금 진지하게 상대해 줬는데 고작 이 정도냐? 사자의 요새 앞에 있던 녀석들이 훨씬 더 강한 것 같구나! 하하하하!"

주위에 있던 야만족들의 사기가 급격히 꺾였다. 그때 후방에서 날아온 물줄기가 도끼에 꽂힌 부족장의 머리를 박살 냈다. 도끼가 뒤로 처지는 것을 힘으로 버틴 브루투스는 파란색 띠를 몸에 두른 안개술사가 자신의 앞을 가로막은 것을 발견했다.

"그래, 이래야 얘기가 되겠지!"

브루투스가 도끼를 마구 휘두르며 그 청술사를 향해 말을 몰았다. 요술로 그를 공격하려다가 물의 보호막으로 몸을 보호한 청술사는 크게 당황했다. 상대가 자신의 요술이 완성될 시간을 절묘하게 끊어버린 탓이었다.

그와 같은 상황이 프란시스를 막아선 안개술사에게도 일어났다. 프란시스는 상대에게 요술을 쓸 틈을 빼앗으면서 남는 시간을 이용해 주위의 야만족들을 처리했다.

그들의 훌륭한 대처는 파렌이 직접 작성하여 배포한 안개술사 관련 리포트에서 비롯되었다. 처음에는 반신반의했던 그들이었지만, 지금은 안개술사들이 간단히 제압당하는 현실을 보면서 파렌의 리포트를 더 확실히 기억해 내기 위해 노력하고 있었다.

이윽고 두 명의 안개술사가 거의 동시에 목숨을 잃었다. 그 광경은 야만족들에게 부족장이 죽었을 때보다 더 큰 충격을 안겨주었다. 야만족들이 심하게 주춤하자 프란시스와 브루투스는 부대의 속도를 줄였다. 원래는 더 밀어붙여야 하는 것이 정석이지만 그들에게 떨어진 임무는 무조건적인 돌파가 아니었다.

한편, 파렌은 폴스켄과 함께 멀리 떨어진 절벽에서 전황을 지켜보고 있었다. 안개 때문에 누가 죽고 죽이는지 명확히 보이진 않았지만 세력 간의 큰 대치 상황은 어느 정도 확인할 수 있었다.

그들의 뒤로 테르나가 다가왔다.

"대령님, 손님이 오셨습니다."

폴스켄과 파렌이 뒤를 봤다. 중장갑옷을 입은 큰 몸집의 노인이 검은색 망토를 나부끼며 서 있었다.

"어서 오십시오, 세르바토프님."

폴스켄이 맞이하자 노인검사, 랑펠은 밝게 웃었다.

"조금 늦었네. 큰 해가 되지 않았으면 좋겠군."

"해라니, 당치 않습니다."

폴스켄이 예를 갖춰 그를 맞이했다. 그의 강력한 힘을 예전에 직접 봤던 크로이즈들은 마음 한편이 든든했다. 그러나 카샤와 키르히, 프란츠는 이상한 눈으로 노인의 뒷모습을 바라보고 있었다.

'안개 마을에서 여기까지 어떻게 온 거지?'

랑펠은 분명 말을 타지 않고 두 발로 걸어서 나타났다. 안개 마을에서 이곳까지는 걸어서 한 달 이상이 소요되는 먼 거리였다. 하지만 랑펠의 삽옷과 망토는 걸어서 온 사람의 것치고는 너무 깨끗했고, 안색에서도 여행의 피로는 찾아볼 수 없었다.

그들의 고민은 오래가지 못했다. 폴스켄이 평소보다 더 진지한 얼굴로 모두를 불렀다.

"준비됐나, 크로이츠?"

"예, 대령님!"

"이제 지휘권은 현장 지휘관인 파렌에게 넘기겠네. 항상 있었던 일이지만 오늘은 특히 더 마음이 무겁군."

폴스켄은 옆에 선 파렌의 어깨를 힘있게 두드렸다.

"직접 도움이 되지 못해서 미안하네."

파렌은 지그시 웃으며 고개를 저었다.

"그럼 다녀오겠습니다, 대령님."

"음, 꼭 돌아오게."

옆으로 물러나는 폴스켄의 발걸음은 저주에 걸려 무쇠 신발을 신은 사람처럼 무거웠다.

파렌이 네벨을 불렀다.

"네벨, 구름짐승의 송곳니를."

"예, 특무상사님."

네벨은 하얗게 빛나는 뿔피리를 가방에서 꺼내 두 손에 잡았다. 연한 분홍색의 입술을 피리의 끝에 댄 그녀는 그 안에 자신의 마력을 불어넣었다.

뿔피리로부터 흰색의 빛이 흘러나와 사방으로 퍼졌다. 마치 파도와 같은 그 물결은 거대한 소리로 변해 안개의 탑과 크로이츠가 있는 절벽 사이를 울렸다.

그런 소리를 난생 처음 듣는 야만족들은 무기와 방패를 늘어뜨릴 정도로 당황했다. 반면 그 소리가 무엇을 의미하는지 알고 있는 연합군은 기세를 높여 야만족들을 밀어붙이기 시작했다.

흰색의 빛이 구름과 안개를 뚫고 네벨을 비춰주었다. 그 빛의 따뜻한 느낌은 네벨의 눈시울을 촉촉이 적셨다.

그녀는 뿔피리에서 잠시 입을 떼고 주문에 들어갔다.

"육체의 속박에서 벗어나 시간과 공간을 무한히 여행하는 고귀한 영령이여, 지금 안개마녀의 후계자인 네벨 폰 미스트위치가 위대한 존재에게 도움을 청하옵나이다. 시공을 초월한 그 거대한 모습을 이 땅에 존재하는 모든 이들에게 보여주시옵소서."

내려오던 빛이 드넓게 확장되었다. 구름과 안개가 갈라지면서 푸른 하늘이 모두의 눈에 들어왔다.

그 하늘로부터 빛의 알갱이들이 무수히 내려왔다. 그리고 그 빛은 하나로 뭉쳐 고래를 연상케 하는 거대한 짐승의 모습을 갖춰 나갔다.

네벨은 피리를 다시 불었다. 희미하던 구름짐승의 모습이 확실해졌다. 황금색 수염의 거대한 구름짐승, 세오딕은 활기가 넘치는 푸른색 눈으로 네벨과 그의 동료들을 둘러봤다. 건강하고 힘이 넘치는 구름짐승의 모습은 보는 사람의 마음마저 굳건하게 다져 주었다.

네벨이 뿔피리를 내렸다.

"어서 오십시오, 위대한 영령, 세오딕이여."

세오딕은 그에 답하듯 굵고 긴 소리를 냈다. 탁함이 없는, 맑고 웅장한 소리였다.

세오딕이 전장의 한구석에 나타나자 상황이 급격히 변했다. 거대한 아군이 나타난다는 것을 미리 전달받았던 연합군의 병사들은 목청껏 소리를 질러 세오딕을 환영했다. 반면 아무것도 알지 못했던 야만족들은 겁에 질려 우왕좌왕했다. 안개술사들 역시 당황하여 눈만 둥글게 뜨고 있었다.

세오딕이 절벽에 몸을 바짝 붙였다. 파렌이 절도있게 왼팔을 뻗었다.

"방어진 멤버, 탑승."

"방어진, 탑승!"

오스틴이 투구의 면갑을 내리고 앞장섰다.

"움직여! 움직여!"

하나같이 거한들로 이루어진 크로이츠의 방어진들이 열을 맞춰 세오딕의 딱딱한 등가죽 위로 옮겨 탔다. 그들은 마름모꼴로 진형을 만들어 다른 동료들이 자리 잡을 공간의 둘레를 방패로 방어했다.

파렌이 팔을 내렸다가 다시 뻗었다.

"강습공격진 멤버, 탑승."

"강습공격진, 탑승! 가자!"

키르히를 시작으로 아무런 방어 도구 없이 무기만 든 남녀 대원들이 우르르 움직였다. 키르히는 오스틴의 바로 뒤에 섰고, 히스와 슈이 등 다른 멤버들은 그 뒤에 삼각형 모양으로 대열을 만들었다.

"공격진 멤버, 탑승."

"공격진, 탑승."

고문 자격으로 참석한 프란츠가 공격진의 선두가 되어 세오딕의 등에 올라탔다. 리벨은 양손대검을 등에 찼고, 테르나는 팔과 몸을 겨우 보호할 수 있는 작은 방패를 팔에 매달고 키르히의 것보다 길이가 좀 더 긴 카노네 블라트를 허리에 차고 있었다.

"보급진 멤버는 나와 함께 탑승한다."

"하하하, 알겠습니다! 탑승!"

몇몇 사내들과 함께 등에 탄약 박스와 무기 박스를 짊어진 알렌이 세오딕의 등에 발을 들여놓았다.

마지막으로 파렌과 네벨, 랑펠, 카샤가 올라탔다. 네벨은 랑펠, 카샤와 함께 세오딕의 머리 위에 섰다.

"전체, 정렬!"

파렌의 외침에 모두가 일어나 폴스켄 쪽으로 돌아섰다.

"대령님께 경례!"

손님들을 제외한 모두가 대령에게 거수경례를 하며 외쳤다.

"웨스트리치의 영광을 위해!"

거수경례로 답을 한 폴스켄은 만감이 교차하는 눈으로 고개를 천천히, 힘을 잔뜩 넣어 끄덕거렸다.

세오딕이 서서히 출발했다. 경례를 유지하던 폴스켄은 모두의 모습이 엄지손가락만큼 작아지자 경례를 풀었다. 이어서 자세를 바로 한 크로이츠들은 전방을 보고 자세를 낮췄다.

"반드시 돌아와야 한다, 애들아."

그는 호엔 3세가 있는 본진으로 가기 위한 말에 올라탔다.

공중을 서서히 헤엄치던 세오딕이 두 진영의 머리 위를 지나는 순간, 안개의 탑 꼭대기에서 푸른색의 빛이 솟아올라 구름으로 들어갔다. 그러자 회색을 띠고 있던 구름이 갑자기 검게 물들면서 장막 같은 폭우가 쏟아지기 시작했다.

키르히는 퍼붓는 빗속에서 이를 악물었다.

"이런, 제길! 이러면 원숭이가 힘을 못 쓰잖아!"

파렌은 하늘 밑으로 희미하게 보이는 연합군 주둔지를 내려다봤다.

"괜찮아. 오늘은 혼자가 아니니까."

앞이 안 보일 정도로 퍼붓는 빗속에서 본진의 막사 중 하나가

램프처럼 붉은색의 빛을 내고 있었다.

막사 안에선 아젤란도와 그의 제자들이 건물의 모형처럼 크고 층이 많은 마법진을 중심으로 주문을 외우고 있었다. 그들이 만든 마법은 이미 막바지에 도달한 상태였다.

"안개술사들을 물리치기 위한 마법은 아니었지만…… 좋은 게 좋은 거지."

주문을 마친 아젤란도가 두 손을 높게 들었다.

"제자들이여, 나와 너희가 만든 최고의 마법, 아폴로스 아플라우즈(Apollos Applause)를 외쳐라!"

"아폴로스 아플라우즈!"

"젊은 태양의 신이여, 웨스트리치의 모든 이들에게 그대의 박수갈채를!"

막사를 대파시키며 올라간 붉은색의 빛이 구름 속으로 사라졌다. 이윽고, 천지를 진동시키는 폭음과 함께 요술이 만들어낸 비구름이 천공에서 빛나는 붉은빛을 중심으로 순식간에 증발되었다.

막사를 지키다가 힘에 밀려 넘어진 병사들은 황급히 막사가 있던 곳을 쳐다봤다. 다시 파랗게 된 하늘 아래에서 아젤란도는 제자들의 도움을 받아 옷에 묻은 파편들을 털어내고 있었다.

아젤란도는 드러난 하늘을 보며 중얼거렸다.

"이 청명함이 언제까지 유지될지 모르겠군. 그전에 해결하길 바라네, 천요와 그 친구들이여."

세오딕의 전진이 계속되었다. 연합 쪽에 유리한 기적들이 연이어 일어나면서 야만족들의 전사자 수가 기하급수적으로 늘어났다. 연합의 병사들은 멍하니 있거나 도망가는 야만족들을 그저 치기만 하면 됐다.

안개의 탑 최정상은 지붕이 아니라 왕궁의 정원처럼 꾸며져 있었다. 그 중심부에는 파렌들이 아시엔에서 파괴했던 것보다 세 배 정도 큰 안개의 씨앗이 빛을 발했고, 그 앞에 놓인 거대한 의자에는 윤기가 흐르는 청색의 도복과 날개를 연상시키는 흰색의 긴 천들로 자신을 화려하게 치장한 젊은 여성이 앉아 있었다.

주위에는 황색 도복을 입은 안개술사들과 검은색 도복을 입은 안개술사들이 장기판에 늘어선 말들처럼 일정한 거리를 둔 채 열을 지어 서 있었다. 붉은색 띠를 도복에 두른 안개술사, 적술사는 양쪽 구석에 모인 채 허리를 굽히고 있었다.

여성은 마법에 의해 강제로 드러난 창공을 보며 쓴웃음을 지었다.

"아젤란도…… 인간 세상의 일에는 전혀 관여하지 않을 것처럼 행동하더니, 결국 네놈도 미디엄의 개가 되어버렸구나."

그녀의 길고 짙은 속눈썹 밑으로 굵은 눈물이 흘러내렸다.

"아, 서쪽의 인간들은 어째서 이다지도 어리석단 말인가? 이제 곧 대불수리(大拂水羅)님께서 나타나시어 미디엄을 죽이고 이 세상을 널리 이롭게 하실 터인데, 어찌 그 뜻을 모르고 거부한단 말인가?"

그녀는 두 손으로 자신의 배를 덮었다. 그녀는 깡마른 몸이었지만 배만은 임산부의 것처럼 불룩했다.

그녀의 복부에서 희미한 파동이 일어나 공기를 일그러뜨렸다. 그녀, 안개술사들의 우두머리인 대로정교(大露正教)의 교주는 자신의 배를 보며 말했다.

"오오, 걱정하지 마십시오. 아무 일도 없을 것입니다. 그저 작은 소란만이 있을 것이니 잠시만 참아주십시오. 당신의 어미인 이 무로하림(霧露河淋)이 모든 것을 정리하겠습니다."

그녀는 두 팔을 벌리며 앞으로 걸어갔다. 날개처럼 긴 청색 소매가 옥쟁반처럼 깔끔히 다듬어진 바닥을 그녀가 걷는 속도에 맞춰서 천천히 쓸었다.

"손님을 맞이합시다, 제자들이여. 저 거대한 짐승이 무엇이 되었든 대불수리님께서 물려주신 우리의 힘 앞에 무릎을 꿇게 될 것입니다. 황술사, 흑술사."

황색의 도복을 입은 안개술사와 검은색의 도복을 입은 안개술사들이 그녀의 주위로 모여들었다.

"그대들이 지금까지 배운 것들을 보여주시오."

"교주님의 뜻대로!"

일제히 외친 안개술사들은 오른팔의 소매를 손이 보일 정도로 걷은 뒤 위로 들어 올렸다. 그들의 손에서 흘러나온 안개의 흰 기운이 한 지점에 뭉쳐 거대한 물방울로 변했다. 그 크기는 세오딕의 절반 정도 수준이었다.

물방울이 대포알처럼 세오딕을 향해 날아갔다.

파렌이 외쳤다.

"전원, 충격에 대비하라!"

크로이츠 전원이 서로를 붙잡고 자세를 낮췄다.

세오딕의 황금색 수염이 밝게 빛났다. 무서운 속도로 날아오던 물방울은 보이지 않는 우산에 충돌한 것처럼 잘게 부서져 사라졌다.

카샤가 펄쩍 뛰며 놀랐다.

"우와! 지금 것은 뭐냐!"

"세오딕이 일으킨 음파의 벽입니다. 저들의 부정한 공격은 세오딕과 우리 모두에게 해를 끼치지 못합니다."

네벨은 지팡이를 양손을 잡고 눈을 감은 뒤 마법을 준비했다.

"카샤님도 대비하십시오. 저들이 본격적으로 공격해 올 것입니다."

"오, 알았다! 랑펠, 어깨를 좀 빌리겠소!"

세오딕의 몸을 타고 뒤로 쭉 달려간 카샤는 짐승처럼 네 발로 질주하더니 랑펠의 어깨를 타고 뛰어올랐다.

멀리 솟아오른 카샤의 몸이 화염의 꽃봉오리에 휘감겼다. 이윽고 화염이 사방으로 흩어지면서 천요의 모습으로 변한 카샤가 불꽃이 되어 일렁거리는 머리카락을 휘날리며 네벨의 옆에 착지했다.

그녀가 몸을 웅크리고 힘을 모으는 듯하더니 두 팔을 좌우로 빠르게 뻗었다.

"본좌, 화사무쌍! 천요의 모습으로 지금, 이곳에, 열화처럼 등장했노라!"

주홍색의 색의 열풍과 화염의 낙엽들이 그녀를 떠나 사방으로 퍼졌다. 그녀의 변화를 두 번째 목격하는 네벨은 그 화려함과 넘치는 힘에 감탄했다.

카샤는 항상 걸고 있던 검 모양의 장신구, 작염검을 목에서 풀었다.

"때가 왔다, 작염검이여! 세상을 어지럽히는 자들에게 너와 나의 힘을 보여주는 거다!"

그녀가 쥔 작염검이 형태를 잃고 불덩어리로 변했다. 그녀의 손에서 새어 나온 화염은 그녀의 현재 키보다 두 배는 더 큰 거대한 검의 모습으로 바뀌었다. 방금 불구덩이에서 나온 것처럼 새빨갛게 타오르는 칼날과 화염의 모습을 그대로 본뜬 붉은색의 칼자루가 인상적인 무기였다.

안개술사들이 또 한 번 물방울을 날렸다. 카샤는 불꽃의 잔광을 남기며 날아가 작염검을 휘둘러 물방울을 단숨에 증발시켰다.

카샤의 눈과 대로정교의 교주, 무로하림의 눈이 만났다. 서로가 개미처럼 작게 보이는 거리였지만 둘은 서로의 얼굴을 똑똑히 보고 있었다.

"네가 바로 대불수리의 이름을 이어 나가는 그 교주로구나!"

카샤가 작염검을 머리 위로 높게 들었다. 작염검의 칼날이 더욱 달아오르면서 화염이 엄청난 높이로 치솟았다.

"개인적인 원한은 없으나 세상을 어지럽히고 수많은 생명을 앗아간 대가는 톡톡히 치르도록 해주마!"

길게 뻗어 오른 화염 줄기가 사형집행인의 칼날처럼 안개의 탑 상층부를 둘로 나눌 기세로 내려왔다.

화염 줄기가 탑 상층부에 닿기 직전에 멈췄다. 무로하림이 손에 든 작은 부채로 카샤의 화염을 막아낸 것이다.

힘끼리 충돌하면서 만들어진 폭풍이 상공을 한차례 휩쓸었다. 다시 세오딕의 머리로 돌아온 카샤는 떫은 얼굴로 상대의 힘을 느낀 소감을 대신 밝혔다.

무로하림이 부채를 사이에 두고 합장했다. 부채에서 출발한 강대한 힘의 흐름이 그녀의 팔과 어깨를 타고 반대편 팔로 흘렀다. 그사이 모두를 태운 세오딕은 안개의 탑을 코앞에 두고 있었다.

"안개는 땅과 물, 불과 바람의 흐름이 만들어내는 가장 완벽한 창조물. 어리석은 자들이여, 흐름이 만드는 진리의 힘을 느껴보아라."

그녀가 손바닥을 떼자 한참 흐르던 힘이 그녀의 손바닥 사이에서 회오리쳤다. 무로하림이 그 회오리를 공중에 던졌다. 그녀의 곁을 떠난 작은 회오리는 이내 끝이 송곳처럼 뾰족한 물 회오리로 변해 세오딕을 향해 날아갔다. 그 크기는 세오딕의 두 배 가까이 됐다.

위험을 느낀 세오딕이 전력을 다해 음파의 벽을 만들었다. 그 벽과 충돌한 물 회오리는 안개술사들이 만든 것처럼 흩어지지 않고 오히려 벽을 갉아냈다.

음파의 벽을 부수며 접근하는 물 회오리의 모습은 세오딕을 능가하는 그 크기만큼이나 무지막지했다.

그 모습은 본진에서 가슴을 졸이던 호엔 3세와 각 왕들의 눈에도 똑똑히 보였다.

"아젤란도, 괜찮겠나?"

연합왕이 묻자 아젤란도는 수염을 만지며 웃었다.

"꼬마 마녀는 이제 망설이지 않을 겁니다."

네벨이 두 손을 앞으로 뻗었다. 그녀가 잡고 있던 지팡이가 회전하면서 십여 개의 마법진들이 일제히 만들어졌다.

"풍신이여, 그 위대한 숨결을 소녀의 눈앞에!"

마법진들로부터 흰색의 질풍이 뿜어졌다. 살아 있는 생물들처럼 일어난 질풍들은 하나로 뭉쳐 음파의 장벽을 밀어내고 있는 물 회오리의 옆을 깊숙이 찔렀다. 파렌은 그 마법이 무엇인지 알고 있었다. 바로 아젤란도가 만든 올판이 자신을 죽이기 위해 사용했던 바람의 마법, 브레스 오브 아이올로스였다.

그 규모와 기세에 아젤란도는 진심으로 감탄했다.

"역시 가짜와 진품은 격이 다릅니다."

그런데 상황이 거기서 끝나지 않았다. 물 회오리가 해체되면서 큰 충격파가 일어난 것이다. 음파의 벽이 그 충격을 막아주긴 했지만 충격파는 벽째로 세오딕의 거체를 밀어낼 만한 힘을 지니고 있었다.

고도가 급격히 떨어지면서 세오딕이 상층부 바로 아래에 충돌했다. 두꺼운 벽을 부수며 안개의 탑 내부로 들어간 구름짐승은 밖으로 꼬리만 내놓은 채 거친 숨을 쉬었다.

세오딕이 혼신을 다한 덕분에 충격을 거의 받지 않은 크로이츠들은 파렌의 지시에 따라 세오딕의 몸에서 내려섰다. 세오딕의 등부터 바닥까지의 높이는 웬만한 고층 건물보다 높았지만, 세오딕이 가장 가까운 바닥을 향해 몸을 움직여 주면서 문제는 쉽게 해결되었다.

크로이츠들은 안개의 탑 건물 내벽을 따라 뱀처럼 길게 올라간 거대 계단을 보며 한숨을 내쉬었다. 금속제의 난간이 설치된 계단은 상층부로 바로 연결된 것 같진 않았지만 그 위에 뭐가 있을지 생각하고 싶지 않은 얼굴들이었다.

"어디로 가면 좋겠습니까, 리더?"

리벨이 긴장한 얼굴로 물었다. 파렌은 슈트롬 팔켄의 칼날을 이리저리 살피며 대답했다.

"어디로 가느냐는 질문보다는 어떻게 가느냐는 질문이 옳겠군."

우렁찬 함성 소리가 계단 밑에서 들렸다. 깃털 같은 리벨의 머리가 아래쪽으로 찰랑거렸다. 야만족과 안개술사들이 계단을 타고 떼로 몰려오고 있었다.

카샤가 앞으로 나서서 오른손을 위로 들었다. 그녀의 손바닥 위로 화염의 구슬이 만들어졌다.

"받아라!"

아래쪽 계단에 떨어진 화염 구슬은 놀랍게도 계단에 닿기도 전에 분해되어 사라졌다. 카샤는 자신의 힘이 통하지 않자 경악을 금치 못했다.

"이런! 힘이 분산되고 있다!"

"분산된다고?"

파렌도 당황했다.

"이 건물 자체가 내 힘을 흐트러뜨리고 있다! 직접 치는 것 외엔 통하지 않을 것 같다!"

난감한 상황이었다.

야만족과 안개술사들을 한참 동안 지켜보던 리벨이 뭔가 결심한 얼굴로 파렌에게 말했다.

"저에게 맡겨주십시오, 리더."

팔켄을 다시 거치대에 건 파렌은 거부감이 섞인 눈으로 부하의 예쁜 얼굴을 바라봤다.

"한 명의 희생으로 정리될 숫자가 아닌데?"

"희생이 아닙니다!"

리벨은 분명한 목소리로 말했다.

"제가 다른 크로이츠들과 함께 이곳을 막아내겠습니다. 리더는 위쪽을 정리할 수 있는 정예요원들만을 데리고 가십시오. 시급을 다투는 일이지 않습니까?"

"……그러지. 그럼 테르나가 리벨을 도와주도록."

"알았어."

테르나가 방패와 검을 들고 크로이츠들을 모았다.

네벨이 평소보다 큰 목소리로 파렌을 불렀다.

"특무상사님, 저도 남겠습니다."

"네벨이?"

"안개술사의 수가 많습니다. 그리고 세오딕도 이곳에 있습니다. 세오딕은 영령이기에 죽지 않겠지만, 구름짐승의 송곳니를 든 제가 곁에 있지 않으면 현재와의 연결 고리가 끊길 수도 있습니다."

"……."

"여기서 안개술사들과 야만족들을 모두 막아내고 다시 올라

가겠습니다. 대신 랑펠과 함께 가주십시오."

"그러지. 반드시 무사하도록 해."

파렌은 카샤, 키르히, 랑펠, 프란츠를 데리고 위쪽으로 가는 계단을 올라갔다. 그사이 진형을 완전히 갖춘 크로이츠들은 오스틴이 선두에 선 방어진을 앞세우고 바로 아래까지 접근한 적들을 노려봤다.

이윽고 양쪽이 충돌했다. 안개술사들이 요술을 준비하는 사이 야만족들이 벌레처럼 크로이츠 방어진이 세운 방패의 벽에 달라붙어 기합을 지르며 서로의 등을 밀었다.

방패를 통해 힘의 요동을 느끼던 오스틴이 어느 순간 고함을 질렀다.

"밀어!"

방어진의 힘이 한순간 통일되면서 야만족들이 튕겨 나갔다. 계단 때문에 중심을 쉽게 잃은 야만족들은 계단 모서리에 부딪치고 서로를 밟으며 엉망이 됐다. 그들이 굴러 떨어지는 통에 후방에서 요술을 준비하던 안개술사들까지 피해를 보고 말았다.

좌우로 열린 방패 사이로 크로이츠 공격진과 강습공격진들이 우르르 쏟아져 나왔다. 그들은 넘어져 허우적대는 야만족들을 약속된 수만큼 도륙한 뒤 다시 돌아가 방어진의 뒤로 숨었다.

몇몇 안개술사들이 요술을 날렸지만, 네벨이 미리 만들어둔 방어 마법에 막혀 무용지물이 되었다. 그것으로 요술에 대한 크로이츠들의 걱정은 말끔히 사라졌다. 파렌은 리벨의 지휘 아래

일사불란하게 움직이는 크로이즈들을 지켜보며 계단 끝에 놓인 거대한 문을 열어 젖혔다.

거대한 방에 진입한 파렌들을 맞이한 것은 각종 꽃이 만발한 화원과 일렬로 늘어서 있는 적술사, 흑술사, 그리고 황술사들이었다. 그들은 분명 교주의 주변을 지키고 있던 자들이었다.

아시엔에서 적술사의 강력한 힘을 경험해 봤던 파렌은 흑술사와 황술사의 힘이 그보다 더 강하다는 이야기를 떠올리며 힘겨운 한숨을 쉬었다.

카샤가 움직이려는 순간, 그녀를 왼손으로 제지한 랑펠이 검을 뽑아 들고 면갑을 내렸다.

"이곳에는 내가 남겠네."

"세르바토프님?"

"걱정할 필요는 없네."

랑펠의 면갑과 갑옷의 틈새로부터 빛의 아지랑이가 흘러나왔다. 그의 검은색 망토도 바람 한 점 없는 건물 내부에서 힘차게 펄럭거렸다.

"위에서 수고하고 있게. 난 아가씨를 모시고 올라가도록 하지."

그런 후 그는 앞으로 도약했다. 그냥 단순히 펄쩍 뛰는 것이 아니라 아예 날아가는 수준이었다. 비정상적인 그의 모습에 카샤를 포함한 모두는 모든 생각이 잠시 동안 지워질 정도로 놀랐다.

황술사 한 명이 맞서 뛰었다. 그의 손에서 뿜어진 안개가 굵고 강한 채찍으로 변했다. 황술사는 자신있게 채찍을 휘둘렀지만 랑펠의 검은 요술로 만들어진 채찍을 개미집 부수듯 간단히 격파했다.

"으음!"

당황한 황술사가 방어를 위해 부적을 꺼냈으나 랑펠의 검은 그것마저 찢어발겼다. 둘로 나뉜 황술사의 시신은 부글부글 끓더니 입고 입던 옷과 함께 물로 변해 꽃이 핀 흙속으로 사라졌다.

이어서 예전에 마법사의 수호자를 부쉈던 흰색의 기운이 랑펠의 검을 다시금 휘감았다. 랑펠이 검기(劍技)를 부려 좌우에 있는 흑술사와 황술사를 검의 기운으로 후려쳤다. 그들은 방어를 위해 요술을 사용한 상태였으나 랑펠의 검에서 나온 기운을 이겨내진 못했다.

단시간에 세 명의 안개술사를 처리한 랑펠은 파렌들 쪽을 돌아보며 외쳤다.

"뭐 하고 있나! 어서 올라가게!"

카샤, 키르히, 프란츠, 그리고 파렌은 랑펠이 열어둔 길을 통해 마지막이라 생각되는 계단을 올라갔다. 계단으로 가는 길을 단단히 가로막은 랑펠은 검으로 어깨 갑옷을 퉁퉁 치며 껄껄 웃었다.

"이제 입장이 바뀌었군. 교주인가 뭔가를 구하고 싶다면 나를 이겨야 할 것이네."

황술사 중 한 명이 두건의 창밖으로 안광을 뿜으며 말했다.

"네놈, 인간과는 거리가 먼 존재로군."

"후후, 아시엔의 말로 피차일반이라고 하나?"

랑펠의 면갑에 뚫린 일자형 구멍에서 한 쌍의 빛이 터졌다. 그에 대항하듯 안개술사들의 육체가 갑자기 불어나더니 곧 커다란 악어와 뱀, 도마뱀 괴물들의 형상을 갖췄다.

계단을 오른 끝에 무사히 최상부에 도착한 파렌 일행은 의자에 앉아 있는 교주, 무로하림을 향해 천천히 다가갔다.

파렌은 평소처럼 상대를 살폈고, 프란츠는 주변에 함정이나 숨은 자객들이 없는지 세세히 확인했다. 키르히 역시 평소와 다를 바 없었다. 막상 닥치지 않으면 반응하지 않는 성격인 그는 별 생각 없이 최상부를 구경하며 파렌의 뒤를 따라갔다.

카샤는 교주를 상대할 마음의 준비를 단단히 했다. 그녀는 힘의 소모를 줄이기 위해 다시 작게 바꾼 작염검을 손바닥 안에서 만지작거리며 교주와 마주한 시선을 유지했다.

그들이 자신의 자리 바로 앞까지 다가오자 교주가 자리에서 일어났다.

"어서 와라, 미디엄의 몸종들이여. 미디엄이 나에게 대항하여 수작을 부릴 것은 예상했지만 이렇게까지 적극적으로 나올 줄은 몰랐다."

키르히가 피식 웃었다.

"나도 임산부와 싸우게 될 줄은 몰랐네."

"후후, 대담한 자로다. 하지만 그대가 아무리 날 도발하려고 해도 난 그대들을 죽이지 않을 것이다. 미디엄이 직접 선택된 자들은 그 어떤 재물과도 바꿀 수 없을 만큼 대단한 가치가 있지. 너희들은 곧 나의 제자가 되어 나를 위해 그 능력을 발휘하게 될 것이다."

"그럼 연봉을 제시해 보시지?"

키르히가 도펠 슈트롬을 양손에 들었다. 교주는 시답지 않다는 미소를 지었다.

"속세에 젖은 말은 사양하겠다."

교주가 손에 든 부채를 펼쳐 휘둘렀다. 습기를 잔뜩 머금은 강풍이 파렌과 키르히, 프란츠를 단숨에 날렸다.

상층부의 끝까지 밀려난 셋은 난간이 없는 상층부의 아래로 떨어지지 않기 위해 중심을 낮추려고 했지만, 이미 그들의 몸은 어떤 힘에 의해 강제적으로 무릎 높이까지 뜬 상태였다.

그들이 떨어지기 직전 교주가 부채를 탁, 접었다. 강풍이 사라지고 모두는 땅에 엎드리다시피 하여 중심을 잡았다. 키르히는 건물 밖으로 나간 자신의 오른쪽 발목을 보고 숨을 몰아쉬었다.

"모두 거기서 움직이지 마라. 천요와의 싸움을 방해하는 자는 용서치 않겠다!"

교주는 카샤를 보며 의자에서 내려왔다.

"넌 혼자 나와 싸워야 한다. 설마 저들의 도움이 있어야만 나를 쓰러뜨릴 수 있는 나약한 존재는 아니겠지?"

교주는 긴 소매로 얼굴을 반쯤 가린 뒤 기품있게 웃었다. 붉은색 화장품으로 눈가를 독하게 꾸며서 그런지 파안대소임에도 불구하고 악의가 넘쳐 보였다.

"천요, 카샤. 난 네가 세상에 나오기를 기다리고 있었다."

"기다렸다고?"

"그렇다. 넌 나와 대로정교에게 있어서 가장 큰 골칫거리지. 저세상에서 우리를 지켜보고 계시는 대불수리님께서 너에게 패배하신 기억으로 인해 하루하루를 편히 보내시지 못하기 때문이다! 하지만 은인께서 나타나 그 모든 것을 해결하고 서쪽 대륙에 있는 신비의 힘을 독차지할 수 있는 방법을 알려주었다."

"은인?"

"그분 덕분에 널 이토록 의미있는 장소에서 죽일 수 있는 기회가 왔지."

카샤는 손에 든 작염검의 끝을 교주에게 내밀었다.

"그 은인이 대체 누구냐! 어떤 놈이기에 세상이 어지러워지고 죄 없는 사람들이 죽는 일을 만든 거냐!"

"문답으로 시간을 보낼 생각이냐? 원래 이곳에는 폭우가 내려야 정상이지만 서양 마법사들이 마법을 사용하면서 비가 내려야 할 모든 요소가 증발해 버렸지. 그러나 저 마법 역시 영원히 가지는 못한다. 괜히 시간을 끌어봤자 너에게만 손해이니 어서 시작하자꾸나. 하늘에서 내려온 귀찮은 존재여!"

"원하는 바다!"

카샤의 작염검과 교주의 부채가 살기를 머금었다. 서로 다른 성질을 가진 힘의 충돌이 거대한 탑을 흔들었다.

대로정교의 시조라 불리는 대불수리는 오래전 카샤가 패퇴시킨 마귀다. 당시 카샤는 대불수리를 상대로 무려 세 시간을 싸웠는데, 이유는 대불수리가 자신의 몸을 언제든 회복할 수 있는 호수에 몸을 담근 채 싸웠기 때문이다.

전투를 벌이기 전, 카샤는 이곳에 호수가 없기 때문에 승부가 빠르게 날 것이라 생각했지만, 교주가 발휘하는 힘은 놀라웠다. 교주가 원래 가진 힘과 정체불명의 힘이 합쳐져서 대불수리를 능가하는 거대한 힘을 만들고 있었다.

'속성으로 끝내야겠다!'

카샤는 작염검을 두 손에 쥐고 온 힘을 다해 휘둘렀다. 탑까지 쪼갤 기세로 들어오는 불의 칼날을 부채로 막아낸 교주는 강한 폭발에 뒤로 튕겨 나갔다.

옷이 절반쯤 날아가고 피부 전체에 심한 화상을 입은 교주는 왼팔로 부채를 잡은 채 꺾인 자신의 오른팔을 붙잡고 비틀었다. 하얀 안개가 그녀의 몸에서 이글거리더니 그녀의 모든 상처와 옷이 원래대로 돌아왔다.

카샤는 경악을 금치 못했다. 최상부의 가장자리에 나란히 서 있는 파렌들 역시 크게 놀랐다.

"다시 회복됐잖아? 저걸 어떻게 하라고!"

"원숭이한테 다 맡기고 도망칠까?"

프란츠가 쓴웃음을 짓는 한편, 파렌은 엄지로 슈트롬 팔켄의 자루를 만지작거리며 생각에 잠겨 있었다.

'직접 검에 베이진 않았군. 피해를 준 것은 폭발에 의한 폭풍인데…… 저 정도의 폭풍에 저런 가벼운 부상으로 끝났다면 미지의 힘이 피해를 줄여줬다는 말이겠지.'

카샤는 이후 수차례 그녀를 공격했지만 교주의 몸은 부상을 입을 때마다 말끔히 회복되었다.

'대불수리 이상의 회복력이다! 설마 저 안개의 씨앗 때문인

가? 하지만 하나의 힘만으로 이렇게 될 수는 없다!'

이번엔 교주가 공격에 나섰다.

"그런 나약한 힘으로 대불수리님께 은혜를 입은 나를 쓰러뜨리진 못한다!"

그녀의 소매 안쪽과 발밑에서 대량의 물이 뿜어졌다. 공중에서 꿈틀거리던 물기둥은 투명한 뱀의 머리를 가지며 괴성을 질렀고, 교주가 밟은 물은 그녀를 밀어 올리며 점차 거대해지더니 머리가 넷 달린 악어괴물의 형상을 갖췄다.

여섯 개의 머리에서 물기둥이 동시에 뿜어졌다. 공중에서 재빨리 움직여 공격을 피한 카샤는 작염검으로 뱀의 머리를 자르고 악어의 몸통에 칼끝을 밀어 넣었다.

그러나 물로 이뤄진 괴물악어의 몸은 칼날에 닿은 부분만이 부글부글 끓어오를 뿐, 아무런 해도 입지 않았다. 방금 전에 잘린 뱀의 머리도 순식간에 복구되었다.

교주가 가가대소했다.

"하하하하! 아무리 하늘에서 내려온 존재라 해도 대불수리님의 유물과 대불수리님의 은혜 앞에서는 어쩔 수 없는 법이로다!"

교주가 팔을 휘둘렀다. 두꺼운 뱀의 머리가 카샤를 좌로, 우로 마구 후려쳤다. 작염검을 든 손을 놓치 않기 위해 안간힘을 쓰던 카샤는 결국 검을 놓치고 바닥에 내동댕이쳐졌다.

뱀 모양의 물줄기가 입이 지글지글 끓는 것을 감수하고, 작염검을 물어 교주의 앞에 바쳤다. 교주는 부채를 위로 들어 올렸다.

"대불수리님의 목을 쳤던 이 요망한 물건! 내 손으로 끝장을 내주리라!"

그녀가 부채로 작염검을 내려쳤다. 칼날이 유리처럼 깨지고 불똥이 사방으로 튀었다. 칼날의 파편이 그녀의 볼과 목을 살짝 스쳤지만 교주는 고통을 느끼지 못하는 듯 웃음을 그치지 않았다.

파괴된 작염검은 장신구의 모습으로 돌아와 바닥에 떨어졌다. 기쁨에 젖어 있던 교주의 얼굴이 흐릿해졌다.

"홍, 과연 하늘의 물건. 본체는 부서지지 않나 보군."

괴물악어가 발끝으로 작염검을 차 안개의 탑 밖으로 날렸다. 바닥에 쓰러진 카샤는 붉은빛을 남기며 사라지는 작염검의 모습을 보고 이를 갈았다.

"이것으로 네가 사용할 무기는 사라졌다. 자, 이제 어찌할 건가, 천요여? 대항할 수단이 남아있나?"

"건방떨지 마라, 교주여!"

다시 일어난 카샤는 머리끈을 풀었다. 묶인 부분 뒤쪽만 타오르던 그녀의 머리가 불꽃에 완전히 휩감겼다.

"작염검은 그저 도구에 지나지 않을 뿐! 탑에 있는 친구들을 걱정하여 힘을 발휘하지 않았더니 네놈의 건방이 하늘을 찌르는구나! 이 한 번의 공격으로 너를 완전히 격퇴해 주겠다!"

그녀를 중심으로 안개의 탑 전체가 진동했다. 엄청난 크기의 불꽃이 치솟아 사방을 밝혔다. 안개의 탑 앞에서 격전을 벌이는 웨스트리치 군대의 눈에는 탑 자체가 커다란 봉화처럼 보였다.

 불꽃이 카샤의 몸으로 수습됐다. 예상을 넘어선 그녀의 힘은 교주의 안색을 순식간에 뒤바꿔놓았다.

 '이것이 하늘의 불꽃! 이것이 천요의 힘이란 말인가!'

 카샤의 양팔과 두 다리가 화염에 휘감겼다.

 "각오하라, 대로정교의 교주여!"

 그녀가 교주를 향해 돌진했다. 교주는 급히 팔을 휘둘러 뱀의 머리를 보냈지만, 그것들은 카샤의 몸에 닿기도 전에 증발하여 사라졌다. 이번엔 악어괴물을 방패의 모습으로 바꿔 카샤를 막아보려 했지만 그마저도 가운데가 뚫리며 증발해 버렸다.

 "아……!"

 카샤의 주먹이 교주의 가슴으로 돌진했다.

 그 순간, 카샤의 눈앞에서 하얀빛이 터졌다. 순백색의 깃털들이 그녀와 교주 사이에서 어지러이 흩날렸다.

 카샤는 자신의 의식만이 살아 있을 뿐, 자신의 몸과 주위의 모든 것이 정지됐다는 사실을 깨달았다. 그녀가 전진하면서 부순 땅의 파편들은 날아가는 그 모양을 유지한 채 공중에 떠 있었고, 교주는 두 팔로 얼굴을 가리고 사색이 된 채 조각상처럼 꿈쩍하지 않았다. 멀리 보이는 파렌과 키르히, 프란츠도 마찬가지였다.

 카샤의 옆으로 긴 금발이 휘날렸다. 하얀 얼굴의 미남자가 뒤에서 그녀를 껴안고 있었다.

 "너의 미하엘이 왔단다, 귀여운 카샤야."

"……."

"네가 나를 좀 도와줘야겠구나."

멈췄던 시간이 다시 움직였다. 동시에 엄청난 폭발이 일어났다. 교주와 카샤가 있던 최상부의 바닥이 부서지고 파편이 마구 날았다.

그 위로 뭔가가 툭, 떨어졌다. 교주의 시신을 예상했던 파렌들은 꼬마 요괴의 모습으로 돌아가 추락한 카샤를 보고 넋을 잃었다.

자신이 당할 것이라 생각했던 교주도 무슨 일이 일어났는지 모르는 듯 카샤와 그 주변을 바보 같은 얼굴로 두리번거렸다.

"기, 기적인가? 기적인 게야! 대불수리님께서 기적을 일으키신 게야! 하하하하!"

그녀가 두 팔을 벌리며 기뻐했다. 때맞춰 아젤란도가 만든 마법이 사라지면서 온 천지에 폭우가 쏟아졌다.

랑펠과 함께 서둘러 올라온 크로이츠들은 바닥에 축 늘어진 카샤의 모습을 보고 넋을 잃었다. 무의식적으로 꿈틀거리는 카샤의 작은 모습은 비에 젖어 초라하기만 했다. 황망한 눈으로 그 모습을 바라보던 네벨의 주황색 눈동자 밑으로 눈물이 주르르 흘렀다.

모두 조용했다. 그 끝에서 프란츠가 입을 열었다.

"끝인가?"

"웃기지 마!"

키르히가 도펠 슈트롬을 불끈 쥐며 카샤를 향해 달려갔다.

"뭐가 끝이야! 뭐가 기적이야! 기적이라도 이런 미친 기적이 어디 있어! 원숭이가 이기는 싸움이었단 말이야!"

비를 맞으며 미친 듯이 웃던 교주는 가볍게 손을 내밀어 키르히를 튕겨냈다. 키르히는 다시 일어났으나 교주의 보이지 않는 공격이 그의 몸에 쏟아졌다.

"집어치워!"

키르히가 좌우로 빠르게 움직였다. 기쁨이 준 극도의 흥분 때문인지 교주는 키르히를 제대로 맞추지 못했다.

"천요를 구할 생각은 꿈에도 하지 마라!"

하늘에서 내리던 빗방울이 교주의 손에 뭉쳐 커다란 뱀이 되었다.

카샤를 향해 뛰던 키르히가 갑자기 방향을 바꿨다. 키르히의 움직임을 예상하고 뱀을 조작했던 교주는 그 때문에 키르히를 놓치고 말았다.

키르히가 노리는 것은 안개의 씨앗이었다. 그는 도펠 슈트롬의 두 총구를 씨앗에 맞추고 방아쇠를 당겼다.

총구를 떠난 탄환이 안개의 씨앗에 부딪쳤다. 하지만 탄두는 씨앗을 보호하는 힘에 부딪쳐 납작해져서는 바닥에 투둑 떨어졌다.

"제기랄!"

그래도 키르히는 멈추지 않고 도펠 슈트롬의 칼날을 꽂았다. 그러나 씨앗을 보호하는 힘은 이번에도 그를 거부했다.

결국 교주의 뱀이 그의 등판을 가격했다. 핏줄기가 키르히의 입에서 터졌다. 공중에 붕 떠오른 키르히는 낙법조차 쓰지 못하고 바닥에 추락했다.

교주가 마음껏 웃었다.

"아무 소용 없다! 너희들 모두가 이렇게 쓰러질 것이며, 나와 함께 대불수리님을 모시게 될 것이다!"

키르히는 어떻게든 다시 일어나려 했으나 몸이 따라주지 않았다. 점점 의식이 멀어지는 가운데 키르히는 파렌을 필사적으로 찾았다. 그러면 분명 이 상황을 바꿔줄 것이라는 믿음이었다.

키르히는 네벨에게 다가가는 파렌의 모습을 발견한 뒤 그대로 기절했다.

파렌이 네벨에게 물었다.

"네벨, 씨앗을 보호하는 힘은 뭐지?"

네벨은 지금 같은 상황에서 냉정한 목소리를 유지하는 그가 자신들을 비웃는 교주만큼이나 혐오스러웠다.

"강력한 안개의 힘입니다."

"네벨의 마법으로 그 힘을 제거할 수 있나?"

네벨은 모자를 눌러쓰며 머리를 흔들었다. 아젤란도처럼 불의 마법을 자유롭게 사용할 수 있다면 모를까, 안개의 속성을 가진 그녀로서는 무리였다.

"……죄송합니다."

그 한마디에 크로이츠들이 밟은 안개의 탑 최상부는 절망의 나락으로 변했다.

파렌은 등의 거치대에서 슈트롬 팔켄을 분리했다. 그러더니 왼 손바닥으로 비에 젖은 칼날을 철썩 내려쳤다.

"리, 리더……?"

다른 이들이 자신을 어찌 보든 파렌은 마치 따귀를 치는 듯한 그 행동을 계속했다. 정신이 나간 듯한 그의 모습에 크로이츠들이 느끼는 절망감은 배가되었다.

리벨이 소리쳤다.

"그만 하십시오, 리더! 우리는 할 만큼 했습니다!"

파렌이 그를 봤다. 리벨뿐만 아니라 랑펠과 네벨, 크로이츠 모두가 그를 봤다.

모두는 입을 반쯤 벌렸다. 파렌의 표정에는 희망이 없었다. 그렇다고 절망이 있는 것도 아니었다. 그냥 평상시 그대로였다.

"작전을 속행한다."

"예?"

모두가 놀라는 가운데, 파렌이 다시 말했다.

"세르바토프님, 오스틴과 함께 교주를 막아주십시오. 1분도 걸리지 않을 겁니다."

호명당한 노인검사가 다급한 목소리로 물었다.

"무슨 작전이라도 있나?"

"교주를 결사적으로 공격하실 필요는 없습니다. 교주가 저를 건드리지 못하도록 막아주시기만 하면 됩니다."

랑펠과 오스틴은 서로를 멍하니 바라봤다. 파렌이 제시한 수수께끼는 지금 당장 해석하기에는 난이도가 너무 높았다.

그래도 방법이 있는 게 분명하다. 파렌이 지금껏 그래왔다는 것을 아는 오스틴의 얼굴에 차츰 혈색이 돌아왔다.

"가시지요, 세르바토프님."

오스틴은 등에 걸고 있던 거대한 방패를 손에 들었다. 자신보다 큰 그 청년을 말없이 보던 랑펠은 씩 웃었다.

"좋아, 해보세."

둘이 동시에 면갑을 내렸다. 오스틴의 면갑 밑으로 흰 입김이 흘러나왔다.

"전진!"

오스틴과 랑펠이 중장갑옷을 넘실거리며 교주를 향해 뛰었다. 아직도 승리를 만끽하던 교주는 달려오는 두 거한을 향해 손을 뻗었다.

"아직도 정신을 못 차렸느냐, 서양의 인간들이여! 너희들의 패배란 말이다!"

물로 된 뱀의 머리가 둘을 향해 춤을 추며 뻗어 나갔다. 오스틴은 타이밍에 맞춰 방패 밑의 스파이크를 땅에 박았다. 엄청난 물리적 충격이 방패와 오스틴을 때렸지만, 오스틴은 혼신을 다해 버텨냈다.

그의 뒤에 잠시 피했던 랑펠이 검을 들고 돌진했다. 그에게도 뱀의 머리가 뻗어왔지만 랑펠은 하얀 기운을 머금은 검으로 뱀의 머리를 잘랐다. 그 틈을 타고 방패를 땅에서 뽑은 오스틴이 고함을 지르며 교주에게 달려갔다.

오스틴의 방패가 교주의 보호막과 충돌했다. 랑펠도 검을 앞세워 교주를 밀어붙였다.

"어리석은 것들!"

교주가 밟고 있던 빗물이 그들을 향해 일어났다. 가시처럼 날카로워진 빗물이 두 거한의 갑옷 틈새를 파고들었다.

"으아아아악!"

오스틴은 근육을 파고드는 격통에 비명을 지르면서도 힘과 자세를 유지했다.

"끄으으응!"

랑펠도 결국 신음을 터뜨렸다.

오스틴의 갑옷 밑으로 피가, 랑펠의 갑옷 밑으로는 흰색의 가루가 쏟아졌다. 교주는 더 많은 물을 불러 그들에게 꽂아 넣으며 꾸짖었다.

"이런다고 무엇이 변할 것 같나? 천요가 회복될 시간이라도 벌겠다는 건가? 회복되어 봤자 이런 폭우 속에서는 아무것도 못한다! 아무것도!"

"후, 후후…… 이거 미안하게 됐군."

랑펠의 투구 속에서 목소리가 흘러나왔다.

"우리가 지금 믿는 건 요괴 아가씨가 아니지."

움찔한 교주는 안개의 씨앗 쪽에 눈을 돌렸다. 슈트롬 팔켄을 거머쥔 파렌이 연녹색의 복숭아 모양을 한 물건을 향해 비를 뚫고 달리고 있었다.

파렌은 카샤나 교주 자신, 랑펠, 네벨과 달리 특별한 힘 같은 것을 갖지 못한 보통 사람이었다. 교주의 지식 내에서 그런 보통 사람이 안개의 씨앗을 부술 가능성은 전혀 없었다.

그러나 교주는 불길했다. 지금까지 파렌을 적으로서 만났던 그 모든 존재들처럼.

파렌은 안개의 씨앗 사방에 놓인 사각형의 석조물을 밟고 공중으로 도약했다. 그는 후회와 망설임, 패기와 자신감이 뒤섞인 깊은 미소를 지은 채 나직이 중얼거렸다.

"떠올려라, 팔켄. 아시엔에서의 추억을."

쾅! 하는 소리가 안개의 씨앗에서 터져 나왔다. 파렌의 좌우로 두 조각이 난 안개의 씨앗이 튕겨 나갔다.

교주의 얼굴이 차디찬 백짓장처럼 변했다. 반대로 크로이츠들은 두 팔을 들며 미친 듯이 환호했다. 프란츠는 긴장이 풀린 탓인지 무릎을 모으고 주저앉았다. 네벨은 가슴에서 올라와 입 밖으로 나오려는 환호를 두 손으로 막았지만, 기쁨을 주체하지 못하고 발끝으로 폴짝폴짝 뛰었다.

교주가 온몸을 부르르 떨었다.

"어떻게, 어떻게……! 어떻게 저런 일이!"

그녀가 분노하며 힘을 발산하자 앞에서 버티고 있던 오스틴과 랑펠이 튕겨 나갔다.

"이게 어찌 된 일이냐!"

소리치는 그녀의 목에 굵은 정맥이 솟았다.

파렌은 칼날이 빨갛게 달아오른 슈트롬 팔켄을 들고 그 칼날을 왼손으로 쳤다.

"정제된 리제뉴은 기억을 하는 금속이다. 첫 번째 안개의 씨앗이 파괴된 그날, 이 검은 작염검의 힘을 기억하게 됐지. 그리고 그 추억을 지금 되살렸다."

무서울 정도로 냉정하고, 무서울 정도로 진한 회심의 미소가 파렌의 입가에 떠올랐다.

"……아아아아!"

교주가 비명 같은 소리를 지르며 두 손을 뻗었다. 기세 좋게 꿈틀거리는 물의 뱀 대신 아이의 머리만 한 물 덩어리가 빗줄기를 가로질렀다.

파렌은 팔켄의 칼날을 세워 그녀의 저항을 간단히 막아냈다.

"안개의 씨앗 때문인가? 힘이 많이 줄었군."

그녀에게 천천히 걸어가던 파렌이 갑자기 돌진하여 검을 휘둘렀다. 팔켄은 그녀의 보호막을 간단히 찢었다. 추억으로 달아오른 주홍색의 아름다운 잔광이 빗속에 남았다.

교주의 부상은 팔을 긁히는 정도에 그쳤지만, 그 고통이 주는 좌절감은 말로 표현할 수 없을 만큼 처절했다.

"기, 기적이여! 대불수리님의 기적이여, 다시 한 번!"

그녀의 불룩한 복부에서 빗줄기를 흔드는 파동이 발산되었다.

네벨이 깜짝 놀라 외쳤다.

"아, 안개의 씨앗입니다! 그녀가 잉태한 것은 아기가 아니라 안개의 씨앗입니다!"

파렌이 움찔했다.

"지금 이 비가 그치지 않는 것도 뱃속에서 자라는 씨앗 때문입니다! 어서 교주를 처리하십시오!"

파렌은 두 손으로 팔켄을 거머쥐었다. 교주는 그 틈을 이용해 빛을 발산하기 시작한 배를 잡고 사력을 다해 도망치고 있었다.

전장이 내려다보이는 탑 최상부 끝자락에서 파렌은 그녀를 검의 간격 안에 넣었다. 그가 검을 휘두르려는 순간 교주의 몸에서 다시금 큰 힘이 터졌다. 압력을 이기지 못하고 밀려난 파렌은 입을 굳게 닫고 다시 뛰었다.

교주가 합장을 했다. 오른손에서 출발한 빛의 기운이 그녀의 팔을 타고 어깨를 지나 왼팔로 흘렀다. 파렌은 그것이 세오딕을 괴롭힌 그 기술임을 분명히 기억하고 있었다.
교주는 그 상태로 공중으로 서서히 떠올랐다.
"이 힘으로, 이 흐름으로 탑과 함께 너희들 모두를 없애주겠 노라!"
파렌은 그녀를 향해 뛰었지만 팔켄의 끝은 그녀에게 닿지 않았다. 웃으려던 그녀의 눈에 파렌의 차가운 눈빛이 보였다.
"사양하지."
그는 엄지로 튕기듯 안전장치를 풀고 즉시 방아쇠를 당겼다.
총성이 안개의 탑 최상부에서 메아리쳤다.
쌀켄의 끝에서 나온 탄환이 교주의 왼팔을 날렸다. 원을 그리며 흐르던 그녀의 힘이 끊어진 팔의 단면을 통해 어지러이 흘러나왔다. 동맥이든, 강물이든, 비유의 대상이 될 수 있는 모든 것들이 그러하듯 흐름이 깨진 그 모습은 지극히 위험했다.
"아, 흐름이……!"
그녀의 육체가 흐름이 단절되어 역류하는 힘을 이기지 못하고 폭발했다. 그 폭발은 탑 전체를 뒤흔들었고, 내리던 빗줄기들까지 일정 거리 밖으로 밀어냈다.
파렌의 눈에 위로 치솟는 탑의 모습이 보였다. 그의 머릿속에 아주 오래전 읽었던 동화가 떠올랐다. 한 게으름뱅이 소년이 하룻밤 사이에 하늘까지 자란 콩나무를 타고 하늘나라에서 모험을 하는 이야기였다.

탑이 그 콩나무도 아니고 갑자기 솟아오를 리가 없다. 그가 낙하하고 있는 것이다.

그는 지면 쪽에 머리를 둔 채 끝없이 떨어졌다. 피가 다리 쪽에 쏠리면서 정신이 아득해졌다. 슈트롬 팔켄은 놓지 않았지만 파렌은 단념하고 눈을 감았다.

'죽음은…… 이렇게 외로운 것이군.'

그는 왠지 심심했다. 많은 것이 어지러이 떠오를 줄 알았지만 지루할 정도로 편안했다.

순간 그의 몸이 덜컥 멈췄다. 그 충격에 팔켄을 놓친 파렌은 당황하여 주위를 둘러봤지만 천사도, 악마도 없었다. 그저 떨어지는 빗줄기만이 보일 뿐이었다. 자신이 공중에 떠 있는 것을 확인한 파렌은 뒤를 봤다. 누군가가 자신을 끌어안고 있었다.

"카샤!"

그를 붙잡은 카샤의 온몸에서 연기가 피어올랐다. 천요의 모습을 한 그녀는 힘겹게 웃고 있었다. 빗물에 맞은 그녀의 피부는 지글지글 끓더니 점차 검게 변색했다.

"조금만 참아라, 파렌. 모두에게 돌아가는 거다."

그녀가 서서히 상승했다. 파렌은 불에 타는 장작처럼 검게 변해가는 그녀의 모습이 안타까웠지만, 그가 할 수 있는 것은 아무것도 없었다.

카샤의 상승이 주춤했다. 파렌은 얼굴뿐만 아니라 옷 속까지 까맣게 타버린 그녀의 모습을 보고 오른손을 들어 그녀의 이마에 댔다. 빗물을 피한 카샤의 얼굴이 서서히 정상으로 돌아왔다.

"나를 놔줘, 카샤."

"……."

"아시엔으로…… 집으로 돌아가. 네 엄마와, 널 무기가 아닌 요괴로 생각해 주는 친구들이 있는 곳으로 돌아가는 거야."

그는 자신을 잡은 카샤의 손을 붙들고 자신에게서 떼어내려 했다. 카샤는 어떻게든 버티려 했지만 비에 젖어 힘이 떨어진 그녀에겐 무리였다.

"그만 해! 그만 해라, 파렌! 파렌도 본좌의 친구다!"

"친구는 서로 의지하는 법이야. 하지만 난 지금까지 널 의지한 적이 한 번도 없어. 난 애초부터 네 친구가 될 자격이 없었던 거야."

"자격은 무슨 자격인가! 그런 거 필요없다! 자격을 갖고 아빠와 엄마가 되는 사람이 세상 어느 천지에 있나! 친구도 똑같다! 다 그런 거다!"

카샤가 이를 악물고 힘을 짜냈다. 그러나 그녀는 자신에게 적용된 법칙을 완전히 무시할 수 없었다.

둘의 머리 위로 거대한 그늘이 드리워졌다.

빗방울이 멈췄다. 둘은 위를 봤다. 세오딕의 거대한 몸이 비를 막아주고 있었다.

카샤의 몸이 빠르게 회복되었다. 한 손으로 파렌을 들 수 있게 된 카샤는 왼팔로 눈물을 닦으며 울먹였다.

"올라가면 혼을 내주겠다! 손이 끊어지기 직전까지 깨물어 버리겠다!"

파렌은 카샤의 씩씩거리는 소리를 들으며 쓸쓸히 웃었다. 그의 옆으로 네벨의 마법에 의해 떠오르는 슈트롬 팔켄이 빗물에 젖어 번쩍거렸다.

'……쉬지 말라 이거군.'

그는 앞서 자신이 꺼냈던 모든 말들을 어떻게 수습해야 할까 고민하며 다시금 웃었다.

조금 뒤, 비가 완전히 멈췄다.

안개술사들의 증발에 당황하던 야만족들은 조금 뒤 대포의 포성과 소총의 발사음을 듣고 소스라치게 놀랐다.

그들의 의지를 결정적으로 무너뜨린 것은 주인을 잃은 안개의 탑이었다. 그 거대한 탑은 땅을 울리며 아래쪽부터 천천히 무너졌다.

탑이 무너지기 직전에 세오딕의 등에 옮겨 탄 모두는 각자의 무기에 달린 총포를 쏘며 승리를 자축했고, 지상에 있는 연합군들 역시 환호를 질렀다.

모든 것을 잃어버린 야만족들은 자신들이 아직 수적으로 우위에 있음에도 불구하고 등을 돌린 채 달아나기 시작했다.

사자의 요새는 그보다 약간 더 앞서 기쁨을 누렸다. 요새의 최종 관문을 두드리고 있던 야만족들은 앞장서서 관문을 부수던 안개술사들이 비명과 함께 사라지고 요새에서 대포가 터지자 앞뒤 보지 않고 줄행랑을 쳤다.

최종 관문 뒤에서 무기를 들고 백병전을 준비하던 병사들은 기적 같은 승리에 환호했다. 서로를 얼싸 안고 기뻐하는 사람들 사이에는 팔텐트 백작과 그의 손녀 에밀리아, 그리고 레오날드가 있었다. 부상을 입고 천막에서 치료를 받던 바스티안은 승리 소식을 듣자마자 자신의 아내와 아들의 이름을 외치며 기쁨을 만끽했다.

그렇게 전쟁은 끝났다.

⚜

안개술사의 등장 이후 뒤틀어진 모든 이들의 일상은 그렇게 되돌아가는 듯했다. 그러나 진정한 혼란은 안개의 탑이 무너진 그날부터 시작되고 있었다.

웨스트리치 연합군이 귀환을 서두르던 어느 날 밤, 폐허로 변한 안개의 탑 옆으로 누군가의 발자국 소리가 들렸다. 파렌에게 자신을 미하엘 보르슈라고 소개했던 금발의 남자였다.

그는 폐허 근처에서 가슴 아래와 두 다리만 남은 여성의 끔찍한 시체를 발견했다. 시신의 불룩한 배를 보던 남자는 싱긋 웃고는 시신의 단면에 손을 집어넣었다.

생기를 잃은 살덩어리 속에서 다시 나온 그의 손에는 연녹색의 빛을 발하는 복숭아 모양의 물건이 들려 있었다. 다름 아닌 안개의 씨앗이었다.

그는 물건을 고르는 사람처럼 고개를 좌우로 기울이며 씨앗을 세심히 살폈다.

"아직 덜 자라긴 했지만…… 드디어 손에 넣었습니다. 나의 카샤가 많은 도움을 주었군요."

그는 달이 저물고 있는 서쪽에 눈을 돌렸다.

"가까스로 제가 두고 온 꽃에 물을 줄 때가 왔습니다. 후후후……."

그의 웃음소리가 바람에 날려 사라졌다.

『섀델 크로이츠』 화사무쌍 편 終

EPILOGUE

 안개술사와의 긴 전투가 끝나고 수도로 복귀한 지 일주일째 되던 날.

 휴가 도중에 보고서 문제로 임시 출근을 한 파렌은 펜을 사각사각 움직이며 보고서를 작성하고 있었다.

 "하아."

 그가 펜을 놓고 이마를 누르자 앞에서 홍차를 마시며 신문을 즐기던 폴스켄이 고개를 들고 그를 봤다.

 "사무실에 나와 단둘이 있으니 좀 지루하지?"

 "그건 아닙니다만…… 정말 보고서를 이렇게 써도 되는 겁니까?"

 아랫입술을 비죽 올리며 웃은 폴스켄은 도망치듯 신문에 시선을 옮겼다.

"솔직하게 모든 걸 쓰면 귀찮아질 거라고 말했던 사람이 누구였더라?"

"……알겠습니다."

호엔 3세가 폴스켄을 통해 그에게 내린 지시는 '나름대로 현실감있게 보고서를 꾸며보라' 는 것이었다. 그에 따라 파렌은 카샤와 네벨, 랑펠에 대한 내용이 쏙 빠진, 소설에 가까운 보고서를 집필해야만 했다. 원래는 군법에 저촉되는 일이지만 그렇게 쓰라고 지시를 한 주체가 그 군법의 최종 집행 권한자였기에 어쩔 수 없었다.

시간이 흘러 노을이 질 무렵이 됐다. 대충 일을 끝낸 파렌은 그 꾸며 쓴 보고서를 폴스켄에게 넘겨준 뒤 결제를 기다렸다.

"음, 좋아. 깔끔하게 됐군. 이걸 쓰도록 하지."

"알겠습니다, 대령님."

돌아가서 자리에 앉는 그에게 폴스켄이 물었다.

"키르히와 오스틴의 문병은 가봤나?"

"휴가라고 해서 딱히 할 일이 있는 것이 아니기에 매일 가보고 있었습니다."

"흠, 집에 아가씨들도 많은데 너무하군. 자네는 적으로서 칼을 든 여자에 대해서만 잘 알지 그렇지 못한 여자에 대해서는 너무 몰라."

그럴지도 모른다고 파렌은 생각했다.

"카샤는 어찌할 건가?"

"지시만 해주시면 아시엔까지 바래다 주고 오겠습니다."

"자네가 수고를 할 필요는 없을 것 같네. 사실 오늘 아침에 아시엔에서 손님이 왔지. 폐하와 회담을 하러 왔다면서 벽암국왕의 옥새가 찍힌 증명서를 내밀었다더군. 남루한…… 아니, 희한한 옷차림이었다는데, 어쨌든 카샤를 데리러 온 게 아닐까 생각하네."

"그렇다면 다행이군요."

파렌은 자신이 꺼낸 필기구와 종이를 정리하여 책상 속에 하나씩 집어넣었다. 폴스켄은 읽던 신문을 덮고 물었다.

"아쉽지 않나?"

"아쉬운 것은 사실이지만 이곳은 카샤에게 어울리지 않습니다. 그리고 고향 역시 이곳이 아닙니다. 원래 있던 곳에 무사히 돌려보내 주는 것이 우리가 그녀에게 할 수 있는 최대의 감사 표시라고 저는 생각합니다."

"맞는 말이네."

폴스켄은 차갑게 식은 홍차를 들었다.

"하지만 난 오랫동안 아쉬울 것 같아."

파렌은 가볍게 웃어 상관의 말에 동의했다.

성을 나온 파렌은 노을이 진 아이젠발트를 둘러보며 천천히 길을 걸었다. 안개의 탑에서 돌아왔을 때 자신을 감동시켰던 만감이 다시 되살아나는 듯 깊은 미소가 그의 얼굴에 떠올랐다.

저택에 돌아온 그를 가장 먼저 반겨준 사람은 저택 정문 앞의 눈을 쓸고 있는 하이디와 프란츠였다. 한 손으로 빗자루를 대강 휘두르는 프란츠와 정성을 다해 팔을 움직이는 하이디의 모습이 상당히 대조적이었다.

"오셨습니까, 주인님?"

하이디가 허리를 굽혀 그를 맞이했다. 프란츠가 빗자루를 어깨에 걸치며 그에게 다가왔다.

"손님이 왔어, 주인님."

"손님? 누구?"

"들어가 보면 알 거야. 누군지는 모르겠어. 내 입으로 옷차림새를 말하기도 싫고."

파렌은 고개를 갸웃거리며 저택의 현관문을 열었다.

"어서 오십시오, 특무상사님."

저택 안에서 그를 맞이한 사람은 하녀 복장 차림의 네벨이었다. 그녀는 원래 입던 옷이 지난번 전투로 손상되어 그 옷을 대신 입고 있었다. 파렌은 머리에 헤드드레스까지 얹은 그녀의 모습이 아직 적응이 안 되는지 고개를 돌리고 실소를 터뜨렸다.

"소녀의 복장이 잘못되었습니까?"

"손님에게 그런 옷을 입히는 집주인은 없을 테니까."

"미스 파브레힐트께서 사 오신 옷이 이것뿐이라 어쩔 수 없었습니다."

"그럼 내가 내일 다른 옷을 사주도록 하지."

"직접 골라주실 겁니까?"

네벨의 얼굴이 확 밝아졌다. 기대감이 너무 솔직히 드러난 얼굴이어서 파렌은 도저히 말을 되돌릴 수 없었다.

"약속하지. 그런데 손님께서 오셨다고 하던데……."

"아, 카샤님과 함께 거실에 계십니다."

"들어가 보지. 미안하지만 따뜻한 물을 한 잔만 가져다주겠나?"

"잠시 기다리십시오."

네벨이 부엌 쪽으로 들어가는 한편, 파렌은 현관의 거울 앞에서 입은 옷을 살펴본 뒤 거실로 들어갔다.

매너로 다듬어진 파렌의 얼굴은 거실 문턱을 지나자마자 조금씩 굳어졌다.

거실의 긴 소파에 강렬한 붉은색 호랑이 가죽 코트를 입은 여성이 카샤를 인형 안듯 끌어안고 앉아 있었다. 파렌은 보는 사람의 눈을 부담스럽게 하는 손님의 패션 센스에 할 말을 잃었다.

카샤와 정신없이 이야기를 나누던 그녀는 거실 안으로 들어온 파렌을 뒤늦게 발견하고 자리에서 일어났다. 코트의 형태를 심하게 바꾸고 있는 거대한 가슴이 그녀의 움직임에 맞춰 흔들렸다.

"아, 파렌 콘스탄! 어서 오시구려!"

파렌은 카샤보다 더 붉은 머리에 옥색 눈동자를 가진 그 미녀가 자신을 단숨에 알아보자 적잖이 놀랐다.

"저를…… 아십니까?"

"아, 나를 못 알아볼 수도 있겠구려. 서양 사람들의 취향에 맞춰 모습을 바꿨는데, 어떻소? 듣기로 이쪽 남자들은 큰 가슴에 야성미 넘치는 여성을 좋아한다던데 말이오."

파렌은 어이가 없었다.

'어디 사는 어느 놈의 취향이란 말인가?'

그는 눈과 눈 사이를 짚은 채 물었다.

"실례지만 누구십니까?"

카샤가 훌쩍 뛰어 그녀에게 안겼다.

"우리 엄마다!"

"……어머님이라면, 파우샤님?"

"그렇소."

그녀가 웃었다. 파렌은 자세를 바로하고 정중히 인사했다.

"오래간만에 뵙겠습니다, 파우샤님."

"정말 오래간만이오, 파렌 콘스탄. 지금까지 카샤를 잘 돌봐 주어서 정말 고맙소."

"부족할 뿐입니다. 그런데 이 먼 길을 어찌 오셨습니까?"

"카샤를 데려가기 위해 왔소."

그녀의 말에 가슴이 뜨끔했던 파렌은 올 것이 온 것이라며 자신의 마음을 달래었다.

"제가 해야 하는 일인데 귀하신 분을 직접 오시게 하다니, 면목이 없습니다."

"하하, 괜찮소. 카샤와 여행을 하는 것도 오래간만이라 매우 즐거울 것 같소."

"그럼 편히 쉬시다 가십시오. 성심껏 모시겠습니다."

"알겠소."

카샤가 파우샤의 목을 끌어안았다.

"엄마, 우리 언제 갈 거야?"

인간의 모습을 하고 있었지만 파우샤는 버릇대로 턱을 이용해 딸아이의 머리를 쓰다듬어 주었다.

"내년 이맘때 정도로 생각한다만?"

고개를 숙이고 있던 파렌의 얼굴이 흙빛으로 변했다.

"무슨 말씀이신지……?"

그가 묻자 파우샤는 카샤와 함께 씩 웃었다.

"그럴 일이 있소. 이 집에 빈 방은 많소?"

파렌은 혼수상태에 빠지려는 정신을 가까스로 다잡으며 힘겹게 말했다.

"없으면 지어서라도 마련해 드리는 것이 예의가 아니겠습니까?"

"하하, 고맙소. 그럼 주인도 오셨으니 집 구경을 좀 하겠소이다."

카샤가 바닥으로 뛰어내렸다.

"내가 안내해 줄게, 엄마!"

"어허, 남의 집에서 버릇없이 무슨 짓이냐?"

파우샤는 허리에 감고 있던 꼬리를 펴 딸의 머리를 철썩철썩 두드렸다. 카샤는 깔깔 웃으며 도망치듯 거실 밖으로 나갔다.

그녀들이 위층으로 나간 뒤, 따뜻한 물 한 잔을 들고 거실로 들어온 네벨은 오른손으로 얼굴을 감싼 채 소파에 앉아 있는 파렌을 보고 깜짝 놀랐다.

"특무상사님, 무슨 일이십니까?"

"음…… 아냐."

소파 위에 손을 내린 파렌은 문득 소파 위에 잔뜩 쌓인 호랑이 털을 발견했다. 그는 한 줌의 털을 집어 들고 깊은 한숨을 내쉬었다.

"아무것도 아니야."

네벨은 근심에 잠긴 파렌에게 무슨 말을 해야 할지 몰라 안타까웠다.

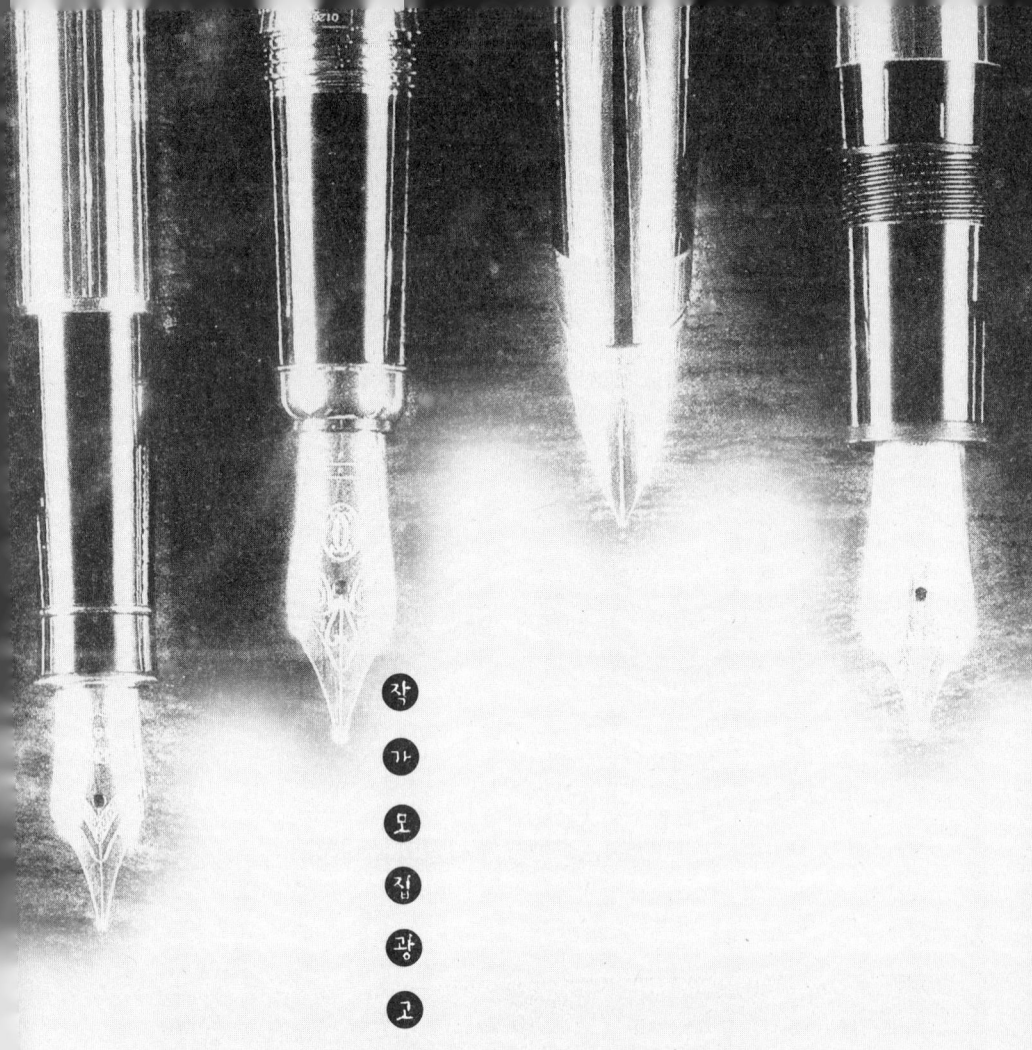

작
가
모
집
광
고

도서출판 청어람의 문은 항상 열려 있습니다.
실력있는 작가 분들의 많은 관심 부탁드립니다.

TEL:032-656-4452 • FAX:032-656-4453
http://www.chungeoram.com
http://chungeoram.egloos.com
e-mail:romance-eoram@hanmail.net